grafit

Chemnitzer Str. 31, D-44139 Dortmund
Internet: http://www.grafit.de
E-Mail: info@grafit.de

Umschlagfoto: shutterstock/Vladimir Sazonov
Druck und Bindearbeiten: GGP Media GmbH, Pößneck
ISBN 978-3-89425-586-2
1. 2. 3. / 2020 19 18

Christiane Bogenstahl & Reinhard Junge

Seelenamt

Kriminalroman

grafit

Christiane Bogenstahl und **Reinhard Junge** ist kaum eine (berufliche) Tätigkeit fremd: Stargastbetreuerin und Sargträger, Schaufenstergestalterin und Autobauer, Fallschirmspringerin und Reiseleiter, IT-Spezialistin und Lateinlehrer – und bald gemeinsam mit Rucksack um die Welt.

Für ihren zweiten gemeinsamen PEGASUS-Krimi nutzen sie sogar noch ihre Erfahrungen im Beichtstuhl, beim Therapeuten und bei Polizeiverhören. Der Stoff, aus dem die Krimis sind.

www.reinhard-junge.de
www.toedliche-texte.de

In memoriam Herma Karsten
Kurz vor ihrem Tod hat sie sich noch über
das Datengrab *gefreut.*

Die Personen

Uni Duisburg-Essen:

Paul Kehlmann (52)	hat Pläne
Lea Bennsdorf (30)	steht auf einer Liste
Tim Hoppe (38)	hat Hoffnung
Robert Mertens (28)	steht auf Flugzeuge
Dr. Ole Rasmusson (30)	macht den Abflug
Adele Klawitter (47)	macht den Abgang

MitarbeiterInnen der Gemeinschaftspraxis Tanzbein & Teufel:

Sina Spiering (29)	ist PiA in einem ›Seelenamt‹
Peer Tanzbein (48)	ist ein schlechter Chef
Martin Schenck (35)	ist ein guter Zuhörer

Kripo Dortmund:

Herta Kasten (60)	weiß, wo der Hammer hängt
Christoph Waliszczek (32)	weiß, wie man mit Frauen umgeht
Florian Kuba (38)	weiß, was andere auf die Palme bringt

Weitere Beteiligte:

Annemarie Schäfer (49)	hat Erinnerungen
›Cookie‹ Makiol (35)	hat Talente
›Kralle‹ Krupka (50)	hat Druck

und das PEGASUS-Team samt Anhang:

Dr. Kalle Mager (40)	hat Mumm
Simone Olsok (40)	hat Zweifel
Klaus-Ulrich Mager (63)	hat Allüren
Karin Jacobmayer (50)	hat Nerven
Theo Mager (15)	ist respektlos
Mechthild Mager (59)	ist selbstlos

1

»Kokain!«, brüllte die Fremde mit der Löwenmähne und sprang so heftig auf, dass der Barhocker umzukippen drohte.

Renni, der Kneipenwirt, hielt für einen Moment die Luft an. Wenn die im Bett so überdreht ist wie hier, dachte er, dann beneide ich den Kerl nicht, der nachts unter ihr liegt. Aber sie hatte recht mit ihrem Aufschrei. »Korrekt«, sagte er ins Mikro. »Aber es fehlen noch der Interpret und das Jahr.«

Neben der hochgewachsenen Schönen saß eine sehr zierliche, ebenfalls blond gelockte Frau. Sie sprach so leise, dass er sie kaum verstand. »Das ist *Cocaine* von Eric Clapton, 1977.«

Wenn man die anpustet, kippt sie um, dachte Renni. Er räusperte sich und verkündete mit übertriebenem Bedauern: »Das stimmt leider nicht ganz. Das Erscheinungsjahr ist falsch. Kennt jemand …«

»1977 ist richtig!«, unterbrach ihn die Zierliche. »Ich hab das Album zu Hause. Es heißt *Slowhand.*«

»Boah, Renni!«, spöttelte ein Glatzkopf an einem der Tische nahe dem Ausgang. »Du verwechselst dat mit der späteren Singleauskopplung aus *Just One Night*. Schäm dich wat.«

Die Löwenmähne sprang einen Schritt vor. »Punkt für uns«, triumphierte sie mit kreisenden Hüften und hochgereckten Armen.

René Platzmann, den kaum jemand in Wattenscheid mit seinem Taufnamen rief, hob die Arme. Ein paar weiße Haare lösten sich aus dem dünnen Zopf und wehten um sein gerötetes Gesicht. »Ja, ja, immer drauf auf die Wehrlosen.«

Gelächter hallte von den Wänden des Lokals. Der Kneipier rollte die Augen in Richtung Decke, deren rotbraune Farbe sich unter einer dicken Raucherpatina verbarg. »Okay, der Punkt geht an die hübschen Damen am Tresen.«

Er reichte einen Spielchip an seine Frau, die ihn an die Blondinen weitergab. Die Gäste applaudierten. Die Löwin erklomm wieder ihren Barhocker und lachte ausgelassen.

Auch wenn die zwei offenbar unterschiedliche Temperamente hatten, mussten sie Schwestern sein. Die Zierliche hatte zwar nur kinnlanges Haar und insgesamt feinere Gesichtszüge, aber die Ähnlichkeit war deutlich. So hübsche Frauen fanden nicht häufig den Weg in Rennis Whiskykneipe. Das fiel auf. Nicht nur ihm.

Am anderen Ende des Tresens saß Carlo, einer seiner treuesten Kunden, und grinste. Der breitschultrige Motorradfahrer äugte schon seit seiner Ankunft immer wieder zu den Schwestern hinüber. Er sollte sein Glück ruhig probieren.

Renni hob wieder das Mikro. »Ihr habt bestimmt Durst. Unser Plattenquiz geht in fünfzehn Minuten weiter.«

Carlo winkte ihm als einer der Ersten. Rennis Frau Rosi und eine studentische Aushilfskraft waren bereits im vollen Einsatz am Zapfhahn und mit dem Tablett. Doch Carlo war Chefsache, denn er war nicht wegen des Plattenquiz hier, sondern wegen der hervorragenden Whiskyauswahl.

»Was kann ich dir Gutes tun?«

»Für mich einen Islay. Den Bruichladdich, den du neulich beim Tasting hattest.«

»Noch was anderes dazu?«

»Ja, hast du einen schönen Mädchenwhisky?«

»Etwa für dich?«

»Nee, für die beiden Süßen da drüben.« Carlo wies mit einem seiner beringten Finger auf die Schwestern, die eifrig quasselten und immer wieder lachten.

»Sicher? Die haben den ganzen Abend nur Bier getrunken. Whisky ist nicht jedermanns Sache …«

Der Biker lachte. »Doch, doch, ich bin ziemlich sicher, dass ich die Kleine vor Jahren auf der *Whisky-'n-More*-Messe in Bochum gesehen habe.« Er beugte sich vor. »Ne echte Schönheit, oder?«

»Und? Hast du deinen Charme nicht spielen lassen?«

»Nö, passte nicht. Da war so 'n Fettsack an ihrer Seite.« Carlo grinste. »Aber das ist heute ja zum Glück anders.«

Christina Bennsdorf kam gerade zum Höhepunkt ihrer Geschichte und legte eine kunstvolle Pause ein, um die Spannung zu steigern. Ihre Schwester Lea schaute sie breit grinsend und erwartungsvoll an.

»Da pampt mich mein Chef an.« Sie sprach mit verstellter Stimme weiter: »›Das ist nun schon das dritte Mal in einer Stunde, dass Sie nicht an ihrem Platz sind.‹ Da frage ich ihn: ›Entschuldigen Sie, was machen Sie denn, wenn sie aufs Klo müssen?‹ Und da sagt der – halt dich fest: ›Dann mach ich mir einen Knoten rein.‹« Lea prustete schon los, aber Christina hob die Hand. »Neee, das Beste kommt noch. Weißt du, was mir rausgeplatzt ist?«

Die Jüngere kicherte.

Christina bemühte sich um eine ernste Miene, um die Szene glaubhaft darzustellen. »›Das ist doch wohl Wunschdenken, oder?‹«

Renni kam just in dem Moment mit dem Whisky zu den beiden Frauen, als diese sich die Tränen aus den Augen wischten. Er hielt ihnen die eleganten Stielgläser hin. »Bitte schön. Zwei Glenmorangie Sherry Wood Finish.«

Die Ältere fasste sich zuerst. »Was? Die haben wir doch gar nicht bestellt.«

Der Wirt grinste und machte eine Kopfbewegung zum anderen Ende der Bar. »Mit freundlichen Grüßen von Carlo.«

Christina blickte hinüber. Genau wie ihre Schwester nahm

sie eines der Nosing-Gläser mit dem rötlich schimmernden Inhalt entgegen. »Danke sehr.« Sie prostete dem Mann in den Lederklamotten zu. Ohne sich umzudrehen, sagte sie: »Du, ich glaube, der steht auf dich, Lea. Guck mal, wie der dich anstarrt.« Sie trank ein Schlückchen. »Hui, der ist aber intensiv.« Sie lächelte dem Biker zu. Der runzelte aber nur die Stirn und blickte an ihr vorbei. Erst jetzt fiel Christina die Stille neben ihr auf. Sie wandte sich ihrer Schwester zu und erschrak.

Lea stand neben ihrem Hocker, bleich wie ein Gespenst, den Mund verzerrt. Das Whiskyglas rutschte aus ihrer Hand und zerschellte auf dem Boden. So hatte Christina ihre Schwester schon einmal erlebt. Vor fast vier Jahren …

Ihr eigenes Glas kippte fast, als sie es eilig abstellte und vom Hocker sprang. »Lea! Was ist denn?«

Keine Antwort. Ihre Schwester schien sie nicht einmal zu hören.

Renni hatte sich in der Zwischenzeit mit Kehrblech und Aufnehmer bewaffnet und eilte zu den beiden Frauen, um die Sauerei zu beseitigen. Er stoppte abrupt, als er den Gesichtsausdruck der Dünnen sah. Ach, du Scheiße, war die auf Droge? So was konnte er hier nicht gebrauchen. Er trat zwischen die beiden. »Kann ich dir irgendwie …«

Weiter kam der Wirt nicht. Denn als er die Schulter der jungen Frau berührte, löste er etwas aus. Was dann geschah, würde Renni und seinen Gästen noch lange im Gedächtnis bleiben.

2

Paul saß auf dem Fußboden und zitterte. Der kleine, fensterlose Raum befand sich im Keller des Waisenhauses St. Jophiel, das sein Vater leitete. Kalt war es hier. Wie in der Dorfkirche, die er jeden Sonntag mit seinen Eltern besuchen musste. Der widerliche Pfaffe mit den gelben Zähnen spuckte nur Worthülsen von der Kanzel, erzählte von Liebe, Demut, Schuld, Vergebung und Erlösung. Dabei war der Schwarzkittel der größte Heuchler von allen. Wie Paul ihn verachtete! Genau wie die dummen Schafe, die das hölzerne Kreuz anstarrten oder zur Jungfrau Maria beteten.

Auch er selbst war ein Heuchler. Weil er nicht aussprach, was er dachte. Weil er mitmachte bei diesem mittelalterlichen Ritual. Immerhin wusste er, wer er wirklich war. Und was er wollte. Heute sah Paul zum ersten Mal so klar, als hätte ein Optiker seine Linsen geschliffen.

Die Anspannung war kaum auszuhalten. Seine Muskeln vibrierten, als bestünden sie aus straff gespannten Gitarrensaiten. Aber er musste auf dem Boden sitzen bleiben. »Rühr dich bloß nicht!«, hatte sein Vater ihn gewarnt. Paul hatte gelernt, dass es besser war, ihm zu gehorchen.

Diese ›Vater-und-Sohn-Zeit‹ musste er schon zwei Jahre ertragen. Doch heute sollte eine Premiere stattfinden. Zum ersten Mal war Paul in diesem Raum nur Zuschauer. Sein Vater hatte ihn geweckt und in das Verlies geschleppt. »Pass genau auf!«, hatte er gezischt. »Du lernst jetzt, was einen Kerl von einem Knaben unterscheidet.«

Das Mädchen, das der Vater geholt hatte, trug noch ein Nachthemd. Knielang. Hellblau. Die Kleine war noch keine zwölf Jahre alt. Sie verstand, was gleich mit ihr passieren würde. Es wurde viel geflüstert nachts in den Schlafsälen.

Sie weinte, blickte Paul mit großen, feuchten Augen an. Begriff sie denn nicht, dass in diesem Keller keine Hilfe zu erwarten war?

Der Junge prägte sich jede Einzelheit der Inszenierung ein. Die alte Matratze, deren Stockflecken von einem schwarzen Laken verdeckt wurden. Seinen Vater, der das Mädchen nach vorn stieß, sodass es auf allen vieren vor ihm hockte. Die Waise wehrte sich nicht länger. Ein kräftiger Schlag auf den Mund hatte gereicht. Paul sah die Platzwunde auf ihrer Lippe. Sie leuchtete rot wie der Klatschmohn, der an Feldrainen wuchs.

Nun schoben die behaarten Finger seines Vaters den blauen Stoff hoch, als wollten sie den Vorhang für den letzten Akt lüften. Das Mädchen zitterte. Noch immer war sein Kopf zur Seite geneigt. In Pauls Richtung. »Bitte«, schien es zu flüstern. »Bitte ...«

Doch er blieb auf seiner dünnen Decke sitzen, schauderte nur. Eine Hundert-Watt-Birne unter der Zimmerdecke verlieh der Szenerie Kontrast und Schärfe. Hier wohnte kein Gott. Hier gab es nur Ungeheuer. Seinen Vater und ihn – und ein wehrloses Mädchen, ihr Opfer.

Sie war nun nackt. Zum ersten Mal sah Paul sie so. Oft hatte er versucht sich vorzustellen, wie ihre kleinen Brüste aussahen. Wie sich ihre Haut anfühlte. Er hatte diese Gedanken stets verdrängt.

Sein Vater packte die Kleine an den Hüften und zog sie zu sich. Dann grinste er seinen Sohn kurz an, als wollte er sagen: »Nur Geduld! Du darfst auch noch.«

Paul sah zu. Er hielt die Luft an, wagte nicht zu blinzeln. Seine Muskeln waren so angespannt, dass es schmerzte. Zwischen seinen Schenkeln wurde es hart. Er blickte mit geweiteten Augen an sich hinunter. Dann schrie das Mädchen.

Paul Kehlmann erwachte jäh und fuhr hoch. Schon wieder der Traum. Und immer brach er an dieser Stelle ab. Nass geschwitzt saß Kehlmann da und rieb sich das ergraute Haar, das wie Unkraut aus dem Kragen seines Pyjamas quoll. Im ersten Tageslicht brauchte er ein paar Sekunden, um den Sprung vom Traum in die Wirklichkeit zu realisieren. Noch immer spürte er seine Erektion und ein quälendes Verlangen, sich Erleichterung zu verschaffen.

›Dampf ablassen‹ nannte das Kralle, einer seiner fünf Mitgefangenen in der alten Zelle. Und das hatte er oft getan und niemals dezent. Draußen hatte er eingeworfen und geschnupft, was er gerade auftreiben konnte. Trotz einer Entziehungskur hatte er sich stets nach einem Schuss gesehnt. Die Selbstbefriedigung half ihm wohl, die Sucht zu kompensieren.

Paul ekelte sich vor Kralle. Typen wie der hatten keine Selbstachtung. Zum Glück musste er sich mit ihm nicht mehr abgeben. Die Verlegung in den offenen Vollzug hatte durchaus ihre Vorteile.

»Was ist los, Professor?«, tönte es neben ihm. Aus der Dunkelheit schälte sich ein schmales Gesicht. Cookie war aus seiner Koje gekrochen. »Wieder Albträume? Gut, dass ich bald durchpennen kann.«

»Weiß nicht«, murmelte Paul. Obwohl Cookie einer der angenehmsten Mithäftlinge war, hatte er keine Lust, ihn so tief in seine Seele blicken zu lassen. Stattdessen fragte er: »Und du? Schon aufgeregt?«

Obwohl der Mann fast nichts tat, wovon er sich keinen Vorteil versprach, fühlte Kehlmann eine gewisse Verbundenheit mit ihm. Der Gedanke, dass er seinen Zellengenossen in wenigen Stunden verlieren würde, gefiel ihm nicht.

»Aufgeregt? Nein! Aber ich werde auch nicht heulen, wenn ich hier raus bin. Sobald ich Kohle habe, geht das richtige Leben wieder los.«

»Das wird nicht lange dauern.«

»Ich weiß.« Cookie schien nachzudenken. »Vier Wochen sind's bei dir noch, oder?«

»Ja.«

»Und wann steht dein nächster Ausgang an?«

»In acht Tagen.«

»Vergeig es nicht.«

»Bestimmt nicht. Wird aber 'ne lange Zeit ohne dich.«

Cookie schien ihn anzustarren. Solche Geständnisse waren selten im Knast. Echte Freundschaften gab es hier nicht. An der Tagesordnung waren Mobbing, Erpressung und Bandenkriege.

Aber auch wenn es Cookie an Emotionen mangelte, war er auf seine Art in Ordnung. Er war clever und hatte das Talent, ›Dinge zu organisieren‹, wie er es nannte.

Draußen hatte er eine Weile an der Börse gezockt. Ziemlich erfolgreich sogar. Dann hatte ihn jemand wegen Insiderhandels verpfiffen. Der Informant der Bullen, so munkelte man, sei noch während der Ermittlungen spurlos verschwunden. Beweise, dass Cookie damit etwas zu tun hatte, gab es nicht – aber die Gerüchte und Spekulationen in der Bochumer Vollzugsanstalt taten ihre Wirkung. Die meisten Knackis in der Krümmede respektierten ihn. Manche fanden ihn sogar unheimlich.

»War gut, dich zu treffen, Prof«, flüsterte Cookie und deutete mit dem Kopf in Richtung Flur. »Wir sind zwei Homines superiores zwischen all den Troglodyten hier.«

›Hier‹, das war der offene Bereich für die Entlassungskandidaten, in dem es nur noch Zwei-Mann-Zellen gab. Cookie und Paul hatten seit ihrer Verlegung nicht nur Schach gespielt, sondern auch aufgeteilt, wer welche Bittgesuche und Anträge für Mithäftlinge verfasste. Gelegentlich hatte einer der beiden Computer- oder Börsenzeitschriften besorgt, um auf dem neuesten Stand zu bleiben.

»Stimmt«, sagte Paul. »Viel Erfolg da draußen!«

»Werde ich haben! Aber jetzt muss ich erst mal pissen.«

Der Professor wandte sich höflich ab und lockerte seine Muskeln. Schlank war er geworden. Durchtrainiert. Wo früher ein riesiger Fettberg geschwabbelt hatte, befand sich nun ein flacher Bauch. Die Waage im Arztzimmer zeigte fünfunddreißig Kilo weniger als früher. Das ehemals rötliche Stoppelhaar hatte sich in eine graue Lockenpracht verwandelt. Was er sah, wenn er beim Rasieren in einen Spiegel blickte, gefiel ihm. Engelshaar, aber ein klarer Blick und ein markantes Kinn. Ob ihn noch jemand erkennen würde?

In der Ferne erklang metallischer Lärm, der langsam näher kam. Der Aufschluss stand bevor. Um halb sieben würde Cookie außer der Reihe unter die Dusche gehen, um sich landfein zu machen, während Paul mit einem Trupp anderer Gefangener zu seinem Arbeitsplatz in der Druckerei geführt würde.

Paul schwang die Beine aus dem Bett und reckte sich. Bald würde es wieder Whisky statt Kräutertee geben. Vor allem aber würde er endlich ein paar Rechnungen begleichen können. Fast vier Jahre Knast hatten ihren Preis.

Er schloss die Augen und stellte sich vor, wie es sein würde. Ein Bild fesselte ihn besonders. Der falsche blonde Engel. Die Schlange. Ob sie auch manchmal an ihn dachte? Er hoffte es.

3

»... Industriekapitän baut dem Vorsitzenden einer Großen Strafkammer in Frankreich ein Landhaus. Willst du die Story haben?«

»Einen Richter abschießen? Immer!«

Kalle Mager klappte das Buch zu und starrte wehmütig durch das Fenster seines Ladenlokals. Solche Angebote bekamen nur Journalisten. Und meist nur im Roman. Er hingegen saß in einer ehemaligen Änderungsschneiderei am Wattenscheider Hellweg und wartete oft tagelang vergebens darauf, dass sich die Tür öffnete.

Immerhin hatte er Zeit zu lesen und den Höntroper Verkehr zu beobachten. Die alte Linie 310 ratterte meist pünktlich um die Kurve der Kreuzung vor dem Laden. Einmal war Kalle sogar Zeuge eines Verkehrsunfalls geworden. Aber von dem Zeugengeld vor Gericht hatte er die Miete leider auch nicht bezahlen können.

Seufzend stand er auf und goss den kalten Kaffee weg. Woran lag es? War die Polizei bei ihren Ermittlungen zu gut? Hatte er den falschen Standort gewählt? Oder konnten die Leute sich einfach keinen Detektiv leisten?

Plötzlich öffnete jemand die Ladentür. Das Klingeln des Glöckchens ging im hereinbrechenden Straßenlärm unter. In den klassischen Krimis wäre jetzt eine atemberaubende Blondine hereingeschwebt, mit Designerkostüm, *Chanel*-Wolke und einem dicken Scheckbuch im Handtäschchen. Aber Wattenscheid war nicht Los Angeles. Vor Mager stand ein älterer Herr: Stirnglatze, Goldrandbrille und Hamsterbäckchen. Zum bunten Printhemd über der Hose trug er, ganz germanisch, weiße Baumwollsöckchen und *Birkenstock*-Sandalen. Kalle tippte auf den Ex-Filialleiter einer Sparkasse oder den Inhaber eines Sanitärgeschäftes.

»Guten Tag«, half der Privatdetektiv dem stummen Besucher weiter und streckte ihm die Hand entgegen. »Ich bin Dr. Mager. Bitte setzen Sie sich. Was kann ich für Sie tun?«

Der Mann wischte sich den Schweiß von der Stirn, zögerte einen Moment und sagte dann: »Guten Tag, Konrad mein Name. Ich bin hier, weil … Irgendwer lässt jede Nacht seinen Hund vor meine Haustür scheißen. Solche Haufen!« Seine Hände formten ein Oval von der Größe eines Handballs. »Die Polizei meint, ich solle Anzeige gegen Unbekannt erstatten, aber …«, sein Atem ging nun schneller, »…

die kriegen doch sowieso nichts raus. Können Sie mir Hoffnung machen?«

Kalle konnte.

Später am Tag schloss er die Tür zu seiner und Simones Wohnung auf und blickte verstört auf ein Chaos, das vom Korridor ins Wohnzimmer führte. Kartons und Verpackungsmüll, Kabel und Elektrogeräte in allen Größen bedeckten den Boden und die Sitzmöbel. Es sah aus, als ob ein Hurrikan durch das Gemäuer gezogen wäre. Mittendrin saß die Hausherrin und grinste ihn an wie ein Dingo nach erfolgreicher Jagd.

»Bist du sicher, dass wir das alles brauchen?«

Simone lachte. »Nee, ganz sicher bin ich nicht. Brauchst aber keine Angst haben. Das meiste Zeug schicke ich wieder zurück.«

»Aha. Und wofür ist der Krempel?«

»Ich teste was für den CCC.«

»Sieht eher aus, als wolltest du zur Hausfrau umschulen.« Kalle scannte das Durcheinander: Kaffeemaschine, Wasserkocher, Toaster, Saugroboter sowie einige Kleingeräte in Würfel- oder Zylinderform, deren Daseinsberechtigung sich ihm nicht erschlossen.

»Und was willst du testen? Ob du noch Kaffee kochen kannst?«

»Sehr witzig. Nee, ich schaue gerade, wie gesprächig diese Teile sind.« Sim hielt ihr Handy in die Höhe, als würde das alles erklären.

»Okay, du telefonierst mit einem Toaster. Ich mache mir Sorgen.«

Simone rollte mit den Augen. »Nein, natürlich nicht. Das sind alles Geräte, die mit WLAN ausgestattet sind. Vom ›Internet der Dinge‹ hast du bestimmt schon mal gehört. Ich teste, wie leicht man sich als Hacker Zugriff auf die Teile verschaffen kann und was sie einem so alles verraten, wenn sie an ein Heimnetz angedockt sind.«

»O je. Hast du nicht genug Arbeit an der Uni?«

»Doch, schon, aber wir Haecksen brauchen doch immer was zum Spielen! Aktuell messe ich die elektromagnetischen Felder.« Sie hielt wieder ihr Smartphone in die Höhe. Auf dem Display war ein grünes Zickzackmuster ähnlich dem auf einem medizinischen Monitor zu erkennen. »Mit dieser App hier zum Beispiel kann man …«

Kalle unterbrach seine Freundin, bevor sie sich noch mehr begeisterte. »Gibt es auch eine App zum Auffinden eines Plätzchens, an dem ich mich ein bisschen ausruhen kann?«

Statt verbal zu antworten, klimperte Sim mit den Augen und malte mit beiden Händen ein großes Herz in die Luft. »Du armer Kerl. Nichtstun macht müde. Los, setz dich auf den Balkon. Ich mach uns einen Cappu!«

Der Vierzigjährige nickte schicksalsergeben. Er war einiges gewöhnt. Fast vier Jahren war es her, dass er mit Simone Olsok die gemeinsame Wohnung im Einsteinweg bezogen hatte. Sie war nicht nur die Frau, die ihn liebte, sondern auch eine geniale Sicherheitsexpertin und Mitglied bei den Haecksen, eine Untergruppe des Chaos Computer Clubs, einem Hackerverein, der sich mit allen Fragen rund um Computersicherheit beschäftigte. Heute war wohl ein Tag, an dem das Chaos vom Club ins heimische Wohnzimmer gezogen war. Da musste er durch.

Kurze Zeit später saßen die beiden auf ihren Korbstühlen, je einen dampfenden Becher vor sich auf dem kleinen Balkontisch. Simone rückte den Stuhl zurecht, um die Füße gegen das noch warme Mäuerchen stemmen zu können, und lehnte sich dann zurück »Hmm, so kann man es aushalten. Wie war dein Tag?«

»Ich habe einen Wahnsinnsauftrag erhalten!«, meinte er

sarkastisch und schilderte den Besuch des Sandalenträgers. »Ich habe ihm empfohlen, eine Infrarotkamera anzubringen.«

»Damit verdienst du keinen Cent.«

»Doch. Sobald das Ding hängt, kann ich bequem vom Büro aus überwachen, wann der Kackteufel wieder zuschlägt. Mit den Bildern finde ich bestimmt schnell raus, wer der Hundehalter ist.«

»Genial. Und was verdienst du pro Nacht?«

»Wenn ich Glück habe, zweihundert Euro für Technikmiete und Aufwandspauschale. Und noch mal zweihundert als Erfolgsprämie, wenn ich einen Namen und Beweise liefern kann.«

»Wieso hast du dich darauf eingelassen, nur bei Erfolg bezahlt zu werden?«

»Die ganze Aktion ist ihm eigentlich zu teuer. Er überlegt es sich noch.«

»Mensch, Kalle, zum Reichwerden taugt das nicht. Kannst du die Kamera überhaupt einrichten?«

»Habe ich eine Haeckse im Haus?«

»Hörst du meinen Begeisterungsschrei?«

Er stellte die Tasse ab und zündete sich eine Zigarette an. »Danke. Sehr aufbauend. Darf ich dich erinnern, dass die Detektei eigentlich unser gemeinsames Baby war?«

»Ach, Kalle. Einer von uns braucht ein regelmäßiges Einkommen.«

»Ich weiß, trotzdem ist es frustrierend. Nix läuft so, wie wir uns das vorgestellt haben. Und ich habe nur Scheiße am Bein.« Er zählte auf: »Für einen Supermarktfritzen herausfinden, ob die häufig ausfallende Kassiererin wirklich ein krankes Kind hat. Für einen Baumarktfuzzi ermitteln, ob seine Frau mit dem Nachhilfelehrer des Sohnes vögelt. Für den Getränkemarkt ein paar arme Schweine einfangen, die eine

Cola klauen. Ich habe auf so was keinen Bock mehr. Das ist … ekelhaft. Und für die paar Kröten, die ich verdiene, muss ich meine Selbstachtung stückchenweise das Klo runterspülen.«

Kalle starrte finster über seinen Tassenrand und die Balkonbrüstung hinweg auf Höntrops grünen Süden. Eine Weile schwiegen beide. Dann griff er erneut nach seinen Zigaretten.

»Du rauchst zu …«

Er kannte den Rest. Simone war seit vier Jahren clean. Ein Unbekannter hatte sie, vermutlich im Auftrag eines betrügerischen Professors, attackiert. Nach dem daraus resultierenden Kieferbruch rauchte sie gar nicht mehr – und Kalle nicht mehr in der Wohnung.

»Und wenn du deinen Alten mal fragst, ob er eine Idee hat, wie man das Geschäft ankurbeln kann?«, überlegte Simone laut.

Kalle blickte sie überrascht an. »Ich weiß nicht. Es ist Monate her, dass er sich zum letzten Mal für PEGASUS interessiert hat!«

Sein Erzeuger, einst Kameramann des Videoteams PEGASUS, war nach Auflösung der Firma verbittert in Frührente gegangen. Seitdem hütete er das alte Zechenhaus, in dem er mit seiner zweiten Frau Karin und ihrem gemeinsamen Sohn Theo, Kalles Halbbruder, wohnte.

Seinen verwaisten Arbeitsplatz hatte der Alte aber vor Augen, sobald er den Hinterhof betrat: Er lag, nur durch eine schmale Hofeinfahrt getrennt, im Erdgeschoss des Nachbarhauses. Die beiden Räume auf der Straßenseite nutzte Ex-PEGASUS-Chefin Susanne noch immer als Arbeitszimmer, und Klaus-Ulrich Magers umfangreiches Filmarchiv lag auf der Hofseite und staubte langsam vor sich hin – der Alte hatte es nach der Kündigung nie wieder betreten. Aber sobald er sich im Hof befand, schaute ihn das schmutzblinde Fenster mit stummem Vorwurf an.

»Na ja, als Hausmann und Oberaufseher für Theo ist er ja auch ganz schön eingespannt«, meinte Simone.

»Blödsinn. Theo wird bald sechzehn, der kommt gut alleine klar. Ich denke eher, dass mein Vater in Selbstmitleid badet und von den vergangenen Heldentaten träumt.«

»Das wäre doch ein prima Anknüpfungspunkt für ein schönes Vater-Sohn-Gespräch. Eure soziale Lage ist völlig identisch. Ohne eure Frauen wärt ihr beide auf Sozialhilfe oder Hartz IV angewiesen.«

»Danke, Sim, du findest immer die richtigen Worte.«

4

Kurz vor Feierabend kam die Sozialarbeiterin in die Druckerei. Als Kehlmann sie erblickte, ging sein Puls schneller. Nicht weil sie eine Frau war. Mit ihrer stämmigen Figur und den dunkelblonden Fransen passte sie nicht in sein Beuteschema. Aber sie kam, das war klar, im Auftrag der Chefin.

»Tag, Herr Kehlmann. Haben Sie einen Moment Zeit?«

Den hatte er. Bereitwillig folgte er ihr in die kleine Meisterbude.

»Ich habe gerade mit Frau Dr. König den Wochenplan abgestimmt. Mittwoch bekommen Sie Ihren letzten freien Ausgang. Haben Sie besondere Wünsche?«

Das war was ganz Neues. Bei den beiden ersten Malen hatten sie ihn mit Verbotsanweisungen vollgestopft. Und jetzt ...

»Ich würde gerne nach Dortmund fahren. Mein Rechtsanwalt hat mir dort eine Wohnung besorgt. Es wäre schön, mir die Ecke angucken zu können, in der ich wohnen werde.«

»Warum in Dortmund?«

»Weil ich mich da noch etwas auskenne. Früher habe ich dort studiert.«

Die Sozialarbeiterin sah ihm in die Augen und er wandte seinen Blick nicht ab. Sie kannte seine Akte – und Paul wusste, dass sie alles wusste. Dortmund lag weit genug weg vom Schauplatz seiner größten Sünden – und darauf kam es ihr an.

»Das dürfte klargehen.«

»Danke. Ein schönes Wochenende!«

»Ihnen auch.«

Die Zellen der Entlassungskandidaten waren tagsüber offen und die Gefangenen hatten viele Möglichkeiten, sich die Zeit zu vertreiben. Lesen, Sport, Quatschen, Fernsehen. Manche kochten sogar zusammen. Ein Hauch von Normalität und der Freiheit, in die sie bald entlassen würden – wenn nichts mehr schiefging.

Paul kramte sein Schreibzeug heraus und setzte sich mit einem Instantkaffee an den Tisch in der Zelle.

Liebe Annemarie,
zuerst möchte mich bei dir entschuldigen. Du hast lange nichts von mir gehört und ich hoffe wirklich sehr, dass es dir gut geht. Es ist schwierig für mich, dir zu schreiben. Ich habe bereits etliche Briefe an dich wieder zerrissen. Das sollst du wissen. Ich schäme mich für die Situation, in der ich bin.
Möglicherweise hast du schon versucht, mich zu kontaktieren, nachdem die jährliche Spende für St. Jophiel ausgeblieben ist. Ja, ganz sicher hast du das getan. Und ich habe große Angst, dass du glaubst, was man dir vielleicht erzählt hat. Ich weiß genau, dass unsere Freundschaft dann beendet wäre. Ich würde es im umgekehrten Fall nicht anders tun, wenn wahr wäre, was man behauptet.
Wie du an der Absenderadresse siehst, schreibe ich dir aus

der JVA. Fast vier Jahre meines Lebens habe ich hier verbracht. Meine (Ex-)Frau Gaby und die Kinder möchten keinen Kontakt mehr zu mir. Die einzigen Menschen, die ich hin und wieder sehe, sind mein Anwalt und Roman Witzler, den ich noch aus meinen Burschenschaftszeiten an der Uni kenne.

Vor einiger Zeit hat mich eine gute Nachricht erreicht. Mein Antrag auf vorzeitige Entlassung ist durch. Am 26. September ist es so weit. Eine Wohnung habe ich auch schon. Roman hat sie organisiert und sich darum gekümmert, dass etwas Mobiliar und einige persönliche Dinge auf mich warten. Aber was ich mir am meisten wünsche, kann und will Roman nicht sein: ein Freund, der offen zu mir steht. Sein ›guter Ruf steht auf dem Spiel‹, so hat er es formuliert. Das war hart nach all den Jahren, die wir uns kennen. Aber ich erwarte kein Mitleid von dir oder irgendjemandem. Im Gegenteil: Ich bin dankbar für die Hilfe, die ich bekomme, und außerdem nicht in der Position, um Erwartungen an jemanden zu richten.

Aber hoffen darf ich. Dass du mir wegen unserer langen Freundschaft die Chance gibst, dich zu sehen. Das ist zurzeit alles, was ich mir wünsche. Meine Verurteilung basierte nicht auf Beweisen, sondern auf Indizien. Mir wurde übel mitgespielt. Bitte hör mich an. Ich möchte dir erklären, was wirklich passiert ist. Es würde mir sehr viel bedeuten.

In alter Freundschaft
liebe Grüße
Paul

Er legte den Stift zur Seite und las den Brief noch einmal. Dann tütete er ihn ein, ohne den Umschlag zu verschließen. Das war üblich, denn die Post wurde stichprobenartig kontrolliert. Aber er hatte keinen Grund zur Sorge, sein Brief war unverfänglich. Die Adresse kannte Paul auswendig. In drei Tagen würde sein Schreiben vielleicht schon Freiburg erreichen. Jetzt musste er geduldig abwarten.

5

»Wie geil ist das denn?«

Simone Olsok, Sicherheitsexpertin an der Uni Duisburg-Essen, unterbrach ihre Arbeit und schaute ihren Freund und Kollegen Tim Hoppe an. Solche Ausbrüche waren nicht üblich für den Systemadministrator. »Was denn? Gibt es Sagrotan im Zehnerpack günstiger?« Simone kicherte. Auch nach zwei gemeinsamen Jahren in einem Büro liebte sie es, den Admin aufzuziehen. Sein Reinlichtkeitsfimmel und ihre chaotische Ader passten wirklich nicht zusammen.

Tim parierte: »Nee, damit käme ich wohl kaum aus. Auf deiner Seite bräuchten wir einen Kammerjäger.«

Simones Blick wanderte über die beiden Arbeitsplätze. Der Kontrast war unübersehbar. Tims Schreibtisch könnte direkt aus der Büromöbel-Seite des IKEA-Katalogs stammen. Sogar die Tasse Kaffee neben seiner Tastatur stand auf einem Untersetzer!

Ihr eigener Tisch war übersät mit Kaffeeringen, Überraschungseifiguren und Zetteln. Sicher, man könnte mal wieder drüberwischen. Man musste es aber auch nicht übertreiben …

»Was ist denn nun so geil? Lass dir nicht jeden Wurm aus der Nase ziehen.«

»Ole ist jetzt Professor.«

»Ole Rasmusson? Das ist ja krass.«

Ole war wie Tim vor vier Jahren am Kopula-Institut der Uni Duisburg-Essen unter Prof. Paul Kehlmann beschäftigt gewesen. Tim hatte damals gemeinsam mit Simone, Ole und der leitenden Angestellten Adele den Chef zu Fall gebracht. Für die Vergewaltigung Lea Bennsdorfs war Kehlmann hinter Gitter gewandert. Der Fall hatte damals alle schwer erschüttert, vor allem Tim, der mehr als nur Freundschaft für Lea empfunden hatte.

»Ole ist ein Genie. Paul hat ihn ewig hingehalten und jetzt schafft er in vier Jahren seinen Doktor und die Habilitation. Das dürfte ein neuer Rekord sein.«

Sim lachte. »Ich gönn es ihm. Er ist ein feiner Kerl.«

»Ich auch. Wäre er hiergeblieben, dann würde der Arme vermutlich immer noch an seiner Dissertation schrauben.«

Simone lachte. »Wahre Worte. Hat er dir gemailt? Ich habe keine Post von ihm.« Ihre Lippen verzogen sich zu einem Schmollmund.

»Keine Sorge, ich auch nicht. Ich sehe es gerade auf Facebook.«

»Zeig mal.« Sie stand auf und betrat die sterile Zone, in der Tim thronte wie eine Edelpraline in der Glasvitrine. Sie stützte sich auf seinem Schreibtisch ab, um besser auf dem Hauptmonitor lesen zu können.

Das Facebook-Profil zeigte das Porträt eines Mannes mit feinem kurzem Haar, einem Dreitagebart und Brille. Sanfte, aber wache Augen schauten direkt in die Kamera. Es gab zwei neue Posts. Der erste bestand aus einem Foto, das jemand wohl nach der Verteidigung der Doktorarbeit geschossen hatte. Ole trug einen dunkelgrauen Anzug. In der Hand hielt er ein Glas Sekt. Seit Tim und Simone ihn das letzte Mal gesehen hatten, hatte er mindestens fünfzehn Kilo abgespeckt.

Der Text zu dem Foto enthielt einen Abriss seines akademischen Werdegangs und endete mit einer Danksagung an alle Menschen, die an ihn geglaubt und die ihn unterstützt hatten. *My success is your success!* Das war das Fazit der rührseligen Nachricht.

Der zweite Post zeigte ein kleines Flugzeug vor wolkigem Himmel. Der Status lautete: *Ole Rasmusson erfreut. Back to the roots. Bald geht es ins Ruhrgebiet. Mit Robert Mertens über die Wolken und mit allen Kopula-Kollegen, die mich noch kennen, in den* Finkenkrug.

Simone war gerührt. »Gratuliere Ole mal in unser beider Namen, ja?«

»Nicht nur das. Ich schreibe direkt, dass wir beim Treffen dabei sind, oder?«

»Na klar!«

Kaum hatte Tim seine Kommentare unter die beiden Posts gesetzt, erschien ein neuer Beitrag. Er zeigte eine Seite aus Oles Habilitationsarbeit – eine formelle Danksagung. Der Text zum Foto lautete: *Oh yes, I did it!*

Was genau meinte Ole? Dann fiel ihr etwas auf. Sie runzelte die Stirn und legte den Kopf schief. »Hat der etwa …?«

Sie brach in schallendes Gelächter aus.

Tim war verwirrt. »Habe ich was verpasst?«

»Ja. Schau dir mal die Anfangsbuchstaben auf der linken Seite an.«

Der Admin konzentrierte sich auf den Textausschnitt. Dann hellte sich auch sein Gesicht auf. »Ich liebe Oles Humor!«

Von oben nach unten gelesen, ergaben die Anfangsbuchstaben einen Satz: *Fuck you Paul!*

6

Da war jemand hinter ihr. Sie sah niemanden, aber sie fühlte es. Ihre Schritte beschleunigten sich.

Die Abenddämmerung hatte noch nicht eingesetzt, als Lea

Bennsdorf mit ihren Einkäufen aus dem Supermarkt kam. Mit gebeugtem Rücken hastete sie den Sachsenring hinunter. Tiefe Schatten unter den Augen zeugten von zu wenig Schlaf in zu vielen Nächten.

Ein Blick über die rechte Schulter. Nichts. Nur ein paar spielende Kinder, die zwischen den hohen Häusern auf einer Mauer balancierten. Stand da jemand hinter dem Busch?

Ihr Herz klopfte und sie ging noch schneller. Ein Geräusch direkt hinter ihr ließ sie zusammenzucken. Lea fuhr herum. Die Einkaufstasche mit den Flaschen prallte gegen ihr Knie. Sie biss sich auf die Lippe und stöhnte. Hinter ihr war niemand.

Ein Blick nach links. Die Parkplätze der Plattensiedlung. Ein Mann beugte sich über die aufgeklappte Motorhaube eines altersschwachen Fords, eine alte Frau trippelte mit ihrem Rollator mühsam bergauf. Keine Gefahr. Scheinbar. Auch in den Hauseingängen oder auf der Straße konnte Lea keinen Verdächtigen entdecken. Aber sie wusste, dass sie beobachtet wurde. Sie wusste es!

Ihr Shirt war unter den Achseln durchgeschwitzt. Der Geruch war unangenehm und sie hoffte, im Hausflur niemanden zu treffen. Wenn sie nur endlich da wäre! Sie atmete flach und stoßweise. Nach Hause. Schnell. Sie bekam kaum noch Luft und ihr wurde schwindelig.

›Frau Bennsdorf, wenn Sie merken, dass Sie in Panik geraten, dann müssen Sie innehalten.‹

Das hatte ihr die Therapeutin geraten. Damals. Nachdem *er* ihr … Lea schüttelte sich. Nein, nicht daran denken!

›Sie dürfen sich nicht von Ihren Ängsten beherrschen lassen.‹

Noch dreihundert Meter. Fast hatte sie die rettende Haustür erreicht.

›Sie müssen ruhig und konzentriert atmen.‹

Das wollte sie, aber es ging nicht. Ihr Hals fühlte sich an, als wäre er ein Schrumpfschlauch. Er schmerzte.

Ein breitschultriger Glatzkopf kam ihr entgegen. War das ein Nachbar? Warum starrte er sie so an? Die Andeutung eines Kopfnickens, dann war sie an ihm vorbei.

Als sie endlich in der Kühle des marmorierten Hausflurs stand, zitterte sie am ganzen Leib. Sie war allein. Der Fahrstuhl wartete bereits auf sie. Lea stolperte hinein und fuhr in den sechsten Stock. Dort ließ sie ihre Einkaufstaschen auf die Fußmatte fallen, entriegelte den Panzerriegel und das Sicherheitsschloss.

So schnell sie konnte, zerrte Lea ihre Einkäufe in die Wohnung und warf die Tür hinter sich zu. Zweimal drehte sie den Schlüssel um. Der lange Sicherheitsriegel rutschte in die Halterung, die fest im Mauerwerk verankert war. Jetzt war sie in Sicherheit.

Lea ließ sich auf den Teppich vor der Küche fallen. Atmete langsam ein, lang aus. Der Schwindel ließ nach. Endlich schob sie sich wie in Zeitlupe auf die Einkaufsbeutel zu. Dort fand sie, was sie suchte. Eine Glasflasche mit bernsteinfarbenem Inhalt.

In der Küche fand sie das Wasserglas, das noch vom Vorabend auf der Spüle stand. Sie füllte es bis zur Hälfte mit spanischem Brandy, nahm einen ersten Schluck und schleppte sich ins Wohnzimmer. In der Mitte lag ein dicker Wollteppich, dahinter lockte eine große blaue Polstergarnitur, die mit mehr Kissen bestückt war als die Sessel einer Shisha Lounge. Lea streifte die Schuhe ab, lehnte sich zurück und nahm einen großen Schluck. Der Alkohol brannte in der Kehle, nahm ihr aber das Gefühl der Enge in Brust und Hals.

Seit dem Vorfall in der Whisky-Kneipe vor einer Woche war alles anders. Dort konnte sie sich nie wieder blicken lassen. Ihre Erinnerung daran war auch jetzt noch bruchstückhaft. Irgendjemand hatte ihr und ihrer Schwester Christina einen Single Malt spendiert. Damit hatte es begonnen.

Mit dem widerlichen Whiskydunst. Schwere Süße. Ein Geruch nach Verwesung und morschem Holz. Genau wie in der Nacht, als Paul …

Lea nahm noch einen Schluck aus ihrem Glas. Was dann passiert war, hatte sie erst später von Christina erfahren. Sie selbst war im Taxi wieder zu sich gekommen, mit schmerzender Hüfte und feuchter Hose.

»Du hast geschrien. Ziemlich laut.«

»Warum?«

»Ich weiß nicht. Der Wirt hat dich am Arm gefasst. Du warst totenbleich. Da bist du nach hinten gestolpert und gestürzt. Dann bist du in die Ecke gekrochen und hast geweint. Ganz eigenartig, als ob du drei wärst oder so.«

»Wie meinst du das?«

»Na ja, du hast nach Papa gerufen. Das war echt schräg. Lea, du brauchst Hilfe.«

Das wusste sie selbst. Aber eine Frage hatte sie noch gehabt: »Meine Hose war nass. Habe ich …?«

Christina hatte nicht antworten müssen. Das Mitleid in ihrem Gesicht hatte alles gesagt.

Seit dem Vorfall war sie wieder da, die Angst. Sie kam ohne Anmeldung und hatte immer einen Fuß in der Tür. Sie war wie schwarze Tinte, die sich über Buchstaben, Wörter und schließlich ganze Buchseiten ausbreitete.

Und nun waren Leas Erinnerungen ebenfalls zurück. Ganz nah, wie Zombies, die sich ihren Weg an die Oberfläche gruben und ihre Knochen nach ihr ausstreckten.

Ich hätte nicht mit ihm gehen dürfen.

Ein Zittern schüttelte ihren Körper und sie drückte sich tiefer in die Kissen. Allein. Christina hatte nicht länger bleiben können. Auf zwei volle Wochen hatte sie ihren Urlaub verlängert, aber ihr Arbeitgeber brauchte sie. In Japan – zehntausend Kilometer entfernt – sollte sie den Aufbau einer

Filiale begleiten. Zu weit weg, um bei ihrer Schwester sein zu können.

Lea dachte kurz an ihre Eltern, die beide nicht mehr lebten. Ihre Mutter war bereits bei ihrer Geburt gestorben, ihr Vater vor einigen Jahren. Sie war allein. Aber selbst wenn nicht, wem hätte sie von all dem Schmutz und Grauen aus ihrer Vergangenheit erzählen wollen? Am liebsten würde sie ihre Erinnerungen löschen. Alles hinter sich lassen …

Paul im Sessel, den Blick auf sie gerichtet. Bedauernd.

Die Teppichfasern unter ihren Fingern.

Wieder trank sie einen großen Schluck und zwang ihren Blick zurück in die Realität.

»Du hast echt mehr Glück als Verstand, dass du so schnell an einen Therapieplatz gekommen bist, weißt du das? Andere warten bis zu einem Jahr«, hatte Christina gesagt. »Und freu dich auch über deine schöne Wohnung.«

Doch der Blick auf die grünen und gelben Felder jenseits der Balkonfront konnten Lea nicht mehr beruhigen.

Ihr Smartphone piepste. Wo war's? Auf der Fensterbank. Lea raffte sich auf. Eine Mail von ihrer Schwester. Am Anfang ein kurzer Bericht über ihren Job. Und dann stand da: *Es gefällt mir gar nicht, dass ich dich zurücklassen musste. Denke oft an dich. Hoffe sehr, dass du klarkommst!*

Nein, das tat sie nicht. Aber das durfte Lea nicht schreiben. Es fehlte noch, dass ihre Schwester sich verrückt machte. Ein neuer Schluck Brandy, dann tippte sie die Antwort: *Mach dir bitte keine Sorgen. Mir geht es wieder gut. Trotzdem gehe ich nächste Woche natürlich zu dem Termin. Ich hab dich lieb!*

Abgeschickt. Noch ein Schlückchen. Das nächste unerwünschte Bild erschien in ihrem Kopf. *Das Whiskyglas in Pauls Hand.*

Lea blinzelte. Atmete. So wie Frau Dr. Braun es sie gelehrt hatte. Brust und Schultern passten sich an, hoben und senkten sich in gleichmäßigem Takt.

Der süße Geruch.

Sie versuchte, sich auf die Felder draußen zu konzentrieren. Kein Grün und kein Gelb mehr. Stattdessen färbte die untergehende Sonne alles in ein helles Rot. Rot wie Blut. Ihr Blut.

Noch vier Tage, bis sie ihre neue Therapeutin treffen würde. Der Praxisleiter Dr. Tanzbein hatte mit den Schultern gezuckt und gesagt: »Frau Braun praktiziert leider nicht mehr. Frau Spiering hätte aber Zeit für Sie. Sie ist zwar noch in der Ausbildung, aber fast fertig und sehr gut. Eine andere Möglichkeit sehe ich nicht, Sie so kurzfristig zu vermitteln.«

Hoffentlich konnte die Neue ihr helfen.

Paul sah sie an.

Im Hausflur hörte sie Schritte. Die Härchen auf ihrem Arm stellten sich auf.

Er lächelte.

Mehr Brandy. Die Geräusche waren verklungen. Aber konnte Lea sicher sein, dass nichts im Dunkeln lauerte? Sie stand auf, schlich zur Wohnungstür und drückte ihr Ohr ans Holz. Lauschte. Atmete da jemand? Erschrocken wich sie zurück. Mit trommelndem Herzen eilte sie zurück ins Wohnzimmer. Lea hielt es nicht mehr aus und griff sich ihr Handy. Ein letzter Blick zu dem Foto ihrer Schwester. Aber sie rief nicht Christina an, sondern eine andere Nummer. Eine, die sie nie gelöscht hatte.

Es tutete. Einmal, zweimal …

Bitte, dachte sie, geh ran.

Endlich hob am anderen Ende jemand ab.

»Tim Hoppe.«

Ihre Erleichterung entlud sich in einem Satz. »Tim, ich bin's, Lea.«

Stille. Dann, ungläubig: »Lea? Wie geht es dir?« Die Stimme

klang sanft und besorgt. Als ob sie seine Zuwendung verdiente.

»Ich ... Nicht gut.« Sie versuchte, ihren Atem zu beruhigen. »Es tut mir so leid, dass ich mich nicht mehr gemeldet habe.«

»Ich habe mir Sorgen gemacht.«

Sie begann zu weinen.

»Hey, ist schon gut, ich bin dir nicht böse.«

»Sind wir noch Freunde, Tim?«

»Ja. Natürlich. Hör doch bitte auf zu weinen. Was ist denn passiert?«

»Ich habe solche Angst.«

»Wovor denn?«

»Vor Paul. Ich glaube, er ist wieder da.«

7

»Trink nicht so viel!«, flüsterte Karin Jacobmayer, während sie ihren Gatten scheinbar liebevoll umarmte. »Und drei Stücke Fleisch müssten eigentlich reichen!«

Klaus-Ulrich Mager stöhnte auf und schob ihre Hände zurück. Dann deutete er auf den Grill, dessen Glut fast erloschen war. »Sei froh, dass ich mich opfere! Das letzte Steak wäre glatt verkohlt!«

»Du opferst dich in letzter Zeit verdammt oft!«, konstatierte sie nun ebenso laut wie er. »Wann warst du zum letzten Mal auf der Waage?«

Seine Antwort ging im Lärm der S-Bahn unter, die hinter der ehemaligen PEGASUS-Festung auf einem Damm Richtung Dortmund rauschte. Kaum einer gönnte den roten Waggons noch einen Blick – sie gehörten einfach zu diesem gediegenen Ensemble. Im Süden, an der Straße, lagen das ehemalige

Hauptquartier der Filmfirma und das Reihenhaus, in dem Mager mit seiner Familie residierte – beide nur durch eine Pkw-Durchfahrt getrennt. Der nördliche Teil des Anwesens war direkt am Bahndamm zur Hälfte von dem Hinterhaus belegt, in dem Mager viele Jahre mit Kalles Mutter Mechthild eine Art Nahkampfehe geführt hatte. Nach der Scheidung hatte seine Ex sich geweigert auszuziehen und den freien Platz vor der Böschung in einen argwöhnisch behüteten Kräutergarten verwandelt.

Dass überhaupt noch einer der Beteiligten lebte, lag wohl daran, dass niemand diesen verwunschenen Ort gegen eine Gefängniszelle hatte eintauschen wollen. Doch vor vier Jahren hatte Karin es gewagt, ihre vereinsamte Vorgängerin mit einem Kuchen zu überraschen, und damit das Ende der Eiszeit eingeläutet. Der Hof, in dem an diesem Abend das kleine Grillfest stattfand, hatte sich von einem Minenfeld in eine entmilitarisierte Zone verwandelt.

»Was hast du gesagt?«, hakte Karin nach, als die S-Bahn vorübergedonnert war.

»Deine Gesundheitsgebete gehen mir auf die Nerven!«, sagte Mager. »Könnte so 'n schöner Abend sein.«

»Finde ich auch!« Karin knallte ein paar schmutzige Teller aufeinander und verschwand in Richtung Küche.

Bis gerade war es ein friedlicher Grillabend gewesen. Heute war vielleicht die letzte Gelegenheit in diesem Jahr, um abends noch ohne Jacke draußen sitzen zu können.

So taten alle, als hätten sie nichts gehört. Susanne Ledig, mit der Mager dreißig Jahre für den WDR gedreht hatte, starrte auf ihr Smartphone. Simone erkundigte sich bei Magers Ex-Frau Mechthild nach dem Rezept für den veganen Kartoffelsalat und Kalle ließ sich von seinem Halbbruder Theo erklären, wie dieser am Nachmittag die Altherrengarde des Schachvereins Eichlinghofen beim Blitzturnier abgekocht hatte.

Klaus-Ulrich griff zu seinen Zigaretten und ließ das Feuerzeug schnippen. Noch bevor der Sargnagel richtig brannte, unterbrach Theo das Gespräch mit seinem Bruder: »Ekelhaft. Ich möchte nicht, dass du am Tisch rauchst!«

Mager gönnte seinem Jüngsten einen Blick, der nicht unbedingt von Vaterliebe zeugte. »Halt mal die Luft an. Ich rauche schon seit Jahren wegen euch nicht mehr im Haus, sondern stehe bei jedem Scheißwetter hier draußen.«

»Der Qualm stört mich!«

»Dann setz dich in Mechthilds Kräutergarten, da ist die Luft besser!«

»So was Rücksichtsloses!«, maulte der jüngere Sohn, blieb aber am Tisch sitzen. »Und Mama so anzumeckern …«

Kalle stand auf. »Komm, Vadder, lass uns eine Verdauungsrunde drehen.«

»Wenn ich das Bier aufhabe.«

»Nimm die Flasche mit!«

Zögernd stand der Alte auf und hielt sich für einen Augenblick an der Tischkante fest. Dann vertrat er sich ein wenig die Beine, um den Kreislauf wieder in Gang zu bringen.

Mann, er wird alt, dachte sein älterer Sohn.

Auf der Straße wandte sich Mager nach links, in Richtung Marten.

»Sach ma, Vadder, was ist mit dir los?«

»Karins Gesundheitstour geht mir auf den Keks. Und Theo ist schon auf demselben Trip.«

Es war das erste Mal, dass Kalle von seinem Vater ein negatives Wort über seine Stiefmutter hörte.

»Sie liebt dich und möchte, dass du noch ein paar Jahre fit bist. Aber das meine ich nicht. Irgendwie wirkst du in letzter Zeit so … frustriert.«

Mager schwieg und stellte seine leere Bierflasche vor einem Einfamilienhaus ab, das lange nach dem goldenen Kohlezeitalter gebaut worden war. Schweigend folgte er dem Sohn zur Brücke, die im rechten Winkel über die Bahngleise führte. Auf das Geländer gelehnt, starrten sie auf die Gleise hinunter, die im Mondlicht glänzten.

»Mir fehlt die Arbeit.«

Mir auch, schoss es Kalle durch den Kopf, aber er zögerte, von seinem Problem zu erzählen. Den Alten schien noch mehr zu belasten.

Erst nach einer langen Pause fügte Mager hinzu: »Diese Hausarbeit ist schlimmer als ein Geschwür am Arsch. Jeden Tag dasselbe. Putzen, waschen, aufräumen. Noch ein Jahr und ich bin völlig verblödet.«

Geht mir nicht viel besser, dachte Kalle.

»Macht es dir zu schaffen, dass Karin euer Geld verdient?«

»Hallo? Ich kriege Rente, schon vergessen? Nicht dass es viel wäre, aber mir muss niemand Taschengeld zahlen.«

Zufrieden klang anders.

»Warum fragst du überhaupt?«, wollte der Alte wissen.

»Ach, nur so. Lass uns zurückgehen, es wird kalt.«

Schweigend machten sie kehrt – und Mager vergaß nicht, seine unterwegs deponierte Bierflasche wieder aufzunehmen.

»Dement bist du jedenfalls noch nicht«, sagte Kalle und knuffte Mager in die Seite.

Ohne sie war die Stimmung auf dem Hof wieder gestiegen. Mechthild hatte eine Pfirsichbowle herangeschleppt und die Frauen hatten sich offenbar schon reichlich bedient. Die Männer setzten sich dazu und füllten ebenfalls ein Glas. Dann wurde klar, worüber sich die Frauen so amüsierten.

Karin zeigte gerade ihr Tablet mit ein paar Schnappschüssen. »Guckt mal, so sieht ein Waschbecken aus, das ein Mann geputzt hat.«

»Sind das Barthaare auf den Kalkflecken?«, kreischte Mechthild.

Gelächter.

Magers Gesicht verfinsterte sich.

»Und das da«, sagte Karin keuchend, »ist ein Küchenfenster. Frisch auf Hochglanz poliert. Ich tippe auf einen Schuhputzlappen!«

Klaus-Ulrich Mager war binnen einer halben Minute stinksauer. Reichte es nicht, dass er sich einen Arm und ein Bein ausriss, um die Wohnung in Ordnung zu halten? Dass er die verhasste Putzarbeit übernahm?

Die Weiber hatten ein Stadium erreicht, in dem sie mit normalen sprachlichen Mitteln nicht mehr zu stoppen waren. Er stand auf. »Findet ihr das lustig? Ja?« Er hob sein Glas, schwenkte es so, dass es über dem Kopf seiner Gattin schwebte. »Das hier auch?« Das Glas neigte sich, sodass die Flüssigkeit an den Rand kroch.

Tu's nicht, Vadder!, dachte Kalle entsetzt.

Bevor jemand reagieren konnte, kippte Mager die Bowle hinter Karin aufs Pflaster. »Weiberpisse!« Dann ließ er das Glas auf den Boden fallen. Es zersprang mit einem vorwurfsvollen Klirren.

Diesmal gab es keinen Applaus. Mechthild schrie auf. »Mein schönes Bowleglas! Das stammt noch von meiner Mutter!«

Und Karin war wie ausgenüchtert. »Sach mal, geht's noch?«

»Das fragt die Richtige!« Der Bärtige steuerte auf das Treppchen zum Hauseingang zu. »Ihr könnt euch ja zu einer Selbsthilfegruppe zusammentun!«

»Klaus!«, meldete sich Susanne. »Nur für alle Fälle: Die Dachstube über meiner Wohnung ist wieder frei.«

Nochmals trat Stille ein. Kalle bemerkte ein Aufblitzen in den Augen seiner Mutter. Gefiel Mechthild der Streit?

Aber Karin war noch nicht fertig. »Weißt du, was mir überhaupt nicht passt?«

Statt ihr zu antworten, schaute Mager zu seinem Jüngsten

hinüber. »Merk dir eins, Theo: Wenn deine Frau wütend ›Weißt du, was mir überhaupt nicht passt?‹ schreit, dann ist ›Größe achtunddreißig‹ nicht die richtige Antwort.«

8

Drei Tage nach dem Samstags-Grillfest bot das Ruhrgebiet erneut einen wolkenlosen Himmel. Das schöne Wetter nutzten nicht nur Wanderer und Radfahrer, sondern auch einige Hobbypiloten, die ihr Jahrespensum an Flugstunden erreichen mussten.

Einer von ihnen hieß Robert Mertens. Mit einer gemieteten Piper PA28 startete er in Marl zu einem großen Oval über das Ruhrgebiet. An Bord war sein ehemaliger Arbeitskollege Ole Rasmusson, der nach über drei Jahren erstmals wieder im Ruhrpott war und dem er mit diesem Flug einen kleinen Traum erfüllte.

Vom Flugplatz Marl aus folgte die Piper zunächst der BAB2 in Richtung Schalke-Arena, stattete anschließend dem Gasometer in Oberhausen einen Besuch ab und beschrieb dann einen großen Bogen über Duisburg, fast bis zur Mündung des Flüsschens, das der gesamten Region den Namen gegeben hatte. Stromaufwärts passierte man den Flughafen Essen-Mülheim und überflog den Baldeneysee, die Burg Blankenstein bei Hattingen und näherte sich endlich dem Hengsteysee. Noch vor der Hohensyburg setzte der Pilot zu einer S-Kurve an, die den Leichtflieger in die Luftkontrollzone Dortmund führte. Wie ein Käfer kroch der Schatten der Maschine über Häuser, Straßen, Flüsse und Wälder.

Mertens strich sich eine blonde Locke aus dem Gesicht, klemmte sie hinter den Kopfhörer und meldete sich beim Tower an. Kurz darauf kam die Antwort, wobei die lange

Kennung des Fliegers bereits auf drei Worte verkürzt wurde: »Dortmund Tower, Delta – Lima – Charlie.«

Der Pilot gab Position, Flughöhe sowie sein Vorhaben zum Durchflug der Kontrollzone an und erhielt umgehend die Erlaubnis.

Zufrieden wandte er sich an Ole: »Ich habe meine Trinkflasche vergessen. Gibst du mir ein Schlückchen ab?«

Geräuschvoll öffnete Rasmusson eine Mineralwasserflasche und reichte sie dem Freund. »Hier, behalt sie ruhig. Sag mal, kann der Tower eigentlich hören, was ich sage?«

Robert zwinkerte seinem Mitflieger zu. »Keine Sorge, du kannst frei sprechen. Siehst du den Knopf rechts am Steuerhorn? Der muss erst gedrückt werden, damit man dich hört.«

Wenige Minuten später näherte sich die Propellermaschine einem weiteren interessanten Objekt.

»Guck mal da!« Der Pilot deutete mit dem Zeigefinger nach vorn. Der schlanke Körper des Dortmunder Fernsehturms schraubte sich in den blauen Himmel.

»Wahnsinn!« Oles Augen offenbarten das Staunen eines Kindes, das zum ersten Mal einen lebenden Elefanten sieht. »Ehrlich, Robert. Das ist ... keine Ahnung. Wow!«

»Freut mich, dass es dir gefällt!«

»Das ist die Untertreibung des Jahrhunderts. Wenn du mal nach Schweden kommst, revanchiere ich mich.«

»Ach was!« Der Pilot winkte ab. »Ich bin doch froh, wenn sich jemand an den Kosten beteiligt. Anders bekäme ich nie genügend Flugpraxis.«

»Trotzdem danke!«

Der junge Mann am Steuerhorn blickte kurz nach rechts. Das Gesicht des Freundes strahlte. Nun musste er selbst grinsen. »Vorsicht, Ole, das Fliegen wird schnell zur Sucht!«

»Egal. Es macht tierisch Laune. Können wir auch schneller fliegen?«

Mertens hob eine Augenbraue. »Aber klar doch.« Er korrigierte den Kurs um einige Grad und zeigte weiter nach vorn. »Siehst du die blaue Socke da unten? Das ist der Phönixsee. Ich gebe jetzt mal Speed.«

Er senkte die Nase des Fliegers ein wenig und betätigte einen Hebel. Die Maschine beschleunigte.

»Die Maximalgeschwindigkeit für die Piper liegt bei knapp 250 km/h.« Er deutete auf eine Anzeige zu seiner Linken. »Der gelb markierte Bereich endet mit einem roten Strich. Schneller sollte man nicht werden.« Er grinste.

»Festhalten! In einer Kurve merkt man eher, wie schnell man ist.«

Das Flugzeug gehorchte und machte eine Drehung. Kurz schienen die Insassen schwerelos zu sein.

»Hat ein bisschen was von Kirmes«, rief Ole und klammerte sich an seinen Sitz.

»Ups, das war keine Absicht. Ist wohl etwas böig heute. Eine Schleife noch, dann machen wir uns auf den Rückweg nach Marl. Der Kaffee geht auf mich.«

Während er erneut die Anzeigen und Monitore im Cockpit prüfte, wechselte sein Gesichtsausdruck. Seine Aufmerksamkeit wich einer deutlichen Verwirrung. Er kniff die Augen zusammen und beugte den Kopf vor wie ein Rentner, der Zeitung lesen wollte, aber seine Brille vergessen hatte.

Ole bemerkte davon zunächst nichts. Er presste Hände und Gesicht an die Plexiglasscheibe und bewunderte das Panorama. Dann fiel ihm ein, dass er noch kein einziges Foto geschossen hatte. Die Kameratasche lag auf einem der hinteren Plätze. Er schnallte sich ab, um besser zwischen den Vordersitzen durchgreifen zu können. Dabei fiel sein Blick auf den Piloten.

»Robert?«

Sein Freund hing seltsam schief in den Gurten. Das Steuerhorn hielt er so fest umklammert, dass die Knöchel weiß hervortraten.

Oles Mund wurde trocken wie Schaumstoff. Er berührte die Schulter des Piloten. »Hey, was ist?«

Robert blickte ihn an, als wäre er eine Fata Morgana. Ein Mundwinkel erschlaffte. Speichel zog eine Bahn über sein Kinn.

Oles Herz setzte einen Schlag lang aus. Dann ging alles ganz schnell. Robert kippte nach hinten. Zuckte. Es folgte ein Krampf, bei dem er das Steuerhorn an seine Brust riss. Die Piper gehorchte dem Befehl. In einem steilen Winkel ging es nach oben.

Ole wurde in den Sitz gepresst. Angst schwappte über ihn wie heißes Öl. Seine Stimme war weg.

Die Maschine stieg fast senkrecht in die Höhe. Ole krallte sich in den Arm des Piloten, die Augen weit aufgerissen. Und dann passierten mehrere Dinge gleichzeitig.

Roberts Körper erschlaffte, als hätte jemand das Ventil eines Gummikrokodils geöffnet. Das Flugzeug schien kurz in der Luft stehen zu bleiben, dann machte es einen gewaltigen Satz nach unten. Wie ein Fahrstuhl, dessen Seil gerissen war. Die Flugzeugschnauze blickte wieder zur Erde … und fiel. Ole schrie auf.

Sein Kopf prallte erst an die Decke, dann gegen die Plexiglasscheibe. Fast hätte er das Bewusstsein verloren. Doch dann drang Panik durch seine Benommenheit, überschwemmte ihn mit Adrenalin. Alle Sinne schärften sich. Irgendwie schaffte er es, sich an seinen Freund zu klammern. Robert war tot, kein Zweifel.

Ole sah, wie der Zeiger des Geschwindigkeitsmessers die rote Warnmarke überschritt, während die Maschine rasant an Höhe verlor. Er musste sie unter Kontrolle bringen!

Ohne nachzudenken, streckte er einen Arm aus und riss das Steuerhorn wieder nach oben. Das war ein Fehler. Es krachte außen, etwas zerbrach. Ein Höhenruder wurde vom Wind weggerissen wie ein Stück Papier.

Erneut wurde der Passagier durch das Cockpit geschleudert. Diesmal gelang es ihm, seinen Kopf zu schützen. Die Piper stürzte in einem wilden Kreisel nach unten.

Eine Stimme krächzte durchs Intercom: »Delta – Lima – Charlie, maintain altitude two thousand feet or above. Stop descent.«

Der Knopf fürs Mikrofon! Vielleicht konnte ihm jemand helfen!

Indem er sich nach unten drückte, gelang es Ole, zu seinem Sitz zu gelangen. Ihm war speiübel. Erneut meldete sich die routinierte Stimme. Diesmal lauter.

Ole wusste, dass er nicht mehr viel Zeit hatte. Er musste ans Mikro kommen. Häuser, Straßen und der See wirbelten, gewannen immer mehr Kontur. Oles Herz raste. Dann – endlich – hatte er es geschafft, drückte atemlos den Knopf. »Hilfe! Wir stürzen. Robert ist tot. Was soll ich tun?«

Wirbelnde Bildausschnitte. Der See wurde nun so rasch größer, als hätte jemand den Zoom einer Kamera betätigt. Tränen schossen in die Augen des Passagiers.

Die Stimme aus dem Intercom gab eine Anweisung, dann noch einmal. Erregter. Lauter. Aber Ole hörte nichts mehr außer den Motorengeräuschen. Und vor den Fenstern, in Großaufnahme, tauchten der Uferweg und die Terrasse einer Villa auf.

In diesem Bruchteil einer Sekunde begriff Ole, dass er sterben würde. Er schrie ein letztes Mal. Dann schlug die Maschine auf.

9

»Moin auch!«

Unwillig blickte Hauptkommissarin Herta Kasten von ihrer Akte auf. Eigentlich hatte sie den Fall schon gelöst: Tatverdächtiger Nummer eins erschlägt seinen Großvater wegen einhundert Euro und achtzig Cent mit einem Stuhlbein. Tatverdächtiger Nummer zwei, sein Kumpel, wirft das Opfer zwischen Marten und Dorstfeld von einer Brücke auf die Eisenbahnschienen. Klare Sache: Nummer eins ist Mörder, Nummer zwei Gehilfe. Doch dann findet die Rechtsmedizin heraus, dass der Opa beim Aufprall auf die Gleise noch gelebt hat. Damit ist Nummer eins doch kein Mörder mehr und der Gehilfe …

»Was gibt es denn schon wieder?«, schnauzte die Polizistin.

Der große, breitschultrige Kerl, der gerade ihr Büro betreten hatte, legte seinen Rucksack auf den freien Schreibtisch und dröhnte mit ausgestreckter Pranke: »Florian Kuba, ich bin der Neue.«

Herta Kasten ignorierte den Gruß. »Ich sehe niemanden hier. Für mich stehst du noch auf dem Flur!«

Der Mann mit dem ungewöhnlichen Namen sah ihr für eine Sekunde in die Augen, ging dann zur Tür zurück und öffnete sie. »Nee«, sagte er. »Ich kann mich draußen nicht entdecken. Einer von uns beiden braucht 'ne Brille!«

Nun rührte sich der geschniegelte Bursche, der Kasten gegenüber am Schreibtisch saß. »Die Chefin möchte dich darauf aufmerksam machen, dass du nicht angeklopft hast.«

»Kollege Waliszczek«, sagte der Neue, »danke, dass du mir die Welt erklärst.«

Während Wali noch darüber nachdachte, wie Kuba das

gemeint haben könnte, öffnete dieser sein Gepäckstück und platzierte seine Mitbringsel auf dem freien Schreibtisch: das in Scheingold gerahmte Bild einer hübschen Frau, einen Satz hochwertiger Kugelschreiber in vier verschiedenen Farben und einen blau-weißen Kaffeepott mit einem großen Herzen und der Aufschrift *Königsblau – ein Leben lang.*

Waliszczek erstarrte. Er stand nun seit gut vier Jahren unter Kastens Kommando, aber er hatte seine Chefin noch nie sprachlos erlebt. Sie blickte mit versteinerten Augen auf den Schalke-Pott und schien das Atmen vergessen zu haben.

Kuba hingegen wirkte amüsiert. Wie selbstverständlich nahm er das anstößige Objekt und lief zu dem altersschwachen Kühlschrank hinüber, auf dem die Kaffeemaschine stand. Dort angekommen, befüllte er seinen Becher. »Habt ihr irgendwo Milch?« Als er keine Antwort erhielt, bückte er sich und öffnete die weiße Blechkiste. »Vollmilch. Wunderbar!«

Kasten hatte sich vom ersten Schock erholt. Sie wandte sich an Waliszczek. »Erst dieser blau gefärbte Sonderermittler Schüppe nebenan und jetzt dieser Herr, den sie bei der Sitte nicht mehr haben wollen. Bald laufen hier nur noch blaue Läuse herum. Ich glaube, wir müssen eine Aktion freies Dortmund gründen, um die Überfremdung des Präsidiums aufzuhalten.«

Kuba lachte auf. »Wenn dir die Abkürzung AfD gefällt – es ist dein eigener Ruf, den du ruinierst. Im Übrigen: Du bist ganz schön zickig. Ich muss ja auch das Poster hinter dir ertragen. Lauter schwarz-gelbe Luschen. Ich finde …«

Abschieben, dachte Kasten, in den Heizungskeller. Doch der Neue sprach nicht weiter. Er blickte durchs Fenster und streckte einen Arm in Richtung Südosten aus: »Was ist denn da los? Habt ihr über Nacht das Stahlwerk wieder aufgebaut?«

Kasten sprang vom Stuhl. Über dem Phönixsee wuchs eine

schwarze Wolke in den Himmel und verdeckte den Ausblick auf das grüne Ardeygebirge.

10

Mager war nicht in Susannes Haus gezogen. Stattdessen hatte er noch in der Nacht zum Sonntag sein Bettzeug aus dem gemeinsamen Schlafzimmer in die eigene Dachstube geschleppt. Hier standen sein uralter Schreibtisch, ein PC mit Internetzugang, ein Dutzend vollgestopfte Regale, ein bequemer Lesesessel und eine rote Couch, die er über alles liebte. Hier lag er nicht nur bequemer als im weichen Ehebett, sondern konnte so lange und so laut schnarchen, wie es seine Stimmbänder erlaubten. Aus diesem Revolutionsarchiv konnte ihn höchstens noch der Mann mit der Sense vertreiben.

»Willst du wirklich da oben bleiben?«, hatte Theo ihn gefragt.

»Klar. Wieso?«

»Na, ich bin bald achtzehn. Dann habe ich ...«

»Stopp mal, mein Sohn. Du bist knapp sechzehn. Und du hast dein Zimmer im ersten Stock.«

»Ja, toll. Neben eurem Schlafzimmer.«

»Wo sonst? Im Keller ist kein Platz mehr.«

»Da will ich auch nicht hin. Aber wenn ich mal eine Freundin habe ...«

»Dann wird die abends um zehn brav von ihrem Papi abgeholt.«

Theo blies die Backen auf. »Mann, was seid ihr spießig!«

Schön, dass er Karin und mich noch als Einheit sieht, dachte Mager. »Außerdem willst du doch gar nicht hier hoch. So viel wie in diesem Zimmer geraucht worden ist.«

»Aber seit ...«

Mager zündete sich demonstrativ eine Zigarette an. »Siehst du? Nix für Kinder! Du könntest schon mal den Frühstückstisch decken.«

Seitdem waren zwei weitere Nächte vergangen, in denen Mager und Karin in getrennten Zimmern schliefen. Er tat brav seine Pflichten als Hausmann, sie ging morgens zur Arbeit und die Kommunikation zwischen beiden war auf das Notwendige zurückgeschraubt. Beide warteten darauf, dass der andere als Erster ein persönliches Wort der Entschuldigung über die Lippen brachte, um das Eis zu brechen.

Mager wickelte gerade das Staubsaugerkabel auf, als die Haustür aufgestoßen wurde. Theo, frisch aus der Schule heimgekehrt, wuchtete zwei Einkaufsbeutel auf den Küchentisch und grinste. »Hallo, Paps. Warst ja ganz schön fleißig. Hier ist die Belohnung! Frische Brötchen, Stachelbeermarmelade, salzige Butter, Birnen und Weintrauben, Hähnchenbollen ...«

Die Wangen des Sohnes waren gerötet, das Haar zerzaust, in seinen Augen leuchtete eine Art Stolz. Mager sah ihn prüfend an. Was die Sozialkompetenz anging, so litt der Junge bislang unter einem deutlichen Defizit. Woher rührte dieser Wandel?

»Hast du dein Sparschwein geplündert?«

Theo grinste so breit, dass man seine Zähne zählen konnte. »Mama hat mir Geld zum Einkaufen mitgegeben.«

»Ach, darum ...«

»Nix da. Ich sollte nur Brot holen. Aber als ich im Laden stand, dachte ich, tu deinem Vater etwas Gutes ...«

Mager war fast schon bereit, dem Herrn Sohn zu glauben – aber irgendetwas an seinem Lächeln passte nicht. »Was willst du dafür?«

»Mann, was bist du gemein!«

»Ich bin nicht gemein. Ich habe nur nicht vergessen, dass ich auch mal Schüler war. Also?«

Theo verdrehte die Augen. »Ich hab einen Tadel in Deutsch bekommen. Wir lesen da gerade so 'ne Scheiße von Goethe. Götz vom Bär-ich-singen. Ich habe lieber ein Buch über Verschlüsselungsmethoden gelesen. Dabei hat mich Frau Granitzki-Eichblatt erwischt.«

Dieser wunderbare Doppelname reichte, um den Vater voll auf Solidaritätskurs zu bringen. Fast hätte Mager ein *»Te absolvo«* gemurmelt, aber dann beschränkte er sich auf ein: »Danke für die Brötchen. Wo soll ich unterschreiben?«

Der Sohn tätschelte ihm die Schulter, nahm die Stufen zu seinem Jugendzimmer und holte das Formular. Mit dem unterschriebenen Dokument in der Tasche verschwand er wieder in sein Refugium und fuhr den PC hoch. Es war an der Zeit, den Tommies im Wüstenkrieg gegen die Nazis zu helfen.

Mager selbst kochte frischen Kaffee und enterte sein Revolutionsarchiv. Dort fuhr er seinerseits den Computer hoch, fluchte über ein gutes Dutzend Spammails und klickte sich zu den Pressemeldungen der Dortmunder Polizei durch – schale Erinnerung an seine aktiven Zeiten. Eine Stunde lang surfte er, ohne irgendwo im Ruhrgebiet etwas Spannendes zu entdecken. Doch dann wurde eine Eilmeldung eingeblendet: *Flugzeugabsturz über dem Phönixsee. Mindestens ein Toter.*

Mager schniefte. Das wäre viele Jahre lang ein Moment gewesen, um die Kamera einzupacken und an die Arbeit zu gehen. Doch diese Zeiten waren vorbei.

11

»Junge Frau, wo wollen Sie denn hin?«

Herta Kasten gönnte dem Feuerwehrmann einen giftigen Blick. Trotz seines Schutzanzuges konnte sie erkennen, dass er noch mindestens zwei Jahrzehnte brauchte, um ihr Alter zu erreichen. Wenn solche Grünschnäbel sie ›junge Frau‹ nannten, hörte sie immer den Subtext mit: alte Schachtel!

»Kripo Dortmund!«, antwortete sie und hielt ihm ihren Dienstausweis unter die Nase. »Und diese beiden Männer sind meine Kollegen Kuba und Waliszczek.«

Der Mann blickte kurz auf ihre Begleiter. »Okay«, sagte er dann. »Aber Sie hätten hinter der Absperrung bleiben sollen.«

»Zwischen all den Gaffern?«

Der Mann schwankte, überlegte einen Moment und zeigte sich dann kompromissbereit: »Gut. Aber bleiben Sie erst einmal da vorn bei den Rettungswagen stehen. An der Unglücksstelle ist es im Augenblick noch zu gefährlich für Sie.«

Kasten hatte schon einen schönen Satz auf der Zunge, schluckte ihre Antwort aber herunter, als er den Polizisten noch zehn weitere Schritte erlaubte und den Blick aufs Seeufer freigab.

Das zunächst sanft ansteigende Nord- und Ostufer wurde von mehreren Reihen teurer Bungalows und Möchtegernvillen gesäumt, die zum großen Teil der jüngeren Schickeria Dortmunds gehörten. Zwischen den vordersten Plätzen und dem Uferweg lag ein schmaler Rasengürtel, durch den die renaturierte Kloake namens Emscher in Richtung Rhein plätscherte. Auch Kasten gönnte sich bei schönem Wetter gern in einem Lokal am Westende des künstlichen Sees Kaffee und Kuchen.

»Mann«, sagte Kuba. »Katastrophe wäre der falsche Ausdruck.«

Kasten deutete ein Nicken an. Der Anblick des Unglücksortes blieb hinter allen Vorstellungen zurück, die ein Begriff wie ›Flugzeugabsturz‹ auslöste. Es hatte gerade mal eine Villa am Nordufer erwischt.

Die Hausfront war schwarz vom Explosionsrauch, das

riesige Wohnzimmerfenster hatte sich in einen dunklen Höhleneingang verwandelt. Auf der Terrasse glänzte noch der Hügel aus Löschschaum, der langsam in sich zusammensackte. Aus der Krone ragte ein Haufen Schrott heraus, den man auf diese Entfernung kaum noch als Flugzeug identifizieren konnte.

Die Maschine war zersplittert wie ein Bobbycar unter einer Betonplatte – aber das Haus stand noch.

»Den Piloten dürfte es voll erwischt haben«, sagte Waliszczek und wandte sich an einen der wartenden Rettungssanitäter. »Wissen Sie, ob es noch mehr Tote gab?«

»Die Kollegen haben vorhin zwei Leute weggefahren – offenbar Anwohner. Aber der Bestatter war noch nicht da. Fragen Sie Ihre Kollegen.«

Kasten sah wieder zum Unglücksort hinüber. Ein paar Feuerwehrleute suchten das Ufer nach Trümmerteilen ab und markierten etliche Stellen mit Pylonen. Fünf oder sechs andere Männer warteten vor der verwüsteten Terrasse wohl darauf, dass sich der Schaum verzog.

»Ich wusste gar nicht, dass diese kleinen Hornissen beim Absturz brennen können«, meldete sich Florian Kuba.

»Inwiefern?«, fragte Kasten, während sie sich einen Zigarillo anzündete.

»Na ja, die haben doch nur ein paar Liter Benzin an Bord und die Tanks sind meist stabil genug, um eine Bauchlandung auszuhalten.«

»Selbst mal Flugzeug gewesen?«, fragte Kasten.

»Nee, aber in Marl aufgewachsen und öfter am Flughafen herumgelungert. Da schnappt man die ein oder andere Info auf.«

»Alles gut und schön, Herr Hauptkommissar«, meldete sich Wali. »Aber das da sieht nicht nach einer Bauchlandung aus …«

An den versperrten Zugängen zum See stauten sich die Gaffer. Auch in den uralten Mietskasernen, die ganz oben über den Villen auf dem Steilufer thronten, drängten sich Neugierige an den Fenstern oder auf Balkonen.

Es war wenig erfolgversprechend, aber Kasten schickte ihre Männer trotzdem los: »Fragt doch mal in der Meute hinter uns, ob irgendjemand den Absturz beobachtet hat.«

Ohne wirkliche Begeisterung zogen die beiden davon.

Die Untätigkeit verdarb Kastens Laune endgültig. Sie stieß einen uniformierten Polizisten von der Spurensicherung an. »Haben Sie Verbindung zur Einsatzleitung?«

»Ich versuch's mal.« Er aktivierte sein Funkgerät und verhandelte. Kurz darauf reichte er es ihr mitsamt seinem Kopfhörer. »Die Flughafenfeuerwehr.«

»Kasten, Erste Hauptkommissarin bei der Kripo. Zwei Fragen: Wie viele Todesopfer? Und wann können wir zur Unglücksstelle?«

»Ein Toter an Bord, ziemlich verbrannt. Die Leute im Haus hatten Glück. Leichte Brandwunden, Knalltrauma, Schock. Wir haben Sie ins Josefs-Hospital bringen lassen.«

»Okay.«

»Zu Frage zwei: Wo stehen Sie?«

Kasten verriet es ihm.

»Dann kommen Sie ruhig rüber zur Terrasse. Ihre Spurensicherung ist auch schon da.«

Sieh mal einer an, dachte Kasten und zog los. Unterwegs rief sie Waliszczek an. »Habt ihr Augenzeugen gefunden?«

Der junge Kollege klang genervt. »Nur Gaffer mit ihren Handycams. Keiner hat etwas Genaues gesehen.«

»Dann kommt rüber zur Absturzstelle!«

Drei Minuten später hatte sie ihr Ziel fast erreicht. Die Leute von Spurensicherung und Feuerwehr schickten sich gerade an, die Flugzeugtrümmer zu untersuchen.

Als Kasten dazustieß, winkte jemand den Fotografen heran. »Hier liegt noch einer. Völlig verbrannt. Boah, sieht das scheiße aus …«

Die Hauptkommissarin stoppte am Rand der Terrasse. Es gab Anblicke, nach denen sie sich nicht sehnte. Stattdessen ging sie das Seeufer ab und betrachtete die Fundstellen der Trümmerteile. Blech, Plexiglas – und an Stelle Nummer sieben lag ein zerschrammtes Etui mit einem Fotoapparat.

»Bingo«, murmelte Kasten. Aber als sie sich nach dem Gerät bückte, hielt einer der Feuerwehrmänner sie zurück.

»Wir dürfen hier nur löschen, gucken und fotografieren. Aufräumen geht erst mit Erlaubnis der Bundesstelle für Flugunfalluntersuchung.«

»Und die sitzt wo?«

»In Braunschweig.«

»Und das heißt?«

»Vor Einbruch der Dunkelheit wird kaum jemand hier sein. Bis morgen früh bleibt alles so liegen, wie es liegt.«

12

Mittwoch. Um elf Uhr morgens stand Paul Kehlmann im Dortmunder Hauptbahnhof und atmete tief durch. Seinem Antrag war stattgegeben worden, sodass er den letzten Hafturlaub in seinem zukünftigen Wohnort verbringen durfte.

Seit mehr als zwanzig Jahren war er nicht mehr in der zweiten Klasse Zug gefahren. Jetzt wusste er wieder, warum. Überfüllte Waggons, der Geruch von Schweiß und saurem Bier, Gedränge, Rempeleien und lautstarke Telefonate, in denen Fremde öffentlich ihr Seelenleben diskutierten. Die Geräuschkulisse und das Gewimmel in der Bahnhofshalle machten ihn nervös. Fast sehnte er sich nach der Ordnung im Knast zurück.

Mit einem Kaffee in der Hand beobachtete Paul das Treiben auf dem Vorplatz. Das sollte also seine neue Heimat werden. Pah! Er nahm noch einen letzten Schluck und warf den leeren Pappbecher in einen Mülleimer. Dann machte er sich zu Fuß auf den Weg zur Möllerbrücke, unter der eine S-Bahn-Linie verlief. Bald würde er hier in der Sonnenstraße eine kleine Wohnung beziehen können.

Der Name der Straße war ein falsches Versprechen – sie lag fast den ganzen Tag im Schatten etlicher gediegener Bauten aus den ersten Jahrzehnten des letzten Jahrhunderts. In der Sonne lag nur der Gleiskörper der S-Bahn. Damit hakte der Ex-Professor das Thema ab – hier würde er mit Sicherheit nicht lange wohnen. Sobald er seine Rechnungen beglichen hatte, würde er dieses undankbare Land für immer verlassen.

Punkt elf erreichte Paul die Haustür seines künftigen Domizils. Vor der Tür parkte der Lieferwagen eines Elektroinstallateurs, daneben wartete ein schlanker, hochgewachsener Typ in den Fünfzigern. Die perfekte Frisur und der exquisite Sommeranzug verrieten, dass der Jurist weit oben auf der Karriereleiter stand und sich als Zugeständnis an das Wetter locker den Verzicht auf die Krawatte leisten konnte. In seiner linken Hand hielt er ein Smartphone. Er wirkte nicht so, als ob er gern angesprochen werden wollte.

Paul ging auf ihn zu. »Dr. Krautschneider?«

Der andere blickte auf und musterte seinen zukünftigen Mieter so kritisch wie ein ungewöhnliches Tier im Zoo: wilde Mähne, Bartstoppeln, die Kleidung leicht zerknittert – drei Minuspunkte, mindestens. »Herr Kehlmann, nehme ich an.«

Der Anzugträger steckte sein Handy in die Seitentasche und Paul streckte ihm eine Hand entgegen. Doch sein Vermieter tat, als hätte er es nicht bemerkt, und beschränkte sich auf ein Kopfnicken.

»Freut mich, dass Sie pünktlich sind. Ihr Anwalt, Herr Neumann, hat sich für Sie verbürgt. Na, zumindest für Ihre finanzielle Situation.« Er lachte, als ob er einen guten Witz gemacht hätte. »Er meinte sogar, dass Sie trotz Ihrer … nun … Vorgeschichte über eine erfreuliche Bonität verfügen. Kaution und Miete für die ersten drei Monate wurden ja bereits angewiesen.«

Paul nahm die Sätze reglos zur Kenntnis. So höflich war er noch nie beleidigt worden. Selbst seine Knastbrüder behandelten ihn respektvoller. Doch Geld öffnete Türen. So stapfte er dem Mann hinterher. Erst im Hausflur brach er sein Schweigen. »Können Sie bitte den Briefkasten aufschließen? Ich erwarte Post.«

Sein Vermieter hob die Augenbrauen. Dann zog er einen kleinen Schlüsselbund aus der Tasche. »Bitte, den Empfang können Sie mir dann oben bestätigten.«

Diskret trat er zurück und überließ es Paul, das oberste Türchen zu öffnen. Tatsächlich. Der gepolsterte Umschlag lag bereit.

Endlich! Eine Viertelstunde später stand Paul Kehlmann wieder auf der Straße. Er schaute noch einmal hoch zu ›seinen‹ beiden Fenstern, drehte sich um und musterte die Gleise und den nahen S-Bahnhof. Die Lage war gut, daher ging ihm die Arroganz des Vermieters am Heck vorbei. Hauptsache, er hatte einen Mietvertrag in der Tasche. Die Wohnung maß fünfundsechzig Quadratmeter, war mit genügend neuen Steckdosen ausgestattet und in zwei Wochen fertig renoviert. Dr. Neumann hatte alles, wie gewünscht, auf den Weg gebracht. Gegen entsprechendes Entgelt natürlich. So viel Glück hatte kaum ein anderer Häftling.

Trotzdem musste Paul zugeben, dass die Fassade nicht besonders einladend aussah. Daran konnten auch die langen Baumreihen am Bahndamm nicht viel ändern. Sonnenstraße, dachte er. Da hatte wirklich jemand Humor gehabt.

Er erinnerte sich an sein prachtvolles Haus in Essen-Bredeney. Aus seinem Arbeitszimmer hatte er freien Ausblick über das grüne Ruhrtal gehabt. Von der großen Gartenterrasse hatte man einen Teil des Baldeneysees gesehen.

Kehlmann ballte seine Hände, bis die Knöchel schmerzten. Das war vorbei – dieses kleine Paradies hatte ihm seine Ex-Frau bei der Scheidung genommen. Gaby war nicht besser als die Drecksbande in seinem Uni-Institut, die hinter seinem Rücken intrigiert hatte. Sie alle hatten ihn verraten und verkauft. Gaby konnte warten, die Kinder brauchten ihre Mutter noch. Aber die anderen würden bezahlen.

Im Kreuzviertel fand Kehlmann bei einem Rundgang mehrere ansehnliche Cafés. Das *Kreuztörtchen* gefiel ihm besonders. Der Laden war gut besucht und durch das Fenster erblickte er eine Kühltheke mit einer herrlichen Auswahl frischer Kuchen und Torten.

Weiter hinten war noch ein Fensterplatz frei. Eine letzte Sekunde des Zögerns, dann fing Paul das Lächeln einer jungen blonden Kellnerin auf. Seine Füße setzten sich fast von allein in Bewegung.

»Was darf's sein?«

Eine angenehme Stimme, ein wohlgeformter Körper – er zwang sich, nicht weiter nach unten zu sehen, und gab seine Bestellung auf.

Als die Kellnerin in Richtung Theke entschwand, genoss er den Anblick ihres straffen Pos und registrierte, wie sich in seinem Körper die Sehnsucht regte.

Die nächste halbe Stunde gehörte dem Augen- und Gaumenschmaus. Dann räkelte Paul sich auf seiner Eckbank und zog sein Smartphone heraus. Die wichtigsten Einstellungen stammten von seinem letzten Freigang und es war neu aufgeladen. Schön, dass es Leute gab, auf die man sich verlassen konnte.

»Haben Sie noch einen Wunsch?«

Keinen, den Sie mir erfüllen würden, dachte Paul und lächelte zurück. »Noch einen Cappuccino und ein Glas Leitungswasser.«

»Gern!«

Paul loggte sich auf seinem *Posteo*-Account ein. Eine Nachricht von seinem Anwalt wartete im Postfach. Dr. Neumann hatte Kehlmann vor vier Jahren bei Gericht verteidigt und seitdem auch seine sonstigen Angelegenheiten geregelt. Vermittelt hatte ihn der Duisburger Oberstaatsanwalt Witzler, der mit diesem letzten Dienst eine lange Freundschaft beendet hatte. Neumann wiederum hatte Doktor Krautschneider, einen Vorsitzenden Richter am Dortmunder Landgericht, herzlich gebeten, Kehlmann die Wohnung an der Sonnenstraße zu vermieten. Alle drei waren Alte Herren der Burschenschaft *Pro Germania,* die sich im Justizwesen suhlten wie Trichinen in einem nicht geimpften Schwein. Kehlmann war das letztlich egal – Neumann leistete gute Arbeit und dafür war der ehemalige IT-Professor dankbar.

Die E-Mail enthielt ein PDF-Dokument im Anhang, die Kopie eines Briefes, der Paul wohl bald auch im Knast erreichen würde.

Sehr geehrter Herr Kehlmann,
trotz der vielen Abgänge für Unterhalt, Unterbringung, Honorar etc. befindet sich auf der Guthabenseite Ihres Kontos noch ein sechsstelliger Betrag. Wegen der genauen Abrechnung wollen Sie sich bitte melden, sobald …

Wunderbar. Ob sich in dem zweiten Postfach auch etwas Gutes befand?

Kehlmann öffnete den vorinstallierten Tor-Browser und wählte eine Darknetseite an, deren kryptische Adresse er längst auswendig kannte. Von normalen Browsern aus war sie unerreichbar – anonym, verschlüsselt, sicher. Hier befand sich Pauls zweites Postfach.

Sein Fleiß beim letzten Freigang zahlte sich aus. Zwei Nachrichten hoben sich mit fettem Betreff vom weißen Hintergrund ab. Die erste war drei Wochen alt. Kein Text, nur ein Betreff: *Dankend erhalten.* Die zweite war erst vor acht Stunden eingegangen. Unter dem Betreff *Köttbullar* fand Kehlmann den Link, der auf einen Beitrag in der Tageszeitung mit den vier großen Buchstaben verwies.

Gespannt las der Freigänger, lehnte sich zurück, schloss die Augen und schaltete sein Kopfkino ein. Wenn das Blatt nicht gelogen hatte …

Als die Gänsehaut auf seinem Rücken sich wieder geglättet hatte, tauchte Paul noch tiefer in das Darknet ein. Jetzt war er wieder am Zug. Für die folgende Transaktion brauchte er eine Weile. Zwar war das Display im Vergleich zu seinem alten Smartphone riesig, aber das Tippen und Lesen war ziemlich mühsam.

Nach knapp vierzig Minuten war Paul fertig. Ein letzter Mausklick und vierzig Bitcoins wanderten durch den virtuellen Raum zu ihrem Empfänger. Vertrauen gegen Vertrauen. Virtuelle Währung gegen Dienstleistung.

Paul lächelte. Das Wichtigste war getan. Er bestellte noch eine Cola, prüfte die Akkuanzeige seines Handys und nickte zufrieden. Dann begann er, auf diversen Internetportalen zu forschen: Google, Xing, Facebook sowie *Freunde des Ruhrgebiets.* Zuletzt besuchte er die Homepages seines alten Instituts an der Uni Duisburg-Essen. Das war ein echter Stimmungskiller: Sein Name war gänzlich entfernt worden, sogar von der Seite der Gründer. Die anderen Mitarbeiter wurden mit Fotos vorgestellt. Einige kannte Paul noch, hatte sie zum Teil selbst eingestellt.

Auch Adele Klawitter, seine ehemalige rechte Hand, lächelte ihn mit geschminkten Lippen an. Sie war also immer noch da. Die Frau, die ihm damals ein Messer ins Kreuz gestoßen hatte. Kehlmanns Kiefer mahlten.

13

»Also, Männer, fangen wir an!«

Herta Kasten nahm mit einem frischen Kaffee hinter ihrem Schreibtisch Platz und wartete, bis auch die beiden Kollegen saßen. »Florian, du warst gestern dankenswerterweise bei der Freundin des Piloten. War's schwer?«

Oberkommissar Kuba zog geräuschvoll den Naseninhalt hoch. »Na ja, irgendwelchen ahnungslosen Eltern zu erzählen, dass wir ihre sechzehnjährige Tochter aus dem Auto eines Freiers gepflückt haben, ist auch kein Vergnügen.«

Er dachte einen Augenblick nach, als müsste er seine Eindrücke von dem Besuch noch einmal sortieren. »Alina Aslanowa, 29, geboren in Kasachstan, Arzthelferin. Ich habe sie erst gegen Abend in der gemeinsamen Wohnung angetroffen. Als ich ihr meinen Dienstausweis gezeigt habe, fing sie an zu zittern. Fragte gleich, ob etwas passiert wäre … Die Arme ist erst vor einem halben Jahr mit Mertens zusammengezogen. Sie wollten nächstes Jahr heiraten. Scheiße.«

Kasten sah Kuba aufmerksam an. Aufgrund seines bisherigen Gebarens hatte sie nicht erwartet, dass ihn die Rolle des Todesboten so mitnehmen würde.

Der neue Kollege holte Luft. »Robert Mertens hat seit einem

guten Jahr den Pilotenschein, finanziert durch seine Eltern, nachdem die einen Batzen Geld geerbt hatten. Mertens war oft auf dem Flugplatz und freute sich jedes Mal, wenn Freunde und Bekannte mitfliegen wollten. Als Bezahlung hat er gerade mal die Flugkosten genommen. So konnte er Praxisstunden sammeln.«

»Und gestern?«, fragte Kasten.

»Aslanowa wusste nur, dass er mit einem ehemaligen Kollegen einen Rundflug über das Revier machen wollte. Den Namen hat er entweder nicht genannt oder sie hat ihn vergessen.«

»Ein ehemaliger Kollege von wo?«

»Uni Duisburg-Essen, vermutlich aus dem Duisburger Teil. Es ist denkbar, dass er auch Informatiker war.«

»Und am Flughafen wusste auch niemand, wie der Gast hieß?«

»Die registrieren nur die Maschine, den Piloten und den geplanten Kurs. Es gab niemanden, der mir mehr sagen konnte.«

»Was ist mit den sozialen Medien?«, schlug Waliszczek vor. »Twitter, Facebook …«

»Übernimm du das«, sagte Kasten. Der Liebling der Frauen zog bereits sein Smartphone, aber sie bremste ihn aus: »Gleich!«

Kuba schenkte allen Kaffee nach und setzte sich wieder

»Was haben wir sonst noch?«, fragte Kasten. »Der Präses braucht Futter für die Pressekonferenz!«

Die Alte hat offenbar vor gar nichts Schiss, dachte Florian Kuba. ›Präses‹ hießen nur die Chefs von Rockerklubs. Aber womit auch immer man die Dortmunder Polizei vergleichen konnte, auf *Bandidos* oder *Hells Angels* wäre er nicht gekommen.

»Haben wir irgendetwas zur Absturzursache?«

Waliszczek schüttelte den Kopf. »Nichts Sicheres. Die Leute aus Braunschweig sind noch bei der Arbeit. Aber die Flugsicherung meint, dass irgendetwas mit dem Piloten nicht gestimmt hat. Sie haben einen Mitschnitt des Dialogs mit dem Tower, allerdings nur von den letzten zwanzig Sekunden.«

»Ich dachte immer, die schneiden alles mit.«

Wali zog die Schultern hoch, aber Kuba hatte am Flughafen genug aufgeschnappt. »Das funktioniert nur, wenn der Pilot oder der Fluglotse den Mitschnitt manuell auslösen. Und das ist nur üblich, wenn etwas Ungewöhnliches passiert.«

»Was ist mit den Leichen?«

»Die werden inzwischen wohl abtransportiert«, sagte Waliszczek nach einem Blick auf die Uhr.

»Toll«, stöhnte Kasten. »In der Rechtsmedizin befasst sich heute wohl niemand mehr mit denen. Personalmangel, Krankenstand … Wir können froh sein, wenn wir morgen Abend etwas haben.«

»Soll ich mal testen, ob es schneller geht?«, fragte Waliszczek.

Herta Kasten grinste zu Kuba hinüber, während ihr Daumen auf den schönsten Mitarbeiter zeigte. »Die Frau ist jung, blond und Akademikerin. Genau sein Typ. Er versucht seit fünf Jahren sein Bestes, aber für ihn lässt Rapunzel nicht ihr Haar herunter.«

»Irgendwann zahlt Beharrlichkeit sich aus«, versicherte Kuba. »Aber wir müssen warten. Nach solchen Abstürzen sammelt die Flugsicherung die Trümmer ein und baut sie in einer Halle so auf, wie sie am Boden lagen. Damit sie …«

»Trotzdem«, unterbrach ihn die Kommissarin und zückte ihr Mobiltelefon. »Unsere Spurensicherung ist ja auch vor Ort. Vielleicht haben die schon was mitbekommen …« Zwanzig Sekunden vergingen, dann hatte sie den Chef der Spusi im Ohr. »Bosse, Schätzchen …«

Auch ohne Mithörfunktion bekamen die Männer mit, dass Kastens Gesprächspartner einem Tobsuchtsanfall nahe war. Nach zehn Sekunden drückte sie den Mann einfach weg.

»Der soll erst mal einen Kamillentee trinken. Anstatt sich darüber zu freuen, dass jemand anderes die Arbeit macht, blökt er was von Kompetenzen.«

Alle grinsten, dann ertönte die Borussen-Hymne. »Bosse«, sagte Kasten verwundert nach einem Blick aufs Display. »Mein Tinnitus ist noch nicht wieder abgeklungen. Gibt's was Neues?« Sie schaltete die Lautsprecherfunktion ein.

»Liebste Frau Kollegin, schon mal was von Empathie gehört?«

»Ist das eine Krankheit?«

»1:0 für Team Kasten«, flüsterte Wali.

Aber seine Chefin ließ ihn mit einer Handbewegung verstummen, denn Bosse redete schon weiter.

»Nicht direkt, aber deshalb rufe ich auch nicht an. Rate mal, wer gerade die Erlaubnis bekommen hat, dem Fluggast in die Jackentasche fassen zu dürfen?«

»Dachten die, dass du da Baldrianpillen findest?«

»Ich habe was Besseres: eine angesengte, aber fast intakte Brieftasche.«

»Und? Bist du jetzt reich?«

Bosse kicherte. »Leider nicht. Hier stehen zu viele potenzielle Zeugen rum.«

Wali blickte in die Runde. Er wirkte wie ein Kind, das nicht mehr an den Osterhasen glaubte, ihn aber gerade vorbeihoppeln sah. Niemand im Raum hätte dem peniblen Kollegen so viel Humor zugetraut – schon gar nicht, wenn es um sein Dienstverhalten ging.

Aber Bosse wurde schnell wieder ernst. »Ich weiß jetzt, wer die zweite Leiche ist.«

14

»Wenn du noch fester auf dein Keyboard hackst, fliegen dir die Tasten um die Ohren.«

Simone hielt kurz inne und warf ihrem Kollegen über die Monitore hinweg einen amüsierten Blick zu. »Du weißt doch, ich bin oldschool«, sagte sie. »Wenn ich beim Schreiben kein Klackern höre, fehlt mir was.«

Tim Hoppe verdrehte die Augen. »Ja, ja, die Ausrede kenne ich schon.« Er schaltete bereits seinen Monitor aus und stand auf. »Die anhaltende Lärmbelästigung kostet dich gleich ein Bier.«

»Geht klar. Aber nur eins. Wenn meine Schlagkraft auf dem Keyboard jetzt immer ein Bier kosten soll, werde ich arm und du zum Alkoholiker.«

Sie guckte in die rechte Ecke ihres Hauptmonitors. Punkt 17:00 Uhr, verriet ihr die Digitalanzeige. In einer knappen Stunde würde es ein Wiedersehen mit ihrem einstigen Kollegen Ole geben. »Ich freu mich schon die ganze Woche auf das Treffen«, verriet Sim und zog ihr Tablet aus der Schultertasche. Bevor es weiterging, blieb ihr noch Zeit für ein Spielchen Onlinebillard.

»Du gehst noch nicht?«, fragte Tim.

»Adele will Ole doch vom Hotel abholen und mit ihm noch kurz durch die Büros ziehen. Wir laufen dann gemeinsam zum *Finkenkrug*.«

Tim zögerte, angelte dann aber seine dünne Softshelljacke vom Haken neben der Tür.

»Wo willst du denn jetzt noch hin?«

»Ich muss vorher noch was erledigen.«

»Das klingt aber geheimnisvoll.«

Der Kollege räusperte sich. »Ich habe versprochen, jemanden abzuholen.«

Jetzt war Simones Neugier endgültig geweckt. »Was sind denn das für hübsche rosige Wangen, die ich da auf einmal sehe? Hast du etwa eine Freundin?«

Die Röte auf Tims Gesicht wurde dunkler. »Nein.«

»Ich weiß doch, wie du aussiehst, wenn es um Frauen geht.« Sie grinste. »Ist sie hübsch? Hat sie …«

»Lass gut sein!«, fuhr Tim Simone an.

Das war doch sonst nicht seine Art. »Sorry, war nicht so gemeint. Ich wollte dich nicht …«

»Schon gut. Es ist Lea. Nur ein kleiner Fahrdienst unter Freunden.« Er atmete geräuschvoll aus. Und mit einem Mal sah er sehr traurig aus.

»Lea Bennsdorf?« Simone klappte die Hülle ihres Tablets zu und erhob sich, um mit dem Freund auf Augenhöhe zu reden. »Ihr habt wieder Kontakt? Wie geht es ihr? Ich hatte gehofft …«

»Ach, Sim.« Es fiel Tim offenbar immer noch schwer, über Lea zu sprechen. Er räusperte sich. »Sie hat sich vorletzte Woche bei mir gemeldet, ganz überraschend. Du weißt doch noch …«

Simone nickte. Natürlich erinnerte sie sich. Tim hatte Lea vor vier Jahren durch eine schwere Zeit geholfen. Fast täglich war er bei ihr gewesen, hatte sie getröstet, seine Gleitzeit genutzt, um sie bei Anwaltsbesuchen zu begleiten, und war einfach da gewesen, wenn sie ihn brauchte.

»Das kommt aber plötzlich! Wie lange hat sie sich nicht gemeldet?«

Tim zuckte mit den Schultern. Simone sah ihm an, dass ihm das Thema nicht behagte. Zu Recht, dachte sie. Ihm war es zu verdanken gewesen, dass Lea damals eine Therapie begonnen hatte. Und nach einigen Wochen war es ihr wirklich besser gegangen. Ihre Ängste ließen nach, sie fand eine neue Stelle in der IT einer Supermarktkette, ging wieder arbeiten und konnte ihren Alltag selbst regeln. Im gleichen Zug meldete sie sich immer seltener bei Tim – und irgendwann gar nicht mehr.

Sims Kollege war damals ziemlich aufgelöst gewesen. Er war zu Leas Wohnung in Gelsenkirchen gefahren, um sie persönlich zur Rede zu stellen. Aber er hatte sie nicht mehr angetroffen. An den Fenstern hingen keine Gardinen mehr und das Klingelschild fehlte. Lea hatte nicht nur die Wohnung gewechselt, sondern auch Tim aus ihrem Leben entfernt wie ein paar Spinnweben beim Frühjahrsputz. Sie war abgetaucht.

Erst ein Telefonat mit Leas Schwester hatte Licht ins Dunkel gebracht. »Bitte versuche, sie zu verstehen. Alles an dir erinnert sie daran, was ihr passiert ist. Jedes Mal, wenn du sie anschaust, fühlt sie sich wieder als Opfer. Gib ihr Zeit. Warte, bis sie auf dich zukommt.«

Er hatte gewartet. Und gelitten. Aber letztlich hatte Tim Leas Entscheidung respektiert, auch wenn es ihm das Herz gebrochen hatte.

»Wo wohnt sie jetzt?«

»Ganz in eurer Nähe, hinter der Gesamtschule.«

»Seltsam. Eigentlich hätten wir sie mal treffen müssen.«

»Vielleicht geht sie woanders einkaufen.«

Sim schüttelte den Kopf. »Und jetzt meldet sie sich, als sei nie was gewesen? Irgendwie dreist, oder?«

»Nein, so ist es nicht«, erwiderte Tim mit leichter Schärfe.

»Sondern?«

»Es geht ihr echt mies.«

»Aha.«

Tim räusperte sich. Das tat er häufig. Besonders, wenn er in Aufruhr war. »Lass das, Sim.«

»Was?«

»Auf Lea sauer sein. Wenn du sie gesehen hättest …«

Simone hob beide Augenbrauen. »Ach, du warst schon bei ihr?«

»Ja.«

Das war genau, was sie befürchtet hatte. Er würde sich wieder voll reinhängen und von ihr aufsaugen lassen wie von einem schwarzen Loch. »Tim, warum ausgerechnet du? Warum nicht …«

Der Admin hob die Hand. »Weil sie mich braucht. Es geht um Kehlmann. Sie glaubt, dass er hinter ihr her ist.«

»Hä? Der sitzt doch noch im Knast.«

»Sicher?«

Sie sahen sich an und die Stille schmeckte schal. Endlich zog Tim den Reißverschluss seiner Jacke nach oben. »Also, ich muss jetzt los.«

»Okay. Pass auf dich auf, ja?«

Tim war soeben aus dem Sichtfeld verschwunden, als sich Sims Tablet mit einer kurzen Tonfolge meldete. Sie entsperrte es und entdeckte eine *Threema*-Nachricht von Adele: *Warte noch im Hotel. Keine Ahnung, wo Ole steckt. Wir sehen uns dann gleich im* Finkenkrug.

15

So ein Dreck! Sina Spiering joggte die letzten zweihundert Meter vom Schauspielhaus bis zur Königsallee 22, dem Ort, an dem *Tanzbein & Teufel* ansässig war. Die Namen passten Sinas Meinung nach zwar eher zu einem Exorzistenteam, aber so hießen die Chefs der psychotherapeutischen Praxengemeinschaft, in der sie den letzten Teil ihrer Ausbildung absolvieren musste. Wenn sie Psychotherapeutin werden wollte, führte kein Weg mehr an den beiden Herren vorbei.

Besonders mit Peer Tanzbein, dem jüngeren der beiden Chefs, war es schwierig. Er verunsicherte sie mehr, als dass er ihr eine Stütze war. Sie keuchte, als sie das weiß geklinkerte Gebäude erreichte. Das war bereits das zweite Mal in einer Woche, dass sie zu spät kam, weil ihr Bus den Fahrplan nicht einhielt. Ausgerechnet heute, wo sie ihre neue Klientin kennenlernen sollte.

Peer hatte keine Zweifel daran gelassen, dass bei Frau Bennsdorf besonderes Fingerspitzengefühl gefragt war. Sina hatte zugesagt, den Fall zu übernehmen, obwohl sie wusste, dass es eine Hetzerei würde. Von ihrem Zweitjob in der Suchthilfe bis hierhin hatte sie gerade mal fünfunddreißig Minuten Zeit.

Während sie im Treppenhaus zwei Stufen auf einmal nahm, fluchte sie innerlich. Wenn sie das Geld nur nicht so dringend bräuchte. Aber die horrenden Ausbildungskosten und die irrwitzig schlechte Bezahlung in den letzten Jahren hatten ein riesiges Loch in ihre Kasse gerissen. Ohne den Privatkredit und die Unterstützung ihrer Mutter hätte sie die Ausbildung nicht finanzieren können.

Endlich erreichte sie die zweite Etage. Toll, dachte Sina, durchgeschwitzt zum Erstkontakt. Sie glitt aus ihrem Sommermantel, um auszudampfen, und eilte zur Empfangstheke. Die Mitarbeiterin dahinter telefonierte.

»Unmöglich. – Nein, den nächsten freien Termin kann ich Ihnen in frühestens acht Monaten anbieten. – Notfall? Davon gibt es leider viele. Probieren Sie es am besten noch einmal woanders.«

Endlich konnte Sina reden. »Hallo, Gudrun, ist Frau Bennsdorf schon da?«

»Ja, sie muss im Wartezimmer sein.«

Sina steuerte auf ihr Büro zu, das rechts um die Ecke lag –

genau gegenüber dem Wartezimmer. Eine Minute brauchte sie noch. Sie öffnete die Tür zu dem Raum, den sie sich mit ihrem Kollegen Martin Schenck teilte. Der blickte kurz auf, als sie eintrat.

»Tag, Sina.«

»Hallo Martin. Sorry, ich bin spät dran heute. Der Bus.«

Mehr musste sie nicht erklären. Der Kollege nickte. »Ich geh gleich. Muss zur Klinik.«

Damit meinte er das Martin-Luther-Krankenhaus in Wattenscheid. Wie fast alle PsychotherapeutInnen in Ausbildung, kurz PiA, hatte auch er einen Zweitjob.

»Prima, dann mache ich die Sitzung hier.«

Sie hängte den Mantel an die Garderobe hinter der Tür und legte die Akte Bennsdorf auf ihren Schreibtisch. Tanzbein hatte ihr die Aufzeichnungen der ehemals behandelnden Therapeutin mit den Worten übergeben: »Frau Bennsdorf hat glücklicherweise die Schweigepflichtentbindung unterschrieben. Du brauchst also nicht bei null anfangen.«

Viel war es leider trotzdem nicht. Denn die Frau hatte die Therapie nach nur sieben Sitzungen abgebrochen. Und das, obwohl sie stark traumatisiert sein musste. Schwere Vergewaltigung hieß es in den Notizen. Posttraumatische Belastungsstörung, kurz PTSB, und Verdacht auf Magersucht. Sina musste sich selbst ein Bild machen.

Sie durchquerte den Flur zum Wartezimmer. Der Raum lag etwas abgeschieden, damit nicht jeder Besucher der Praxis die Klienten sah. Zartgrüne und gelbe Pastelltöne dominierten die Wände, Farben, die das Wohlbefinden steigern sollten. Hoffentlich hatte die Klientin noch nicht die Geduld verloren.

»Frau Bennsdorf?«

Tatsächlich. Die schmale Frau stand nah am Ausgang. Sie war etwa in Sinas Alter, hatte nervöse Augen, angespannte

Muskeln. Die Art, wie sie Sina den Kopf zuwandte, erinnerte die Psychotherapeutin an ein Erdmännchen im Wachdienst. Dieser Eindruck wurde durch die dunklen Augenschatten noch verstärkt.

»Ja.«

Sina streckte ihr die Hand entgegen. »Entschuldigen Sie bitte die Verspätung. Spiering mein Name. Vielen Dank, dass Sie gewartet haben.« Die Finger der Patientin waren zartgliedrig. Wie Zweige aus Porzellan, dachte Sina. Sie lächelte Frau Bennsdorf an, drehte sich dann um und wies auf ihre Bürotür. »Die Zeit hängen wir natürlich hinten dran. Wollen wir rübergehen? Mein Büro ist gleich dort.«

Auf dem Flur begegneten sie Sinas Kollegen Martin Schenck.

»Was vergessen?«

»Das Handy!« Er hob ein flaches Mobilgerät hoch. »Und jetzt tschüss!«

In Sinas und Martins Gemeinschaftsbüro stand in der rechten Ecke ein kleiner runder Tisch mit einer Taschentuchbox und zwei umgedrehten Wassergläsern darauf. Zwei helle, gepolsterte Bürosessel luden zum Verweilen ein.

»Nehmen Sie doch Platz.« Sina bemühte sich um Blickkontakt, aber die Klientin schaute sich in dem Büro um und wirkte dabei so unbehaglich, als wäre sie noch nicht sicher, ob sie bleiben wollte. »Möchten Sie ein Glas Wasser?«

»Ja, gern.« Lea Bennsdorfs Stimme war leise, ihre Lippen wirkten ausgetrocknet. Endlich setzte sie sich.

Sina schenkte beiden ein. »Sie haben sich einverstanden erklärt, dass die Gespräche aufgezeichnet werden?«

Die Frau nickte, sah sie aber nicht direkt an, sondern eher einen Punkt, der einen Zentimeter neben Sina lag. Die Therapeutin widerstand der Versuchung, hinter sich zu blicken. Sie wusste auch so, dass es dort außer einem Druck mit Lotosblütenmotiv nichts zu sehen gab.

Sie ließ ihrem Gegenüber Zeit, sich zu sammeln. Dann fragte sie: »Was führt Sie zu mir, Frau Bennsdorf?«

Die Klientin mit den blonden Locken biss sich auf die Unterlippe und schien mit sich zu ringen. Dabei knibbelte sie an ihren Fingerspitzen, deren Haut rot und entzündet aussah. Die Stellen rund um das Nagelbett wirkten mitgenommen.

Sina wartete weiter ab, beobachtete und notierte innerlich. Nervös, Körperhaltung steif, abgeneigt. Atmet gepresst, wie unter großem Druck. Gerade wollte sie noch einmal fragen, als Lea Bennsdorf endlich die Augen auf sie richtete.

Die junge Frau feuchtete sich die Lippen an, bevor sie aussprach, was sie so bedrückte. »Ich habe Angst. Ziemlich schlimme.«

»Wovor haben Sie Angst?«

Die Antwort kam zögerlich. »Ich bin mir nicht sicher.«

Sina nickte ihr aufmunternd zu.

»Ich weiß nicht. Es ist komisch, mit Ihnen darüber zu reden.«

»Hm. Das geht vielen Menschen so beim ersten Gespräch. Ich kann mir sehr gut vorstellen, dass das eine schwierige Situation für Sie ist.«

»Es ist nicht nur das. Sie kommen mir so ... so jung vor. Bei Frau Braun hatte ich ein anderes Gefühl.«

»Was für ein Gefühl hatten Sie bei Frau Braun?«

»Dass sie mich verstehen konnte.«

»Frau Braun war eine gute Therapeutin. Das habe ich schon mehrfach gehört. Leider praktiziert sie nicht mehr.«

Sina dachte nach. Dann fragte sie: »In Ihren Unterlagen habe ich gesehen, dass Sie die Therapie nach einigen Sitzungen abgebrochen haben. Darf ich fragen, warum?«

»Weil es mir besser ging.«

»Aber jetzt geht es Ihnen nicht mehr gut, sagen Sie.«

Bennsdorf schien mit sich zu ringen. Als ob sie sich fragte, ob Sina zu trauen sei. Nach einem tiefen Durchatmen sagte sie schließlich: »Ja, es ist immer diese Angst – manchmal wird es richtig schlimm. Vielleicht steigere ich mich in was rein, ich weiß nicht. Kennen Sie das Gefühl, wenn einem jemand in den Nacken starrt? Das habe ich seit ein paar Tagen. Das Gefühl, dass da jemand ist, der mich beobachtet.«

Als Sina die Klientin fünfzig Minuten später verabschiedete, fühlte sie sich erschöpft. Die erste Hürde der Beziehungsgestaltung hatte sie gemeistert. Auch wenn Frau Bennsdorf sie vielleicht noch nicht voll als Therapeutin akzeptierte, hatte sie ihr doch ein Problem offenbart. Tief waren sie nicht vorgedrungen, dazu war es noch viel zu früh. Heute hatte sich das Gespräch nur um Lea Bennsdorfs Gefühl gedreht, dass der damalige Täter sie beobachtete. Auf eine Gelegenheit lauerte, sie erneut zu attackieren. Und dass sie sich kaum noch aus dem Haus traute. Nicht mal zur Arbeit ging sie im Moment. Die Angst war echt – keine Frage. Aber gegen Ende hatte die Klientin Sina doch noch mit einem Geständnis überrascht.

»Ich hätte Paul nicht anzeigen dürfen«, hatte sie mehr zu sich selbst gemurmelt. »Es ist meine eigene Schuld.«

Sina war natürlich darauf eingegangen. »Ohne eine Anzeige machen Täter oft weiter wie bisher. Vermutlich haben Sie andere Frauen durch Ihr mutiges Verhalten davor bewahrt, Schaden zu erleiden.«

Lea Bennsdorf hatte dieses Argument nicht annehmen können. Sie gab sich offenbar wirklich die Schuld an dem Geschehen. Das war bei Vergewaltigungsopfern nicht selten. Ein Umdenken brauchte Zeit. Etwas zu wissen, war etwas anderes, als etwas zu fühlen. Aber konnte es tatsächlich sein, dass Lea Bennsdorfs Problem mehr war als Einbildung?

»Ist der Mann, der Ihnen das angetan hat, inzwischen entlassen?«

Die Klientin hatte keine Antwort gegeben. Klassische Verweigerung.

Ein Schüttelfrost überkam Sina. Wie ein Vorbote auf … Blödsinn, schalt sie sich. Trotzdem fragte sie sich, warum Peer ausgerechnet sie für diesen Fall ausgeguckt hatte. War sie die richtige Person für diese Frau? Bisher hatte sie noch nicht mit Missbrauchsopfern gearbeitet. War sie dem schon gewachsen?

Die Aufzeichnung des Gesprächs würde sie sich am Abend noch einmal anhören, denn für den folgenden Tag stand die nächste Supervision an. Eine von fünfzig teuren Einzel- und Gruppensitzungen mit ihrem Chef, von denen noch einige vor Sina lagen. Peer würde ihr sicher mit Freuden aufzeigen, was sie alles falsch gemacht hatte. Und sie wollte lieber vorher wissen, ob er recht hatte …

16

Pünktlich war Paul Kehlmann wieder in der Sicherheitsschleuse der Krümmede erschienen. Der Beamte hinter dem Panzerglas nahm den Urlaubsschein entgegen und vermerkte nach einem Blick auf die Uhr die genaue Ankunftszeit. Dann ging es durch die erste Metalltür in einen Nebenraum, wo Kehlmanns Anstaltskleidung über einem Bügel hing.

Zwei Beamte, die blauen Plastikhandschuhe schon übergestreift, erwarteten ihn. »Bitte ausziehen. Alles.«

Geduldig ließ Paul die gesamte Prozedur über sich ergehen, die stets damit endete, dass ein Beamter in seinem Darmausgang herumstocherte. Endlich konnte er sich wieder ankleiden.

»Alles in Ordnung. Besondere Vorkommnisse?«

Paul schüttelte den Kopf.

»Dann noch einen schönen Abend.«

War das Ironie? Oder nur eine unbedachte Höflichkeitsfloskel? Die Schließer unten am Tor, wo die Freiheit nur wenige Schritte entfernt war, gehörten eher zu den Hardcore-Beamten.

Wachtmeister Hagel, Abteilungsleiter bei den Entlassungskandidaten, war ein anderer Typ. Er hatte noch vier oder fünf Jahre bis zur Rente, deutliches Übergewicht und statt gespannter Nerven die Gemütsruhe eines alten Elefanten. Jetzt stand er oben vor seinem Glaskasten, von dem aus er mehrere Flure und Etagen beobachten konnte. »Post, Herr Kehlmann!«

Der Puls des Häftlings ging deutlich schneller. Das schlanke Kuvert war offenbar kontrolliert und nur lässig wieder zugeklebt worden. Keine Anwaltspost also.

»Ich hoffe, es ist etwas Erfreuliches für Sie.«

»Ich auch. Danke.«

Noch bevor Paul den Umschlag entgegennahm, erkannte er die Handschrift. Annemarie. Er unterdrückte den Wunsch, den Brief sofort zu öffnen. Vorher musste er noch zwei Hindernisse überwinden.

Das erste war der Verpflegungswagen, den ihm zwei Häftlinge entgegenschoben. Sie sammelten bereits das benutzte Geschirr des Abendessens ein.

»Habt ihr auch an mich gedacht?«

»Klar, Prof, steht auf der Zelle.«

»Gute Jungs!«

Grinsend zogen sie aneinander vorbei. Doch fünf Meter weiter lauerte Kralle. Ausgerechnet er war Cookies Nachfolger in Kehlmanns Zweierzelle geworden. Gleich am ersten Abend hatte er wieder angefangen, sich selbst zu befriedigen, bis Paul ihm die Decke wegzog.

»Pass auf, Kralle. In wenigen Tagen bin ich raus. Dann kannst du hier machen, was du willst. Aber bis dahin will ich in Ruhe schlafen können.«

»Nicht mein Problem.«

»O doch, das wird es.«

Der Mithäftling hatte spöttisch gelacht. »Ach ja, und was willst du dagegen tun? Einen Beschwerdebrief schreiben?«

»Im Gegenteil. Ich werde nichts schreiben. Ich werde Wassilij und seinem Kumpel Vladimir sagen, dass ich ihre Anträge auf vorzeitige Entlassung nicht abgeben konnte, weil du extra Kaffeeflecken draufgemacht hast!«

Diese Drohung hatte Wirkung gezeigt. Mit der bloßen Hand war Kralle ganz fix, aber mit vier russischen Fäusten vor Augen fiel es sogar ihm schwer, sich auf sein ursprüngliches Vorhaben zu konzentrieren.

Pauls Mithäftling lehnte an dem Geländer, das den engen Gang vor den Zellen begrenzte. Hinter der Stahlsperre klaffte der breite Abgrund, der die beiden Zellenreihen trennte Um Selbstmorde zu verhindern, gab es auf jeder Etage stabile Gitter, die Kamikaze-Aktionen verhinderten, aber den Schließern nicht die Aussicht nahmen.

»Und, gut gevögelt da draußen?«

»Halt die Klappe. Du bist widerlich.«

Kralle grinste, als hätte er Lob erhalten. Sein Blick fiel auf den Brief. »Von deiner Oma?«

»Erraten.«

Paul betrat die Zelle, legte das Kuvert auf den Tisch, wusch sich ausgiebig die Hände und widmete sich in scheinbarer Geduld den beiden Scheiben Brot und dem Gesundheitstee. Solange Kralle vor der offenen Tür lauerte, würde er den Umschlag nicht öffnen.

Irgendwann gab der Neugierige auf. Ein paar Zellen weiter hatte jemand deutsche Schlager aufgedreht. Kralle zog ab.

Endlich! Paul öffnete den Brief, las ihn zweimal durch und hielt ihn noch ein paar Atemzüge lang in der Hand. Dann zerriss er das Papier in kleine Fetzen, die er das Klo hinunterspülte. Nach dem letzten Schluck Tee lehnte er sich in seinen Stuhl zurück und verschränkte die Arme hinter dem Kopf. Was für ein guter Tagesabschluss! Annemarie würde ins Ruhrgebiet kommen.

17

Wo blieb Tim nur? Lea stand unten im Treppenhaus der Praxis und brannte mit ihren Augen Löcher durch die Glastür. Zum vierten Mal innerhalb von fünf Minuten schaute sie auf ihre Smartwatch. Keine neuen Nachrichten, keine Anrufe. Achtzehn Uhr hatten sie ausgemacht. Jetzt war es schon 18:06 Uhr. War Tim etwas passiert?

Sie kramte ihr Handy aus dem Lederrucksack, den sie locker über einer Schulter trug. Als sie das Display entsperrte, klingelte das Gerät. Vor Schreck hätte sie es fast fallen gelassen. Ihr Herz klopfte dumpf gegen die Rippen, als sie das Smartphone an ihr Ohr presste. »Hi, Tim, wo bist du?«

»Leider noch auf der A 40. Vollsperrung dank Unfall, hier geht gerade nichts. Hast du genug Geld, um noch mal mit dem Taxi zu fahren?«

»Ich weiß nicht. Moment.« Sie klemmte das Handy zwischen Kopf und Schulter und kramte nach ihrem Portemonnaie.

»Nein.« Ihre Stimme bebte. »Nur noch fünf Euro.«

»Nimm doch den Bus. Die Haltestellen des 365ers sind ganz nah. Du musst nur ein paar Meter laufen.«

Lea bemühte sich um einen gelassenen Tonfall. »Ja, okay.«

»Wirklich? Wenn du zu viel …«

»Das wird schon gehen.«

»Es tut mir echt leid. Ruf mich an, wenn du zu Hause bist, ja?«

»Mach ich.« Sie biss sich auf die Lippe.

»Super. Melde dich bitte auf jeden Fall.«

Lea legte auf, verließ den Hausflur aber nicht. Sie fröstelte. Niemand schien zu glauben, dass Paul sie verfolgte. Warum wohl hatte ihre Therapeutin nach dem Entlassungstag ihres Peinigers gefragt? Hinter der harmlos klingenden Frage lauerte das Urteil, dass Leas Angst keinen realen Ursprung hatte.

Konnte sie sich überhaupt selbst noch trauen? Sie verdrängte diese Frage. Wichtig war, dass die Angst nicht wieder die Oberhand gewann.

Mit klammen Händen prüfte Lea in der *Bogestra*-App die Abfahrtszeiten der Linie, die sie nach Hause bringen sollte. Es wurde schon knapp.

Oben im Treppenhaus erklangen Schritte. Lea öffnete die Haustür und spähte die Königsallee hinunter. Ihr Bus erschien an der letzten Ampel vor dem Schauspielhaus. Da lief sie los und kam zeitgleich mit dem schweren Fahrzeug an, dessen Türen sich pfeifend öffneten. Lea wollte ihr Mobilticket zeigen, doch der Fahrer winkte ab. Feierabendverkehr eben.

Direkt hinter Lea stieg noch ein Mann ein. Hatte sie den nicht gerade kurz in der Praxis gesehen? Wahrscheinlich ein Psycho, dachte sie verbittert, genau wie ich. Er setzte sich direkt auf die Bank hinter dem Fahrer und beachtete sie nicht weiter. Gut so.

Lea scannte den Bus. Die Hälfte der Plätze war belegt mit Rentnerinnen und ihren Einkaufstaschen sowie ein paar jüngeren Frauen mit abgespannten Gesichtern. In der Mitte des Busses stand eine Mutter mit Kinderwagen, daneben zwei Jugendliche, die auf ein Handy starrten und lachten. Alles unverdächtig.

Lea fiel auf, dass die drei Plätze am Heck frei waren. Sie schlängelte sich an der Frau mit dem Kinderwagen vorbei und setzte sich direkt ans Fenster. Mit ihrem Rucksack blockierte sie den Sitz neben sich. Jetzt konnte sie aufatmen.

Als die Türen sich schlossen, quetschte sich vorn beim Fahrer noch jemand in den Bus. Wieder überkam Lea diese Angst, wieder verspürte sie dieses verdammte Herzrasen. Warum? Sie schaute genauer hin. Ein Typ um die vierzig, schlank, bartlos, in blauer Jeansjacke. Sie kannte ihn nicht. Lea zwang sich, ruhiger zu atmen.

Der Bus fuhr an. Der gerade Zugestiegene bewegte sich zielstrebig auf Lea zu.

Setz dich woanders hin, beschwor sie ihn innerlich. Geh weg.

Der Mann schien ihren abweisenden Blick nicht wahrzunehmen. Er nickte ihr zu und lächelte. »N'abend.«

Statt einer Antwort drehte Lea den Kopf und starrte aus dem Fenster. Sie spürte, wie der Fremde sich direkt neben ihrem Rucksack niederließ. Wollte er was von ihr? Blödsinn! Trotzdem: Ihre Brust schnürte sich schon wieder zu. Diese Scheißangst.

»Nächster Halt Christstraße«, tönte es aus dem Lautsprecher. Niemand wartete draußen auf diesen Bus, niemand wollte aussteigen. Der Fahrer gab Gas, um die nächste Ampel noch bei Grün zu erwischen.

Vorsichtig rutschte Lea an die Fahrzeugwand. Ihr Herz klopfte. Sollte sie sich lieber umsetzen? Sie versuchte, durch die schwache Spiegelung des Fensters zu erkennen, was der Mann in der Jeansjacke tat.

Sie stockte. Der Typ schaute sie an, fixierte ihren Hinterkopf und dann … sah er auf. Ihre Blicke trafen sich in der Fensterscheibe.

Alles Blut in Leas Körper sackte nun nach unten. Der Mann zwinkerte ihr zu! Ihr blieb die Luft weg. Schwindel.

Aber ihr Körper übernahm. Ließ sie aufspringen, zur Wagenmitte hetzen. Der Bus hatte soeben den nächsten Halt erreicht und senkte sich nach unten. Jemand schrie auf. Sie musste raus!

Die Frau mit dem Kinderwagen versperrte ihr den Weg und glotzte. Lea stieß sie zur Seite. Noch bevor die Türen des Busses sich wieder schließen konnten, stolperte sie die Stufe hinunter, verlor den Halt. Ihre Knie und Handgelenke knallten auf das Pflaster. Die Panik überblendete den Schmerz. Lea rappelte sich auf und wirbelte herum.

Die Tür war nun geschlossen und das Fahrzeug richtete sich auf. Aber der Fremde schaute direkt durch das Plexiglas vor ihr. Er schien aufgebracht und hob die Hand, als wollte er den Öffnungsschalter drücken. Lea stolperte zurück und wäre fast ein zweites Mal gestürzt. Dann brummte der Bus los und bog in den Kreisverkehr.

Lea rannte zurück zur letzten Kreuzung und schlug einfach eine beliebige Richtung ein. Sie wusste nicht, wovor sie floh – nur weg. In Bewegung bleiben. Instinktiv bog sie noch mal rechts ab, als vor ihr neben dem Bürgersteig ein großer, dunkler Park auftauchte. Weiter! Schneller! Sie lief und lief und lief.

Irgendwann konnte Lea nicht mehr, die Seitenstiche wurden unerträglich. Keuchend blieb sie stehen und blickte sich in alle Richtungen um. Kein Verfolger war zu sehen.

Zittrig lehnte sie sich an ein Verkehrsschild. Sie wischte sich mit dem Ärmel den Schweiß aus dem Gesicht und erschrak. Da war Blut. Ihre Knie taten besonders weh. Ein Blick nach unten zeigte ihr den schmutzigen und durchlöcherten Stoff ihrer Jeans.

Wo war sie? Die Straßennamen sagten ihr nichts. Aber noch mal nach rechts ging es bergab. Automatisch nahm Lea den leichteren Weg, folgte der Straße, ohne zu wissen, wo sie war. Dann erreichte sie einen Kreisverkehr. *Romanusplatz,* las sie.

In der Mitte gab es etwas Grün und einige Sitzbänke. Sie checkte die Lage. Rundum Wohnhäuser, dazwischen die Einmündungen von fünf oder sechs Straßen. Überall konnte jemand lauern. Aber sie sah niemanden. Außer ihrem Atem war nur Straßenlärm zu hören. Und immer noch pochte das verräterische Herz unter ihren Rippen. Komm runter, befahl sie sich. Da ist nichts. Aber sie hatte doch gesehen, wie der Mann ihr zugezwinkert hatte. Und er war im Bus hinter ihr hergelaufen …

Atem und Pulsschlag beruhigten sich ein wenig. Von einem Verfolger noch immer keine Spur. Das war nur eine verdammte Panikattacke, redete sie sich gut zu. Aber es gab noch eine andere Stimme in ihrem Kopf, die flüsterte: »Und wenn nicht?«

Lea hob den Blick. Am Ende der Straße, die gegenüber begann, schimmerte es hell. War da nicht – ein Krankenhaus? Sie trabte los.

Als sie den Vorplatz des Hospitals erreichte, fühlte sie sich endlich sicher. Vor dem Eingang standen mehrere Patienten und rauchten. Einer blickte sie besorgt an, tat aber nichts. Ihre Brust und ihr Rücken hoben und senkten sich wie Teile einer Maschine, die sich mit Reststrom bewegten. Ein letztes Mal drehte Lea sich um. Keine Gefahr zu entdecken. Trotzdem verstärkte sich das Schwindelgefühl. Ich muss Tim anrufen, dachte sie.

Lea griff nach dem Schulterriemen ihres Rucksacks. Wo war der? Sie fühlte nichts. Tastete noch einmal – da war nichts. Der Rucksack war weg!

Erst wurde ihr heiß, dann kalt. Vor den Augen der rauchenden Zuschauer beugte sie sich vor und übergab sich.

18

Voller Ungeduld blickte Simone auf die Uhr. 18:35 Uhr. Sie hockte allein auf der Bank gegenüber der Theke und musste fünf leere Sitzplätze verteidigen. Im *Finkenkrug* war es so voll wie immer um diese Zeit. Außer der leuchtenden Bierreklame, die ringsum an den Wänden angebracht war, gab es nur einige Pendellampen an den Decken, die jedoch kaum mehr Licht spendeten als Simones Handydisplay.

Fünf Minuten später erkannte sie Kalle. Er stand an der Tür und drehte suchend den Kopf. Sim sprang auf und winkte mit beiden Händen wie ein Lotse auf dem Flugplatz. Rufen war zwecklos, Unterhaltungen in unterschiedlichen Lautstärken und allen denkbaren Tonhöhen konkurrierten mit der Hintergrundmusik, die der Wirt aufgelegt hatte.

Endlich entdeckte Kalle ihre Signale. An den Stehtischen vorbei schob er sich durchs Gedränge heran. »So allein, schöne Frau?«

»Jetzt zum Glück nicht mehr. Hallo, mein Süßer.« Sie beugte sich über den Tisch und küsste ihn auf den Mund.

»Hmm, lecker, bei der Begrüßung komme ich gern noch mal rein.«

»Nee, bitte nicht. Ich habe schon lange genug allein dumm rumgesessen. Alle zwei Minuten stehen hier Leute und fragen, ob sie sich dazusetzen dürfen.«

Kalle blickte sich um. »Wo sind die anderen denn?«

»Vom Winde verweht. Ole geht nicht ans Handy und ist nicht im Hotel aufgetaucht. Adele wollte ihn dort abholen. Ich habe vor einer Viertelstunde mit ihr telefoniert. Sie ist jetzt auf dem Weg zu uns.«

»Und was ist mit Tim?«

Simone kräuselte die Nase, als ob Kalle einen Harzer Handkäse ausgepackt hätte. »Frag besser nicht.«

»Wir Ermittler sind von Natur aus neugierig.«

»Lea ist wieder aufgetaucht.«

»Bennsdorf?«

»Genau die. Und weißt du, wo sie jetzt wohnt? Keinen Kilometer Luftlinie von uns entfernt.«

»Wir sind ein freies Land.«

»Hör bloß auf. Tim wollte sie irgendwo abholen. Sie meldet sich und er springt, genau wie früher. Er hat vor einer Dreiviertelstunde getextet, steckt wohl in einem Megastau. Keine Ahnung, ob das mit ihm was wird heute.«

Ein junger Mann mit schwarzem Poloshirt unterbrach ihr Gespräch, um Kalles Bestellung aufzunehmen. Aus zweihundertzweiundzwanzig Biersorten eine Auswahl zu treffen, war nicht einfach. Der Privatdetektiv tippte darum einfach auf den Namen, der ihm zuerst ins Auge sprang: »Ein Holy Shit Ale, bitte.«

Der Kellner verschwand und Kalle setzte sich neben Sim. »Bist du nicht ein bisschen zu hart?«

»Tim ist monatelang wie ein Geist durch die Uniflure gewandert. Egal, was Lea Schlimmes passiert ist, so geht man nicht mit Menschen um. Schon gar nicht mit so einem lieben Kerl wie Tim.«

»Wenn du meinst. Aber er ist ein erwachsener Mann.«

Als hätte ein Regisseur ein unsichtbares Zeichen gegeben, öffnete sich die Kneipentür und Tim trat ein. Auch er scannte den Raum, bevor er ebenfalls an den Ecktisch treten konnte. »Hi zusammen.«

Kalle schüttelte ihm die Hand. Die beiden hatten sich schon ein paar Monate nicht mehr gesehen. Simone nickte Tim zu. Umständlich belegte der Admin einen der freien Stühle mit seiner Jacke.

»Was für ein Mist. Unfall auf der A 40. Ich habe fast zwanzig Minuten vom Duisburger Zoo bis zur Ausfahrt Mülheim gebraucht.«

Simone setzte einen interessierten Blick auf. »Und wie kommt Lea jetzt nach Hause?«

»Sie fährt mit dem Bus. Der hält direkt vor ihrer Tür.«

Kalle warf seiner Freundin einen warnenden Blick zu. Aber entweder bemerkte sie ihn nicht oder sie ignorierte ihn.

Sim nahm einen großen Schluck aus ihrem Glas. »Dann geht es ihr vielleicht doch nicht so schlecht, wie du denkst.«

Der Admin schwieg, aber seine Miene verfinsterte sich.

»Ich meine, sie scheint ihre Ängste ja gut in den Griff zu bekommen, wenn sie muss.«

Zwei Sekunden lang ließ Tim den Satz auf sich wirken. Dann antwortete er: »Wann bist du eigentlich so gehässig geworden? Ausgerechnet du ...«

Simone wurde heiß. Hatte Tim das gerade wirklich gesagt? Spielte er auf den Überfall vor vier Jahren an? Sie erinnerte sich noch sehr gut daran. Zorn wallte in ihr auf.

Der Kellner kam dazwischen und brachte Kalles Bier. Tim bestellte nach einigem Zögern einen Kaffee.

Als sie wieder unter sich waren, platzte es aus Simone heraus. »Ich bin gehässig? Das ist ja wohl der Hammer. Erinnere dich mal daran, was Lea mit dir gemacht hat. Dann weißt du, wer gehässig ist. Willst du mich etwa mit ihr vergleichen?«

Tim schüttelte langsam den Kopf. Um den Mund hatten sich harte Linien in dem sonst so weichen Gesicht gebildet. »Nein, ganz bestimmt nicht. Aber vielleicht denkst du mal darüber nach, was du für ein verdammtes Glück hattest damals.«

Jetzt wurde Simone so laut, dass sich einige Köpfe vom Nachbartisch zu ihnen drehten. Kalle rückte ein Stück zurück, als hätte er Angst, in die Schusslinie von Sims nächster Salve zu geraten.

»›Glück‹? Du hast echt Nerven. Der Typ hat mir fast das Gesicht kaputt getreten. Ich hatte auch 'ne Scheißangst. Trotzdem habe ich dich nicht wie ein Stück Dreck behandelt.«

Tims Stimme war leise, aber er artikulierte jeden Satz so präzise, wie ein Scharfschütze seine Ziele ins Visier nahm. »Und? Wie fühlt sich das an, wenn andere kein Verständnis für dein Leid haben? Ist das angenehm? Ist das gerecht? Möchtest du mit Lea tauschen?«

Simone schnappte nach Luft, aber Tim ließ sie nicht zu Wort kommen. Seine Augen waren gerötet. »Du hast keine Ahnung, was sie durchmachen musste. Es ist entsetzlich! Ich konnte nächtelang nicht schlafen, nachdem sie sich mir anvertraut hatte. Wenn du nur einen Funken Anstand hast, dann hältst du dich ab jetzt geschlossen.«

Kalle hob eine Hand zwischen die Streitenden. Mit einem Blick auf Tim sagte er: »Es reicht. Ich glaube, wir haben es verstanden.«

Simone schien noch etwas sagen zu wollen. Ihre Augen glänzten wässrig. Doch da schlängelte sich der Kellner zwischen die Tische und brachte Tims Kaffee. Das unnatürliche Schweigen schien er nicht zu bemerken. Nachdem er die Tasse abgestellt hatte, lächelte er und fragte in die Runde: »Kann es sein, dass irgendeins eurer Handys klingelt?«

Simones Mobilgerät lag stumm auf dem Tisch. Die beiden Männer wühlten in ihren Taschen. Tims Smartphone leuchtete. Eine Bochumer Nummer erschien im Display. Er ging ran und hielt sich dabei mit der freien Hand das linke Ohr zu. Seine Augen wurden groß. »Wo? Ja. – Ja klar. Ich bin unterwegs.«

Von Wut war in seinem Gesicht nichts mehr zu sehen. Er wirkte wie ein Kaninchen, das nicht wusste, in welche Richtung es zuerst seine Haken schlagen sollte.

Tim riss seine Jacke vom Stuhl und fummelte sein Handy in die Seitentasche. »Lea ist im Krankenhaus.«

»Was?«

»Keine Ahnung, was passiert ist. Sie ist leicht verletzt und man hat ihr ein Beruhigungsmittel gegeben. Ich muss sofort los.«

Schon hastete er zum Ausgang. An der Tür wäre er fast mit Adele zusammengestoßen, die gerade das Lokal betrat. Vermutlich hatte er sie nicht einmal registriert, denn ohne ein Wort zu verlieren, raste Tim an ihr vorbei auf die Straße.

Entgegen ihrem sonst so gepflegten Aussehen wirkte die leitende Angestellte des Kopula-Instituts an diesem Abend etwas derangiert. Einige blonde Haare hatten sich aus ihrem Dutt gelöst und ihre Wangen zeigten rötliche Flecken, die durch das Make-up hindurchschimmerten.

Simone wischte sich über die Augen und ging ihr, dankbar für die Ablenkung, entgegen. Vorsichtig lotste sie die Kollegin durch die herumstehenden Gäste zum Ecktisch.

Kaum hatte die ehemalige Verbündete im Kampf gegen den Professor den frei gewordenen Platz eingenommen, fragte sie: »Was ist mit Tim los?«

Simone blinzelte unsicher, aber Kalle half. »Kleiner Notfall, vermutlich nichts Schlimmes. Wir wissen auch nichts Konkretes. Aber was ist mit dir? Du siehst ein bisschen durch den Wind aus.«

Adele Klawitter fuhr sich mit der Hand über die Augen. Etwas Wimperntusche verschmierte. »Ich habe gerade was im Radio gehört. Gestern gab es einen Flugzeugabsturz in Dortmund. Eine kleine Privatmaschine mit zwei Insassen, beide Männer sind tot.«

Simones Augen weiteten sich. »Meinst du etwa …?«

»Ich erreiche weder Robert noch Ole.«

»Kann mich mal jemand aufklären? Ich verstehe nur Bahnhof«, sagte Kalle. Warum sollte Ole mit einem Robert in einem Flugzeug sitzen?«

Simone erwiderte nichts. Sie starrte auf die Kaffeetasse, die Tim hatte stehen lassen. Adele zog ihr Smartphone aus der Handtasche und öffnete die Facebook-App. Kurz darauf wurde sie fündig und hielt Kalle das Display vor die Nase.

Der Eintrag stammte vom gestrigen Tag und war bereits achtundzwanzig Stunden alt. *Gleich geht es los!* Dazu ein Selfie. Aufgenommen in Marl. Ole Rasmusson, deutlich schlanker, als Kalle ihn in Erinnerung hatte, stand neben einem jüngeren Mann mit Locken. Im Hintergrund war ein kleiner Flieger zu erkennen, an dessen Heck die Bezeichnung *Piper III* prangte.

Kalle dachte nach. »Trotzdem muss das nicht gleich heißen, dass ausgerechnet die beiden in dem Flieger saßen. Ich möchte nicht wissen, wie viele …«

Adele unterbrach ihn. Ihre Lippen zitterten. »Sie haben im Radio gesagt, dass die Maschine in Marl gestartet ist.«

Schweigen im Lärm.

Simone hielt die Augen immer noch auf die Tasse gerichtet. Sie konnte an nichts anderes denken als daran, dass der Kaffee sicher schon kalt war.

19

Am Donnerstagmorgen schoben sich dunkelgraue Wolken wie Zeltplanen vor den Horizont. Zornige Böen schüttelten die Bäume unter Leas Fenstern und knickten die Sonnenblumen auf dem schmalen Feld hinter dem Haus. Der nahende Herbst untermalte die trübe Stimmung im Sachsenring.

Tim öffnete die Balkontür. Luft! Ohne frische Unterwäsche fühlte er sich nicht wohl in seiner Haut. Im Spiegel waren ihm die Schatten unter seinen Augen aufgefallen und sein Rücken schmerzte. Sein Handy verriet ihm, dass er auf der weichen Couch nicht einmal drei Stunden geschlafen hatte.

Die Anrufliste! Unter *Nicht angenommen* stand auch Simones Name. Er hatte nichts gehört. Nachdem Lea endlich eingeschlafen war, hatte er sein Telefon stumm gestellt.

Spätestens in einer Stunde musste er zur Uni. Und dann? Sollte er Simone nach der gestrigen Ansage überhaupt von Leas Flucht vor Phantomen erzählen? Dass sie vorm Krankenhaus fast umgekippt wäre? Nein, besser nicht. Und auch nicht, dass er die Nacht bei ihr verbracht hatte. In einer Wohnung, die fast so gut gesichert war wie das Kanzleramt.

Auf Socken schlich Tim in die Küche und setzte Kaffee auf. Er versenkte gerade zwei Scheiben Weißbrot im Toaster, als sich die Tür zum Schlafzimmer öffnete. Leas lockige Haare waren zerzaust und ihr karierter Pyjama war mindestens eine Nummer zu groß.

»Guten Morgen«, sagte Tim in einem Ton, der Munterkeit vortäuschen sollte. »Geht es dir besser? Wie hast du geschlafen?«

Lea blinzelte, als wäre sie überrascht, ihn zu sehen. Dann schien es, als kehrte die Erinnerung zurück, und sie senkte den Kopf. »Es geht so. Tim, es tut mir leid wegen gestern. Ich wollte dich nicht so erschrecken. Ich weiß auch nicht, was …«

»Schon gut.«

»Nein, ist es nicht. Danke, dass du hiergeblieben bist.«

Tim legte die gerösteten Scheiben auf einen Teller. »Dafür sind Freunde da. Magst du frühstücken?«

Sie schlang die Arme um den dürren Körper. »Es ist kalt.«

»Oh, sorry, die Balkontür steht noch auf.«

Er beeilte sich, sie zu schließen. In der Diele befand sich ein kleiner Esstisch, auf dem jede Menge Krimskrams herumlag. Der Anblick störte ihn zwar, aber er schob das Zeug zur Seite und machte Anstalten, den Tisch zu decken.

»Lass mal, das kann ich selbst«, sagte sie. Sie teilten sich die Aufgaben. Tim kümmerte sich um mehr Kaffee, Lea um den Rest – was nicht viel war. »Mehr habe ich leider nicht im Haus. Der Käse war schlecht.«

Sie setzten sich. Lea goss sich Kaffee ein, rührte das Marmeladenbrot aber nicht an. Und schwieg.

Tim aß ein wenig von seinem Toast. Dann sagte er: »Wir hatten Glück, dass der Hausverwalter noch einen Ersatzschlüssel hatte. Der Notdienst wäre teuer geworden.«

Lea biss sich auf die Unterlippe. »Aber meine anderen Sachen … Handy, Papiere – alles weg.«

Tim betrachtete die zarten Finger, die die Tasse umklammerten. Wie gern hätte er ihr die Hand gewärmt. »Warte doch erst mal ab. Bestimmt wird der Rucksack irgendwo abgegeben. Du sagst doch selbst, dass du den Mann nicht kanntest.«

Sie nickte.

»Woher wusstest du eigentlich meine Handynummer?«

Lea zog eine zerkratzte Smartwatch aus dem Krimskramshaufen des Tisches. »Deine Nummer war hier abgespeichert.«

»Ui, die hat ganz schön was abgekriegt.« Nachdenklich drehte Tim die Uhr. »Die kann nur WLAN, oder?«

Sie zuckte mit den Schultern. Dann herrschte wieder Schweigen, so unangenehm wie die klaustrophobische Enge eines alten Fahrstuhls.

Der Admin hüstelte, um den Druck von seiner Brust loszuwerden.

»Tim?« Lea sprach so leise, dass er sie kaum verstand.

»Ja?«

»Und wenn doch Kehlmann dahintersteckt?«

»Wie kommst du darauf?«

Sie legte die Hand auf ihre Brust. »Es ist nur so ein Gefühl.«

Tim atmete langsam ein. Es war ihr wichtig, dass er ihr glaubte, aber er konnte doch nicht so tun, als ob ... Seine Augen senkten sich wieder auf die Zeitanzeige.

Lea entging sein Blick nicht. »Musst du schon gehen?« Ihre Augen wirkten riesig in dem hohlwangigen Gesicht.

»Leider. Ich muss arbeiten.«

Sie kaute auf ihrer Unterlippe und versuchte, die richtigen Worte zu finden. »Nur mal angenommen, ich habe recht. Wenn Paul meinen Schlüssel hat, was dann?«

Der Satz hing in der Luft wie ein Damoklesschwert. Tim sah Leas Anspannung. O Mann, dachte er, wie soll ich ihr das ausreden? Er fühlte sich so ratlos, als sollte er in Sekunden ein mathematisches Millennium-Problem lösen.

»Das glaube ich nicht. Aber wenn der Rucksack nicht bald wieder auftaucht, musst du die Türschlösser erneuern lassen.«

»Ja, das stimmt.« Als er gerade aufstehen wollte, sagte sie: »Und bis dahin?«

Für einen Moment wusste Tim nicht, worauf sie hinauswollte. Dann aber fiel der Groschen. »Kennst du irgendwen, der bei dir übernachten kann?«

»Ich hatte wenig Kontakte seit ...«

Sie musste den Satz nicht beenden.

»Kannst du ein Weilchen woanders wohnen?«

Lea schüttelte den Kopf. »Meine Schwester ist in Japan.«

Gleich würde sie anfangen zu weinen. Und dann, das wusste Tim, würde er blaumachen. Wenn es doch jemanden gäbe, der ihr das Gefühl von Sicherheit vermitteln könnte. Jemanden, dem sie vertraute. Dann hellte sich seine Miene plötzlich auf. »Ich weiß, was wir machen.«

20

An diesem Morgen frustete die Hausarbeit Klaus-Ulrich Mager noch mehr als an anderen Tagen. Ob es an dem trüben Wetter lag? Er räumte den Tisch ab und warf die Spülmaschine an, verspürte aber nicht das geringste Bedürfnis, auf dem Boden herumzukriechen und in irgendwelchen Ecken nach Staub, Flusen oder Spinnennetzen zu suchen. Stattdessen verzog er sich in sein Revolutionsarchiv und kramte ein paar CDs heraus, die ihm während seiner Kriegsehe mit Mechthild geholfen hatten, die einsamen Nächte zu überstehen: Jann Arden, Heather Nova und The Walkabouts …

Zurückgelehnt in seinem Chefsessel, die Hände hinter dem Kopf verschränkt und die Füße auf einer herausgezogenen Schublade seines Schreibtischs deponiert, versank er in einen meditativen Modus. Jetzt stimmte Carla Torgerson das bittersüße *Feel Like Going Home* an, die Hymne seiner einsamsten Nächte. Ein Lied, in dem man ertrinken konnte.

In diesem Augenblick ging die Türklingel. Wie ertappt zuckte Mager zusammen. Dann stelzte er die Treppen zum Erdgeschoss hinunter. Wer konnte das sein? So früh kam hier kein Postbote vorbei. Mechthild etwa? Das spöttische Blitzen in ihren Augen, als Susanne am Grillabend den Zufluchtsort Dachstube erwähnt hatte, war ihm nicht entgangen. Wehe, wenn …

Er öffnete und atmete auf. Sohn Kalle winkte mit einer prallen Brötchentüte.

»Hast du frischen Kaffee?«

»Wollt ihr mich mästen, bis ich schlachtreif bin?«

»Wieso?«

»Vorgestern stand Theo mit einem Carepaket vor der Tür,

heute du. Wenn ich noch mehr Kinder hätte, wäre ich bald so fett wie dieser Manager von Bayer Leverkusen.«

Kalle grinste. »Krieg ich nun Kaffee oder nicht?«

»Komm rein, dauert aber 'nen Moment.«

Als sich die beiden gegenübersaßen und die Brötchen vorbereitet waren, fragte der Sohn: »Und wie geht's dir?«

»*Normalno*, würden die Russen sagen.«

»Ich weiß«, sagte Kalle. »Das kann alles bedeuten, von super bis beschissen.«

»Gut aufgepasst.«

»Danke. Aber eigentlich wollte ich mit dir über was Ernsthaftes reden. Erinnerst du dich an unser Gespräch neulich?«

»Über Karin?«

»Nein, als ich dich gefragt habe, wie du jetzt mit deinem Leben klarkommst. Ich meine, seitdem …«

»Was gibt es da noch groß zu reden?«, unterbrach Klaus-Ulrich seinen Sohn. »Ich wollte nie Hausmann sein. Und jetzt habe ich den Scheißjob – und keine Alternative.«

Sie nahmen ihre Kaffeepötte und stellten sich nach draußen unter das schmale Vordach. Kalle zog seine Packung *American Spirit* und bot auch dem Alten eine an.

»Danke, nein. Die würde ich schon des Namens wegen nicht rauchen. Erzähl mir lieber, wie es dir geht.«

Es ist ewig her, dass er mich das gefragt hat, dachte Kalle. Sollte er sich auf die alten Tage für mich interessieren?

»Nicht besonders«, gestand der Sohn. »Erinnerst du dich an Simones Kollegen Ole?«

»War das der Riese? Der, der herausgefunden hat, dass Kehlmann schon bei seiner Diss beschissen hat?«

»Genau. Wir glauben, dass er vorgestern in dem Flugzeug saß, das am Phönixsee abgestürzt ist. Sim hat letzte Nacht kaum geschlafen. Sie will heute herausfinden, ob wir mit unserer Befürchtung recht haben.«

»Hmm, ich habe darüber im Internet gelesen. Es gab eine Pressemitteilung der Dortmunder Bullen.«

»Und?«

»Die haben auch keine Namen genannt.«

»Simone will auf dem Präsidium anrufen.«

»Die werden ihr nichts sagen.« Kalle schwieg und der Alte blickte ihn forschend an: »Sicher, dass das alles ist?«

»Nein.«

»Na los, lass dir nicht jeden Popel aus der Nase ziehen. Das macht mich nervös. Willst du, dass ich noch mehr qualme?«

Kalle warf seine Zigarette in einen Aschenbecher, in dem sich bereits etwas Regenwasser gesammelt hatte.

»Die Idee mit dem Detektivbüro war für den Arsch. Ich kriege nur beschissene Aufträge. Marlowes ehrenvolle Devise ›Alles außer Scheidungen‹ kannste vergessen.«

»Ja«, konstatierte Mager, »irgendwelche Ekel in Datteln zu jagen, war schon eine andere Nummer.«

»Eben. Deshalb bin ich kurz davor, alles hinzuschmeißen. Ich habe aber keine Ahnung, wie es dann weitergehen soll.«

Der Dicke kraulte seinen Bart. Wenn Kalle aufgab, könnte man den Namen PEGASUS wohl nur noch an griechischen Restaurants lesen.

Ein Dutzend weiße Flocken rieselte herab und überzog sein schwarzes T-Shirt wie ein leichter Schneefall. Er schüttelte das Shirt und blies das Zeug in den Wind. »Sach ma, hast du in der Glotze die Serie *Die Zwei* gesehen?«

»Irgendwann mal, was ist damit?«

»Da gibt es doch einen Detektiv, der für einen alternden Anwalt ein paar Sachen recherchiert.«

Kalle verstand immer noch nicht, worauf sein Vater hinauswollte.

»Denk doch mal nach: Nagel III., Bochums bester Anwalt. Der kommt auch allmählich in die Jahre.«

»Ist das dein Ernst? Der ist doch selbst ein armer Schlucker.«

»Solange dieser Masochist noch zu jedem Auswärtsspiel der Blauen fährt und diesen Horrortrip in ein schönes Wochenende in München oder Berlin umwandeln kann …«

Kalle zuckte mit den Schultern. Das klang für ihn nicht überzeugend.

Dem Vater schien es aber ernst zu sein. »Wenn du willst, frage ich ihn mal, ob er jemanden wie dich gebrauchen könnte. Ich wollte eh mal wieder vor die Tür.«

»Okay, wenn du meinst. Ich glaube zwar nicht, dass das was bringt, aber fragen kostet ja nix.«

Als Kalle vom Hof fuhr, meldete sich sein Mobiltelefon.

»Tim Hoppe hier.«

»Was gibt's?«

»Hör zu, ich würde dich gern engagieren.«

»Okaaay. Um was soll es denn gehen?«

Tim sagte es ihm.

21

Was war mit Ole Rasmusson und Robert Mertens? Diese Frage ließ Simone keine Ruhe. Als sie die IT-Höhle erreichte, die sie sich mit Tim teilte, wunderte sie sich, dass sein Platz leer war. Seltsam, der Kollege war doch sonst die Pünktlichkeit in Person. Das nächste böse Vorzeichen?

Eilig stellte Sim ihre Sachen ab und fuhr den Computer hoch. Zwei Dutzend neue Mails, aber keine Nachricht von Tim. Was war los?

Statt sich direkt an ihre täglichen Aufgaben zu machen, sperrte sie den Bildschirm wieder und stattete Adele einen Besuch ab, die im Nebengebäude arbeitete. Aber die Blondine telefonierte gerade und schüttelte den Kopf. Entweder, weil das Gespräch länger dauern würde, oder aber, weil sie nichts Neues wusste. Simone vermutete, dass beides zutraf.

Mit flauem Gefühl im Magen drehte sie um und lief zurück. Tims Drehstuhl war noch immer leer. Okay, dann würde sie sich doch erst dem Anruf widmen. Sie suchte die Nummer des Dortmunder Polizeipräsidiums heraus und ließ sich mit Herta Kasten verbinden.

»Simone Olsok. Uni Duisburg. Wir kennen uns über PEGASUS und den Fall …«

»Kehlmann!«, knurrte die Polizistin. »Was gibt es? Wird wieder jemand vermisst?«

»Nein. Oder eigentlich doch …« Simone erklärte, um was es ging.

»Es handelt sich um Kollegen von Ihnen?«

»Ja.«

Herta Kasten wollte schon erklären, was es mit dem Dienstgeheimnis auf sich hatte, aber dann klickte sie sich zur morgendlichen Pressemitteilung der Polizei durch und las vor. Als sie die Namen der Verunglückten entdeckte, stockte sie. »Hier steht: *Ole R. und Robert M.* Tut mir leid, wenn …«

Simone legte auf, ohne noch ein Wort zu sagen. »Fuck!«, fluchte sie. Erst der Streit mit Tim, dann Adele, die es gestern schon geahnt hatte – und nun die Gewissheit.

Sie legte die Unterarme auf die Tischplatte und vergrub ihr Gesicht darin. Dann flossen die Tränen. Besser ging es ihr anschließend nicht. Und an Arbeit war auch nicht zu denken. Sie versuchte es, stocherte aber nur in ihren Mails herum, ohne zu erfassen, was drinstand.

Um halb elf flog die Tür auf und Tim stürmte herein. Von Jacke und Haaren tropfte Regenwasser, das kleine Pfützen auf dem Kunststoffboden hinterließ. »Morgen!«

Simone sah auf. Dass er immer noch sauer auf sie war,

konnte sie in seinem Gesicht ablesen. Der Mann mit der eisernen Maske, dachte sie. Aber sie hatte das Gefühl, dass ihren Freund noch mehr beschäftigte als der gestrige Streit.

Sollte sie sich zuerst bei ihm entschuldigen? Im Angesicht von Oles Tod war ihre Auseinandersetzung für Simone weit in den Hintergrund getreten. Aber wie sollte sie Tim ansprechen?

Sie räusperte sich. Die Luft im Büro schmeckte, als wäre sie mit Quecksilberteilchen angereichert. Sie stand auf und ging zum Fenster. Regen nieselte in nebelartigen Schwaden herab.

»Ist es okay, dass ich ein bisschen frische Luft reinlasse?«

»Von mir aus.«

Tim hatte nicht einmal aufgeblickt. Er schien konzentriert mit irgendwelchen Arbeiten beschäftigt zu sein, die zahlreiche Mausklicks erforderten.

Die feuchte Kühle, die Simone beim Öffnen des Fensters entgegenschlug, war nicht unangenehm. Sie nahm zwei Atemzüge und drehte sich dann zu ihrem Kollegen um, ohne Anstalten zu machen, sich wieder auf ihren Platz zu setzen. Sie musste es ihm erzählen, bevor es ein anderer tat.

Allmählich wurde es kalt im Büro. Tim unterbrach seine Arbeit. »Meinst du nicht, dass genug frische ...« Er brach ab, als er Simones gerötete Augen wahrnahm. »Was ist los?«, fragte er schließlich.

»Ole ist gestern nicht mehr gekommen.«

»Und?«

»Er ist tot.«

»Wie bitte?«

Simone berichtete von dem Flugzeugabsturz am Pfönixsee und von ihrem Anruf bei der Dortmunder Kripo. Die Furchen auf Tims Stirn waren jetzt unübersehbar. Beide Kollegen schwiegen. Sim dachte an kalten Kaffee, an Oles helle freundliche Stimme und daran, dass sie gleich noch zu einem

Termin auf dem Campus musste. Sie schluckte und war überrascht, wie geschwollen sich ihr Hals plötzlich anfühlte.

Sie schloss das Fenster und trocknete sich mit dem Ärmel ihres Kapuzenpullis den feuchten Film vom Gesicht, den der Regen dort hinterlassen hatte.

»Es gibt also keinen Zweifel?«, fragte Tim endlich.

Simone schüttelte den Kopf.

»Dann ruf bitte noch mal in Dortmund an.«

»Wieso?«

»Ich würde gern wissen, ob Kehlmann noch im Knast sitzt.«

22

Das Ergebnis der Autopsie kam pünktlich zur Mittagspause. Kasten war gerade dabei, ihre Beute vom *Ali Baba Grill* auszupacken. Florian Kuba beäugte das Menü mit einer Mischung aus Unglauben und Neid. Ein gut gefüllter Dönerteller mit Pommes, ein Falafel-Wrap und ein Lahmacun verbreiteten ihre aromatischen Düfte in dem Büro des KK 11. Der restliche Platz auf Kastens Schreibtisch wurde von einer Plastikdose mit gefüllten Weinblättern und einem Becher Ayran belegt.

»Bist du sicher, dass du damit auskommst?«

Kasten nahm einen Bissen vom Wrap und antwortete mit vollem Mund: »Nee, sicher bin ich nicht. Aber ich muss auf meine Linie achten.«

Kuba grinste. Er mochte Leute, die Witze auf ihre eigenen Kosten machten.

Waliszczek blickte nun ebenfalls zu seiner Chefin. »Die Olsok hat noch mal angerufen.«

»Was will sie denn jetzt?«

»Sie möchte wissen, ob dieser Ex-Professor Kehlmann noch im Knast sitzt. Sie meint, dass er was mit dem Flugzeugabsturz zu tun haben könnte.«

»Solche Auskünfte dürfen wir nicht einfach rausgeben«, sagte die Hauptkommissarin.

»Das habe ich ihr auch gesagt. Sie wollte trotzdem, dass du dich bei ihr meldest.«

Kasten knüllte das Papier zusammen, in das der Wrap eingewickelt gewesen war, und warf es in den Papierkorb. »Mann, Mann, Mann, haben die in Bochum keine Polizei?«

Sie schob den Plastikbehälter mit den Weinblättern in Richtung ihres Kollegen. »Hier, bevor du die Dinger mit den Augen auffrisst.«

»Danke.« Florian Kuba machte sich über ein Röllchen her, das er in Kastens Knoblauchsoße tunkte. Er biss ein großes Stück ab und wischte sich danach etwas Soße aus dem Mundwinkel. »Und? Wer ist dieser Professor? Kann es sein, dass er was mit dem Absturz zu tun hat?«

»Blödsinn. Wir haben doch alle die Aufzeichnung gehört. Kehlmann ist ein alter Fall, ein Vergewaltiger und ein narzisstisches Drecksschwein.«

»Wahrscheinlich sogar ein Mörder«, ergänzte Waliszczek. »Leider konnten wir ihm das nicht nachweisen.«

Kasten nickte und machte sich mit ungebremstem Appetit über den Dönerteller her.

Kuba sorgte aber gleich für die nächste Störung, als eine Mail im Sammelpostfach des Teams landete. »Endlich! Der Autopsiebericht ist da.«

Gleich darauf setzten sich mit leisem Surren die Rollen des Druckers in Bewegung. Der Apparat stand, hart an der Grenze zu Waliszczeks Bereich, hinten links auf Kubas Schreibtisch. Als das Gerät das erste Blatt ausspuckte, griff der Neue danach und begann zu lesen, wurde aber sofort aufgescheucht, weil Kastens fleischige Hand auf das Holz ihres Tisches klatschte.

»Ist was?«, fragte Kuba.

Waliszczek streckte den Arm aus und pflückte dem Neuen die Beute aus der Hand. Ohne auch nur einen Blick auf den Text zu riskieren, reichte er Kasten das Blatt. Mit einem Knurren schob sie den Plastikteller zur Seite und nahm den Bericht entgegen.

»O Gott!« Kuba kratzte sich in gespielter Zerknirschtheit das Haupthaar. »Ich verstehe …«

»Und bevor du über einen zweiten Ausdruck des Textes nachdenkst, möchte ich dich an die Sparverordnung der Verwaltung erinnern. Keine Papierverschwendung«, meinte Kasten süffisant.

Kubas Augen rollten nach oben.

»Im Übrigen«, erläuterte Wali, »brauchen wir für die Akte nur ein Exemplar. Wenn also zwei weitere im Papierkorb landen, besteht die Gefahr, dass die Putzweiber …«

Kasten schob das rosafarbene Plastikschwein zu Waliszczek hinüber. »Sechs Euro!«

»Aber Sexismus kostet doch nur fünf!«, protestierte er.

»Du hast zusätzlich öffentlich zum Ausdruck gebracht, dass du den Kollegen Kuba für doof hältst«, sagte Kasten grinsend. »Das kann schon deswegen nicht sein, weil er eine Gehaltsstufe über dir ist!«

Waliszczek schwieg beleidigt. Dass die Chefin so schnell zu dem Neuen hielt …

Kasten ignorierte die Schmerzen ihres jüngsten Mitarbeiters und widmete sich dem Bericht. Auch ohne medizinisches Wörterbuch wurde klar, dass beide Insassen der Piper sehr ähnliche Verletzungen erlitten hatten: Genickbruch, etliche nicht unbedingt tödliche Frakturen und innere Verletzungen. Das Feuer hatte schwere Verbrennungen der Haut bewirkt. Rasmusson fehlten sogar zwei Finger. Der interessanteste Hinweis aber stand am Schluss. »Okay, Jungs!«, sagte Kasten und griff nach ihren Zigarillos. »Jetzt seid ihr dran. Ich bin in fünfzehn Minuten zurück.«

»Also«, sagte sie eine etwas ausgedehnte Viertelstunde später, als Wali allen frischen Kaffee eingegossen hatte. »Noch Verständnisfragen?«

Kopfschütteln.

»Welches Rätsel haben wir zu lösen?«

Da keiner der Männer innerhalb der nächsten drei Sekunden Luft holte, um etwas zu sagen, gab sie selbst das Stichwort: »Todesursache?«

Kuba schniefte. »Zumindest der Pilot war schon tot, als die Maschine aufschlug. Aber weshalb?«

Waliszczek hob leicht seine Schultern. »Steht doch im Bericht: Herzinfarkt.«

»Mit siebenundzwanzig?«, wandte der Neue ein.

»Vielleicht war er vorbelastet«, riet Waliszczek.

Kasten schnaubte. »Das wird doch normalerweise ständig untersucht, wenn man einen Flugschein hat. Ich möchte das gerne präziser wissen. Frag noch mal nach.«

»In Dorstfeld?«

»Wo sonst?«

Waliszczek griff sofort zum Telefon, erreichte aber niemanden. »Anrufbeantworter!«

»Schade«, sagte die Chefin. »Die Rechtsmedizinerin eiert in ihrem Bericht tatsächlich ein wenig um den heißen Brei herum, oder?«

Nicken.

Nun griff Kasten selbst zum Telefon und tippte eine Kurzwahlnummer ein. »Kollege Bosse, habt ihr die Aufzeichnung des Dortmunder Towers bekommen? – Ja? – Und warum haben wir die Audiodatei noch nicht? – Sorry. Entschuldige!«

Sie weckte ihren PC aus dem Schlafmodus, suchte nach einer Mail der Spurensicherung, öffnete den Anhang und überlegte kurz.

»Player?«, half Kuba.

»Danke, ja.«

Die Aufnahme gab Rasmussons letzten Wortwechsel mit dem Tower wieder.

Die Polizisten saßen mit betretenen Gesichtern da und hörten zu. Nach wenigen Sekunden näherte sich das Unglück seinem Finale. Rasmusson kreischte: »Hilfe! Wir stürzen. Robert ist tot. Was soll ich tun?«

Motorengeräusche übertönten die Stimme aus dem Tower. Dann erklang ein Schrei und am Ende war der ungeheure Krach von brechendem Metall zu vernehmen.

Es dauerte eine Weile, bis in Kastens Arbeitszimmer wieder jemand sprach: So gegenwärtig erlebte selbst die Mordkommission das Sterben nur selten.

23

Wenn ich irgendwann meine Memoiren schreibe, lasse ich dieses Kapitel aus, dachte Kalle. Er stand auf einer Leiter gegenüber dem Haus seines Hundekackekunden und steckte mit dem Kopf im feuchten Blätterwerk eines Haselnussbaums. War gar nicht einfach, die Infrarotkamera so zu platzieren, dass sie nicht von unten gesehen wurde und gleichzeitig freie Sicht auf den gegenüberliegenden Vorgarten hatte. Was für ein Deppenjob, dachte er. Wieder so ein Auftrag, auf den er gern verzichtet hätte. Dazu kam der stete Nieselregen, der ihn erst recht nicht aufheitern konnte.

Erst vor einer Dreiviertelstunde hatte Kalle das Telefonat mit Tim beendet und jetzt klingelte sein Handy erneut. Diesmal war es Sim.

»Wir wissen jetzt sicher, dass Ole mit im Flieger saß.«

»Verdammt!« Kalle musste schlucken, obwohl er schon geahnt hatte, dass Adeles Vermutung stimmte.

»Kannst du mir einen Gefallen tun?«

»Was denn?«

Simone berichtete von ihrem erfolglosen Versuch, bei der Kripo etwas über Kehlmanns aktuellen Status herauszufinden. »Kannst du es vielleicht noch mal bei der Kasten probieren?«

»Ich weiß nicht. Denkst du wirklich, dass Kehlmann was mit dem Unfall zu tun haben könnte?«

»Keine Ahnung. Aber es klingt schon nach einem komischen Zufall, oder?«

»Hmm, aber warum sollte sie mir mehr erzählen als dir?«

»Ich bin ja nicht mal zu ihr durchgekommen. Kastens Leute haben mich abgewimmelt. Komm schon, du hast doch eh nicht viel zu tun.«

Hatte Tim ihr noch nichts von dem Spezialauftrag erzählt?, fragte sich Kalle.

»Außerdem hast du ihre Handynummer«, fuhr Sim fort. »Vielleicht ist die ja noch aktuell.«

Er stöhnte. »Muss das wirklich sein?«

»Kalle!« Simone wurde ungeduldig. »Ich habe dir vorhin genau erklärt, wie du die Überwachungskamera mit dem WLAN-Netz verbindest. Und den VPN-Tunnel haben wir auch noch aufgebaut, damit du die Aufnahmen bequem vom Tablet aus sehen kannst. Alles während meiner Arbeitszeit. Ist es echt zu viel verlangt, dass du jetzt ...«

»Nein, schon gut. Wird gemacht, Chefin«, sagte er und drückte die rote Taste.

Was für ’ne Scheiße, dachte er. Entweder hat man nix zu tun oder die Aufträge stapeln sich …

Kalle widmete sich wieder seiner Aufgabe. Aber kaum hatte er das Gerät mit einem schwarzen Kabelbinder fixiert, meldete sich eine schrille Frauenstimme unter ihm.

»Hallo! Darf man fragen, was Sie da machen?«

Der Privatdetektiv kletterte auf seiner Leiter zwei Sprossen tiefer und erblickte eine bebrillte Frau in roter Steppjacke mit Regenschirm. Sie hielt einen Pinscher an der Leine. Mit deutlich sichtbarem Misstrauen reckte sie Kalle ihr Gesicht entgegen.

»Moment.« Während der die Beintasche seines Blaumanns schloss, musterte er den Fiffi. Der war jedenfalls nicht der gesuchte Übeltäter. Denn der schiss laut Herrn Konrad ›größere Haufen als Erdogan, Kim Jong-Un und Trump zusammen‹. Das haarige Etwas da unten kackte sicher keine größeren Köttel als ein Feldhase.

Kalle stieg nun ganz hinab und spulte die vorbereitete Ausrede ab. »Tach erst mal. Stadt Bochum, Grünflächenamt, Operation Baumbegutachtung. Wir prüfen vor dem Winter vom Sturm gefährdete Bäume.«

Der Bonsaihund kläffte, als hätte er die Lüge durchschaut, aber die Frau war hocherfreut. »Ach, das ist ja super. Können Sie sich den Baum vor meinem Haus angucken? Da hängen schon zwei Äste runter.«

Kalle zwang sich zu einem Lächeln. »Mach ich gern. Welche Hausnummer denn?«

»Nummer acht.«

»Wenn ich hier fertig bin, komme ich vorbei«, log er.

Kalle zündete sich eine Zigarette an und wartete darauf, dass die Herrin der kläffsüchtigen Töle von der Straße verschwand. Dann trug er die Leiter über die Fahrbahn. Er lehnte sie an die Garagentür des Kotopfers, streifte den Blaumann ab und fuhr zum Sachsenring, wo sein neuer Auftrag wartete.

24

»Das ist alles?«, fragte Herta Kasten enttäuscht.

Sie stand zusammen mit Waliszczek im Eingang eines Hangars, der zur Flugrettung des Dortmunder Flughafens gehörte. Der Betonboden war mit den Resten der abgestürzten Piper dekoriert. Auch ohne einen Expertenkommentar konnte die Hauptkommissarin den lädierten Rumpf der Maschine, die Reste der Tragflächen und des Leitwerks sowie den zerborstenen Motor identifizieren. Zwischen den größeren Bauelementen lagen etliche kleinere Fundstücke. Insgesamt beanspruchte das Arrangement gerade mal ein Drittel des Hallenbodens. Das alles sah weniger nach Absturzkatastrophe aus als nach einem großen STABILO-Baukasten für Flugzeugfans.

Der Ingenieur der Braunschweiger Unfallbehörde lächelte verständnisvoll. Dann lockerte er den Knoten seiner Krawatte, die er unter dem Blaumann trug. »Das war eine kleine Maschine. Und sie ist aus knapp zweitausendfünfhundert Fuß Höhe fast senkrecht abgestürzt, also erst am Boden zerschellt. Seien Sie froh. Wäre das Ding in der Luft explodiert, würden wir nächste Woche noch nach Trümmerteilen suchen.«

»Klar«, sagte Kasten und musste ein Rülpsen unterdrücken. Scheiß Knoblauch, dachte sie. Und fragte mit einem leichten Krächzen in der Stimme: »Haben Sie irgendetwas Überraschendes entdeckt?«

Der Mann vor ihr zuckte die Achseln. »Nein. Wie der Sprechfunkverkehr mit dem Tower belegt, ist der Pilot gestorben, als sich die Maschine etwa neunhundert Meter über dem Phönixgelände befand. Danach gab es vermutlich einen Strömungsabriss bei zu hoher Steillage und Geschwindigkeit. Deshalb stürzte die Maschine fast senkrecht auf das Seeufer. Der Fluggast, dessen Hilfeschreie wir noch auf dem Tonband hören, starb vermutlich erst beim Aufprall.«

Waliszczek trat näher. Zwischen den angekokelten Einzelteilen befanden sich die Taschen des Piloten und des Passagiers, mehrere Meter von den Kreidelinien entfernt, die die Umrisse der aufgeprallten Körper abbildeten. »Also schließen Sie technisches Versagen aus?«

Der Mann nickte. »Wie uns die Kollegen aus Marl versicherten, war die Maschine gut gepflegt und ist regelmäßig gewartet worden. Bei den beschädigten Leitungen, Schaltern und sonstigen Geräten gab es keine Anzeichen, dass etwas schon während des Fluges versagt hätte. Na ja, und die Aufzeichnung spricht Bände. Absturzursache war der plötzliche Tod des Piloten.«

Eigentlich hätte Kasten jetzt erleichtert sein können. Wenn die Spurensicherung nichts Sensationelles mehr fand, war der Fall geklärt und ihr Job beendet. Zunächst konnten sie alles einsammeln, was den Insassen der Piper gehört hatte. Und in zwei oder drei Tagen würde man die Leichen den Angehörigen überstellen.

Schon bereit zum Abmarsch fiel Kastens Blick auf eine Halbliterflasche aus Plastik, die am Rande der Ausstellung abgelegt war – arg zerschrammt, aber immer noch halb voll.

»Da lag doch auch ein Fotoapparat!«

»Stimmt. Den haben wir Herrn Bosse mitgegeben.«

Na warte, dachte Kasten, bevor ihr noch etwas einfiel. »Und dann …«

Der Düsenlärm einer startenden Maschine übertönte alle anderen Geräusche – die einzige Startbahn des Dortmunder Flughafens war keine zweihundert Meter entfernt. Als die

Geräusche sich entfernten, hörte Kasten ihr Handy klingeln. Widerwillig zog sie das Gerät aus der Tasche ihrer gelben Windjacke. *Unbekannte Rufnummer* stand auf dem Display.

»Entschuldigung«, sagte die Hauptkommissarin und trat ein paar Schritte zur Seite, bevor sie die grüne Taste drückte. »Kriminalpolizei Dortmund. Kasten.«

»Karl-Friedrich Mager …«

Für einen Moment setzte ihr Herzschlag aus. Diese Sippe war so lästig wie Hämorrhoiden. »Welch eine Freude! Ruft Ihr Herr Vater heute auch noch an?«

»Wenn Sie Sehnsucht haben, leite ich Ihre Bitte …«

»Bloß nicht. Was gibt es denn?«

»Es geht um Kehlmann, den …«

»Ich weiß, wer das ist.«

»Wir müssen dringend wissen, ob der Mann noch inhaftiert ist!«

»Sie ›müssen‹?«

»Erinnern Sie sich noch an Lea Bennsdorf?«

»Ja.«

»Sie denkt, dass Kehlmann frei rumläuft und sie verfolgt.«

»Für genau solche Fälle kann man im Prozess einen Antrag stellen und wird automatisch benachrichtigt, sobald der Täter auf freien Fuß kommt.«

»Das hat sie wohl versäumt.«

»Dann sollte sie sich an die Staatsanwaltschaft wenden.«

Kalle unternahm einen letzten Versuch. »Vielleicht hat Kehlmann was mit dem Flugzeugabsturz zu tun gehabt. Herr Rasmusson hat doch damals den Betrug aufgedeckt, mit dem er …«

»Herr Mager, mal abgesehen davon, dass Sie mich gerade bei einer Ermittlung stören: Ich darf Ihnen eine solche Auskunft nicht geben. Das hat mein Kollege Ihrer Freundin schon erklärt.«

»Ja, aber …«

»Nix aber. Wenden Sie sich an die Staatsanwaltschaft. Und jetzt entschuldigen Sie mich bitte.« Sie drückte das Gespräch weg und zog ihre Zigarillos aus der Tasche.

»Sie dürfen in der Halle …«

»Ja, ja.«

Verdammt noch mal, wobei war sie unterbrochen worden? Richtig. »Was ist mit der Flasche da? Stammt die auch aus der Piper?«

»Davon gehe ich aus.«

»Können wir ausschließen, dass einer Ihrer Mitarbeiter die hierhingeworfen hat?«

Das Stirnrunzeln drückte Verärgerung aus. »Meine Mitarbeiter werfen keinen Müll durch die Gegend. Außerdem wüsste ich nicht, warum wir …«

»Wegen der Fingerabdrücke. Das könnte relevant sein. Mit achtundzwanzig bekommt man doch nicht einfach einen Herzinfarkt.«

»Selbstverständlich fassen wir nichts ohne Handschuhe an.«

»Das freut mich.«

Kasten drehte sich zu Wali um. »Mach doch mal ein Foto von dem Fläschchen.«

»Wieso?«

»Frag die Bewohner, ob sie solche Flaschen kaufen.«

»Welche Bewohner?«

»Die Leute, auf deren Terrasse die Piper, äh, gelandet ist.«

»Klar, Chefin«, sagte der junge Kollege und schnappte sich das Telefon zum zweiten Mal.

Scheißwetter, dachte Kasten und stellte sich in das regengeschützte Portal der Halle. Dort zündete sie sich endlich ihren Zigarillo an. Der Mann aus Braunschweig warf einen bösen Blick herüber, sagte aber nichts. Kasten war's egal. Wo ich bin, ist Raucher, dachte sie.

Waliszczek war diesmal erfolgreicher. »Die Leute kaufen keine Plastikflaschen.«

»Dann gehörte das Wasser also dem Piloten oder seinem Fluggast.«

»Und warum ist das wichtig?«

Kerlchen, dachte Kasten, noch so eine blöde Frage und du landest im Archiv.

25

Peer Tanzbein sah auch an diesem Nachmittag aus, als sei er eben erst frisch geduscht in der Praxis angekommen. Das dunkle Haupthaar fiel ihm lässig in die Stirn. Unter dem perfekt gebügelten Hemd konnte man eine muskulöse Brust erahnen. Ein attraktiver Mann, wenn er nur nicht so ein Arschloch wäre, dachte Sina.

Sie bemühte sich um eine entspannte Körperhaltung. Das war in dieser Situation nicht einfach. Das Augenbrauenspiel des Chefs hatte wortlos kommentiert, während sie die relevanten Passagen ihrer Aufzeichnung abspielte. Endlich stoppte sie das Band und blickte Peer an.

Der kam sofort zur Sache. »Bevor wir auf deine Fragen zu sprechen kommen: Wie viele Sitzungen hatte Frau Bennsdorf bisher?«

»Außer der, die ich mit ihr hatte? Sieben oder acht mit Frau Dr. Braun, glaube ich.«

»Du weißt es nicht? Hast du das nicht geprüft?«

»Doch, ich bin mir nur gerade nicht ganz sicher. Soll ich eben in der Akte nachschauen?«

»Nein, lass mal, dafür haben wir zu wenig Zeit. Bereite dich beim nächsten Mal bitte besser vor.«

Sina spürte, dass ihre Wangen erröteten. Sie ärgerte sich.

Warum ritt Peer so darauf herum? Ob sieben oder acht Sitzungen ... das hatte keinerlei Relevanz.

Der Chef schlug die Beine übereinander. Für ihn schien dieses Gespräch so entspannend zu sein wie eine Ballettvorstellung. Leider war ihr Auftritt noch nicht zu Ende.

»Hast du schon eine Diagnose?«

»Nun ja, eigentlich ist es dafür noch viel zu früh, nach nur einer Sitzung ...«

»Ernsthaft?«

»Bitte?« Sina sank einen Zentimeter tiefer in ihren Sessel.

»Ich will dir wirklich nicht zu nahe treten, aber das, was ich gerade auf deinem Band gehört habe, klingt eindeutig nach einer posttraumatischen Belastungsstörung. Oder siehst du das anders?«

»Ich ... nein. Ich meine, natürlich ist mein erster Eindruck auch, dass es eine PTBS ist. Aber ich finde, dass ...«

»Ja?«

»Ich finde, dass man durch voreilige Diagnosen befangener wird. Ich möchte objektiv an den Fall herangehen. Und dazu gehört für mich, erst mal neutral Informationen zu sammeln.«

»In Ordnung.«

»Wirklich?«

»Ja. Du bist noch in der Ausbildung. Natürlich bist du unsicher. Bei einem Traumapatienten kann man viel falsch machen. Trotzdem ...«

Sinas Blick wanderte zur Tür. Bloß nicht heulen, dachte sie.

»Trotzdem erwarte ich von dir, dass du zielorientiert arbeitest. Vertrödele nicht die fünfundzwanzig Stunden, die bewilligt sind. Ich möchte eine gewisse Erfolgsquote bei den Behandlungen sehen. Die nächsten Klienten warten schon auf einen Termin.«

»Ja, aber ...«

»Akzeptiere das bitte erst mal so und denk darüber nach.«

Jetzt brannten ihre Augen. Friss oder stirb, das war es wohl, was Peer eigentlich meinte. Sina erinnerte sich an eine Zen-Technik: Stell dir vor, das Boot, das dich gerade mit voller Wucht gerammt hat, ist leer. Kannst du dann noch wütend sein? Es klappte nur bedingt.

»Okay, Peer, ich werde daran denken.«

Ihr Gegenüber schien zufrieden. Die Augenbrauen entspannten sich und bildeten eine harmonische Gerade.

Sina nutzte die Gelegenheit, um den Fokus wieder auf ihre Klientin zu richten. »Ich würde gern zu meinen Fragen kommen.«

»Natürlich, aber du wirkst sehr verspannt auf mich. Wenn das in der Sitzung mit der Klientin auch so ist, sehe ich ein Problem.«

Eigentlich hatte die junge Therapeutin sich vorgenommen, ruhig zu antworten, sich nicht provozieren zu lassen. Aber nun platzte es aus ihr heraus. »Ich wirke verspannt, weil das hier keine entspannte Situation ist. Seit Beginn des Gesprächs befinde ich mich im Rechtfertigungsmodus. Ich habe mir selbst Gedanken darüber gemacht, was hätte besser laufen können. Aber ich komme nicht dazu, auch nur einen Punkt selbst anzusprechen.«

Tanzbein reagierte anders als erwartet. Er lächelte. »Du darfst dich nicht so schnell provozieren lassen, Sina. Der Umgang mit Kritik muss genauso erlernt werden wie der mit persönlichen Angriffen. Es gibt Klienten, die deutlich weniger zimperlich sind als ich.«

Treffer – versenkt. Sinas Wangen wurden heiß.

»Wie viele Stunden Eigentherapie hattest du bis jetzt? Wir könnten das gern in einigen Sitzungen thematisieren.«

Therapie bei Peer? Warum nicht gleich bei Hannibal Lecter?

Trotzdem nickte sie. Was sollte sie auch sonst tun? Man

konnte den Ausbildungsbetrieb nicht wechseln, ohne das bereits gezahlte Geld zu verlieren. Geld, das sie nicht besaß. Sina musste die Zähne zusammenbeißen und weitermachen oder ihren Traumjob abhaken. Dann aber hätte sie außer ihren Schulden nichts erreicht.

»Ich denke darüber nach.«

»Okay, dann lass uns zu deinen Fragen kommen.«

Sie atmete einmal durch. Es reichte nicht, um das Zittern vollständig aus ihrer Stimme zu verbannen. »Im Gespräch mit Frau Bennsdorf zeigte sich, dass sie sich die Schuld an ihrer Situation gibt. Sie hat erwähnt, dass sie ›dumm‹ gewesen sei und nicht hätte mitgehen dürfen. Ich nehme an, dass sie sich auf die Vergewaltigung bezog.«

Tanzbein forderte sie mit einem Nicken auf fortzufahren.

»Das ist eine problematische Situation, auch für mich. Einerseits will ich sie nicht bedrängen, andererseits kann ich diese Aussage so nicht stehen lassen. Hast du einen Tipp, was ich im Gespräch hätte besser machen können?«

Ihr Chef beugte sich etwas vor. Fast, als ob er ihr nun ein Kompliment machen wollte. »Natürlich habe ich einen Tipp. Aber vorher möchte ich dich etwas fragen: Du sagst, sie fühlt sich schuldig – könnte ihr Schuldgefühl mehr als ein bloßes Konstrukt sein?«

Wie bitte? Hatte sie das richtig verstanden? Für einen Moment war Sina sprachlos. Dann fragte sie: »Was genau meinst du damit, Peer?«

Seine Augenbrauen rückten ein Stück nach oben. »Vielleicht trägt sie ja wirklich eine Mitschuld an der Tat.«

Sina schnellte hoch und erschrak über ihre eigene Lautstärke. »Was? Die Frau ist vergewaltigt worden!«

Tanzbein kreuzte seine Beine nun andersherum und schaute Sina freundlich an. »Ich rate dir wirklich dringend, zeitnah die Eigentherapie anzugehen. So kommen wir nicht weiter.«

Die junge Therapeutin starrte ihn mit glühenden Augen an. Sie machte den Mund auf und schloss ihn wieder. Sie war zu keinem klaren Gedanken fähig.

Tanzbein stand auf und tippte auf seine Uhr. »Ich glaube, du musst dich auf deinen nächsten Klienten vorbereiten. Trink am besten einen Tee und sammle dich etwas. In deiner aktuellen Verfassung kannst du niemandem gegenübertreten.« Bevor er den Raum verließ, drehte er sich noch einmal zu ihr um. »Ich weiß, das alles ist nicht einfach für dich. Falls du darüber reden möchtest: Meine Tür steht immer offen.«

26

Nach dem erfolglosen Telefonat mit Herta Kasten hatte er vor Leas Hochhaus noch schnell eine Zigarette geraucht und sich einen ersten Eindruck der Gegend verschafft. Der Wohnkomplex lag im Blickfeld von zwei Dutzend Balkonen – und auf dreien standen Menschen, die dem gleichen Laster frönten wie er. Um hier jemandem unbemerkt aufzulauern, müsste man Maus sein, dachte Kalle

Plötzlich war ihm nicht mehr wohl bei dieser Sache. Es war doch absurd, was er hier tat. Aber er hatte es Tim versprochen. Raff dich auf, Alter, feuerte er sich an und drückte die Kippe aus. Endlich mal ein Auftrag für die Ehre!

Noch bevor Kalle die Wohnungstür erreichte, bemerkte er, wie sich das Licht hinter dem Spion verdunkelte. Ein schwerer Riegel wurde verschoben.

»Hallo, Lea«, sagte er und erschrak.

Ihre Locken hingen schlaff herunter, die Haut war blass, die Augen wirkten müde. Wie dünn sie war! Das weite Hemd fand kaum Halt an ihren Knochen.

Kalle bemühte sich, sein Erschrecken zu verbergen. »Darf ich reinkommen?«

Sie trat einen Schritt zur Seite und öffnete die Tür ein paar Zentimeter weiter. »Ja. Danke, dass du gekommen bist.«

Lea führte Kalle in ihr Wohnzimmer.

Er bewunderte die großartige Aussicht. »Wow!«

Die junge Frau zeigte ein kleines Lächeln, während Kalle sich im Zimmer umsah. Auf der Couch lagen eine zerknüllte Decke und ein paar Kleidungsstücke, auf der Fensterbank dursteten drei Zimmerpflanzen vor sich hin und der bunte Teppich wartete auf den Besuch des Staubsaugers.

»Bitte, setz dich«, murmelte Lea. »Ich bin in den letzten Tagen nicht dazu gekommen …«

»Schon gut«, beschwichtigte er sie. »Wenn du mal ein wirklich schlimmes Wohnzimmer sehen willst, musst du uns im Einsteinweg besuchen.«

Lea kräuselte die Nase. »Möchtest du etwas trinken? Einen Tee vielleicht?«

»Hast du Kaffee? Und darf ich in der Zwischenzeit mal auf den Balkon?«

Sie nickte und verschwand in Richtung Küche, während er hinaustrat. Brüstung und Betonboden glänzten noch feucht, doch die gläsernen Sichtblenden an den Seiten sahen schon fast wieder trocken aus. Kalle beugte sich nach vorn und versuchte, die Höhe zu schätzen. Von hier oben im sechsten Stock mussten es gut zwanzig Meter bis zum Boden sein. Direkt am Haus befand sich ein Weg für die Feuerwehr. Rot-weiße Pfähle markierten die mit Gras zugewachsenen Rasengittersteine. An der Ecke standen zwei hohe Birken – viel zu weit weg, um einem Einbrecher helfen zu können. Wegen dieser Balkone, da war Kalle sicher, würde jeder Fassadenkletterer vor Verzweiflung heulen.

Drinnen brachte Lea die heißen Getränke und setzte sich

schweigend auf die Kante der Couch. Kalle begriff, dass er an der Reihe war. Aber wie sollte er beginnen?

»Tim sagt, dass du den Eindruck hast, verfolgt zu werden. Willst du mir erzählen, was passiert ist?«

Stockend berichtete sie von den Geräuschen vor ihrer Tür, den Panikattacken, der katastrophalen Busfahrt.

Während Kalle zuhörte, fielen ihm immer mehr Details an Lea auf, die von ihrer schlechten Verfassung zeugten. Die Fingernägel waren heruntergekaut. Einige Fragen musste er wiederholen, weil ihre Aufmerksamkeit schwand. Und dann fiel sein Blick auf die feierliche Anzahl an Schnapsflaschen in der Glasvitrine. Es waren vornehmlich Billigmarken. Mit dem Wodka, den Kalle darin sah, hätte sein Vater nicht mal die Scheiben seines alten Ladas enteist.

»Wovor hast du am meisten Angst?«, fragte er schließlich.

Sie sah auf den Boden, als würde sie sich schämen. »Ich weiß, dass es sich verrückt anhört, aber ich glaube, dass Paul auf freiem Fuß ist. Und dass er sich an mir rächen will.«

Unmöglich war das nicht.

»Ich glaube, dass er mich beobachtet. Er hasst mich. Weißt du noch, wie er mich damals angeguckt hat, als die Polizei ihn geschnappt hat?«

Kalle erinnerte sich und konnte Leas Ängste nachvollziehen. Zum Glück wusste sie noch nicht, dass Ole tot war.

»Du bist nicht allein«, sagte er. »Wir können sicher herausfinden, ob Kehlmann aus der Haft entlassen wurde und du wirklich verfolgt wirst. Aber zuerst müssen wir ein paar Sachen regeln. Deine Kontokarten sollten gesperrt werden …«

»Das hat Tim heute Nacht schon gemacht.«

»Gut. Dann brauchen wir neue Türschlösser und müssen die Versicherung benachrichtigen, um auch das Schloss im Hauseingang zu tauschen. Danach kümmern wir uns um den Verwaltungskram: neue Papiere, neue EC-Karte …«

Lea nickte.

»Und du musst mir noch erzählen, was du regelmäßig tust. Wie sieht dein Alltag aus? Gehst du arbeiten?«

»Aktuell nicht. Ich habe einen Krankenschein, aber nur noch bis morgen.«

»Na, dann kümmern wir uns darum auch noch. Ich begleite dich bei Einkäufen und anderen Außenterminen. Als dein persönlicher Bodyguard.«

»Kannst du so was denn?«

»Ich habe den schwarzen Gürtel im Teakwondo, fünfter Dan. Außerdem habe ich letztes Jahr einen Basislehrgang für Personenschutz gemacht. Ich würde sagen ja.« Er lächelte sie an.

Ihre Miene blieb ernst. »Paul schreckt vor nichts zurück. Ich weiß, wie er Leute um den Finger wickeln kann, wie er sie benutzt. Man kauft ihm seine Rolle ab, weil er sie so gut spielt, dass er sie selbst glaubt. Fühl dich nicht zu sicher. Er ist gefährlich.«

»Gut möglich.« Kalle musste wieder an Ole denken. »Aber dazu müsste er erst mal auf freiem Fuß sein. Um über seinen Haftstatus informiert zu werden, musst du dich an die Staatsanwaltschaft wenden. Mein Vater ist mit einem Anwalt befreundet. Vielleicht kann man die Anfrage beschleunigen, wenn der sich darum kümmert.«

Kalle konnte beobachten, wie das verängstigte Gespenst auf der Couch sich allmählich in einen Menschen zurückverwandelte. Die Anspannung in Leas Körper schien nachzulassen. Vielleicht war Tims Vorschlag, dass er Bodyguard spielen sollte, doch keine so doofe Idee gewesen.

Kalle klappte sein schwarzes Notizbuch zu. »Am besten arbeiten wir zuerst die unangenehmen Dinge ab. Kann ich dein Telefon benutzen?«

Lea nickte und hob das Mobilteil aus der Ladestation. Kaum

berührte sie es mit der Hand, klingelte der Apparat laut und schrill. Die junge Frau riss die Augen auf.

»Alles gut«, sagte er. »Soll ich rangehen?«

Sie nickte und Kalle hob ab. »Hier bei Bennsdorf. – Ja. – Sie kann gerade nicht ans Telefon kommen.«

Lea war so angespannt wie ein Reh, das Gefahr witterte. Kalle hob eine Hand, um zu signalisieren: Alles okay. Dann lächelte er. »Wirklich? Richte ich ihr aus. Das ist ja super. – Danke. – Ja. – Wir können gleich losfahren. Wissen Sie auch, wer ihn gefunden hat? – Schade. Trotzdem danke. Bis gleich.«

Kalle strahlte sie an. »Problem eins ist gelöst! Das war jemand von der *Bogestra.* Dein Rucksack wurde gefunden und bei der Straßenbahn abgegeben. Portemonnaie, Schlüssel, Handy – alles da! Bis sechs Uhr können wir die Sachen im Fundbüro des Hauptbahnhofs abholen. Fahren wir?«

Ein Augenpaar hinter einem Feldstecher bohrte sich in Kalles Nacken, als er neben Lea den Gehweg zur Straße entlanglief.

Es verfolgte, wie Kalle die Tür aufhielt, sodass die Blonde einsteigen konnte. Wie zart sie war. Sie trug eine graue Strickjacke, die sie wie einen Kokon um ihren Körper gewickelt hatte. Die Frau erinnerte ihn an ein abgemagertes Vögelchen, das spürte, dass ein Habicht über ihm kreiste. Ein passender Vergleich, fand er. Sie war leichte Beute.

Aber der Beobachter wusste auch, dass der Mann an ihrer Seite nicht nur Sportler war, denn er hatte seine Hausaufgaben gemacht. Gründlich. Und weil er klug war, fällte er eine Entscheidung. Um Lea Bennsdorf konnte er sich auch später kümmern.

Er setzte den Feldstecher ab, wischte mit einem Tuch darüber und schob ihn zurück in das Futteral. Auch für seinen nächsten Plan galt es, Vorbereitungen zu treffen. Je eher er damit begann, desto besser.

27

Selbst in seiner letzten Gefängnisnacht suchten sein Vater und das Mädchen Paul heim. Doch diesmal lief der Film ein paar Minuten länger.

Das Schreien war in ein Wimmern übergegangen, in das sich das Keuchen seines Vaters mischte. Paul wollte nicht hinsehen, konnte aber nicht anders, als weiterzustarren. Er war aufgewühlt, fasziniert und angeekelt zugleich. Aber schlimmer noch war das Pulsieren in seiner Hose. Das Verlangen, es seinem Vater gleichzutun.

Als der mit dem Mädchen fertig war, war es verstummt. Er warf die Kleine zur Seite wie ein benutztes Taschentuch. Paul konnte das Blut sehen, das wie Ölschmiere auf ihrer weißen Haut wirkte.

Sein Vater sah nun ihn an. Anders als sonst. »Steh auf, Junge.«

Mit zitternden Knien und bemüht, mit einer Hand seine Erektion zu verbergen, gehorchte Paul.

Das Mädchen lag jetzt mit offenen, aber blicklosen Augen auf dem Rücken. Es war nicht mehr da. Zurückgeblieben war eine atmende Hülle. Paul konnte erkennen, dass der Brustkorb sich langsam hob und senkte. Das schöne blaue Nachthemd lag zusammengeknautscht neben ihr.

Sein Vater grinste ihn an, als er auf den Mädchenkörper deutete. »Ich weiß, dass sie dir gefällt.«

Der Sechzehnjährige betrachtete ihr Gesicht. Aber sie sah ihn nicht an. Nicht mehr. Sein Blick wanderte zu den knospenden Brüsten, verharrte dort. Dann drehte er sich zu seinem Vater um. Der grinste nur.

»Du willst sie. Ich sehe es doch. Los, nimm sie dir. Zeig mir, dass du ein Mann bist.«

Paul bewegte sich weiter auf die Matratze zu. Das Zittern hatte aufgehört. Er wusste jetzt …

Keuchend wurde Kehlmann wach. Seine Stirnknochen schmerzten wie nach einem heftigen Atemstillstand. Die Bilder aus seinem Traum lagen wie angeklebt vor seinen Linsen. Er schüttelte sich. Warum, zur Hölle, verfolgte ihn dieser Traum?

Er setzte die nackten Füße auf den kalten Betonboden. Nur noch wenige Stunden bis zu seiner Entlassung. Dann würde er endlich frische Luft atmen. Der Muff der Krümmede steckte tief im Gestein der Wände. Er wollte ihn nie wieder riechen. Und das würde er auch nicht. Jetzt konnte nichts mehr schiefgehen. Dass seine Haftzeit um ein halbes Jahr verkürzt wurde, war sein eigenes Verdienst. Trotzdem blieb der Triumph bislang aus. Zu viele Rechnungen waren noch offen.

Nach dem Frühstück besuchte Kehlmann für eine Viertelstunde die Druckerei. Dort war der ›Professor‹ beliebt und niemand erwartete, dass er an diesem Tag noch arbeitete. Er verabschiedete sich von den Mitgefangenen und dem Abteilungsleiter Bergmann. Sie alle hatten seinen Aufenthalt erträglicher gemacht. Und vielleicht sollte er der Drecksbande, die ihn hierhergebracht hatte, sogar ein wenig dankbar sein. Sein Körper war nach vier Jahren miesen Gefängnisessens und regelmäßigen Trainings konturiert wie zuletzt mit Ende zwanzig. Für seine stattliche Größe von fast einsneunzig hatte er nun ein normales Gewicht. Mehr denn je fühlte er sich als der Mann, der er war: zielstrebig, entschlossen und hart. Paul Kehlmann wusste ganz genau, was er wollte. Und seiner Dankbarkeit würde er schon sehr bald Ausdruck verleihen.

Bevor Kehlmann endgültig den Gefängnismauern entfliehen konnte, musste er noch einen bürokratischen Hürdenlauf absolvieren. Der Abschlussuntersuchung beim Doc folgte ein Besuch bei der Chefin der Krümmede. Dort erhielt er mahnende Worte, seinen Entlassungsschein, Personalausweis, Reisepass sowie einen Brief seiner Bank, der offenbar die neue Kreditkarte enthielt.

Danach ging es zum Klamottenwechsel und einem Quittungsmarathon in die Kleiderkammer. Am Ende trug Paul Kehlmann sein kürzlich erstandenes Outfit und stand vor einem Müllsack voller Kleidungsstücke, aus denen er herausgemagert war.

»Schmeiß alles weg!«, empfahl ihm der Kalfaktor. »Oder verschenk das Zeug.«

Kehlmann verzog statt einer Antwort nur das Gesicht.

Der Beamte grinste. »Na, keine Lust auf das alte Kampfgewicht?«

»Leck mich!«

Punkt 11:57 Uhr stand Paul vor der Tür. Genau um diese Uhrzeit hatte das fette Mannweib von der Kripo Dortmund ihn festgenommen und vierundzwanzig Stunden später die Anordnung auf Untersuchungshaft erwirkt.

Er wischte den Gedanken an diese Tage weg. Draußen wehte ein lauer Herbstwind. Am blauen Himmel begrüßten ihn schleierartige Zirruswolken. Die umgitterten Büsche neben der Zufahrt winkten wie zum Abschied mit den ersten bunten Blättern. Dazu würde er in seinem neuen Zuhause Post der Bank vorfinden, die ihm die PIN der Kreditkarte verraten würde. So gesehen, war das eine Entlassung de luxe. Nur eines fehlte ihm …

Endlich draußen schaute Paul sich um. Niemand war da, um ihn zu begrüßen. Rechts entdeckte er nur kalte, dreckige Betonwände. Links das verglaste Wartehäuschen für Besucher. Es war leer. Auf den Mitarbeiterparkplätzen standen zwanzig oder dreißig Fahrzeuge, aber es öffnete sich keine Wagentür. Hatte Annemarie es sich anders überlegt?

Kehlmann presste die Lippen aufeinander. Erst jetzt wurde ihm bewusst, wie wichtig ihm dieser letzte verbliebene Kontakt war. Hatte sie sich umentschieden? Und warum?

Mit einem Stich im Herzen setzte er sich in Bewegung. Runter vom Gelände, vorbei an den verhassten Wachtürmen, die rund um die Uhr besetzt waren, vorbei an den Polizeikasernen zur Straßenbahn. Auf nach Dortmund!

Er passierte das Besucherparkhaus und bog in die schmale Straße, die hoch zur Castroper führte. Plötzlich hörte er seinen Namen.

»Paul? Paul, bist du das?«

Diese Stimme kannte er. Paul wandte sich um. Die Frau, die auf ihn zulief, war schlank und trug ihr Haar hochgesteckt zu einem lockeren Dutt. Die Steinchen unter ihren Absätzen knirschten wie Glas.

»Annemarie«, flüsterte Kehlmann. Dann war sie bei ihm und schaute ihn mit so großer Verwunderung an, als hätte er sich eben erst materialisiert.

»Du bist es wirklich. Ich hätte dich fast nicht erkannt!«

Ihm kam kein Satz von den Lippen. Seine Mandeln schienen geschwollen.

Dann passierten zwei Dinge, mit denen er nicht gerechnet hatte. Annemarie nahm ihn in den Arm. Und ausgerechnet ihm, Paul Kehlmann, lief das Wasser aus den Augen.

28

Über den Keksdosen des Duisburger Unicampus leuchtete bestes Biergartenwetter. Doch diese Optik stand im krassen Gegensatz zur Stimmung innerhalb der vier Wände, zwischen denen Simone und Tim für ihren Lebensunterhalt sorgten. Mehrere Stunden arbeitete jeder still vor sich hin und tat so, als ob er den anderen nicht bemerkte. Erstmals seit langer Zeit planten sie keine gemeinsame Mittagspause.

Um kurz nach zwölf rief Kalle an. »Es geht um Kehlmanns Aufenthaltsort.«

Simone stellte den Lautsprecher an.

»Kasten bleibt dabei: Sie darf uns keine Auskunft geben. Aber mein Vadder war bei seinem Lieblingsanwalt. Die Sache ist nervig. Lea muss ihm eine Vollmacht unterschreiben.«

Tim, der aufmerksam zuhörte, legte seine Stirn in Falten.

»Bochums Bester ist bis halb sieben im Büro. Wenn sie heute noch aufkreuzt, kann der Mann gleich am Montagmorgen loslegen.«

Nun hielt Simone ihrem Kollegen das Telefon hin. Ohne es zu ergreifen, presste er ein »Verstanden« heraus.

Sim seufzte. Was war nur mit Tim los? War er immer noch sauer oder verheimlichte er ihr etwas? Wenn er sein Handy auf Nachrichten prüfte, hielt er es so, dass sie das Display nicht sehen konnte. Er musste wissen, dass sie ihn beobachtete, aber ersparte sich jeden Kommentar. So auch jetzt, als eine SMS einging. Er las und sein Gesicht verdüsterte sich noch mehr.

»Von Lea?«

»Von 'nem Freund.«

Das ist nicht einmal gelogen, dachte Tim. Die SMS kam nämlich von Kalle. Wenn Simone nur nicht so vernagelt wäre. Ja, angesichts von Oles Tod war sie selbst neugierig, wo Kehlmann steckte. Aber wenn es um Lea ging, konnte er die Abneigung nur zu deutlich in ihrem Gesicht lesen. Er konnte sich gut vorstellen, wie ihre Reaktion ausfallen würde, wenn sie erführe, dass er ihren Freund dafür bezahlte, auf Lea aufzupassen.

Es schien, als hätte Kalle seine Gedanken gelesen. Die Nachricht lautete:

Habe mit Lea heute die Wohnung aufgeräumt, ihren Rucksack abgeholt und ihr eine neue Krankschreibung beim Arzt organisiert. Fahren gleich zur Therapie. Das mit dem Anwaltstermin übernehme ich auch. Aber sag mal: Kann es sein, dass du vergessen hast, Simone von unserer Absprache zu erzählen? Falls ja, hol das bitte zeitnah nach. Gruß, Kalle.

29

Das hatte ihm gefehlt. Kehlmanns Augen leuchteten, als die sizilianische Fischsuppe serviert wurde. Sie duftete herrlich. Das *Mamma Mia* in Dortmund war zwar bei Weitem nicht so chic wie die *Erbse* oder andere Gourmetrestaurants, in denen er früher verkehrt hatte, aber in diesem Moment wollte er nirgends anders sein.

Ihm gegenüber saß Annemarie. Sie sah hübsch aus. Das Silberhaar war neu für ihn, aber die Haut war immer noch erstaunlich glatt. Wie viele Jahre mochte es her sein, dass sie sich das letzte Mal gesehen hatten? Elf? Ja, kurz vor der Geburt seiner Tochter Clara. Auf der fünfundsiebzigsten Jahresfeier des Kinderheims St. Jophiel, in dem er selbst viel Zeit verbracht hatte – unter Aufsicht des verhassten Stiefvaters, der die Einrichtung geleitet und im selben Haus seine Dienstwohnung gehabt hatte.

Paul probierte einen Löffel Suppe, schloss die Augen und seufzte.

Annemarie nahm eine Gabel von ihrem Avocadosalat, schaute ihn an und lächelte. »Schmeckt es dir?«

»O ja, das ist fantastisch. Ich kann mich nicht erinnern, schon mal so gut gegessen zu haben.«

»Übertreibst du nicht ein bisschen?«

»Zumindest nicht bewusst. Das Knastessen war grauenhaft.«

Ihr Lächeln schrumpfte ein wenig und Paul bereute sofort, dass er das Gefängnis erwähnt hatte. Sie wussten beide, dass er ihr noch eine Erklärung schuldig war. Um dieses Thema noch ein wenig hinauszuzögern, löffelte er weiter seine Suppe, aber das Schweigen nahm immer mehr Raum ein.

Schließlich legte die alte Freundin ihre Gabel auf die Serviette und schaute ihn an. »Was ist passiert, Paul?«

Kehlmann tupfte sich mit einer gestärkten Serviette die Lippen trocken und schob den leeren Teller zur Seite. Er wich Annemaries Blick nicht aus. »Ein Komplott gegen mich, das ist passiert.«

»Das hört sich nach einer abenteuerlichen Geschichte an.«

»Abenteuerlich? Ja, so kann man es auch nennen. Ich nenne es einen Erpressungsfall, einen unfähigen Verteidiger und Justizblindheit. Ich weiß gar nicht, wo ich anfangen soll.«

»Am besten am Anfang.«

Der Kellner kam und wirkte besorgt. »Signora, hat Ihnen der Salat nicht geschmeckt?«

Annemarie winkte ab. »Nein, nein, er schmeckt gut. Ich esse ihn noch. Aber wir würden gern mit dem Hauptgang etwas warten. Geht das?«

Es ging. Und nachdem der aufmerksame Italiener um die Ecke gebogen war, servierte Kehlmann ihr seine Version der Geschichte.

»Ich hatte eine Doktorandin. Eine hübsche junge Frau, leider nicht sehr fleißig oder talentiert. Sie kam mit ihrer Arbeit nicht voran. Ich denke, sie hatte noch ein paar andere Probleme. Alkohol, Drogen? Keine Ahnung. Fakt ist, dass ich sie unmöglich promovieren lassen konnte. Nach über drei

Jahren im Institut ohne nennenswerte Publikationen habe ich ein ernstes Gespräch mit ihr geführt.«

Der Ex-Professor atmete tief ein, als bereitete es ihm Probleme weiterzusprechen. Dann fuhr er fort: »Plötzlich hat sie die Bürotür zugemacht und angefangen, ihre Bluse aufzuknöpfen.«

Paul konnte sehen, dass Annemarie die Luft anhielt, und hätte fast gelächelt. Allmählich wurde er warm in seiner Rolle. Ja, er glaubte fast selbst, dass es genauso passiert war. Die Wut, die er empfand, brauchte er nicht spielen. »Ich habe sie natürlich aus meinem Büro geschmissen. Außerdem habe ich ihr noch am selben Tag mitgeteilt, dass ich ihren Vertrag nicht verlängern werde.

»Und dann?«

Kehlmann knüllte die Serviette in seiner Hand so fest zusammen, dass die dünne Haut über seinen Knöcheln spannte. »Dann hat dieses Biest ihren Freund mit ins Boot geholt. Tim Hoppe, meinen Admin. So ein Verkorkster, einer von der Sorte, die nichts im Leben auf die Reihe kriegen. Der hat ganz nach ihrer Pfeife getanzt, so verknallt war er. Und Lea hat das gnadenlos ausgenutzt.«

Annemarie hörte gebannt zu, während Paul von immer heftigeren Angriffen gegen ihn berichtete, Sabotagen, Drohungen, Attacken. Er hielt sich dabei immer nah an der Wahrheit, die Motivlage jedoch veränderte er gekonnt. Die Geschichte endete mit einem gefälschten Video, das man ihm untergejubelt hatte, um seine Verurteilung zu erreichen.

Die Mitfünfzigerin brauchte einen Moment, um sich zu sammeln.

»Wie bitte? Die haben dich wegen eines Videos verurteilt, auf dem du nicht mal zu sehen warst?«

»Ja. Kannst du dir vorstellen, wie es mir ging?«

Kehlmann musste nicht mehr schauspielern. Seine Augen

brannten. »Die haben sich irgendwie Zutritt zu meiner Zweitwohnung verschafft und dieses Horrorvideo inszeniert. Darauf konnte man eine Hand mit einem Ring sehen, der meinem Ehering ähnelte.«

»Das gibt es doch nicht!«

Die Heimleiterin war so empört, dass sich rote Flecken auf Stirn und Wangen bildeten. »Die müssen doch anhand des Zeitstempels der Aufnahme erkannt haben, dass …«

»So was kann man ganz leicht fälschen, indem man in den Kamera- und PC-Einstellungen das Datum in die Vergangenheit legt. Das kriegt selbst ein Amateur hin.«

»Und die haben dich nur wegen dieser Handaufnahme …«

»Nein«, presste Kehlmann hervor. »Ich musste in den Knast, weil diese Schlange eine Falschaussage gemacht hat. Weil sie eine Show abgezogen hat. Weißt du, wie bitter das ist?«

Annemarie legte eine Hand auf seine. Fast hätte Paul sie weggezogen, so elektrisiert war er von seiner Erzählung. Dann atmete er aber tief durch und entspannte die Schultern ein wenig.

»Es bringt nichts, nach hinten zu schauen. Etwas Gutes hatte das Ganze schließlich.«

»Ach ja?«

Paul stand auf und breitete die Arme aus. »Vor dem Knast hatte ich tausend erfolglose Diäten hinter mir. Jetzt sieh mich an. Nach nur vier Jahren hinter Gittern habe ich endlich Normalgewicht.« Das Lachen war so befreiend wie ein Sprung ins Meer an einem heißen Strandtag. Kehlmann wischte sich die Tränen aus den Augen. »Also, ich weiß ja nicht, wie es dir geht, aber ich sterbe vor Hunger.«

Wieder prusteten sie gemeinsam los.

Fast zwei Stunden später wollten sie aufbrechen.

»Lass mal, das übernehme ich«, sagte Annemarie und öffnete das Ledermäppchen mit der Rechnung.

»Das kann ich nicht annehmen. Ich müsste dich einladen. Allein dafür, dass du …«

»Das mache ich wirklich gerne, Paul.«

»Ja, aber …«

»Nichts aber. Oder soll ich dir mal vorrechnen, wie viel Geld du dem Heim im Laufe der Jahre gespendet hast?«

»Du weißt, warum ich das mache.«

»Ja. Und ich bin dir sehr dankbar dafür. Du hast den Kindern so viel ermöglicht. Aber eines darfst du nie vergessen …« Wieder nahm sie seine Hand. »Du bist nicht wie dein Vater.«

Eine Gänsehaut überzog Kehlmanns Arm. Sie sprach die Wahrheit. Aber er war überrascht, wie gut es tat, das zu hören. Doch da war noch mehr. Ihre Haut, so warm und weich. So lange hatte er auf solche Berührungen verzichten müssen. Paul spürte plötzlich ein brennendes Verlangen. Am liebsten hätte er sie auf den Boden geworfen und …

Stopp. Durchatmen. Kontrolle. Nichts überstürzen … Damals war sie ihm entglitten. Noch einmal würde er diesen Fehler nicht machen.

Er räusperte sich und zog seine Hand weg, um scheinbar einen weiteren Blick in die Karte zu werfen. »Was denkst du? Wollen wir uns doch noch Tiramisu bestellen?«

»Aber wir haben schon die Rechnung. Pass auf, dass du nicht allzu schnell zu deiner alten Gazellenfigur zurückkehrst.«

Paul hob amüsiert eine Augenbraue, er ahnte, was nun kam.

»Habe ich ›Gazelle‹ gesagt? Da habe ich mich vertan, wie hieß noch mal das Tier mit dem Rüssel?«

Er lachte – ein kraftvoller Klang, der das Lokal erfüllte. »Gerade dachte ich noch, wie schade es ist, dass ich heute an meinem ersten freien Tag noch so viel erledigen muss. Aber jetzt bin ich fast froh, dass wir uns erst morgen wiedersehen.«

Annemarie lächelte ihn schelmisch an. »Und was macht dich so sicher, dass ich dann noch da bin?«

Jetzt nahm er ihre Hand und strich mit dem Daumen über die seidenglatte Haut. Sie schien überrascht. »Ich bin mir ganz und gar nicht sicher. Aber …« Er blickte ihr direkt in die Augen und atmete ein. »Aber ich hoffe es.«

Die Mittfünfzigerin wirkte plötzlich verunsichert. Sie errötete, zog die Hand weg und legte sie auf ihren Schoß. »Also, Paul, wenn ich … wenn ich dir bei irgendwas helfen kann, lass es mich wissen.«

»Das ist lieb, danke.«

»Aber?«

»Heute und morgen früh muss ich Bürokratisches erledigen. Telefonate, Papier- und Anwaltskram. Damit will ich dich nicht belasten. Es gibt in Dortmund viel zu sehen …«

Sie lächelte. »Keine Sorge, ich weiß mich zu beschäftigen. Ich war schon ewig nicht mehr shoppen.« Sie löste ihren Blick von seinen Augen und sah erstaunt auf ihre Hand, auf der gerade noch seine Pranke gelegen hatte. Dann hob sie ihr Weinglas und prostete ihm zu.

»Ich habe bis Mittwoch Urlaub. Eine alte Kollegin von mir wohnt in der Nähe. Ich werde mich nicht langweilen. Aber grundsätzlich können wir uns gern noch öfter sehen, bis ich wieder fahre.«

Paul lächelte. »Das hoffe ich sehr.«

30

Auszug aus der Gesprächsaufnahme vom 23.09.2016

Therapeutin: Sina Spiering

Klientin: Lea Bennsdorf

T.: »Wie ist es Ihnen denn seit unserem letzten Termin ergangen?«

K.: »Nicht gut.«

T.: »Möchten Sie darüber reden? Warum ist es Ihnen nicht gut gegangen?«

K.: »Dabei können Sie mir nicht helfen.«

T.: »Warum glauben Sie das?«

K.: »Weil niemand mich ernst nimmt.«

T.: »Ich nehme alles, was Sie mir anvertrauen, ernst.«

K.: »So meine ich das nicht.«

T.: »Helfen Sie mir bitte, dass ich Sie richtig verstehe.«

K.: »Ich habe Ihnen doch von Tim erzählt.«

T.: »Ja.«

K.: »Er ist lieb und er will mir helfen. Er hat sogar einen Freund kontaktiert, der Bodyguard ist.«

[Schweigen]

K.: »Aber sehen Sie, mir ist heute etwas bewusst geworden. Ich grüble und hinterfrage mich ständig selbst. Es ändert nichts. Das Gefühl, dass Paul irgendwo da draußen auf mich wartet, geht nicht weg. Aber die anderen ... Ich glaube nicht, dass die sich auch hinterfragen. Tim glaubt nicht, dass ich in Gefahr bin.«

T.: »Er hat einen Bodyguard für Sie besorgt.«

K.: »Ja, aber nicht, weil er Angst um mich hat. Ich bin ihm dankbar, verstehen Sie mich nicht falsch – doch er hat das nur gemacht, damit ich mich besser fühle.«

T.: »Das klingt, als sei er ein wirklich guter Freund.«

K.: [schnaubt] »Frau Braun hätte verstanden, was ich meine. Der Punkt ist doch der: Alle gehen wie selbstverständlich davon aus, dass ich mir die Gefahr nur einbilde.«

T.: »Hat das jemand gesagt?«

K.: »Nein, natürlich nicht. Aber ich kann es sehen. Bei Ihnen auch.«

T.: [räuspert sich] »Ich kenne Sie noch nicht gut, Frau Bennsdorf, aber ich kann Ihnen versichern, dass ich mir kein Urteil über Sie gebildet habe. Ich nehme wahr, dass Sie große Angst haben. Und ich glaube auch, dass Sie gute Gründe für Ihre Einschätzung haben.«

[Schweigen]

K.: »Selbst, wenn – ich weiß nicht, was das hier bringen soll.«

T.: »Danke, dass Sie so offen mit mir sprechen. Ich halte Ihre Skepsis übrigens für eine gute Eigenschaft. Sie kann helfen, eine objektive Einschätzung vorzunehmen.«

[Stuhlrücken]

T.: »Sie selbst können bestimmen, ob und wie lange wir weitermachen. Und egal, wie Sie sich entscheiden: Es ist in Ordnung. Aber ich kann auch erkennen, wie sehr Sie leiden. Und dass es Ihnen guttun kann, wenn Sie mir davon erzählen. Was haben Sie zu verlieren?«

[lautes Ausatmen; Klientin berichtet von dem Vorfall im Bus]

(…)

K.: [weint leise] »Und dann wusste ich nicht mehr, wo ich war.«

T.: »Das war sicher sehr schwierig für Sie, mir von diesem Tag zu erzählen.«

[Rascheln, Schnäuzen]

K.: »Und?«

T.: »Bitte?«

K.: »Und wie wollen Sie mir helfen?«

T.: »Situationen wie diese können wieder auftreten. Aber ich kann Ihnen helfen, besser damit zurechtzukommen.«

K.: [lacht gequält auf] »Das habe ich mir gedacht.«

T.: »Was meinen Sie damit, Frau Bennsdorf?«

K.: »›Besser damit zurechtkommen.‹ Sie glauben mir kein Wort, oder?«

T.: »Doch, ich glaube Ihnen, dass Sie alles genau so erlebt haben.«

K.: »›Erlebt‹ …«

T.: »Frau Bennsdorf, ich war nicht mit Ihnen im Bus. Es steht mir nicht zu zu beurteilen, ob der Mann eine Bedrohung war oder nicht. Aber Sie haben die Situation so eingeschätzt. Und nur darum geht es. Ihre Angst war real. Und das ist für mich der entscheidende Punkt.«

[zweiminütiges Weinen]

K.: [Stimme zittrig] »Darf ich Sie mal was fragen? Wie viel Erfahrung haben Sie in Ihrem Beruf?«

T.: [räuspert sich] »Wie Sie wissen, bin ich noch in der Ausbildungsphase. Aber natürlich habe ich ...«

K.: »Sie sind jünger als ich. Wie wollen ausgerechnet Sie unterscheiden, was sich jemand einbildet und was real passiert?«

[lautes Ausatmen, Stühlerücken]

T.: »Bitte warten Sie doch. Ihre Vorbehalte sind nachvollziehbar. Und ich danke Ihnen für Ihre Ehrlichkeit. Aber ich habe mehrere Hundert Stunden Erfahrungen mit verschiedenen Klienten. Sie sind in guten Händen. Und falls Sie doch Zweifel haben – ich werde regelmäßig von sehr erfahrenen Therapeuten beraten und unterstützt.«

K.: [Stimme entfernt sich] »Es ist Zeitverschwendung.«

T.: »Frau ...«

K.: »Nein. Sie können es gar nicht verstehen. Sie kennen Paul nicht. Seien Sie froh darüber.«

[Tür öffnet und schließt sich]

31

Auf dem Weg von der Praxis zur nächsten Station, dem Supermarkt, bemerkte Kalle nichts Verdächtiges. Keine Verfolger, keine Beobachter. Lea schien von der Therapiestunde noch etwas mitgenommen, machte aber einen gefassten Eindruck.

Als sie schwer bepackt in der Wohnung im Sachsenring ankamen, setzte Lea einen Tee auf, während Kalle die Säfte und Wasserflaschen in der Abstellkammer verstaute. Als das erledigt war, betrat er das Wohnzimmer. »So, ich wäre dann fertig. Brauchst du mich noch?«

Kalle sehnte sich nach einem kleinen Schläfchen auf der Couch. Er gab es nicht gern zu, aber offenbar schlugen die Gene seines Alten durch.

Erst jetzt bemerkte er, dass zwei Tassen auf dem Glastisch dampften. Lea saß steif auf ihrem Polstermöbel. Irgendetwas beschäftigte sie.

»Ich dachte, du magst vielleicht auch einen Tee.«

Mochte er eigentlich nicht. Schon gar nicht diesen ayurvedischen Zaubertrank. Trotzdem nickte er. »Danke, das ist nett. Aber danach müsste ich noch was erledigen, bevor wir gemeinsam zum Anwalt fahren.«

Kalle setzte sich zu ihr auf die Couch – mit zwei Kissenbreit Abstand.

»Ich wollte dich noch was fragen.« Lea griff nach ihrer Tasse. »Es ist nur … kommt dir die Sache mit dem Rucksack nicht auch komisch vor?«

»Was genau meinst du?«

»Ich habe die Situation noch mal Revue passieren lassen im Gespräch mit meiner Therapeutin. Eine Frage lässt mich nicht los: Warum wurde der Rucksack erst einen Tag später abgegeben?«

Kalle runzelte die Stirn. »Ich verstehe nicht, worauf du hinauswillst.«

Ein paar Sekunden lang schwiegen beide. Dann machte Lea einen neuen Versuch.

»Die Frau im Fundbüro hat doch gesagt, dass der Rucksack erst gestern von einem Mann abgegeben wurde.«

»Und?«

»Warum hat der Busfahrer den denn nicht nach Feierabend gefunden? Und warum hat der Finder ihn nicht einfach beim Fahrer abgegeben?«

Kalle trank einen Schluck und widerstand der Versuchung, die Kräuterbrühe wieder zurück in die Tasse zu spucken.

»Na ja, du hast doch gesagt, dass du ganz hinten gesessen hast.«

»Der Rucksack lag auf dem Sitz direkt neben mir. Das fällt doch auf.«

»Vielleicht gab es einen Fahrerwechsel. Oder der Rucksack ist unter einen Sitz gefallen, als du aufgesprungen bist. Es gibt bestimmt tausend Gründe, warum …«

Lea knallte ihre Tasse auf den Glastisch. Der Stimmungswechsel war so überraschend wie beängstigend. »Dann ist ja alles klar.«

Kalle schob sich etwas tiefer in die Kissen. Leas Gesicht war plötzlich von roten Flecken überzogen, als hätte sie mehrere Ohrfeigen erhalten. Sie funkelte ihn wütend an.

Ganz dünnes Eis, dachte Kalle und hob beschwichtigend die Hände. »Sorry, ich wollte dich nicht aufregen.«

Der Ausbruch war so schnell vorüber, wie er gekommen war. Die schmale Frau rieb mit beiden Händen über ihr Gesicht, als müsse sie eine Gummimaske anpassen. Dann ließ sie die Schultern hängen. Die alte Lea war wieder da.

»Nein, ich muss mich entschuldigen. Es ist nur … Wenn ich mir vorstelle, dass Paul vielleicht meinen Rucksack hatte. Dann hat er bestimmt meinen Schlüssel nachmachen lassen …«

»Wie denn? Du hast doch gehört, was der Hausverwalter gestern Abend gesagt hat. Man kann so einen Schlüssel nicht einfach nachmachen. Für dein Sicherheitsschloss braucht man den Code, um …«

»Was weiß der denn?«

Kalle tat, als hätte er den Einwand nicht gehört. »Der Inhalt des Rucksacks war vollständig. Und wie hätte Kehlmann in so kurzer Zeit ein Duplikat des Schlüssels bekommen können? Warten wir doch erst einmal ab, ob sich dein Verdacht überhaupt bestätigt, dass er wieder auf freiem Fuß ist.«

»Mir geht es nicht gut«, antwortete sie, ohne auf den letzten Satz einzugehen.

»Das tut mir leid.«

»Ja.« Lea erhob sich. Dabei schwankte sie.

Kalle sprang sofort auf und war bereit, sie aufzufangen. »Ist dir schlecht?«

Sie nickte.

»Musst du brechen?«

»Weiß nicht.« Sie atmete einmal tief durch. »Mir ist schwindelig.«

»Wann hast du das letzte Mal was gegessen? Komm, ich bring dich zum Klo.«

Lea nahm das Angebot wahr und hielt sich an Kalles Arm fest. Mit unsicheren Schritten erreichten sie das Bad.

»Willst du dich setzen? Soll ich dich allein lassen?«

»Ja, bitte.«

Kalle lehnte die Tür nur an und lauschte. Noch hörte er kein Würgen, nur angestrengtes Atmen. Ach, Sim, dachte er, ich könnte dich hier gut gebrauchen. Das neue PEGASUS sollte doch aus uns beiden bestehen. Er seufzte. Das hier war gerade mal der zweite Tag als Leas Betreuer und er fühlte sich bereits jetzt so bedrückt, als müsste er tote Vögel vom Strand aufsammeln.

Im Badezimmer hörte er Lea nach Luft schnappen. »Alles okay?«, fragte Kalle. Dabei klopfte er sacht gegen die Tür. Der Spalt öffnete sich ein Stück weiter. Durch den Schlitz konnte er sehen, dass Tims Freundin am Waschbecken stand.

Sie drehte sich um und zog die Tür auf. Von der Röte, die gerade noch ihr Gesicht gesprenkelt hatte, war nichts mehr übrig. Ihre Haut wirkte nicht blass, sondern grau. In einer Hand hielt Lea einen Zahnputzbecher, aus dem eine grüne Bürste ragte. Kalle sah, dass die junge Frau zitterte. Verdammt, was war los mit ihr?

»Warst du an meiner Zahnbürste?«, fragte sie.

»Natürlich nicht.« Kalle versuchte angestrengt zu erkennen, was mit der Bürste nicht in Ordnung war.

»Jemand muss in der Wohnung gewesen sein, als wir unterwegs waren.«

»Lea, das ist doch Blödsinn. Wie kommst du …«

»Die Zahnbürste. Siehst du das nicht?« Ihre Augenlider flatterten. »Sie steht falsch herum im Becher. Der Stiel ist oben.«

»Vielleicht hast du sie aus Versehen …«

»Nein.« Sie schüttelte den Kopf wie ein Kind, das zu Unrecht beschuldigt wurde. »Kapierst du es nicht?«

Kalle lief ein Schauer über den Rücken. Lea sah aus wie eine Besessene und er fühlte sich, als könne er sich anstecken, wenn er sie nur berührte. Sie schien eher mit sich selbst als mit ihm zu sprechen. Trotzdem konnte Kalle hören, was sie sagte.

»Er war hier.«

Scheiße auch, dachte er. Den Anwaltstermin können wir wohl vergessen.

32

Der Feierabend rückte näher – freitags begann die Erholung de facto bereits kurz nach der Mittagspause. Jeder sah zu, dass er den Schreibtisch aufräumte und die letzten Dienstmails beantwortete. Kastens Trio befand sich bereits in Aufbruchstimmung, da betrat Andreas Bosse von der Spurensicherung den Raum. Ohne zu fragen, roch er an der Kaffeekanne und verzog das Gesicht. »Leute, Kaffee muss frisch sein, nicht vom letzten Sonntag.«

Bevor jemand auf diese Provokation reagieren konnte, zog

er sich einen Besucherstuhl geräuschvoll an das Schreibtisch-ensemble heran. Sein Lächeln, die betonte Lässigkeit, die verschränkten Oberarme – all das sprach dafür, dass er etwas verkünden wollte.

Endlich hatte auch die Hauptkommissarin ihre letzte Nachricht zu Ende getippt und sah den Besucher an. »Was ist? Brauchst du noch 'nen vierten Mann für deine Doppelkopfrunde?«

Der Beamte mit dem Bürstenschnitt lächelte und ließ sie noch ein paar Sekunden zappeln. Dann holte er einen zweifach gefalteten Bogen Papier aus der Jackentasche. »Es geht um die Flasche!«

»Die Mineralwasserflasche?«

»Ja, was denn sonst?«

»Was ist damit?«

»Wir haben die wenigen Fingerabdrücke gecheckt, die man noch identifizieren konnte.«

Scheinbar genervt zog Kasten die Mundwinkel nach unten und schwenkte den Kopf in Richtung Waliszczek. »Chris, mal doch bitte das Datum von heute rot auf dem Kalender an.«

»Warum?«, fragte der Jungbulle, stand aber gehorsam auf und suchte nach einem Filzstift in der gewünschten Farbe.

Kuba wartete gespannt auf die Pointe. Kasten sah Auftritte wie den des Spurensuchers als eine sportliche Herausforderung an.

»Schreib drunter: ›Unsere Techniker haben sich heute selbst übertroffen.‹«

Bosse reagierte nur mit einem mokanten Lächeln. Offenbar hatte er noch eine Herzzehn in der Hinterhand.

»Die Prints stammen, wie erwartet, vom Piloten und seinem Mitflieger.«

»Toll«, sagte die Hauptkommissarin. »Und dafür habt ihr vierundzwanzig Stunden gebraucht?«

»Falsch. Wir haben noch mehr gefunden. Die Flasche hat nämlich noch zwei Besonderheiten, die nicht aus der Fabrik stammen.«

»Lass mich raten«, meldete sich Kuba. »Jemand hat mit Filz draufgeschrieben: *Nestlé nimmt uns unser Wasser weg.*«

Bosses Blick hätte in den Alpen eine Lawine ausgelöst. Statt auf den Kommentar einzugehen, legte er ein Blatt Papier so auf den Tisch, dass alle es sehen konnten. Es war der Computerausdruck des Fotos einer Mineralwasserflasche. Dicht unter dem Verschluss war eine Stelle eingekreist.

»Das da«, erklärte der Mann von der Spurensicherung, »ist ein Einstichloch. Kaum einen Millimeter groß.« Die nachfolgende Interpretation hätte er nicht mehr aussprechen müssen. »Jemand hat die Pulle präpariert.«

»Und womit?«, fragte Kasten und warf auch Waliszczek einen Blick zu, der wohl so viel sagen sollte wie: »Weißt du jetzt, warum auch auf Kleinigkeiten wie so eine Flasche geachtet werden muss?«

Wali nickte stumm, während Bosse noch mehr Spannung aufbaute: »Normalerweise braucht das Labor drei Tage, um so was herauszufinden ...«

Die Zuhörer stöhnten auf.

»Aber die Kollegen haben sich wirklich selbst übertroffen.«

Er zog einen zweiten Bogen Papier aus der Jackentasche. »In der Flasche war ...«

Er las die Bezeichnung des Stoffes vom Blatt ab: *»Trumpocitin.«*

33

»Mensch, wie viele Freunde du auf einmal hast.«

Simones Stimme hätte ein Zickzackmuster in den Schreibtisch ätzen können. Sie bezog sich auf das mehrmalige »Pling«, das aus Tims Handy tönte. Sie war wütend. Heute Morgen noch hatte es so ausgesehen, als ob sie wieder an einem Strang zogen. Aber was sollte dann die Geheimnistuerei? Ein Freund, der ihm textete … Dass sie nicht lachte. Tim bekam sonst nie private Anrufe oder Nachrichten während der Arbeitszeit. Bis auf eine Ausnahme: Lea. Warum also belog Tim sie? Immerhin hatten sie und Kalle sich für Lea eingesetzt, um Kehlmanns Aufenthaltsort herauszufinden.

Während Simone sich scheinbar intensiv um die Darstellungen auf ihrem Monitor kümmerte, beobachtete sie heimlich den alten Freund. Er schien bewusst nicht auf ihren Kommentar eingehen zu wollen, sondern klappte stattdessen die Hülle seines Handys auf und las die neue Nachricht. Dabei kippte er die Rückenlehne noch ein Stück weiter nach hinten, fast so, als müsste er die geheimnisvolle Nachricht mit etwas Abstand lesen.

Tim war klar, dass er Simone von Kalles Auftrag erzählen musste. Aber ihre übergriffige Art ging ihm auf die Nerven – zumal er nun ganz andere Sorgen hatte. Was er auf seinem Display sah, schockierte ihn. Er las die Nachricht zweimal. *Tim, mir wächst das hier über den Kopf. Wir müssen reden. Sofort. Wann kannst du da sein?*

Der Admin fuhr seinen PC herunter und schaltete den Monitor aus.

»Was wird das denn?«, wollte Simone wissen. »Musst du deinen …«, sie malte mit den Zeigefingern zwei Anführungszeichen in die Luft, »… ›Freund‹ besuchen?«

Boah, dachte er, sie benimmt sich wie eine eifersüchtige Ehefrau. Er sprang auf und zog sich seine Jacke über. »Danke der Nachfrage«, ätzte er zurück. »Wenn du es genau wissen willst, dann frag einfach deinen Freund. Ich habe jetzt echt andere Probleme als deine Profilneurose.«

Mit diesen Worten war er auch schon zur Tür raus und ließ die Kollegin mit den unbeantworteten Fragen allein. Auf dem Weg durchs Treppenhaus tippte er eine Antwort an Kalle: *Bin unterwegs. Bis gleich.*

Simone schaute noch eine ganze Weile auf die Tür, hinter der ihr Kollege verschwunden war. Ihre Wut war verpufft wie eine Konfettibombe, deren Papierschnipsel nun zu Boden segelten. An ihre Stelle war eine tiefe Traurigkeit getreten. Kaum war Lea aus der Versenkung getaucht, wurde alles kompliziert. Sie konnte sich nicht erinnern, Tim schon einmal so giftig erlebt zu haben. Und was hatte er damit gemeint, dass sie Kalle fragen sollte? Sie würde es herausfinden.

34

Als Tims blauer Peugeot um kurz vor zwei im Wendehammer des Sachsenrings parkte, eilte Kalle ihm schon mit langen Schritten entgegen.

»Gut, dass du da bist!«

»Was ist denn los? Wie geht es Lea?«

»Sie hat gerade eine Beruhigungstablette genommen und schläft. Ich wollte verhindern, dass dein Klingeln sie so schnell wieder weckt.«

»Klar!«

Kalle fasste den Admin am Ellenbogen und ließ seine Augen kurz nach oben zucken. »Lass uns in der Wohnung reden. Dann kann ich dir alles erzählen, ohne dass die halbe Nachbarschaft mithört.«

Tim folgte der Richtung, in die Kalle geblickt hatte. Tatsächlich: Im zweiten Stock stand eine Dame mit hochgesteckten schwarzen Haaren, die verdächtig lange am Grün ihrer Balkonpflanzen zupfte. Es war offensichtlich, dass ihre Ohren auf Empfang standen.

Im sechsten Stock angekommen, schloss Kalle auf und betrat mit Tim die Diele. Bevor die beiden sich an dem kleinen Esstisch niederließen, öffnete der Admin die Tür zum Schlafzimmer einen Spalt weit und lugte hinein. Lea lag, vollständig bekleidet, auf dem Bett und umklammerte ihr Kissen wie den Arm eines gutmütigen Riesen. Ihre schmale Gestalt verschwand fast in den Falten der Bettdecke. Tim vergewisserte sich, dass sie ruhig und gleichmäßig atmete, bevor er die Tür vorsichtig wieder schloss.

»Beim Rechtsanwalt waren wir noch nicht«, sagte Kalle und deutete auf einen Schreibblock, der auf dem Esstisch in der Diele lag. Dort waren die Kontaktdaten des Juristen notiert. »Wenn du später noch fahren willst …«

Tim nickte. »Ja, aber mich interessiert gerade was anderes. Deine Nachricht hat mir einen Riesenschrecken eingejagt.«

Kalle setzte sich an den Tisch und ließ die Schultern hängen. »Ich will das hier nicht weitermachen, Tim. Lea braucht in erster Linie eine Behandlung, keinen Bodyguard.«

Der Admin nahm gegenüber Platz und fuhr sich durchs Haar. »Sie ist doch schon in Behandlung. Was ist denn passiert?«

Kalle erzählte es ihm. »Mann, du musst doch selbst sehen, wie sie abrutscht. Hast du bemerkt, was Lea sich an Alk reinzieht? Ich habe jetzt noch Muskelkater von den leeren Schnapsflaschen, die ich heute entsorgt habe. Sie zuckt bei plötzlichen Geräuschen zusammen, isst kaum was und redet fast nur, wenn sie angesprochen wird. Aber was gerade abging, ist noch eine Stufe drüber.« Kalle ließ den Satz eine Sekunde im Raum kreisen, bevor er konkreter wurde. »Lea ist gerade eine halbe Stunde wie eine Geisteskranke durch die Wohnung gelaufen und hat alle möglichen Gegenstände inspiziert. Entweder hat sie einen Teil ihres Verstandes kaputtgesoffen oder aber …«

»Oder was?«

»Keine Ahnung, ich bin kein Seelenklempner. Aber vielleicht ist sie schizophren oder so.«

Tim wurde kalt. Es war, als hätte Kalle ihm einen Spiegel hingehalten, in dem man seine schlimmsten Albträume sah. »Vielleicht ist es nur der Stress. Vergiss nicht, was sie alles durchgemacht hat. Wenn wir sie abschieben …«

»Davon redet doch keiner. Du kannst weiter für sie da sein. Aber …«, Kalle hob die Hände und ließ sie wieder auf die Tischplatte sinken. »Vielleicht wäre Lea stationär besser aufgehoben.« Nun war es raus.

Tim rieb sich mit steifen Fingern die Augen. Er dachte an die zerbrechliche Gestalt im anderen Raum. Sie vertraute ihm. Konnte er sie so enttäuschen? Außerdem: Um so etwas in die Wege zu leiten, musste sie es selbst wollen. Sein Kopf schmerzte. Wie erschöpft er sich plötzlich fühlte!

Er stand auf und rückte den Stuhl wieder zurecht. »Danke, Kalle, lass mich darüber nachdenken. Ich muss selbst mit Lea reden. Würdest du am Montag noch mal nach ihr sehen? Egal, wie alles weitergeht – vor nächster Woche kommen wir eh nicht voran.«

Auch Kalle stand auf. Sichtlich erleichtert, dass Tim ruhig zugehört hatte, wagte er ein kleines Lächeln. »Ja, klar. Du wirst das Richtige tun. Das weiß ich.«

Tim nickte, war aber keinesfalls sicher, dass dem so sein würde. »Könntest du mir noch einen Gefallen tun?«

»Na klar. Worum geht's?«

»Ich hatte gerade wieder einen kleinen Streit mit Simone. Sie weiß noch nichts von deinem Auftrag, wird dich aber vermutlich heute ausfragen, weil ich eine Andeutung gemacht habe.«

»Soll ich zwischen euch vermitteln?«

»Nett von dir, aber nein, das müssen wir unter uns klären. Ich habe eine andere Bitte: Erzähl ihr nicht, dass ich deine Rechnung übernehme.«

Kalle schüttelte den Kopf. »Lass gut sein. Bisher hatte ich keine Auslagen und außerdem eh nichts Besseres zu tun.«

»Das ist nett von dir, danke! Bis Montag dann.«

Als Kalle draußen auf der Straße stand, steckte er sich eine Zigarette an und blickte zurück zum Hochhaus. Warum fühlte er nicht die Erleichterung, die er sich versprochen hatte?

35

»Trumpocitin? Nie gehört«, sagte Kasten.

»Das Zeug macht seinem Namen alle Ehre. Ein Ketaminderivat«, erläuterte Bosse. »Ihr wisst schon, eine besondere Sorte K.-o.-Tropfen, farb- und geschmacklos. Das Trumpocitin stimuliert mit einer gewissen Verzögerung das Herz-Kreislauf-System, braucht so zehn bis zwanzig Minuten. Am Ende kommt es durch die Überstimulation zu einer Katalepsie.«

»Klartext, bitte. Ich bin Polizist und kein Arzt«, merkte Kuba an.

»Zum Glück«, antwortete Waliszczek. »Von dir würde ich mir noch nicht mal einen eingewachsenen Zehnagel behandeln lassen.«

»Igitt, du hast eingewachsene Zehennägel?«

Diesmal ließ Kasten eine Akte auf den Tisch knallen. »Bin ich hier eigentlich im Kindergarten?«

Kuba hatte schon eine Antwort auf den Lippen, schloss

den Mund aber, als er den bösen Blick der Chefin bemerkte. Nach einer angemessenen Pause, in der niemand aufmuckte sah Kasten wieder Andreas Bosse an. »Bitte, klär das Fußvolk auf!«

»Eine Katalepsie kann man als eine Art Starre betrachten. Bewegungslosigkeit. In unserem Fall hatte die hohe Dosis eine letale Wirkung.«

»Tödlich«, sagte die Chefin, als sie Kubas genervten Blick bemerkte.

Bosse nickte. »Ein bewusst herbeigeführter Herzstillstand. Das war Mord!«

Schweigen. Jeder wusste, dass die Absturzakte noch lange nicht geschlossen wurde. Eigentlich ging es jetzt erst richtig los.

»Klar. Aber wo kriegt man dieses Trumpo-Dingsda her?«

Kurze Pause, dann schlug Kuba vor: »Wissen wir nicht, frag mal unsere Rauschgiftmafia.«

Kasten nickte und sah ihren jüngsten Mitarbeiter an. »Hol die Jungs von nebenan rein!«

Nebenan – da saßen Rolf Echternach und Kevin Kopitzki. Echternach war schon einundfünfzig und Hauptkommissar. Er beeindruckte trotz seiner grauen Haare alle bösen Jungs mit seiner ausgeprägten Boxervisage. Kopitzki, mit sechsunddreißig Jahren Oberkommissar, war beutegierig wie ein hungriger Iltis. Zu seinem Leidwesen sah er aus wie der ältere Bruder des BVB-Stars Marco Reus, war aber zum Glück deutlich seltener krankgeschrieben als seine jüngere Kopie. Beide bearbeiteten seit einigen Tagen zwei nicht aufgeklärte Fälle. Als sie Kastens Kommando vernahmen, ließen sie die Fallakten liegen und flogen herein.

»Unser Flugzeugabsturz war Mord«, erklärte Kasten und informierte kurz über Bosses Nachricht. »Eure Akten könnt ihr erst einmal zur Seite legen.«

Kopitzki strahlte, aber Echternach seufzte. Das roch nach aufgeschobenem Feierabend.

»Wir brauchen alles über die beiden Toten. Google und Facebook reichen nicht. Ruft auch bei den Kollegen in ihren Heimatorten an. Im Notfall fahrt ihr einen oder zwei Tage dahin und dreht jeden Stein um. Rolf übernimmt den Piloten, Kopitzki Rasmusson.«

»Und wo kamen die ursprünglich her?«

»Der Pilot aus Düren, Rasmusson aus Cuxhaven. Die letzten Jahre hat er in Karlskrona in Schweden gelebt.«

»Muss ich auch noch nach Schweden fahren?« Kopitzki sah auf, als müsste er aufs Schafott.

»Versuch erst mal, die Kollegen auf dem kurzen Dienstweg zu erreichen. Wenn das nicht ausreicht, kauft dir der Staat ein Flugticket.«

Die Mienen der beiden Kollegen blieben düster. Echternach hasste alle Orte, an denen es höhere Hügel gab als in Dortmund, und sein Kollege hielt alle Gegenden nördlich der Lippe für Feindesland.

»Herta, wieso muss ich schon wieder die weitere Strecke fahren?«, nörgelte er. »Bis zur Nordsee – im Notfall. Aber für Schweden gehen bestimmt zwei Tage drauf.«

»Du bist der Jüngere.«

»Aber ...«

»Schluss. Bist du Polizist oder Brautjungfer?«

»Chauvikasse!«, freute sich Kuba.

Während Kasten mit Leidensmiene in ihrem Portemonnaie kramte, verteilte sie die weiteren Aufträge: »Chris, du warst schon im Fall Kehlmann dabei. Du nimmst dir noch mal die Uni Duisburg vor.«

Waliszczek nickte zufrieden.

Dann blickte sie Kuba an. »Für dich habe ich etwas Besonderes.«

Verdammt, dachte er, als Kasten zum Telefon griff. Jetzt kommt die Retourkutsche für die Chauvikasse.

»Zentrale? – Ach, du bist es Uschi. Ich brauche den Chef des Flughafens in Marl. Dringend. Im Notfall den Stellvertreter oder den Sicherheitsmufti. Aber nicht den Greenkeeper ...«

Beim Stichwort ›Sicherheit‹ war klar, was die Chefin wollte: die Aufnahmen der Sicherheitskameras. Und Kuba ahnte auch schon, wer sie abholen sollte.

Während sie auf die Verbindung wartete, pfriemelte Kasten nervös an ihrem nächsten Zigarillo herum.

»Hömma«, sagte Kuba. »Das kann ich doch übernehmen ...«

»Wirst du auch. Aber erst ...«

Als Kastens Apparat klingelte, hörte die Hauptkommissarin ein paar Augenblicke zu, stellte sich dann mit Namen und Dienstgrad vor und drückte auf die Mithörtaste. »Herr Goldmann?«

Eine tiefe Männerstimme dröhnte durch den Raum: »Ja, genau. Wie kann ich Ihnen helfen?«

»Vorab dies: Was wir jetzt besprechen, muss aus Ermittlungsgründen unter uns bleiben. Kann ich mich darauf verlassen?«

Das »Ja, natürlich« des Mannes kam der Kommissarin ein wenig zu schnell.

»Ich meine es ernst. Es geht um eine Mordermittlung. Und der Mensch, den wir suchen, weiß noch nicht, dass wir ihm auf die Schliche gekommen sind.«

Kuba konnte hören, wie Goldmann tief durchatmete.

»Haben Sie noch die Aufnahmen der Überwachungskameras vom Tag des Flugzeugabsturzes?«

»Sie meinen die Piper?«

Kastens Augen richteten sich zur Zimmerdecke: »Genau. Haben Sie?«

»Ja.«

»Wir brauchen die Stunde vor dem Start der Maschine und, sagen wir, fünfzehn Minuten danach. Unbedingt und bald.«

»Das geht aber nicht ohne richterliche …«

»Staatsanwaltschaft reicht. Schickt Ihnen der zuständige Beamte per Fax zu.«

»Darf ich fragen …?«

»Nein, das muss reichen. Schaffen Sie das in zwei Stunden? Dann kommt einer meiner Kollegen bei Ihnen vorbei.«

Jetzt zögerte der Mann ein wenig.

»Wir hier machen auch Überstunden«, tröstete ihn Kasten. »Ganz im Dienst des Rechtsstaates. Okay?« Nach dem »Okay« des Flughafenchefs warf die Hauptkommissarin den Hörer auf die Gabel. »Alles klar, Kollege Kuba?«, fragte sie grinsend.

»Ja, Chefin. Aber warum freust du dich so?«

Kasten zeigte noch ein paar Zähne mehr und griff sich ihr Handy. »Du hast es doch gehört: Die Staatsanwaltschaft muss uns grünes Licht geben. Gibt es was Schöneres, als Kamplade den Feierabend zu versauen?«

36

Paul Kehlmann hatte an diesem Tag viel erledigt. Am wichtigsten war die Beschaffung des kleinen Mietwagens gewesen, den er knappe vierzig Meter von seiner Haustür entfernt in eine Parklücke bugsierte. Seine Einkäufe schleppte er in zwei Etappen in die Wohnung. Zuerst setzte er den Kühlschrank in Gang und füllte ihn mit Köstlichkeiten, auf die er so lange verzichtet hatte: exquisiter Blauschimmelkäse, Walnussbaguette und ein Fläschchen mit französischem Roten! Sein Barvermögen, das er bei der Entlassung erhalten hatte, war fast aufgebraucht. Das größte Loch hatte mit fünfzig

Euro der Single Malt in Pauls Kasse gerissen. Dafür gab es ein dekorativ verpacktes Fläschchen *Highlandpark* mit passendem Nosing-Glas. Dieser Whisky war nicht ganz so erlesen wie die früher genossenen Tröpfchen, aber gut genug, um nach vier enthaltsamen Jahren ein Gaumenfest zu feiern.

Die Flasche verströmte ihre Aromen nach Orange, Gras und Vanille sofort. Herrlich! Er goss sich zwei Daumenbreit der goldenen Flüssigkeit ein, schnüffelte und schwenkte das Glas. Dann kostete er, ließ das Destillat dabei eine Sekunde im Mund, um die blumigen Noten herauszuschmecken, bevor die Flüssigkeit eine feurige Spur aus Eiche und Pfeffer in seiner Kehle hinterließ. Genial! Wer hätte gedacht, dass ihm solch ein günstiger Whisky mal so gut schmecken würde?

Genial stand es auch um sein Geld: Sein Anwalt war teuer, aber seines Honorars würdig. Die Kreditkarten-Pin lag, wie erhofft, im Briefkasten, alle Papiere, die er noch ausfüllen und bei diversen Ämtern einreichen musste, waren vorbereitet. Ebenso hatte der Mann sein wichtigstes Inlandskonto treuhänderisch verwaltet. Bald würde Paul den Mietwagen gegen ein sportlicheres Modell eintauschen. Aber dann wäre er schon nicht mehr in Deutschland.

Endlich versank der Ex-Professor in dem schwarzen Relaxsessel aus seiner alten Zweitwohnung. Damit verband er besondere Erinnerungen. Auf einem kleinen Beistelltisch hatte er einen Teller mit den soeben erworbenen Leckereien angerichtet. Nach dem heutigen Tag fühlte er sich so beflügelt wie lange nicht mehr. Es lief fast schon zu gut.

Er balancierte ein Häppchen Käse in den Mund und wartete, bis der Geschmack einschlug. War das schon Glück? Paul lehnte sich entspannt zurück.

Das Geräusch knarzenden Leders weckte Erinnerungen. Anregende Erinnerungen. Paul griff nach seinem Glas und schloss die Augen. Genau wie damals sog er den Duft des

Whiskys ein. Ja, er konnte die Bilder noch immer sehen. Zart, blond, nackt. Sie kniete auf dem Boden. Die Schminke so verlaufen, dass schwarze Schlieren über ihre Wangen liefen. Der Mund war mit einem Knebel verschlossen …

Er nippte am Whisky. Rauchige, schwere Süße. Das Original des Films hatte vor vier Jahren die Kripo kassiert. Aber sein Bruder Peter hatte eine eigene Aufnahme gehabt und diese in den Weiten des Darknets deponiert. Er hatte Paul sogar einen blödsinnigen Merksatz für die kryptische Adresse genannt, unter der das Video zu finden sein sollte. ›Sieben weiße Eier wirken niemals grau …‹, aber wie ging es weiter? Es wollte Paul einfach nicht einfallen. Vorerst musste der Film in seinem Kopf reichen.

Sorgsam stellte er das Glas ab und öffnete seine Hose. Mit geschlossenen Augen bewegte er seine Hand und konzentrierte sich auf seine Erinnerungen. Er sah seinen Bruder, maskiert. Peter riss Leas Kopf an den Haaren hoch, sodass sie Paul direkt anschauen musste. Dieser Schmerz in ihren Augen, das Entsetzen, als sie erkannte, dass sie keine Gnade erwarten konnte. Er hätte selbst die Strafe vollstrecken sollen. Seine Hand bewegte sich schneller. Der finale Akt, ihre erstickten Schreie …

Kehlmanns Körper bäumte sich ein letztes Mal auf, bevor er losstöhnte. Ein tiefer, kehliger Ton wie von einem wilden Tier, das sich aus seiner Falle befreit hat.

Nach der anschließenden heißen Dusche nahm Paul wieder sein Whiskyglas zur Hand, sah aus dem Fenster und nippte. Es war noch hell draußen. Die fliegenden Ratten, die alle Dächer und Rinnen vollschissen, waren so zahlreich, dass er sich am liebsten ein Luftgewehr besorgt hätte. Wir sind noch da, schienen sie ihn zu verhöhnen. Peter nicht, vollendete er den Satz in Gedanken. Sein Bruder. Tot. Begraben. Verwest. Die einzige Seele, die ihn wirklich verstanden hatte.

Und Annemarie? Auch sie standen sich nah. Gewissermaßen. Ein Blick auf die Uhr. Kurz nach sechs. Zeit, sich noch mal bei ihr zu melden. Paul zog das neue Smartphone aus der Brusttasche seines Hemdes.

»Schön, dass du anrufst!«, begrüßte sie ihn. Die Freude klang echt!

»Ist doch klar. Ich kann dich in der Großstadt schließlich nicht im Stich lassen.«

»Ich bin kein hilfloses Mädchen mehr …«

Nicht?, dachte er, sprach es aber nicht aus. »Wie geht es dir?«

»Bestens. Erinnerst du dich an die rothaarige Eva?«

»Aus St. Jophiel?«

»Ja, sie war zwei Jahre als Sozialpädagogin bei uns beschäftigt. Du hast sie bei der Jubiläumsfeier 2005 kennengelernt. Sie wohnt jetzt in Essen.«

»Ich erinnere mich. Nettes Mädchen. Hattet ihr einen schönen Tag?«

»Es war toll, sie wiederzusehen. Wir hatten die weltbeste Buttercremetorte und jede Menge Gesprächsstoff. Sogar im Folkwang-Museum waren wir.«

»Da kann man ja fast neidisch werden. Hast du denn für den Abend schon was vor?«

»Ehrlich gesagt, bin ich platt«, erwiderte sie lachend. »Ich werde gleich im Hotelrestaurant einen Happen essen und danach beim Fernsehgucken einschlafen.«

»Kann ich gut verstehen. Aber dann müssen wir uns morgen sehen. Oder hast du schon andere Pläne?«

»Du bist mein Plan.«

»Die Götter haben mich erhört«, scherzte Paul. »Hättest du Lust, mich morgen nach dem Frühstück beim Einkaufen zu begleiten? Ich brauche dringend ein paar Haushaltsgegenstände, Geschirr und Besteck. Hilfst du mir beim Aussuchen?«

»Sehr gern, Paul, wirklich.«

War das, was ihn gerade überfiel, etwa Rührung?

»Dann hole ich dich um zehn Uhr ab, ich bin jetzt nämlich mobil.«

»Oh, du hast ein Auto gekauft?«

»Nein, es ist ein Mietwagen. Nur so lange, bis ich was Passendes gefunden habe.«

»Ach so.« Sie räusperte sich, als ob sie Mut sammeln müsste. »Darf ich dich noch etwas fragen?«

»Alles.«

»Was ist eigentlich mit deiner Frau?«

Böse Frage. Wie eine Nadel, die man in einen Schlauch voll Tinte stach.

»Ex-Frau«, sagte Paul, nachdem er sich gesammelt hatte. »Was möchtest du wissen?«

Annemaries Stimme klirrte. »Hast du noch Kontakt zu ihr oder deinen Kindern?«

»Gaby hat den Kontakt gerichtlich verbieten lassen.«

Betroffenes Schweigen breitete sich in der Leitung aus.

»Bitte frag nicht weiter«, sagte Paul schließlich. »Wenn ich an Carla und Anton denke, könnte ich heulen. Ich vermisse sie …«

»Es tut mir leid«, sagte Annemarie. Eine Stimme wie warme Milch. »Du, ich freue mich auf morgen.«

»Ich mich auch.«

Paul beendete das Gespräch und lauschte dem soeben Gehörten nach wie einer schönen Melodie. Noch einmal nippte er an seinem Whiskyglas. Sein Gesicht verzog sich. Plötzlich schmeckte das Getränk nicht mehr. Paul schüttete den Rest weg und besann sich.

Den freien Abend konnte er auch anders nutzen. Im Korridor stand ein Karton in der Größe eines Aktenkoffers. Paul packte das nagelneue Notebook aus, verband es mit dem WLAN-Hotspot seines Handys und lud den Tor-Browser herunter. Dann tauchte er ins Darknet ein. Es gab noch einiges zu tun.

37

Herta Kasten blieb an diesem Freitag länger im Büro als ihre Truppe. Der BVB hatte ein Heimspiel gegen den FC Freiburg und es lohnte nicht, vorher nach Hause zu fahren. Zum Westfalenstadion konnte sie vom Präsidium aus ohnehin besser zu Fuß gehen und ihren knurrenden Magen würde sie dort mit einer schönen Currywurst besänftigen.

Kehlmann! Dieser Name geisterte ihr durch den Kopf, seitdem im Büro Ruhe eingekehrt war. Simone Olsok und Kalle Mager hatten ihn sofort nach dem Absturz verdächtigt. Dabei wussten sie nicht einmal von der Wasserflasche mit dem Giftcocktail. Aber Kehlmann saß doch noch, oder?

Sie erinnerte sich gut an seine Verhaftung. Arsch und Kragen hatte sie damals riskiert, vielleicht sogar ihre Karriere – weil sie ihren Instinkten vertraute.

Bei einem Zigarillo konnte sie besser nachdenken. Also fuhr sie noch einmal nach unten und stellte sich zum Rauchen vor die Tür.

Kehlmann war wirklich der letzte Abschaum, ein Sadist und Frauenhasser der schlimmsten Sorte. Sie hatte sich damals das Video von der Vergewaltigung der jungen Frau persönlich angesehen. Die Bilder hatten sich tief in ihr Gedächtnis eingegraben. Ob der Perverse auch Tauschpartner gehabt hatte?

Während seiner Untersuchungshaft hatten sie sein Notebook und seinen PC untersuchen lassen. Dabei waren weitere Gewaltvideos entdeckt worden, die jedoch an anderen Orten aufgenommen worden waren und aus anderer Hand stammten. Die Experten hatten weder ihre Herkunft bestimmen noch feststellen können, ob echte Vergewaltigungen gezeigt wurden. Aber eines hatten alle Aufnahmen gemeinsam – die Opfer waren knochenschlank, jung und blond gewesen.

Fünf Jahre hatte Paul Kehlmann insgesamt bekommen, was Kasten auch jetzt noch viel zu milde fand. Davon hatte er schon ein halbes Jahr in der U-Haft abgesessen. Lächerlich. Kasten war überzeugt, dass er nicht nur ein Vergewaltiger, sondern auch ein Mörder war. Doch sein teurer Anwalt hatte gute Arbeit geleistet und das Gericht letzte Zweifel gehabt. Das war der Fluch und zugleich der Segen des deutschen Justizsystems: *in dubio pro reo* – im Zweifel für den Angeklagten.

Sie schnippte den ersten Stummel weg und steckte sich gleich den nächsten Zigarillo an. So ein Scheiß, dass man im Büro nicht mehr rauchen durfte.

Was musste in einem Arschloch wie diesem Professor eigentlich vorgehen? Von seinem Geld dürfte noch genug übrig sein, um nicht auf Hartz IV zu landen. Aber was hatte er nicht alles verloren? Job, Titel, Anerkennung. Und noch viel mehr. Frau und Kinder würde er vermutlich nie wiedersehen. Könnte ein Mann wie Kehlmann diese Schmach, diese Niederlagen einfach so hinnehmen?

Nein, dachte Kasten, der bestimmt nicht. Mit einem Mal verstand sie selbst nicht, warum sie nicht gleich nach den Anrufen des Mager-Olsok-Clans daran gedacht hatte. Kehlmann war sicher nicht blöd. Sie an seiner Stelle würde alles tun, um vorzeitig rauszukommen.

Kasten blies etwas Qualm in die Luft und beobachtete, wie der blaugraue Kringel sich im Wind verlor. Wenn Kehlmann noch eine Ermäßigung herausschlug, käme er nach vier Jahren echtem Knast raus. Um einen hübschen Racheplan zu schmieden, reichte die Zeit allemal.

Der Zigarillo schmeckte Kasten nicht mehr und sie warf ihn in den Aschenbecher. Mal sehen, wie gut ihr Instinkt noch funktionierte. Sie fuhr mit dem Fahrstuhl ins Büro. Oben angekommen, loggte sie sich in die Straftäterdatei ein und suchte nach Kehlmanns Namen. Sie wurde fündig.

Eine Stunde später brüllte sie ihren Frust beim Spiel der Borussen hinaus in die Gelbe Wand.

38

Gut, dass Wochenende ist, dachte Sina Spiering und schaute aus dem Fenster. Der Himmel versprach weiterhin schönes Wetter. Noch vor dem Frühstück schnürte sie ihre Laufschuhe. Nach dieser miesen Woche würde ihr die Bewegung guttun und ihr helfen, mal eine Zeit lang weder an Peer und an ihre Fälle noch an Prüfungen oder die knappe Kasse zu denken.

Oh, und es war gut! Während sie an Kleingärten, Eigenheimen und Industriebrachen vorbeilief, hatte Sina das Gefühl, sich immer weiter von allen Problemen zu entfernen. Ihr Atem folgte dem Takt ihrer Schritte. Die frische Luft und die Sonnenstrahlen im Nacken verscheuchten die letzten düsteren Gedanken.

Auf dem Rückweg erreichte sie ihre Lieblingsbäckerei und kaufte sich dort ein Schokocroissant. Noch vor der Ladentür biss sie ein Ende ab und genoss es, wie die süße Füllung in ihrem Mund zerschmolz. Schokolade machte wirklich glücklich. Vielleicht sollte man das mal mit in die Lehrbücher aufnehmen, dachte sie.

Mit der Tüte in der Hand erreichte sie die Tür des Hauses, in dem sie ein Apartment bewohnte – ein einziges Zimmer mit Kochecke plus Bad und Wandschrank im Korridor.

Etwas eng, aber für Sinas Verhältnisse gerade noch erschwinglich.

Kurz vor der Haustür erkannte sie bereits, dass der Briefträger da gewesen war. Post für sie? Sina schloss den Kasten auf und inspizierte den Inhalt. Ja, gleich drei Umschläge.

Sie klemmte die Kuverts unter die linke Achselhöhle und nahm die beiden Treppen in den ersten Stock mit langen Schritten, die nur jede zweite Stufe berührten.

Oben schmiss Sina Papiere und Brötchentüte auf den Esstisch, befüllte die Kaffeemaschine und hüpfte ins Badezimmer. Nach nur fünf Minuten fühlte sie sich erfrischt und guter Dinge. Im Bademantel und mit einem Handtuchturban auf dem Kopf goss sie sich einen großen Becher Kaffee ein und setzte sich an den kleinen Küchentisch. Dann widmete sie sich der Post.

Der erste Brief enthielt ein Schreiben der Bank. Der Lastschrifteinzug vom letzten Supermarkteinkauf war verweigert worden, weil das Konto nicht genug Deckung enthielt. Mist! Da musste kurz vorher etwas vom Konto abgebucht worden sein, was sie nicht auf dem Schirm gehabt hatte. Sinas Stimmung sank schlagartig auf null. Sie musste schnell ihre Kontoauszüge checken und für mehr Geld sorgen. Aber wie?

Sie nahm den nächsten Brief in die Hand. Es waren zwei Seiten. Das rechte Blatt enthielt einen Mietvertrag. Bitte? Sina runzelte die Stirn. Als Vertragspartner waren links Tanzbein & Teufel und rechts sie eingetragen. Was sollte das denn?

Sina überflog den Text und verschluckte sich an ihrem Kaffee. Als der Hustenanfall vorüber war, las sie das kurze Begleitschreiben. Sie wurde blass. Doch dann bahnte ihr Zorn sich seinen Weg wie Dampf aus einer Fumarole. Waren die total bekloppt geworden? Sie eilte zu einem Regal, in dem neben ihrer Fachliteratur ein paar Ordner standen. Kurz darauf hatte sie ihren mehrseitigen Ausbildungsvertrag in der Hand.

Das konnte nicht rechtens sein. Nein, das würde sie sich nicht gefallen lassen!

39

An diesem Morgen war Lea schon eher als Tim wach und hatte sich um das Frühstück gekümmert. Er war froh, dass etwas Normalität in den Sachsenring einkehrte. Er bereitete vom Uni-Laptop aus ein Serverupdate vor. Am Montag müsste er nur noch den Neustart initiieren und einen abschließenden Check vornehmen. Leider erinnerte das Klappern aus der Küche Tim daran, dass sich die Arbeit bei ihm zu Hause auch nicht von alleine tat. Der Postkasten quoll wahrscheinlich schon über. An die Blumen wollte er gar nicht denken und im Keller hing noch seine Wäsche von letzter Woche. Zum Glück hatte er keine Fische mehr, die würden mittlerweile mit dem Bauch nach oben im Aquarium treiben. So oder so, es war Zeit, seiner Duisburger Wohnung einen Besuch abzustatten. Tim klappte das Notebook zu und stand auf.

Lea sortierte gerade Besteck aus der Spülmaschine in die vorgesehenen Fächer und lächelte ihn an. »Na, fertig mit der Arbeit?«

»Ja, für die Uni muss ich vor Montag nichts mehr machen. Aber …« Er zögerte, weil er nicht einschätzen konnte, wie sie auf seinen Plan reagieren würde. »Ich würde heute gern nach Duisburg fahren.« Ihr Lächeln erlosch und Tim ergänzte hastig: »In meine Wohnung. Da hat sich einiges angesammelt, was ich erledigen müsste.«

Lea versteifte sich, hielt zwei Gabeln in der Hand, als hätte sie vergessen, was sie damit tun sollte.

Warum fühlte er sich auf einmal so schuldig? War es nur ihre Angst?

»Vielleicht magst du ja mitkommen?«, versuchte Tim, eine Lösung zu finden. »Du kennst meine Wohnung ja noch nicht.«

»Ich würde sie gerne sehen«, platzte es aus ihr heraus. »Macht dir das auch bestimmt keine Umstände?«

Er winkte ab. »Ach was. Ich würde es gnadenlos ausnutzen. Meine Spülmaschine muss nämlich auch noch ausgeräumt werden.«

Ihr Lächeln kehrte zurück. Aber da war noch etwas in ihrem Blick. Etwas Warmes. War sie ihm nur dankbar oder war da mehr?

Während Tim sich zur Entspannung auf den Balkon setzte, trug Lea ein paar Kleidungsstücke zusammen und ging damit ins Bad. Sie vermied es, sich im Spiegel anzusehen. Der Slip landete zusammen mit dem Schlafanzug in der Wäschetruhe. Als sie gerade in der Wanne stand und den Vorhang zuziehen wollte, hörte sie etwas.

»Tim?«, fragte sie in den leeren Raum und lauschte. Nichts. Nur das Rauschen des Wassers.

Da wieder! Sie hatte sich das Geräusch nicht eingebildet. Eine Stimme!

»... kleine, süße Lea.«

Schlagartig überzog sich ihr Körper mit einer Gänsehaut. Erneut das Flüstern. »Macht dich das geil? Ich würde dich so gerne ...«

Der Rest des Satzes ging in ihrem Schrei unter. Ihr Körper übernahm. Raus aus der Badewanne!

Etwas hielt sie fest. Ihr Fuß! Was ...?

Bevor Sie realisieren konnte, dass sie am Rand der Wanne hängen geblieben war, stürzte sie den harten Fliesen entgegen. Im letzten Moment drehte Lea den Kopf nach rechts. Ihr Glück. Um einen Zentimeter verfehlte sie die hölzerne

Truhe für die Schmutzwäsche. Dann folgte der Aufprall. Kalt und brutal.

Sämtliche Luft wurde aus ihren Lungen geschlagen. Jemand kicherte. Panisch rappelte sie sich auf und riss an der Tür zum Bad. Mit ausgestreckten Armen rutschte sie in die Diele, ihre Füße hinterließen feuchte Abdrücke auf dem Laminat.

Tim hatte den Schrei gehört und hetzte um die Ecke. »Was ist ...?«

Der Rest des Satzes blieb ihm im Hals stecken. Er starrte sie an. In seinem Gesicht mischten sich Schock und Ungläubigkeit.

Leas Herz klopfte bis zum Hals. Er war hier! In ihrer Wohnung! Sie musste ...

Dann sah sie den Ausdruck in Tims Augen und verstummte. So abrupt, als hätte jemand den Stecker aus einem Radio gezogen. Die Zeit stand für eine Sekunde still. Dann wurde ihr etwas bewusst. Sie war nackt!

Ihr war, als hätte sie jemand auf eine Schaubühne getreten. Die Scham kochte in ihrem Gesicht auf und ihre Augen tränten. Lea wirbelte herum und machte einen Schritt zurück in das verhasste Bad. Dort riss sie ihren Bademantel vom Haken und wickelte sich darin ein wie eine Mumie.

»Ich ... ich bin gestürzt«, sagte sie, als würde das alles erklären. Dann rannte sie ins Schlafzimmer und warf die Tür hinter sich zu.

Tims Puls raste. Was war passiert? Die Frau, die gerade vor ihm gestanden hatte, erinnerte ihn an das Foto des vietnamesischen Mädchens auf der Flucht vor einem Napalmangriff. Ein Schauer lief über seinen Rücken. Kalle hatte recht. Lea brauchte mehr, als Tim ihr geben konnte. Sie brauchte professionelle Hilfe. Er musste es ansprechen.

In der Diele hörte er das Schluchzen, das aus dem Schlafzimmer drang, und wartete, bis das Weinen verebbte. Dann klopfte er an die verschlossene Tür. »Lea? Bist du verletzt?«

Stille.

Er klopfte erneut. Diesmal reagierte sie.

»Ich komme gleich raus. Einen Moment.«

Was für ein Stimmungswandel! Sie klang zwar immer noch zittrig, aber relativ gefasst. Allerdings beunruhigte Tim das aus irgendeinem Grund noch mehr.

Zwei Minuten später öffnete Lea mit wirren, nassen Haaren, aber vollständig bekleidet die Tür. »Kannst du mir den Föhn aus dem Bad holen?«

Hatte er richtig gehört? »Was ist denn gerade passiert?«

»Ich habe … ich bin ausgerutscht.«

»Ja, aber …«

»Bitte, Tim, können wir später reden?«

In ihren Augen lag so tiefes Elend, dass er wortlos ins Bad ging und ihr Föhn und Kamm holte.

»Bist du sicher, dass du …«

»Ja«, unterbrach sie ihn hastig. »Ich möchte gern deine Wohnung sehen.«

Zwanzig Minuten später saßen die beiden in Tims Wagen und fuhren über die A 40 nach Duisburg. Niemand sprach ein Wort – das Radio übertönte all die ungestellten Fragen.

40

Frischer Kaffeeduft war der zweitbeste Wecker der Welt. Die aromatischen Schwaden zogen durch die Wohnung im zweiten Obergeschoss des Einsteinwegs und fanden ihren Weg ins Schlafzimmer. Simone lag eingewickelt wie eine Mumie in ihren zerknautschten Laken.

Sie blinzelte und drehte den Kopf. Kalle lag nicht neben

ihr. Wann hatten sie eigentlich das letzte Mal miteinander geschlafen? Sie seufzte. Wenn sie an ihre ersten Nächte in Holland dachte – da hatte es keinen Tag gegeben, an dem sie nicht mehrfach übereinander hergefallen waren. Waren solche Zeiten mit Anfang vierzig schon vorbei?

Simone befreite sich aus dem Deckenwust und reckte sich. Die Schlafzimmertür war einen Spalt weit geöffnet, aus der Küche drang Radiomusik herüber.

»Kalle?«, rief sie, als sie ihn weder im Bad noch am Herd entdecken konnte. Im selben Moment hörte sie, wie ein Schlüssel in der Wohnungstür gedreht wurde.

»Frische Brötchen«, rief Kalle und schwenkte eine Papiertüte durch die Luft.

»Aaah, toll!« Sie ging ihm entgegen, um ihn auf den Mund zu küssen. »Was für ein genialer Start ins Wochenende.«

»Mann tut, was er kann.«

Das Lächeln, das er ihr schenkte, wärmte sie. Während Kalle weitere Einkäufe auf den Esstisch beförderte, suchte sie ihre Pantoffeln. Als sie zu ihm zurückschlurfte, erwartete sie die zweite Überraschung: eine wunderschöne gelbe Rose.

»O Kalle, das ist so süß. Danke.«

Sie küsste ihn auf den Mund, und er zog sie näher an sich. Möglicherweise sind wir doch noch nicht zu alt dafür, dachte Simone, aber im gleichen Moment meldete sich Kalles Magen mit einem lauten Knurren. Sie mussten beide lachen.

»Vielleicht sollten wir doch erst einmal frühstücken«, schlug er vor.

Kurze Zeit später saßen sie zu balladesken Klängen von James Blunt am fertig gedeckten Esstisch. Simone hatte den Stiel der Rose in eine leere Weinflasche gesteckt und dann ihre Lieblingsposition eingenommen. Sie saß seitlich von Kalle, mit den Füßen auf seinem Schoß und dem Tisch in erreichbarer Nähe.

»Glaubst du eigentlich auch, dass Kehlmann was mit dem Flugzeugabsturz zu tun hatte?«

Kalle seufzte. »Das Thema hatten wir doch gestern Abend schon.«

»Ja, aber ich kriege es einfach nicht aus dem Kopf, dass sogar Tim der Ansicht war, dass Lea jemanden wie dich als Bodyguard braucht.«

»Na ja, zutrauen würde ich es Kehlmann schon. Denk mal an deinen Kieferbruch.«

Simone griff instinktiv an ihr Kinn.

»Die Frage ist nur«, fuhr Kalle fort, »ob er dumm genug ist, so ein Risiko noch einmal einzugehen.«

»Hmmm, ich weiß nicht. Was du mir über Lea erzählt hast, klang doch eher nach einem Fall für den Kopfdoktor als nach einer konkreten Bedrohung.« Dann fiel ihr noch etwas ein. »Was hattet ihr eigentlich als Honorar vereinbart?«

Kalle wich aus. »Ist doch jetzt egal. Der Deal ist vom Tisch.«

Zu seiner Überraschung nickte Simone nur und griff sich die zweite Hälfte ihres Brötchens vom Teller. Schön so. Aber ihre nächste Frage gab dem Gespräch keine erfreulichere Richtung.

»Wie läuft es sonst bei dir? Ist nach der Hundekacke noch was anderes reingekommen, mit dem sich Geld verdienen lässt?«

»Leider nein.«

»Wir müssen uns echt bald was überlegen. Ich musste schon zweimal eigenes Geld aufs Gemeinschaftskonto schaufeln.«

Kalle rutschte auf seinem Stuhl herum. Simones Beine schienen plötzlich einen Zentner zu wiegen. Er tippte auf ihr Knie. »Kannst du die runternehmen?«

»Mann …« Simone gab die bequeme Position nur ungern auf, setzte sich aber doch auf den dritten Stuhl und legte ihre Füße auf der frei gewordenen Sitzfläche ab. So konnte sie

Kalle anschauen, während sie einen weiteren Schluck Kaffee trank. »Und?«

»Und was?«, fragte er zurück.

»Wie soll es weitergehen mit PEGASUS?«

Als ob er sich diese Frage nicht selbst schon oft genug gestellt hatte! »Keine Ahnung.«

»Scheiße.«

»Ja.« Kalle verzog den Mund.

»Apropos Scheiße. Dein Hundekackefall – ich habe gerade mal überschlagen. Seit gestern sind es bereits knappe elf Stunden an Aufnahmematerial, die du auswerten musst. Wenn du die Büromiete nächste Woche bezahlen willst, solltest du bald mit der Auswertung anfangen.«

»Da gibt es noch nichts auszuwerten. Konrad meldet sich, sobald der Kotleger wieder zugeschlagen hat. Aber das Thema hatte ich bis gerade erfolgreich verdrängt. Und weißt du, warum?«

Simone legte den Kopf schief.

»Hast du eine Idee, warum ich dir die Rose mitgebracht habe?«

»Nur so, dachte ich.«

Kalle rückte seinen Stuhl näher zu ihr heran und beugte sich vor. »Nein, nicht nur so. Heute vor genau zwanzig Jahren haben wir uns zum ersten Mal geküsst.«

»Was? Und das weißt du noch?«

Diesmal küssten sie sich leidenschaftlicher. Und wenige Minuten später wusste Simone sicher, dass sie noch nicht zu alt dafür waren.

41

Selbst für einen Samstag war am Innenhafen viel Betrieb. Die Duisburger schienen zu spüren, dass der Herbst schon in den Startlöchern kauerte. Das Wetter war perfekt, um noch mal im Freien sitzen zu können. Und die Restaurantbar, die Tim angesteuert hatte, bot seiner Meinung nach die beste Aussicht. Man konnte sich von den Lichtern hypnotisieren lassen, die auf dem Wasser tanzten, und hatte zugleich den perfekten Blick auf die Promenade.

Aber Tim war nicht zum Vergnügen hier. Seit einer Minute rührte er in seinem Cappuccino und dachte darüber nach, wie er Lea auf den Badezimmervorfall ansprechen konnte. Womit sollte er beginnen? Mit dem verdammten Alkohol? Auch jetzt hielt sie ein Glas Weißwein in der Hand. Dabei war es gerade mal zwei Uhr.

Nein, beschloss er. Keine Vorwürfe. Außerdem wunderte er sich über ihren krassen Stimmungsumschwung. Wann hatte er sie das letzte Mal so relaxt gesehen? Mann, das war noch zu ihrer Zeit an der Uni. Bevor Kehlmann sie zum Opfer machte.

»Woran denkst du gerade?«, fragte er.

Lea hatte verträumt aufs Wasser gestarrt und drehte den Kopf nur ein kleines Stück in seine Richtung. Dabei wirkte sie so abwesend, als ob sie in eine andere Richtung lauschte, um etwas Schöneres zu hören.

»An meinen Vater. Im Sommer sind wir immer nach Ameland gefahren. Er, Christina und ich. Das waren tolle Zeiten.«

»Du hast mir noch nie etwas von deinen Eltern erzählt.«

Ihre Miene trübte sich. »Da gibt es nicht viel zu erzählen. Meine Mutter ist bei meiner Geburt gestorben.«

Mist. Wieder ein wunder Punkt.

Lea führte ihr Glas an die Lippen und trank, bevor sie weitersprach. »Mein Vater hat sich allein um uns gekümmert.«

Als sie Tims betroffenen Blick wahrnahm, setzte sie schnell nach. »Nein, das war gar nicht schlimm. Einen besseren Vater hätte ich mir nicht wünschen können.«

»Jetzt nicht mehr?«, wagte Tim zu fragen.

Sie schüttelte den Kopf. »Er ist auch schon tot. Seit acht Jahren. Krebs.«

»Das tut mir leid.«

»Muss es nicht. Ich habe doch noch Christina ...« Endlich schaute sie ihn direkt an. »... und dich.«

Da war er wieder, dieser Blick. Tim las Zuneigung darin, aber noch etwas anders. Das kleine Stirnrunzeln. Was bedeutete es? Plötzlich wurde Tim nervös. Wie soll ich dir nur helfen?, wollte er fragen.

»Lea?« Er musste sich wieder räuspern. »Vertraust du mir?«

Sie dachte kurz nach. »Man kann dir vertrauen.«

Es klang aufrichtig.

»Tust du's?«

Wieder das Zögern. Ahnte sie, worauf er hinauswollte? Dann antwortete sie: »Grundsätzlich ja, du warst immer gut zu mir.«

Ihre Stimme klang so belegt, als hätte sie diesen Gedanken bisher aus irgendeinem Grund verdrängt. Warum?

»Darf ich dich dann was fragen?«

Sie nickte, wenngleich ihre Augen verdächtig glänzten.

Tim senkte seine Stimme. »Was ist heute Morgen im Bad passiert?«

Lea legte den Kopf in den Nacken. Augen und Mund zusammengepresst, als wollte sie verhindern, dass etwas nach draußen drang. Tim gab ihr Zeit. Sie trank einen großen Schluck. Dann sagte sie: »Nicht hier. Lass uns bitte zahlen.«

Eine Viertelstunde später saßen sie in seinem Wagen. Wieder nahm Tim sich zurück, schaute durch die Windschutzscheibe, lauschte Leas Atem. Eine Weile saßen sie stumm nebeneinander. Seine rechte Hand tastete nach ihrer Linken. Drückte sie. Wollte ihr telepathisch übermitteln, was er nicht auszusprechen wagte.

Vielleicht spürte Lea es. Denn plötzlich erzählte sie. Erst stockend, dann immer flüssiger. Das Auto wurde zum Beichtstuhl. Am Ende ihrer Geschichte waren ihre Augen riesengroß. Tim hätte sich darin verlieren können, kämpfte aber noch darum, sich sein Entsetzen nicht ansehen zu lassen.

Nun hörte sie also Stimmen. Konnte es noch schlimmer kommen? Plötzlich spürte der Admin, dass der Druck seiner Hand erwidert wurde. Er drehte sich zu ihr um.

»Tim?« Sie starrte an die Decke.

»Ja.«

»Bilde ich mir das wirklich alles nur ein?«

Was sollte er darauf antworten? Seine Augen brannten. Er biss sich auf die Lippe.

»Vielleicht hat er es ja wirklich geschafft, weißt du? Mich kaputtzumachen, meine ich.«

»Sag so was nicht. Du bist nicht kaputt. Aber du brauchst Hilfe. Deine Therapeutin muss wissen, was los ist.«

Ihre Augen wurden glasig. »Was soll ich ihr denn sagen?«

»Die Wahrheit.«

Sein Blick fiel auf die verschränkten Hände in Leas Schoß. Mit dem Zeigefinger der freien Hand kratzte sie an der entzündeten Haut um ihren Daumen, die zu bluten begann.

Tim fummelte ein Päckchen Taschentücher aus der Türablage. »Hier.«

Sie sah ihn verständnislos an.

»Für deinen Daumen.«

»Oh.« Lea wickelte den Finger ein, der Zellstoff färbte

sich rot. Sie betrachtete den Fleck. »Aber was soll Frau Spiering denken, wenn ich ihr von der Stimme im Bad erzähle?«

In ihren Augen las Tim die stumme Bitte, eine andere Lösung zu finden. Aber das konnte er nicht. »Du musst ehrlich sein. Vertrau ihr. Wenn du niemandem mehr vertraust, hat Kehlmann gewonnen.«

42

Die Einladung zum Kuchenessen bei Familie Mager kam zwar spontan, aber nicht ungelegen. Klaus-Ulrich hatte geheimnisvoll getan. Es gäbe gute Neuigkeiten und ein interessantes Angebot.

Kalle und Simone fuhren schon nach dem Frühstück los und nutzten den Samstag in Dortmund, um ein paar Einkäufe zu erledigen und einfach mal wieder durch die City zu schlendern und in den Buchhandlungen zu stöbern.

Als sie pünktlich um drei eintrafen, begrüßte Theo sie an der Tür mit einem Handschlag. »Nach dem beschissenen Grillfest letzte Woche hätte ich nicht gedacht, euch so schnell wiederzusehen.«

»Wenn einer abgehärtet ist, dann ich«, antwortete Kalle. »Oder hast du vergessen, wie gut unser Vater mit Mechthild harmonierte?«

Theos Antwort bestand darin, so zu tun, als wolle er sich selbst erwürgen.

Simone lachte. Dann fragte sie flüsternd: »Haben er und Karin sich denn wieder vertragen?«

Theos Arme sanken. »Das könnt ihr gleich selbst beurteilen.«

Endlich saß die komplette Familie am Tisch – fast. Theo bemerkte das als Erster. Während er ein großes Stück Schokosahnetorte auf seiner Gabel balancierte, fragte er fast beiläufig: »Wo ist eigentlich Tante Mechthild?«

Karin warf ihrem Gatten einen Blick zu. Der übernahm das Ruder. »Das ist nicht deine Tante.«

Theo ließ seine Gabel fallen. »Was ist das denn für eine bescheuerte Antwort? Hast du sie etwa nicht eingeladen?«

Mager rollte mit den Augen. Theos Gerechtigkeitssinn uferte für seinen Geschmack etwas zu sehr aus. »Mechthild ist bestimmt froh, wenn sie auch mal für sich ist.«

»Das glaubst du doch selbst nicht.«

»Wenn du magst, kannst du ihr später ein Stück Kuchen bringen«, versuchte es Karin.

»Boah, ihr seid echt ätzend. Tante Mechthild ist mittlerweile die Normalste in diesem Clan. Wollt ihr sie deshalb nicht dabeihaben?«

»Halt den Ball mal flach«, sagte Mager. »Erstens geht dich das nichts an und zweitens …«

»Vadder«, unterbrach Kalle ihn, aber Theo konnte sich allein verteidigen.

»Lass es! Ich kriege hier sowieso alles mit. Tu mal nicht so erwachsen, Papa. Du redest ja nicht mal mehr vernünftig mit Mama, geschweige denn, dass ihr miteinander schlaft …«

Klaus-Ulrich lief rot an und die anderen Erwachsenen starrten peinlich berührt auf ihre Teller.

»Theo«, sagte Karin schließlich. »Das ist unsere Sache, nicht deine. Wir sind nicht die einzigen Menschen auf der Welt, die mal Probleme haben. Das Leben läuft selten so, wie man es sich mit fünfzehn oder sechzehn erträumt.« Sie schloss kurz die Augen. »Aber du kannst sicher sein: Wir alle hier am Tisch und auch Mechthild haben dich lieb und werden für dich da sein, solange und so oft du uns brauchst.«

Amen, dachte Mager und zog die Nase hoch.

Theo schien Ähnliches zu denken wie sein Alter und sprang

auf. »Boah, noch peinlicher geht's nicht. Habt euch doch erst mal selbst lieb und löst eure eigenen Probleme. Dann könnt ihr gern wiederkommen und eure Erziehungsexperimente an mir fortführen.«

»Der hat es uns ganz schön gegeben«, sagte der Bärtige zu Kalle, als sie sich in Magers Revolutionsarchiv niederließen. Simone leistete derweil Karin bei einer zweiten Tasse Kaffee auf dem Hof Gesellschaft.

»Stimmt. Der Kleine wird langsam erwachsen. Aber was ist denn nun mit deiner guten Nachricht?«

Mager bot Kalle eine Zigarette an und öffnete die Dachfenster zu schmalen Schlitzen. Als die Räucherstäbchen qualmten, legte er los. »Ein früherer Klassenkamerad von mir, Fritze Ufer ...«

»Der Architekt?«

»Genau. Er besitzt drei oder vier Mietshäuser und ein Zweifamilienhaus mit allem Zipp und Zapp kurz vor Dorstfeld. Der Typ, der da zur Miete wohnt, hat auf dem Hof einen Fahnenmast mit der kaiserlichen Kriegsflagge aufgestellt. Und auf dem Holztor prangt ein Eisernes Kreuz ...«

»Ach, du Scheiße. Und was habe ich damit zu tun?«

»Geduld!«

Alles lief darauf hinaus, dass Ufer den Typen raushaben wollte, aber die Kündigung nicht zustellen konnte. Auf dem Briefkasten stand nicht mal sein Name. »Die Kündigung muss man ihm also persönlich in die Hand drücken – das wäre dein Job«, beendete Mager seinen Bericht.

»Soll ich etwa über den Zaun steigen?«

»Bloß nicht! Der Typ hat zwei ausgewachsene Doggen. Aber in drei Wochen hat der braune Sack einen Scheidungstermin beim Amtsgericht.«

»Ich frag mal nicht, woher du das weißt.«

»Nagel III. wusste es. Wenn der Typ aus dem Gerichtssaal kommt, drückst du ihm den Brief in die Hand. Jemand fotografiert die Szene und du bist fertig.«

»Noch was?«

»Ja, du bekommst für den Job fette Kohle.«

»Und du willst Provision?«

»Nein.«

»Sondern?«

»Einen Job in deinem Büro.«

Kalle sah den Vater sprachlos an.

»Ich habe mir Gedanken gemacht, warum der Laden nicht läuft, und ich denke, ich kann dir helfen.«

»Vergiss es, ich kann dich nicht bezahlen.«

»Unwichtig. Spritgeld reicht. Hauptsache, ich habe wieder etwas Sinnvolles zu tun.«

Kalle zögerte. Aber dann dachte er: Warum nicht? Der Graubart konnte zeigen, was er noch draufhatte. Er schlug ein. »Okay, sechs Wochen Probezeit. Und wenn du mich vor Kunden nur einmal ›Söhnchen‹ nennst, bist du raus!«

43

Annemarie war beim Shoppen ausdauernder als ein Kamel in der Wüste. Sie waren Stunden unterwegs gewesen. Dafür war Paul nun nicht nur im Besitz von Garderoben für alle Lebenslagen, sondern konnte auch eine voll ausgestattete Küche sein Eigen nennen. Kaffeemaschine und Wasserkocher waren aufgestellt, Töpfe, Geschirr und Küchenhelfer eingeräumt.

»Du hast mich geschafft«, stöhnte Paul. »Das war mit Abstand die längste Einkaufsorgie meines gesamten Lebens.«

Annemarie lachte. »Aber es hat sich gelohnt. Die neuen Sachen stehen dir übrigens ausgezeichnet.«

Sie hatte recht. Er gefiel sich selbst in der Kombi, die aus einer leichten grauen Hose mit passendem Jackett und einem hellblauen Hemd bestand. Deshalb hatte Paul die Sachen direkt anbehalten. Die Art, wie sie ihn von der Seite verstohlen anschaute, schmeichelte ihm.

»Wollen wir vielleicht die neuen Weingläser einweihen?«

Kurze Zeit später betrat er mit zwei halb gefüllten Gläsern den Balkon, wo Annemarie es sich schon gemütlich gemacht hatte. Zwei Kissen lagen auf der Fensterbank, sodass sie nebeneinander sitzen und die verbliebenen Sonnenstrahlen genießen konnten. »Auf die Zukunft«, sagte Annemarie, als sie anstießen.

»Auf die Zukunft«, erwiderte Paul etwas weniger überzeugt.

»Woran denkst du?«, wollte sie wissen und brachte sich in eine Position, aus der sie ihn besser ansehen konnte.

»Zukunft? Ich weiß gar nicht so recht, was aus mir werden soll.«

»Wieso?«

»Am liebsten würde ich wieder in der IT-Branche arbeiten, aber der Zug ist abgefahren. In Deutschland bin ich verbrannt.«

»Was heißt das?«

»Ein Professor, der nicht einmal mehr Doktor ist, kommt nicht wirklich gut an.« Pauls Stimme klang verbittert.

»Du hast deine Titel verloren? Was ist passiert?«

Er holte tief Luft, suchte einen passenden Anfang. Schließlich gestand er: »Ich habe einen Fehler gemacht. In meiner Dissertation habe ich kryptografische Algorithmen analysiert und ausgewertet. Einige passende Berechnungen stammten aus Gabys Diplomarbeit. Ich habe mir damals, ehrlich gesagt, nicht viel dabei gedacht.«

»Das war dumm.«

Er seufzte. »Da hast du recht. Trotzdem fühlt es sich ungerecht an. Es ist ja nicht so, als hätte ich die Arbeit komplett abgeschrieben. Der mathematische Teil hat mich einfach wahnsinnig gemacht. Und Gaby hatte mir selbst vorgeschlagen, mir ihre Berechnungen … auszuleihen.«

Während seiner Rechtfertigung hatte Annemarie geradeaus auf die vielen Parzellen des Hinterhofs geblickt. Nun drehte sie den Kopf zurück zu ihm. »Ich kann Gaby nicht leiden.«

Kehlmann rutschte fast das Glas aus der Hand. Annemarie überraschte ihn auf eine Art, die ihm immer mehr gefiel. »Nicht?«

Sie ging nicht auf die Frage ein. »Wusste sie eigentlich Bescheid?«

»Du meinst …?«

»Ja, genau. Ich rede von deinem Stiefvater.«

Seine Antwort fiel knapp und schroff aus. »Nein. Dieses Kapitel habe ich begraben.«

Annemarie zog die Mundwinkel nach unten. »Als ob das funktionieren würde …«

Paul nahm einen großen Schluck aus seinem Glas. »Mag sein. Aber ich tu's trotzdem.«

Eine Weile schwiegen sie nachdenklich, während sie das Panorama auf sich wirken ließen.

»Und du?«, fragte er schließlich.

»Was meinst du?«

»Deine Vergangenheit. Eigentlich weiß ich fast nichts über deine letzten zwanzig Jahre. Hattest du nie Träume oder den Wunsch nach einer eigenen Familie?«

Sie kräuselte ihre Stirn. »Das Heim zu leiten, war immer mein großer Traum. Und der ist wahr geworden. Eigene Kinder wollte ich nicht.«

»Und Männer?«

Anemarie schien eine stumme Bilanz zu ziehen. »Vor

sechs Jahren habe ich geheiratet. Erst auf der Hochzeitsfeier wurde klar, dass er schwer alkoholkrank war. Er hat sich vorher mühsam beherrscht und ich war zu blöd, um etwas zu merken. Außerdem hat seine gesamte Verwandtschaft dichtgehalten. Ich hätte sie alle erwürgen können.«

»Das ist schlimm. Und nun? Bist du geschieden?«

»Ich habe die Ehe annullieren lassen, kirchlich und zivil. Ich habe noch in der Nacht meine Sachen gepackt und bin abgehauen ...«

»Das nenne ich konsequent.« Tatsächlich war Paul beeindruckt. »Ich habe noch nie gehört, dass das jemand gemacht hat ...«

»Es war auch nicht einfach. Aber Günther hat mich so enttäuscht ... Ich wusste nicht mehr, wen ich da geheiratet hatte.« Sie nippte noch einmal an ihrem Rotwein und schaute auf die vielen Fenster im Innenhof, in denen nach und nach die Lichter angezündet wurden.

»Und sonst?«, wollte Paul wissen.

»Zwei oder drei Versuche, aber es passte alles nicht. Wahrscheinlich liegt es an mir.«

»Das kann ich mir nicht vorstellen«, sagte Paul.

Sie zuckte mit den Schultern. Das Thema schien ihr genauso wenig zu behagen wie ihm zuvor die Frage nach seiner Vergangenheit. Denn Annemarie trank ihr Glas leer und rutschte dann von der Fensterbank. Sie schwankte leicht. »Der Wein ist ganz schön stark.«

Paul stand ebenfalls auf und bot ihr seinen Arm an, den sie dankend ergriff. »Kein Wunder. Wir haben seit dem Frühstück nichts mehr in den Magen gekriegt. Darf ich dich als Dank für deine Hilfe zu einem schönen Essen einladen?«

»Ich würde es lebenserhaltende Maßnahme nennen.«

Er schmunzelte. »Dann sollten wir lieber keine Zeit verlieren.«

44

Dieser freie Tag bescherte Herta Kasten ein zweifaches Nostalgieerlebnis. Das erste Comeback feierte sie, indem sie den Weg vom Ostfriedhof bis zur Innenstadt zu Fuß bewältigte. Das zweite war ihre Begegnung mit einem Münztelefon.

Sie hatte erst im Internet nachsehen müssen, wo es in Dortmund noch offen zugängliche Telefone gab. Sie wunderte sich selbst, dass es noch hundertachtundzwanzig waren. Die gelben Sprechzellen von früher waren Kasten sympathischer gewesen – diese magentafarbenen Telefonsäulen boten keinen Schutz vor Wind, Regen und neugierigen Zuhörern. Außerdem übersah man die Dinger leichter als die Kommafehler in den Dienstmails. Das Münztelefon in der Fußgängerzone des Ostenhellwegs hatte sie auch erst beim zweiten Hingucken entdeckt.

Sie hob die Augenbrauen. Jetzt konnte man an diesen Dingern auch SMS versenden! Welch eine Revolution der Telekommunikation! Der Weltuntergang rückte damit sicher um hundert Jahre weiter nach hinten.

Die Polizistin kramte ihr Portemonnaie hervor und studierte die Hinweise auf der grauen Tafel. *Eine direkte Rückgabe von Restbeträgen in Münzen ist nicht möglich.* Auch das war früher besser, dachte Kasten grimmig und verabschiedete sich von einem Eineurostück.

Dann wählte sie. Ganz sicher war sie zwar nicht, ob sie das Richtige tat, aber hinter ihr lagen zwei unruhige Nächte, in denen ihr Wissen um die Verschwiegenheitspflicht mit einer wachsenden Sorge kämpfte. Nachdem das Gefühl auch bei Tageslicht nicht weichen wollte, ließ sie nun ihren Bauch gewinnen. Es tutete.

Nach dem dritten Freizeichen wurde das Telefonat angenommen. »Karl-Friedrich Mager.«

»Hallo, Herr Mager. Sie wollten doch wissen, wo sich ein gewisser Professor zurzeit aufhält.«

»Sind Sie das, Frau …?«

»Mann, keine blöden Fragen, hören Sie einfach zu. Ich riskiere gerade einen Teil meiner Rente. Also bitte, ja?«

»Okay. Reden Sie.«

»Er ist seit letztem Freitag raus. Vorzeitig. Wohnt jetzt in Dortmund.«

Kalle Mager brauchte offenbar eine Sekunde, um die Nachricht zu verdauen. »Scheiße«, flüsterte er schließlich.

Mit dieser Nachricht waren seine Spekulationen, ob Kehlmann etwas mit dem Flugzeugabsturz zu tun hätte, wohl beendet, dachte Kasten. Der war drei Tage eher passiert. »Nachricht verdaut?«

»Dazu brauche ich noch länger«, sagte Kalle. »Verdammt …«

»Ja. Er hatte allerdings mehrere Freigänge.«

Wieder eine Pause. Im Hintergrund hörte Kasten eine weibliche Stimme, vermutlich die Freundin des jungen Magers. »Frag mal nach, ob er Montag oder Dienstag draußen war«, beschwor sie ihn.

Kasten beantwortete die Frage, bevor der Detektiv sie wiederholen musste. »Ich hab's gehört. Nein. Aber Ihre Freundin, Frau Bennsdorf, sollte trotzdem die Augen offen halten. Der Mann hat zwar die gerichtliche Auflage, sich ihr nicht zu nähern, aber wer will das schon kontrollieren?«

Kalle Mager stöhnte. »Verstehe. Und: Danke, dass Sie angerufen haben.«

»Sorgen Sie einfach dafür, dass das hier unter uns bleibt. Und grüßen Sie Frau Olsok. Die soll bitte auch auf sich aufpassen.«

Es klickte leise, als die Polizistin den Hörer wieder in die

Halterung steckte. Alles Weitere wird sich fügen, dachte sie und setzte sich schwerfällig in Bewegung.

Eigentlich gefielen ihr solche Fußmärsche überhaupt nicht. Aber erstens ließ es sich an der frischen Luft wunderbar nachdenken und zweitens hatte der Doc ihr beim letzten persönlichen TÜV in Sachen Arterien und Lunge eine klare Ansage gemacht: »Sie bewegen sich zu wenig, rauchen zu viel und essen zu fett. Wenn sie so weitermachen, sind Sie in drei Jahren tot.«

Ein Marsch bis zum Café am Hansaplatz fiel bestimmt unter Sport. Dort würde Kasten sich Kuchen und Cognac als Leistungsprämie spendieren. Davon hatte der Doc ja nicht geredet.

45

Nach dem Deal mit seinem Sohn war Mager beschwingt nach unten geeilt, während Simone und Kalle Mechthild im Hinterhaus einen Besuch abstatteten und Karin stumm den Kaffeetisch abräumte. Theo hatte sich natürlich mal wieder vor der Arbeit gedrückt – im Flur hörte man die Schüsse, mit denen er an seinem Notebook Heerscharen böser Menschen erschoss.

»Was ist los?«, fragte Mager, als Karin sich plötzlich seufzend den Rücken rieb. Und nach einem Blick in ihr Gesicht nahm er ihr das Trockentuch aus der Hand: »Komm, leg dich 'ne halbe Stunde auf die Couch. Ich mach das hier schon.«

Sie drückte ihm einen flüchtigen Kuss in das bärtige Gesicht und verschwand im Wohnzimmer. Mager machte tapfer allein weiter, war aber froh, als er endlich die Spülmaschine starten konnte. Dabei fiel sein Elick durchs Fenster: Kalles silberner Passat stand noch immer vor dem Haus. Und Kalle klatschte, während Sim den Kopf schüttelte, die flache Hand auf die Abdeckung der Armaturen. Was war denn mit denen los?

Mager eilte nach draußen und klopfte an die Scheibe, die sofort surrend nach unten fuhr. »Was ist? Findet ihr ohne Navi nicht nach Hause?«

»Witzbold«, knurrte Kalle. »Kontrollierst du neuerdings, wer vor deinem Küchenfenster parkt?«

»Werd mal nicht frech, Söhnchen! Willst du reden?«

»Mach schon!«, forderte ihn Simone auf. »Mich interessiert, welche Meinung er dazu hat.«

Kalle zog den Zündschlüssel wieder ab und folgte Vater und Freundin auf den Hof. »Hier?«

Der Dicke nickte und sie nahmen an dem Campingtisch Platz, der seit der Bowle-Party noch immer draußen stand.

»Erzähl!«

»Die Kasten hat mich gerade informiert. Das Arschloch Kehlmann wurde vorzeitig entlassen. Seit letztem Freitag kann er wieder Schaden anrichten.«

»Die Alte hat Mumm!«, meinte Mager. »Eigentlich darf sie ja gar nicht …«

»Stimmt. Sie hat ausdrücklich um Quellenschutz gebeten. Und uns ermahnt aufzupassen.«

»Weshalb? Denkt sie, dass er was plant?«

Kalle schüttelte den Kopf. »Hat sie nicht ausdrücklich gesagt. Aber sie hat Simone und mich gewarnt. Und Lea Bennsdorf …«

»Kalle macht bei ihr ja schon seit ein paar Tagen den Babysitter«, berichtete Simone. »Sie leidet an Verfolgungsangst. Aber ich glaube, die braucht keinen Bodyguard, sondern eher einen Psychiater.«

»Wie kannst du dir da jetzt noch so sicher sein?«, fragte Kalle verärgert.

»Du hast doch gehört, was Kasten gesagt hat. Kehlmann saß noch, als es mit Leas Panikattacken und ihrer Paranoia losging.«

»Du solltest Kehlmann nicht unterschätzen, Simone«, kam der Alte seinem Sohn zu Hilfe.

»Ja, Klaus, aber sollen wir uns jetzt verbarrikadieren? Nicht mehr auf die Straße gehen? Ich halte das für übertrieben, zumal es keinerlei Indizien dafür gibt, dass ...«

Kalle unterbrach sie. »Und warum hat die Kommissarin dann gesagt, dass wir aufpassen sollen? Der Mann ist gefährlich.«

»Mag sein. Aber er hat nichts mit Leas Aussetzern zu tun. Die ist einfach nur reif für eine Therapie. Und dass Kehlmann mit dem Flugzeugabsturz nichts zu tun haben kann, wissen wir jetzt auch.«

Mager steckte eine seiner Filterlosen an und lehnte sich zurück. »Sicher?«

Simone verdrehte die Augen. »Hörst du auch nicht zu? Kehlmann saß noch, als der Flieger abgestürzt ist.«

»Na und? Hat er sich jemals selbst die Hände schmutzig gemacht?«

Simone und Kalle sahen den Bärtigen verblüfft an.

»Es gibt Mafiabosse, die ihre Gangs jahrelang aus dem Knast gesteuert haben«, fuhr Mager fort. »So hatten sie immer ein Alibi.«

»Keine Ahnung, was stimmt, aber ich höre auf meinen Bauch«, entschied Kalle mit einem Blick auf Simone. »Ich mach auf jeden Fall bei Lea weiter!«

Die Freundin schüttelte den Kopf. »Ich streite ja gar nicht ab, dass sie Hilfe braucht, aber nicht deine. Ich kenne das alles doch schon. Sie will nur Aufmerksamkeit. Das ist Teil ihrer Krankheit.«

Mager lächelte. »Das hört sich fast schon nach Eifersucht an.« Sim wollte widersprechen, aber der Quasischwiegervater legte seine Hand auf ihre. »Ich weiß, dass man es nicht vergleichen kann. Aber sei nicht so hart mit Lea. Selbst wenn du recht hast und das nur ein Schrei nach Aufmerksamkeit ist, warum sollte sie die nicht bekommen? Sie hat mehr durchgemacht, als wir uns vorstellen können.«

Kalle verschlug es den Atem. Wurde sein Alter doch noch weise?

Simone sah Mager lange an. »Vielleicht ... Von mir aus soll Kalle weitermachen. Aber ich will damit nichts zu tun haben.«

»Eine Einigung. Geht doch! Darauf sollten wir einen kleinen Tropfen trinken. Wodka?«

»Gib mir einen Doppelten, Kalle muss noch fahren.«

Als Mager lachend losging, um zwei Pinnchen und eine Flasche alkoholfreies Bier zu holen, meinte Simone zu ihrem Freund: »Meinen Segen hast du, aber wir müssen bei Gelegenheit über Geld reden. Ich kann uns beide nicht dauerhaft allein durchziehen.«

»Ein bisschen Geld verdiene ich schon bei dem Auftrag.«

»Und wer zahlt das?«

Kalles Schweigen war Simone Antwort genug. »Dachte ich mir.«

In diesem Moment kam Mager mit dem Bier und den Schnapsgläsern über den Hof geeilt. Schon nach den wenigen Schritten waren die Pinnchen mit einem eisigen Film beschlagen. »Mit Wasser aus den Tiefen des Baikals veredelt«, flüsterte er. »Nicht weitersagen!«

Sie stießen an und tranken.

»Wirklich gut«, sagte Simone.

Der Alte grinste. Dann richtete er seinen Blick auf Kalle. »Und, hast du schon einen Auftrag für mich?«

Der Sohn überlegte kurz und sprang dann auf. »Warte!« Er verschwand in der schmalen Gasse zwischen den beiden

PEGASUS-Häusern und kam nach zwei Minuten mit seinem Tablet zurück. »Dein neues Arbeitsgerät. Die Pinsperre habe ich rausgenommen.«

»Und was soll ich damit?«

»Das kann Sim dir besser erklären. In der Zwischenzeit kann ich noch mal pinkeln gehen.«

Als Kalle fünf Minuten später an den Tisch zurückkehrte, wusste Klaus-Ulrich nicht nur, wie er sich auf den Aufnahmenspeicher schalten konnte, der bei einem gewissen Herrn Konrad lag, sondern auch, wie man den Livestream-Modus der Überwachungskamera nutzte.

»Und? Alles klar?«

»Glasklar.«

»Na, dann Glückwunsch. Der Kackefall gehört dir.«

46

Was für eine bizarre Situation, dachte Tim nicht zum ersten Mal an diesem Abend. Nachdem Lea ihm versprochen hatte, ihrer Therapeutin reinen Wein einzuschenken, war sie noch schweigsamer geworden. Jetzt saßen sie inmitten der Kissenlandschaft im Pyjama mit größtmöglichem Abstand nebeneinander auf der riesigen Couch. Wie ein altes Ehepaar, das sich nichts mehr zu sagen hat.

Im Fernsehen gab Jochen Malmsheimer ein paar Beziehungskalauer zum Besten. Aber weder Tim noch Lea konnten darüber lachen. Der Admin schielte zu der jungen Frau herüber. Nahm sie überhaupt wahr, was da im Programm lief? Sie starrte geradeaus, schien aber völlig in ihre Gedankenwelt versunken.

Das änderte sich nun. Denn Tims Telefon klingelte. Lea schaute ihn fragend an.

Der Admin zuckte mit den Schultern und sprang auf. Sein Handy befand sich auf dem Stuhl, auf dem er auch seine Anziehsachen abgelegt hatte. Auf dem Display erkannte er dass es Kalle war.

»Hi, du hast dich lange nicht gemeldet. Alles klar bei euch?«

»Wie man's nimmt. Bist du alleine?«

»Warum?«

»Wir müssten mal ungestört reden. Ich habe Neuigkeiten.«

»Ja, aber ...«

»Mann, mach einfach. Es geht um Kehlmann. Oder willst du, dass Lea gleich den nächsten Anfall hat?«

Tim legte die Hand auf das Mikro, räusperte sich und wandte sich dann an seine Freundin: »Meine Mutter. Kann ein paar Minuten dauern. Ich geh auf den Balkon.« Mit diesen Worten öffnete er auch schon die Tür. »Kleinen Moment«, sagte er an Kalle gerichtet ins Handy.

Draußen war es windig geworden und für seinen Pyjama definitiv zu kühl. Ein Martinshorn heulte auf der Hauptstraße, deren Lichter er hinterm Feld sehen konnte. Tim schloss die Balkontür und sah, dass Lea sich wieder dem Fernsehprogramm zugewandt hatte. Gut. Er wartete noch einige Sekunden, bis die Sirene des Krankenwagens verklungen war. Dann drückte Tim das Handy wieder an sein Ohr. »Was ist mit Kehlmann?«, flüsterte er.

»Er ist raus.«

Der Admin nahm einen tiefen Atemzug und ließ sich auf einen der Korbstühle sinken.

»Bist du noch dran?«

Eine weitere Sekunde Schweigen, dann ein Räuspern, bis der Angesprochene die Nachricht verdaut hatte. »Ja. Ich weiß nur nicht mehr, was ich noch glauben soll.«

»Da bist du nicht alleine.«

»Du verstehst das nicht. Mir wächst das alles über den

Kopf. Du hättest Lea heute mal erleben sollen. Das weißt du alles noch gar nicht. Sie will morgen mit ihrer Therapeutin reden und sich eine Empfehlung geben lassen. Aber ich muss zwischendurch auch mal arbeiten gehen. Ich krieg das nicht …«

»Bevor du weiterredest: Ich habe nachgedacht. Wenn das Angebot noch steht, bin ich wieder mit an Bord.«

»Weiß Simone Bescheid?«

»Ja, sie findet es doof, hält sich aber raus. Meine Sache, meine Entscheidung.«

»Danke, Kalle.«

»Keine Ursache, ich mach nur meine Arbeit. Aber jetzt erzähl noch mal von Anfang an. Was ist passiert?«

Das Gespräch dauerte eine Viertelstunde. Und als Tim ins Wohnzimmer zurückkehrte, war der Fernseher ausgeschaltet und Lea offenbar bereits im Bett. Tim ging auf leisen Sohlen in den Korridor. Die Tür zu Leas Schlafzimmer war fest verschlossen.

47

Der Abend mit Annemarie war noch richtig schön gewesen. Sie hatten gemeinsam in einem urigen Lokal namens *Kitchen Club* gegessen und danach das Kreuzviertel weitererkundet. Sie hatten viel geredet und gelacht. Und auf dem Rückweg hatte Annemarie sich wieder bei Paul eingehakt.

Er war hin- und hergerissen. Paul fühlte sich in ihrer Gegenwart so wohl wie schon lange nicht mehr. Und er sehnte sich nach körperlicher Nähe. Das war unbestreitbar. Aber konnte er sich vorstellen, eine feste Beziehung mit der alten Freundin einzugehen? Noch vor vier Jahren hätte er das verneint. Eigentlich flog er auf einen ganz anderen Frauentyp – und vor allem auf jüngere. Eigentlich …

Aber Annemarie war anders, in jeder Hinsicht. Somit blieben zwei Fragen. Was sah sie in ihm? Nur den alten Freund? Und noch wichtiger: Was wollte er selbst?

Vor dem Hotel blieb das Paar stehen und sah sich schweigend an. Paul wartete auf ein Signal, irgendein Zeichen. Aber es kam keins.

»Kommst du morgen zum Frühstück?«, fragte sie schließlich.

Er nickte.

»Dann schlaf gut!«

»Du auch.«

Als Annemarie vermutlich längst in ihrem Hotelbett schlief, beendete Paul seine Grübeleien und setzte sich mit seinem Laptop an den Küchentisch. Ein neuer Ausflug ins Darknet. Dort loggte er sich in seine Tor-Box ein. Die Nachricht, die in diesem Postfach wartete, war erst vor wenigen Minuten eingetroffen. Er las, spürte ein Kribbeln, das im Gesicht begann und sich auf Brust und Kopfhaut ausweitete. Montag, dachte er, und eine blonde Frau tauchte in seiner Erinnerung auf. Montag kriegst du, was du verdienst. Die Erregung, die ihn überkam, ließ alle anderen Gefühle verblassen.

Bevor er sich schlafen legte, tippte er eine kurze Antwort an SilentSnitch@torbox3uiot6wchz.onion. *Gute Arbeit. Weitere Bitcoins unterwegs. Bei Erfolg Verdoppelung.*

48

Für Kasten begann der Stress der Woche fünfzehn Minuten vor der Besprechung der Morgenlage. Sie setzte sich gerade hinter ihren Schreibtisch, um sich mit einer Tasse Kaffee einzustimmen, da hing der Polizeipräsident in der Leitung.

»Morgen, Ritterswürden hier.«

»Guten Morgen auch Ihnen …«

»Lassen Sie das!« Er hechelte in den Hörer. »Was muss ich hören?«

Kastens Herz setzte einen Schlag aus. War etwa ihr Anruf bei dem jungen Mager aufgeflogen? Unmöglich! Selbst wenn irgendwer das Gespräch mitgeschnitten hätte – so schnell funktionierte die Behörde nun doch nicht.

»Was meinen Sie?«

»Was wohl? Den Flugzeugmord.«

Hertas Adrenalinschub versiegte. Der Boss wollte nur zeigen, dass er noch im Amt war. »Ach so. Ja.«

»Warum weiß ich das nicht von Ihnen?«

Angesichts seines Tonfalls wäre jeder Anflug von Schwäche oder Reue falsch gewesen. Deshalb antwortete sie: »Weil Sie am Wochenende nie erreichbar sind. War's schön im Teutoburger Wald?«

Ritterswürden fiel offenbar keine passende Antwort ein.

»Wir haben erst am Freitag mit dem Schlussgong vom Labor erfahren, dass der Pilot umgebracht wurde. Und ich werde gleich in der Konferenz vorschlagen, das aus ermittlungstechnischen Gründen noch ein paar Tage lang geheim zu halten.«

»Wieso?« Jetzt klang Ritterswürden beinahe kummervoll. Er liebte seine Auftritte bei Pressekonferenzen über alles.

»Der Täter wollte den Absturz offenbar als Unfall tarnen. Soll er wissen, dass wir ihn durchschaut haben? Das wäre für unsere Ermittlungen nicht hilfreich.«

»Sieht die Staatsanwaltschaft das genauso?«

»Ja. Ich habe noch am Freitag mit Dr. Kamplade gesprochen. Und gleich beim Briefing werde ich beantragen, meine gesamte Mordkommission ins Rennen zu schicken. Wir brauchen mehr Leute für weitere Nachforschungen.«

»Tun Sie, was Sie nicht lassen können!« Dann war die Leitung tot.

Was für ein Wichtigtuer, dachte Kasten und machte sich auf den Weg zum Besprechungsraum.

Vor der Tür erwartete sie der Kripochef und grinste. »Brauchst nix sagen, ich weiß schon Bescheid. Keine Sorge, wir lassen den Deckel vorerst zu.«

Kasten reckte den Daumen hoch. Gut, dass auch der Kollege nicht allzu viel von Sozialarbeitern hielt. Zumindest nicht von denen, die wie Ritterswürden Polizeipräsident geworden waren und sich aufbliesen wie der einzige Hahn im Hühnerhof.

Als sie ins Büro zurückkam, waren ihre Jungs fleißig bei der Arbeit – und verschwanden nacheinander. Echternach erwischte bei seinem ersten Anruf in Düren einen Kollegen, mit dem er zwei Lehrgänge auf der Polizeischule absolviert hatte, und entschied sich spontan, zur Recherche in die nordrhein-westfälischen Alpen zu reisen.

Waliszczek studierte im Internet das Organigramm des Kopula-Instituts an der Uni Duisburg, das vor etlichen Jahren von Prof. Kehlmann gegründet worden war. Neben der Feststellung, dass hier der Pilot der Piper, Robert Mertens, aufgeführt war, stieß er auch auf Dr. Adele Klawitter. Die hatte damals aktiv an Kehlmanns Sturz mitgewirkt und war bestimmt eine gute Nachrichtenquelle. Also vereinbarte Wali einen Termin und war zehn Minuten später ebenfalls unterwegs.

Kasten fand, es war Zeit für einen Automatenkaffee und einen Joint in der Raucherecke. Da rief Kuba an.

»Chef, mir ist beim Frühstück 'ne Plombe rausgefallen. Sitze schon beim Doc.«

»Armer Kerl.«

»Anschließend will ich noch mal zum Flugplatz.«

»Fallschirm springen?«

»Nee. Es sei denn, du gibst mir den dienstlichen Auftrag. Wenn ich dann abstürze, haben meine Frau und die Kinder ausgesorgt.«

»Träum weiter.«

»Ich versuch's.«

»Und was willst du da?«

»Zeugen suchen.«

»Alleine? Unsinn. Komm her, sobald dein Doc dich laufen lässt. Wir kriegen Verstärkung. Die Bänder hast du?«

»DVDs.«

»Wunderbar. Und jetzt sei tapfer!«

49

Endlich waren Karin und Theo aus dem Haus. Mager setzte sich vor die Tür und gönnte sich und dem Bundesfinanzminister ein Rauchopfer. Der Kaffee schmeckte an diesem Morgen besonders gut. Er betrachtete das Ornament auf seinem Lieblingsbecher – zwei Reihen tanzender Frauen in exotischer Gewandung, darüber vier Buchstaben, die das Wort CUBA bildeten. Irgendwann, dachte er, komme ich noch selbst dahin und lege Che ein paar Blumen aufs Grab.

Dann fiel ihm das Besondere dieses Tages wieder ein. Er drückte die Kippe aus und beeilte sich, sein Pflichtprogranm abzuarbeiten. In der Küche ging es schnell, aber im Treppenhaus wurde es schwierig. Karin und Theo hatten es sich angewöhnt, zwischen Erdgeschoss und erster Etage diverse Kleidungsstücke und sonstige Utensilien zu ›verlieren‹, ohne sich noch einmal danach zu bücken. Klaus-Ulrich blieb nun eine ähnliche Rolle wie dem Besenwagen bei der Tour de France. Aber eines Tages, schwor er sich, würde er diesen ganzen Krempel einfach in die Mülltonne schmeißen.

Zum Schluss schrieb er Theo einen Zettel, den er unübersehbar an einen Türpfosten klebte: *Bin bei Kalle. Im Eisfach liegt noch 'ne Pizza. Papa. PS: 1(!!!) Joghurt reicht zum Dessert.*

Nach dem Duschen musterte Mager seine Ecke im Kleiderschrank. Statt der ausgebleichten T-Shirts wählte er eines seiner Feiertagshemden und schwarze Jeans, die noch wie neu aussahen. Dann tauchte er in seinen seriösen grauen Blazer, der schon lange auf einen Ausflug wartete, und rutschte in die Sonntagsschuhe. Magers Haare waren dünner geworden, aber immer noch widerspenstig. Er bearbeitete sie mit einer Wildschweinborstenbürste, bis die Kopfhaut brannte. Zum Schluss griff er zu seiner schwarzen Aktentasche und baute sich vor dem Garderobenspiegel auf. Was er sah, gefiel ihm.

Das Anrufsignal seines Handys stoppte seine narzisstischen Anwandlungen. »Vadder, denkst du an unser Rendezvous?«

»Alles klar!«, rief Mager. »In zehn Minuten fährt meine S-Bahn!«

Er schloss die Haustür ab und wandte sich um. Mechthild lag im Küchenfenster und sah interessiert herüber. Als sie die Hand kurz zum Gruß hob, winkte Mager sogar zurück. Der Hinterhof hatte sich in eine Region friedlicher Koexistenz verwandelt.

Dann erschien noch jemand: Susanne Ledig. Auch sie gönnte ihrem einstigen Angestellten einen überraschten Blick. »Holla, die Waldfee! Wer bist du und wo hast du Klaus-Ulrich verbuddelt?«

Mager strich sich über den frisch gestutzten Bart. »Noch nie einen schönen Mann gesehen?«

»Bis gerade eben nicht, lieber Klaus. Vielen Dank dafür. Was ist los? Beerdigung oder Hochzeit?«

»Unsinn. Neue Stelle.«

»Du? Als was?«

»Büroleiter!«

Susanne hob die Augenbrauen. »Und wo?«

»Bei Kalle!«, sagte er grinsend. »Nimmst du mich bis zum Bahnhof mit?«

»Steig ein! Mensch, was für ein Regimewechsel! Kalle ist der Sklaverei entronnen. Und jetzt ist er der Boss.«

»Das glaubt er jedenfalls«, meinte Mager.

50

Tim rieb sich an diesem Morgen zum x-ten Mal die Augen. Auch die letzte Nacht auf der Couch war verdammt kurz gewesen. Wie sollte man auch schlafen, wenn Kehlmann auf freiem Fuß war und Lea psychisch am Abgrund tänzelte? Der gestrige Sonntag war ruhig verlaufen: Frühstück, Spaziergang durch den Wattenscheider Südpark und gemeinsames Kochen. Den Abend hatten sie wie am Vortag vor der Glotze verbracht. Ein fast normaler Tag – wenn man davon absah, dass Lea weiterhin wortkarg war und ihn zu beobachten schien, wenn sie meinte, es würde ihm nicht auffallen. Was hatte das nun wieder zu bedeuten? Hoffentlich würde sie Wort halten und mit der Therapeutin reden. Wie Lea reagieren würde, wenn er ihr von Kehlmann erzählte, wollte er sich lieber nicht ausmalen. Kalles Anruf hatte alles nur noch komplizierter gemacht.

Obwohl Tim keinen Hunger verspürte, würgte er ein paar Cornflakes hinunter. Er konnte Lea nicht predigen, dass sie essen müsse, aber selbst Mahlzeiten auslassen. Die Stille am Tisch war so bedrückend wie die Überlegung, was der Tag noch bringen würde.

»Und du kommst wirklich klar, bis Kalle da ist?«

Wie sie ihn anschaute. Wie Benni, der Spaniel seiner Eltern, wenn er das Haus des Tierarztes witterte. Auch Leas Blick bestand aus einer Mischung aus Angst und Misstrauen. Hatte sie gemerkt, dass er ihr gestern etwas verschwiegen hatte?

»Lea?«

»Ja?«

»Ich muss gleich los. Heute muss ich wegen des Serverupdates pünktlich sein.«

»Ich weiß.«

»Bleibt es bei dem, was wir besprochen haben?«

Sie nickte.

»Sobald Kalle …«

Der Anruf kam so unerwartet, dass diesmal auch Tim zusammenzuckte. 07:45 Uhr. Wer rief denn um diese Uhrzeit an?

»Soll ich rangehen?«, fragte er.

Lea schaute ihn an, als erwartete sie eine Hiobsbotschaft. »Ja, bitte.«

Er spurtete ins Wohnzimmer und nahm das Mobilteil aus der Ladeschale. »Bei Bennsdorf.«

Eine Männerstimme. »Guten Morgen. Praxis Dr. Tanzbein und Teufel. Entschuldigen Sie die frühe Störung. Ist Frau Lea Bennsdorf zu sprechen?«

Tim warf einen Blick auf seine Freundin, die im Türrahmen stand und lauschte. »Ja, natürlich.« Er reichte ihr das Telefon. »Die Psychopraxis«, flüsterte er.

»Bennsdorf hier.«

Es klang fast wie eine Frage.

Der Anrufer sprach so laut, dass Tim mithören konnte. »Guten Morgen. Einer unserer Klienten kann seinen Montagstermin nicht mehr wahrnehmen. Wären Sie bereit, mit ihm zu tauschen?«

»Ich weiß nicht.«

»Statt Mittwoch am Spätnachmittag könnten Sie dann jeweils montags um 14:00 Uhr kommen. Wenn's geht, schon heute.«

Sie blickte fragend zu Tim und der reckte den Daumen hoch.

»Ja, das würde passen«, sagte Lea.

»Wunderbar. Dann trage ich das so ein. Auf Wiederhören. Und vielen Dank.«

»Das ist doch super«, sagte Tim.

»Meinst du?«

»Ja. Je eher das Gespräch mit deiner Therapeutin stattfindet, desto besser.«

Lea schien nicht überzeugt, nickte aber.

»Ich komme mit. Bis 14:00 Uhr bin ich mit dem wichtigsten Zeug durch. Und in einer guten halben Stunde kommt Kalle.«

Lea sah so verloren aus wie ein Kind, das man bei diesem Schweden im Bällebad vergessen hatte. Der Anblick tat ihm weh. »Kalle hat mir gerade getextet. Er ist schon auf dem Weg.«

»Okay.«

Tim unterdrückte den Impuls, ihr übers Haar zu streichen. Stattdessen sagte er: »Mach dir nicht zu viele Sorgen. Es wird alles gut. Bis später dann.«

»Bis später.« Er war schon fast zur Tür raus, als sie ihn noch einmal rief: »Tim!«

Er drehte sich um. Da war wieder dieser seltsame Blick. Seine Nackenhaare richteten sich auf. »Ja?«

»Falls deine Mutter noch mal anruft, bestell ihr einen schönen Gruß.«

51

»Mann, Kalle!«, rief Mager, als er Kalles Firmensitz betrat. »Mit der Bude kannst du wirklich niemanden beeindrucken!«

Der Sohn sah den Vater an. »Wie siehst du denn aus?«

»Als Bürochef kann ich nicht wie ein Reporter herumlaufen.«

»Bürochef? Witzbold. Führst du dich deshalb so auf? Vier Jahre lang lässt du dich hier nicht blicken und dann geht direkt das Gemecker los.«

»Stimmt doch aber. Guck mal, wie das von außen aussieht.«

»Was erwartest du? ’ne blinkende Leuchtreklame? Kann ich mir nicht leisten!«

»Aber ein Papierschild in der Tür geht gar nicht. Und dann die Scheibe, dreckig wie sonst was. Und wenn du sie putzen würdest, könnte jeder sehen, dass du am Schreibtisch vor Langeweile deine Eier schaukelst. Empfängst du in diesem Schaukasten etwa auch die Kunden?« Er schüttelte den Kopf. »Dann wundert mich nix.«

Meine Fresse, dachte Kalle und rollte mit den Augen, das fing ja gut an. Kaum da und schon wollte der Alte ihm die Welt erklären.

Der Vater stellte seine Aktentasche ab und sah sich um. Die Schreibtischplatte war bis auf ein Telefon und einen Drucker leer, im Regal daneben langweilten sich eine Kapselmaschine und zwei Tassen sowie zwei dünne Aktenordner. Die Wände waren frisch gestrichen, aber kahl und auf dem Boden schimmerte gut erhaltenes Laminat.

»Wohin führt die Tür da?«

»Toilette, zweites Zimmer, Hoftür.«

»Zeig mal!«

»Und?«, fragte Kalle nach der Kontrolle.

»Sieht aus wie ein Bundeswehrklo. Nur staubiger. Brauchst du den verkalkten Tauchsieder auf der Fensterbank noch oder soll das Deko sein?«

»Hast du sonst noch was zu kacken?«

»Mach mal Kaffee«, sagte der Vater.

»Das ist ja wohl dein Job.«

»Bitte, ich will kurz was aufschreiben.«

Mager wartete die Antwort nicht ab und nahm hinter dem Schreibtisch Platz. Während Kalle die Maschine belud, zog er in der Mitte eines Blattes Papier einen senkrechten Trennstrich und schrieb über die linke Spalte ein dickes Pluszeichen und rechts oben ein Minus. Dann kritzelte er los.

Kalle nahm die gefüllten Tassen und setzte sich auf einen der beiden Besucherstühle. Mach ruhig so weiter, dachte er. Dann ist das heute nicht nur dein erster, sondern auch dein letzter Tag.

»Darf ich?«, fragte der Alte

Kalle grunzte.

»Fangen wir mit der Einrichtung an. Der Sessel im Empfangsbereich ist zu protzig, der gehört eher ins Chefbüro. Hier reicht ein einfacher Drehstuhl.«

»Und ich sitze im leeren Raum?«

»Unsinn. Du bekommst einen neuen Schreibtisch. Was Schickeres als das Ding hier vorne. Und dann holen wir aus dem PEGASUS-Büro meinen alten Stahlschrank ...«

Wie im Triumph hob Kalle eine geballte Faust. »Jau! Susanne wird's gefallen, wenn du ihr Mobiliar plünderst.«

Der Bärtige tat, als gäbe es keinen Sarkasmus auf der Welt. »Mit Sicherheit. Das ist nämlich meiner. Sie wird froh sein, wenn sie das Monster los ist. Für deine Zwecke ist der Schrank ideal. Die Kunden werden sehen, dass dir Sicherheit wichtig ist.«

Da ist was dran, dachte Kalle. Aber es gefiel ihm trotzdem nicht. Der Alte baute gerade in Gedanken die Welt um.

»Hier ein Plus: Das Fenster zum Hof ist vergittert. Auch die Tür ist schön massiv. Aber da muss noch ein Stahlriegel vor.«

»Bist du wahnsinnig? Das kostet mindestens fünfhundert Euro.«

»Quatsch. Nehmen wir auch von PEGASUS. Den vom Schneideraum. Und für die Rollläden brauchen wir noch ein paar Sicherungsstifte.«

Kalle beugte sich vor. »Mach mal halblang. Ich habe keine Kohle dafür. Außerdem hält das sowieso nicht.«

»Nicht unbedingt. Aber wenn einer einbrechen will, geht das nur mit viel Krach. Profis versuchen das erst gar nicht.«

Der Alte hat sich echt Gedanken gemacht, dachte Kalle, hütete sich aber, seine Anerkennung offen zu zeigen. »Vergiss es. Noch mal zum Mitschreiben: zu teuer!«

»Ach was, dafür holen wir Ludwig, den Tschechen, der unser Haus renoviert hat. Der ist gut und günstig. Der kann auch das Stinkeklo erneuern und frische Fliesen einbauen. Und in der Nische gegenüber der Toilettentür stellt er eine dezente Miniküche auf.«

»Sach ma! Rede ich Suaheli? Hier wird nicht renoviert. Und du bist kein Raumausstatter. Ich Chef, du nix!«

Der Bärtige grinste. »Hand aufs Herz: Wie viel Geld kannst du lockermachen?«

Mann, der kapierte es nicht. Trotzdem gab Kalle ihm eine ehrliche Antwort. »Nix! Ich bin komplett blank.«

»Dafür finden wir schon eine …« Das Telefon unterbrach ihn. Mager hob ab und stellte den Lautsprecher an. »Ermittlungsbüro PEGASUS. Mager senior am Apparat.«

Der Anrufer schnaufte. »Tach, Konrad. Ist der Junior zu sprechen?«

Kalle machte ein böses Gesicht und streckte fordernd die Hand aus, doch der Alte schwenkte Kinn und Bart von rechts nach links und zurück.

»Der ist leider gerade beschäftigt. Aber ich bin sicher, dass ich Ihnen helfen kann.«

»Das glaube ich kaum. Ich hatte heute wieder Hundescheiße vor der Tür. Ich hab einen Puls von einhundertachtzig.«

»Das hätte ich an Ihrer Stelle auch«, gab sich Mager verständnisvoll und zwinkerte Kalle zu. »Eine echte Sauerei. Mein Sohn hat mir davon erzählt. Und ich habe gute ...«

»Ich will, dass die Kameraaufnahmen umgehend ausgewertet werden.« Kalle konnte die Spucketröpfchen förmlich fliegen sehen, aber der Dicke lächelte in den Hörer, als hätte man ihn zum Teleshopping-Mitarbeiter des Monats erkoren. »Das werden wir nicht tun.«

»Wie bitte?«, die Stimme aus dem Telefonhörer überschlug sich fast. Auch Kalle riss ungläubig die Augen auf und zischte: »Spinnst du?«

Er machte Anstalten, dem Alten den Hörer aus der Hand zu nehmen, aber der drehte sich ungerührt weg und redete weiter. »Wir brauchen nichts mehr auswerten, weil wir das schon getan haben!«

Für einen Moment war Konrad sprachlos. Dann fragte er: »Aber woher wussten Sie ...«

Mager unterbrach ihn. »Routineüberprüfung ... ich habe es gestern quasi live mitverfolgt. Wir haben den Übeltäter. Können Sie ins Büro kommen? Vielleicht können Sie den Herrn anhand der Fotoausdrucke identifizieren. Außerdem ... Momentchen bitte.« Er stellte den Apparat stumm. »Hat der schon bezahlt?«

»Den Vorschuss.«

»Wie viel kriegst du noch?«

»Zweihundert Euro.«

»Herr Konrad? Mein Sohn sagt gerade: Wenn Sie den Restbetrag bar bezahlen, bekommen Sie drei Prozent Skonto. – Bitte? – Ja, wunderbar. In einer Stunde wäre es uns recht.«

Kalle sah den Vater entgeistert an. »Ernsthaft? Du hast dich wirklich gestern Nacht durch die Aufnahmen geklickt?«

Statt einer Antwort öffnete Mager theatralisch seine Aktentasche. Er zog Kalles Tablet heraus und dann noch etwas. »Guck mal. Fünf schöne Fotos. Heute um 03:17 Uhr in der Früh aufgenommen und direkt ausgedruckt.«

Er übergab die Bilder an Kalle, der gerade erst wieder den Mund geschlossen hatte. Eine Aufnahme präsentierte die gesamte Szene, die anderen waren Ausschnittvergrößerungen. Auf ihnen waren ein fetter, alternder Glatzkopf und dessen kackender Neufundländer zu sehen.

»Nicht übel für so einen alten Sack, oder?«

Kalle zog die Mundwinkel nach unten. »In diesem Fall, ja. Aber ich warne dich, Vadder: Was deine Umgestaltungspläne betrifft – ich habe kein Geld, um deine Selbstverwirklichung zu bezahlen. Mach keinen Scheiß!«

»Keine Sorge! Du kannst mir vertrauen. Und jetzt geh zu Rotkäppchen Lea. Sonst holt sie noch der böse Wolf.«

52

Er dauerte noch zwanzig Minuten, bis Kalle bei ihr war. Lea hatte den Türriegel vorgeschoben und auch die Badezimmertür abgeschlossen. Trotzdem hatte sie Angst.

Auf der Suche nach Ablenkung wanderte sie durch die Wohnung. Aber das machte sie nur noch nervöser. Bei jedem Gegenstand fragte sie sich, ob er nicht anders gestanden hatte.

Und noch etwas quälte sie: Tim hatte sie gestern angelogen.

Warum nur? Dass seine Mutter am Apparat war, hatte sie keine Sekunde geglaubt. Wie er sie angesehen hatte, als er auf den Balkon gegangen war. Irgendetwas war im Busch. Aber was?

Blick auf die Uhr. Der Zeiger hatte sich kaum bewegt. Und wenn Kalle gar nicht kam? Ihre Hände begannen zu zittern. Blöde Irre! Klar kam er!

Aber sie brauchte dringend etwas anderes als Tee. Sie holte sich ein Wasserglas aus der Küche und betrachtete danach die Flaschenauswahl in ihrer Vitrine. Was konnte sie nehmen, ohne dass es Kalle oder Tim auffiel? Beide hatten mehrfach verstohlen ihren Vorrat gemustert. Die taten so, als wäre sie Alkoholikerin. Aber das war sie nicht. Sie brauchte das nur, um etwas runterzukommen.

Lea entschied sich für den Rum. Der stand weit genug hinten, dass es nicht auffallen würde, wenn etwas fehlte. *Ron Mulata de Cuba.* Die braunhäutige Schönheit auf dem Etikett hatte nicht viel mit Lea gemein.

Sie schenkte sich großzügig ein und ordnete dann die Spirituosen wieder an wie zuvor. Noch im Stehen trank sie das Glas halb leer. Der Lavastrom floss ihre Kehle hinunter und wirkte wie eine Brandrodung. Noch ein Schluck.

Wie still es plötzlich war. Lea genoss den Nachgeschmack des Rums in ihrem Mund, spürte, wie ihr Kopf leichter wurde. Jetzt konnte sie sogar den elektrischen Strom hören, der durch die Leitungen summte. Ganz leise, als ob ihr jemand etwas anvertrauen wollte.

Wie lange noch, bis Kalle kam? Eine Viertelstunde? Wie gern hätte sie geduscht. Aber das kam nicht infrage. Nicht hier. Sie leerte das Glas und wanderte zurück in die Diele. Vorm Wandspiegel neben dem Wohnzimmerdurchgang blieb sie stehen. Sie sah schrecklich aus. Ihre Locken standen steif wie Drahtrollen in alle Richtungen ab. An der Stirn und den

Schläfen klebten vereinzelte Haare. Trotzdem würde sie das Bad nicht benutzen. Allein die Erinnerung an diese Stimme ließ sie schaudern.

Ihr Herz klopfte. Konnte ein kurzer Blick schaden? Das ist doch verrückt, dachte sie. Trotzdem ging sie die fünf Schritte zum Badezimmer. Und obwohl die Angst in ihrem Kopf immer größer wurde, schloss sie die Tür auf. Die Klinke lag kalt wie ein Eiszapfen in ihrer Hand und sie hielt unwillkürlich die Luft an. Dann öffnete Lea die Tür einen winzigen Spalt.

Dunkelheit strömte aus dem Raum und ihr Puls beschleunigte sich noch mehr. Mit der linken Hand tastete sie nach dem Lichtschalter, während ihre Rechte die Klinke umklammert hielt. Klick! Die Dunkelheit verschwand. Ein letztes Durchatmen, dann steckte Lea den Kopf durch die Tür – bereit, diese sofort wieder zuzuschlagen.

Da war … nichts. Alles stand da, wie es sein sollte. Sie atmete auf. Was hatte sie denn erwartet? Trotzdem fühlte sich ihr Mund trocken an.

Lea drückte die Tür wieder zu und schloss ab. Das Licht ließ sie an. Existierte die Stimme, die sie gehört hatte, tatsächlich nur in ihrem Kopf?

Sie rieb sich die Stirn, als könnte sie dadurch die bösen Geister vertreiben. Dann blickte sie wieder auf die Uhr. Hatte sie etwa zehn Minuten vor der Tür gestanden? Sie trug immer noch ihren Schlafanzug. Wen wunderte es, wenn alle glaubten, sie sei verrückt geworden, wenn sie sich so gehen ließ? Nur gut, dass ihre Schwester von all dem nichts wusste. Frischer Kaffee!, fiel ihr plötzlich ein. Sie musste die Rumfahne loswerden!

»Eins nach dem anderen«, murmelte sie. »Erst einmal anziehen.« Sie ging ins Schlafzimmer und ließ den Pyjama auf den Boden fallen. Der war reif für die Wäsche. Dann streifte sie den Slip ab.

Eine Sekunde lang betrachtete Lea sich im Spiegel über der Kommode. Wie hässlich ich geworden bin, dachte sie und spürte dabei zu ihrem eigenen Erstaunen so etwas wie Genugtuung. Selbst ihre Arme wirkten so dünn, als ob sie nicht einmal ein Baby tragen könnten. Aber das hatte Lea ohnehin nicht vor.

Sie bückte sich, um an die unterste Schublade zu gelangen, in der sie ihre Unterwäsche aufbewahrte. Ihr wurde durch die schnelle Bewegung schwindelig und sie musste sich an der Kommode abstützen. Mir fehlt nur frische Luft, redete sie sich ein.

Als sie gerade in die geöffnete Schublade greifen wollte, erstarrte sie. Ihr war, als hätte ihr jemand mit einem Brett auf die Brust geschlagen. Ganz vorne lag etwas, das dort nicht hingehörte. Etwas, das aus der schlimmsten Nacht ihres Lebens stammte. Ihre Lungen streikten. Waren zugeschnürt, versteinert. Wie eine giftige Schlange lag das rosafarbene Objekt zwischen ihren Baumwollslips. Lea spürte noch, dass es zwischen ihren Beinen warm und feucht wurde. Der Raum drehte sich. Noch bevor sie nach hinten kippte, umfing die Schwärze sie.

53

Kastens Kerntruppe brauchte eine gute Stunde, um Terminabsprachen zu treffen und einen Fragenkatalog für ihre Interviewpartner aufzustellen. Als Letzter saß Kopitzki am Rechner und recherchierte. Er starrte auf den Bildschirm und stöhnte in regelmäßigen Abständen laut auf.

»Was ist los, Kevin, auch Zahnschmerzen?«, fragte die Chefin.

»Schlimmer, Herta. Was dieser Rasmusson so alles geschrieben hat. Manchmal verstehe ich schon die Überschriften nicht.«

»Geht mir genauso«, tröstete sie ihn. »Aber beiß dich nicht in seiner Forschung fest. Was ist mit Rasmussons Vergangenheit? Was hat er in Schweden getrieben? An der Uni einen goldenen Füllhalter geklaut? Jemanden bei der Professur ausgetrickst? Mit der Tochter seines Dekans rumgemacht? Den König beleidigt oder an eine Kirche gepinkelt? Da musst du ran!«

»Aber ich kann kein Schwedisch!«

»Alle Schweden können Englisch und viele sprechen etwas Deutsch. Mach da einen Termin klar und wir besorgen dir ein Ticket!«

Wenig später trudelten die ersten drei Kolleginnen und Kollegen ein, die bei der weiteren Arbeit helfen sollten. Bis Kuba die DVDs mit den Überwachungsaufnahmen brachte, durften die Neuen die Fallakte studieren. Als besonderen Service kochte Kasten den Begrüßungskaffee selbst.

Dann flog die Tür auf. Kuba stürmte herein, eine Wange noch leicht von der Betäubung geschwollen, aber tatendurstig.

»Alles überstanden?«

Er nickte.

»Okay. Du schnappst dir die neuen Kollegen, briefst sie und ihr guckt euch gemeinsam die DVDs an. Am besten mit dem Beamer. Und einer warnt die Leute in Marl vor: Wir brauchen eine Liste aller Personen, die letzten Dienstag gegen Mittag geflogen oder gesprungen sind.«

»Geht klar, Herta.«

»Okay. Ich bin dann mal weg.«

Ohne Erklärung verließ Kasten den Raum und enterte zehn Minuten später die Büros der Drogenmafia vom KK 22.

»Seltener Besuch«, meinte der Chef des Ladens grinsend. Auch er hatte ein Fußballfoto an der Wand. Lieber drei Blaue aus Bochum als einer aus Gelsenkirchen, dachte Herta und zog sich einen Stuhl heran. »Trumpocitin!«

»Das Zeug aus eurem Flugzeug?« Bastians verzog das Gesicht. »Ist ganz neu auf dem Markt. Wir haben in NRW außer eurem bisher nur drei Fälle. Das Landeskriminalamt hat euer Zeug nur deswegen gefunden, weil es sich noch in der Flasche befand. Im Blut ist es nicht mehr nachzuweisen.«

»Und woher kommt das?«

»Noch unbekannt. Einige tippen auf Tschechien, aber nur, weil die da im Moment alles kochen, was sich verhökern lässt. Wir haben unsere Fahnder zwar extra scharfgemacht, aber die Dealer wissen wohl auch schon, dass sie ihre Kunden damit killen würden. Wahrscheinlich haben nur ein paar Spezialisten das Giftzeug auf Lager.«

»Kannst du mal rumfragen?«

»Nicht nötig. Sobald das Zeug auftaucht, gibt es eine Rundmail.«

Als Kasten wieder unten stand und rauchte, rief sie Kuba an. »Wie weit seid ihr?«

»Dauert noch.«

Was für ein Kack, dachte Kasten. Diese ewige Warterei, bis man losziehen konnte. Also wählte sie Alfredo an – ihren Lieblingsfriseur, der zwei Straßen weiter seinen Laden hatte. »Hast du Zeit für mich?«

Der Haarkünstler seufzte. Es war leichter, einem Glatzkopf eine Dauerwelle zu verpassen, als Kastens graue Fransen in eine Frisur zu verwandeln. »Passt«, sagte er schließlich. »Wenn du in zehn Minuten hier bist.«

Wenigstens etwas, dachte sie und zockelte los.

54

Ganz allmählich drang das Läuten des Telefons zu Lea durch. Sie öffnete die Augen. Es war kalt. Wo war sie?

Sie hörte, wie ein Anrufbeantworter ansprang. »Lea! Ich bin's, Kalle. Mach bitte die Tür auf. Ich habe keinen Schlüssel … Ich warte hier.«

Endlich realisierte sie, dass sie auf dem Boden lag. Nackt. Schon wieder? Warum war es so nass unter ihr?

Die Erinnerung sprang sie an wie eine wilde Katze. Paul. Er war hier gewesen. Er beobachtete sie! Sie riss die Decke vom Bett und taumelte zur Wohnungstür. Ohne sich zu vergewissern, dass es wirklich Kalle war, drückte sie auf den Summer. Drei- oder viermal. Dann entriegelte sie die Tür und sank auf den Boden.

Kalle trabte die Stufen hoch. Leas Wohnungstür war bereits geöffnet. Merkwürdig, das war nicht die Art der jungen Frau. Er klopfte. »Kann ich reinkommen?«

Der Detektiv erfasste die Situation sofort und drückte die Tür hinter sich ins Schloss. Davon mussten die Nachbarn nichts mitkriegen. »Was ist mit dir?«

Lea war völlig neben der Spur. Eingewickelt in eine Bettdecke, nur die dürren Arme und Beine ragten heraus, saß sie auf dem Boden und weinte wie ein Kind, das aus einem Albtraum erwacht war. Hinter ihr entdeckte Kalle eine Spur feiner Tröpfchen.

Ohne lange darüber nachzudenken, drückte er das Menschenbündel an sich. »Schhhht! Keine Angst. Alles wird gut.«

Scheiße auch! Was war bloß in den paar Minuten passiert,

in denen sie allein gewesen war? Sollte er besser den Notruf informieren?

»Komm«, sagte er. »Wir setzen uns ins Wohnzimmer.« Widerstandslos ließ die Weinende sich führen. Kalle drückte sie sanft aufs Sofa. »So …« Mit einer Hand zog er die Decke höher. »Warte. Ich hole dir was zum Überziehen.«

»Nicht!« Sie keuchte. »Paul …«

»Der tut dir nichts. Er weiß doch gar nicht, wo du wohnst.«

Stoßweises Atmen. »Doch.«

»Was?!«

»Im … Schlafzimmer.«

Kalle rannte zurück in die Diele und riss die Tür auf. Da war niemand. Nur eine Schublade ragte weit in den Raum. Die Luft war abgestanden und es roch nach Urin. Kalle entdeckte die gelbe Pfütze auf dem Laminat.

Nur der Gründlichkeit halber warf er einen Blick unters Bett und untersuchte den Kleiderschrank. Da war niemand. Wie auch?!

Er schleppte sich zurück ins Wohnzimmer. »Da ist nichts, Lea. Aber du brauchst Hilfe.« Er zückte sein Handy.

»Nein!« Sie sprang auf und versuchte, ihm das Handy zu entreißen. Mit einem dumpfen Aufprall fiel das Smartphone auf den Teppich. Leas Decke war um mehrere Zentimeter gerutscht.

Kalles hob beschwichtigend die Hand. »Okay. Ist ja gut. Aber du musst dir was anziehen.«

Sie nickte mit aufgerissenen Augen, zog die Decke wieder hoch. Ihr Atem ging immer noch viel zu schnell.

Kalle hob sein Handy auf. Es war unbeschädigt. Wenigstens das. Dann hockte er sich vor Lea, sodass sie ihm in die Augen gucken musste. »Hör zu …«

»Nein!« Sie schüttelte heftig den Kopf. »Ihr habt mich angelogen!«

Ihre Augenlider zuckten wie Insektenflügel. »Paul ist frei. Du hast es gewusst.«

Hatte Tim mit ihr geredet? Verdammt.

»Du hast gesagt, er weiß nicht, wo ich wohne.« Sie weinte wieder. »Aber er weiß es.«

Kalle rückte wieder ein Stück ab. Dann sagte er in sehr ruhigem Tonfall: »Hör zu, du musst dich beruhigen. Außer uns ist niemand in der Wohnung. Ich habe alles geprüft.«

Sie schüttelte den Kopf. »Ich bin nicht verrückt.«

»Dann beweise es. Kannst du dich anziehen, wenn ich dir was bringe?«

Nicken.

Kalle lief zurück ins Schlafzimmer, fischte wahllos Unterwäsche aus der offenen Schublade und suchte dann eilig eine Hose und einen Pullover zusammen.

Endlich breitete er die Kleidung auf dem Sofapolster aus »Geht das so?«

Leas Augen waren gerötet, aber der Atem ging ruhiger. Sie nickte, ohne Kalle anzusehen.

»Ich mache dir jetzt einen Tee. Und wenn ich wiederkomme, hast du was an, ja?«

»Ja.«

Mann, Mann, Mann, dachte Kalle, während er den Wasserkocher anstellte und die Pfütze im Schlafzimmer aufwischte. Als er mit dem Tee zurückkehrte, war Lea angezogen, aber völlig in sich zusammengesunken. Den Kopf zwischen den angewinkelten Knien, atmete sie tief ein und aus. Kalle stellte die Tasse auf dem Couchtisch ab, kratzte sich den Hinterkopf, betrachtete das Bündel Mensch – und spürte die eigene Hilflosigkeit. Und Wut. Auf sich, auf Tim. Ja, und auch auf Lea.

»Was hat dich denn so erschreckt? Du bist hier doch absolut sicher.«

Sie hob den Kopf. »Nein, er war hier!« Ein Schluckauf erschwerte ihr das Sprechen.

»Paul? Wie kommst du darauf?«

»Er hat was dagelassen.«

»Was?«

Sie stand auf und bewegte sich wie ein Boxer, der gerade aus dem K. o. erwacht ist. »Komm mit.«

Er folgte ihr ins Schlafzimmer, wo sie mit zitternder Hand auf die geöffnete Schublade deutete, aus der Kalle gerade noch die Unterwäsche gezogen hatte.

»Das rosa Teil da, das hatte ich an, als … in der Nacht, als … als Paul …«

Weiter musste sie nicht reden, Kalle verstand. Aber damit kam er nicht mehr klar. Er war Detektiv und kein Medium. Zum zweiten Mal zog er sein Handy aus der Tasche. »Ich rufe jetzt Tim an. Okay?«

55

»Was machst du denn schon hier?«

Sinas Kollege Martin Schenck blickte sie überrascht an, als sie in das Praxisbüro stürmte. Vor ihm lag eine Fallakte. Als er ihren Blick wahrnahm, schloss er die Mappe und wartete ihre Reaktion ab.

»Ich habe meine Termine bei der Suchthilfe für heute abgesagt. Ich habe hier was zu klären.«

Sina warf ihre Tasche auf den Boden und ließ sich dann auf ihren Schreibtischstuhl fallen. Sie ignorierte Martins fragendes Gesicht und fuhr stattdessen den PC hoch.

Ihr Kollege hustete demonstrativ. Sie blickte auf und sah, wie er seine Augenbrauen in Position brachte.

»Sina«, sagte er mit näselndem Unterton. »Deine abgewandte Körperhaltung drückt Ablehnung aus. Nicht nur ich, auch deine Klienten nehmen so was wie durch ein Brennglas wahr. Du musst reflektieren. Ich biete dir ein paar private Selbsterfahrungsstunden an.«

Sina lachte los. Martin stimmte mit ein. Die Imitation ihres Chefs war perfekt gewesen – genau die richtige Medizin für ihre angespannte Stimmung.

»Schon besser«, meinte der Kollege. »Also? Welche Laus ist dir über die Leber gelaufen?«

»Ach, frag lieber nicht.«

»Tu ich aber.«

»Ist echt lieb, aber ich bin mir noch nicht sicher, ob ich darüber sprechen möchte.«

»Sina, Sina.« Martin schnalzte. »Ist das wirklich der richtige Beruf für dich?«

Wieder musste sie lachen. »Okay. Ich denke drüber nach.«

»Lass uns doch später zusammen Mittag essen. Du darfst mich dann gern Peer nennen, mir Tiernamen geben und mich beschimpfen.«

Die angehende Psychotherapeutin studierte Martins Gesicht. Ob sie mit ihm reden konnte? Zumindest ihr gegenüber war er stets freundlich und hilfsbereit. Sie saßen ja auch im selben Boot, in derselben unsäglichen Ausbildungssituation.

Sie traf eine Entscheidung. »Sag mal, hast du auch Post bekommen?«

»Was für Post?«

»Praxispost.«

»Nein. Warum?«

Sie dachte nach. Sah auf die Uhr. Das Zifferblatt verriet ihr, dass es kurz nach zehn war. Vor 13:00 Uhr würde Tanzbein nicht zu sprechen sein. Und Dietmar Teufel war im Urlaub. Vielleicht war es gar nicht verkehrt, sich mit Martin abzustimmen.

»Du hast gewonnen. Ich erzähl's dir beim Mittagessen.«

»Du weißt, wie man einen Spannungsbogen aufbaut.«

»Na klar, deshalb habe ich ja Psychologie studiert.«

»Schade, dass du nicht rauchst.«

»Warum?«

»Dann könnten wir jetzt gleich vor die Tür gehen.«

»Die Letzte, die mir so was gesagt hat, war eine Borderline-Klientin. Sie behauptete, dass ich sie abwertend behandeln würde.«

Martin tat erschrocken. Dann stockte er. Ihm war wohl etwas eingefallen. »Fast hätte ich es vergessen: Du hast einen Termintausch für heute.« Er nahm einen Zettel zur Hand. »Ein Herr Kraniak kann montags nicht mehr. Stattdessen kommt Frau Bennsdorf um 14:00 Uhr.«

»Oh, okay. Das passt mir sogar gut. Ich wollte mich eh gleich ein wenig vorbereiten. Bist du so nett und gibst mir die Akte?«

Martin drehte seinen Stuhl einmal komplett im Kreis, bevor er eine weitere Hundertachtzig-Grad-Drehung machte. Die Mappe von seinem Schreibtisch verschwand in dem Schrank. Dann zog er die gewünschte Fallakte für Sina heraus.

56

Auf dem Weg nach Wattenscheid wurde Tim auf der A 40 gleich zweimal geblitzt. Es war ihm egal. Die Sorge um Lea trieb ihn an. Gerade eben hatte er sich deswegen heftig mit Simone gestritten. Als er überstürzt das Büro verlassen wollte, hatte sie gesagt: »Toll! Du jagst Leas Hirngespinste und ich darf deine Arbeit hier machen. Wenn dir das schon kein Dankeschön wert ist, dann könntest du mir wenigstens erklären, was los ist. Oder ist das zu viel verlangt?« Aber

Tim hatte weder Zeit für Erklärungen noch für ihre Gehässigkeiten. Er hatte sie einfach stehen lassen. Es dauerte trotzdem quälende vierzig Minuten, bis er endlich im Sachsenring ankam.

Kalle erwartete ihn schon in der Diele. »Mensch, da bist du ja endlich. Sie hat wieder getrunken.«

Tim schloss für einen Moment die Augen. »Und wie ist sie jetzt drauf?«

Kalle hob hilflos die Hände. »Immer noch aufgelöst. Ich habe mich nicht getraut, ihr eine Beruhigungstablette zu geben. Ich weiß ja nicht, wie viel Alk sie schon intus hat.«

Kalle steuerte den Balkon an. Er brauchte Abstand. Mit der Zigarette im Mund beobachtete er durch die Glastür, wie Tim sich vor Lea hockte und ihre Hand nahm. Offenbar redete er mit ihr. Sie hörte ihm zu, antwortete. Diese riesengroßen Augen, dachte Kalle. Was für Monster hausten dahinter?

Tim stand auf und gab ihm ein Zeichen. Kalle drückte die Tür auf.

»Setz dich«, sagte Tim. »Lea hat mir erzählt, was passiert ist.«

»Warum glaubt ihr mir nicht?«

Tim setzte sich neben sie auf die Couch. »Bitte erzähl Kalle, was du mir gerade gesagt hast.«

»Dieser Slip … Ich habe alles weggeschmissen, was ich an dem Abend anhatte. Alles!«

»Und jetzt ist das Teil plötzlich wieder aufgetaucht?«, fragte Kalle.

Lea schluchzte auf. »Du hast es doch selbst gesehen. Es lag ganz vorn in der Schublade.«

Kalle räusperte sich. »Vielleicht hattest du noch einen zweiten von der Sorte? Simone kauft solche Wäsche auch meist im Doppelpack.«

»Nein!«

»Bist du ganz sicher?«, fragte Tim vorsichtig.

Das regte Lea noch mehr auf. Sie wurde lauter. »Ich weiß, was in meinen Schränken liegt. Ich bilde mir das nicht ein!«

»Aber … du hast wieder getrunken«, fuhr Kalle fort.

Lea nahm die Form eines geschnürten Pakets ein. Sie versuchte, etwas zu sagen, aber Kalle konnte sie nicht verstehen, weil ihre Worte im Schluchzen untergingen wie ein Papierschiffchen in der Ruhr.

Kalle fing den Blick des Admins auf und schüttelte den Kopf. Der nickte unmerklich. Auch ihm stand das Wasser in den Augen.

»Bitte, Lea.« Er schien Kalle komplett auszublenden. »Bitte schau mich an.«

Es dauerte einen Moment, bis sie den Kopf hob.

»Ich habe es dir nie gesagt, weil … weil ich mich nicht getraut habe. Und ausgerechnet jetzt erzähle ich dir das. Ich liebe dich.«

Wie hypnotisiert, wartete sie darauf, dass Tim weitersprach.

»Ich würde niemals etwas tun, das dir schadet.«

Kalle registrierte eine Gänsehaut auf ihren Unterarmen. Und ein kaum merkliches Nicken.

»Wir werden nachprüfen, ob wahr sein kann, was du gesagt hat. Und wenn es wahr ist, kriegen wir Kehlmann dran! Das schwöre ich dir!«

»Wirklich?« Sie wollte ihm glauben, doch etwas hielt sie davon ab.

»Ja, wirklich. Aber du musst auch etwas dafür tun … Lass uns einen Deal machen. Wir fahren zu deiner Therapeutin. Und du erzählst ihr, wie versprochen, alles, was passiert ist. Wenn sie der Ansicht ist, dass du dich stationär untersuchen lassen sollst, dann stimmst du zu.«

Wieder flogen Leas Hände vors Gesicht. Tim schien kurz davor mitzuheulen. Trotzdem blieben beide Männer stumm.

Warteten ab. Dann, endlich, wischte sie sich über Augen und Nase.

»Okay. Aber ihr dürft mich nicht mehr anlügen.«

»Das tun wir doch nicht.«

Sie schaute erst zu Kalle, dann zu Tim. »Du hast gestern nicht mit deiner Mutter telefoniert.«

Tim wurde rot, nickte aber.

»Und ich habe recht, oder? Kehlmann ist frei.«

»Wir wissen es selbst erst seit gestern. Kalle hat mich sofort angerufen, als er davon erfuhr.«

»Wenn ich euch nicht trauen kann und mir selbst auch nicht, wem dann?«

»Das war ein Fehler. Es tut mir leid«, gestand Tim.

Lea presste die Lippen aufeinander. Und traf ihre Entscheidung. »Wann fahren wir?«

57

Daten zur Person:

Zu Beginn der Therapie war die Klientin (Kl.) nach eigenen Angaben ledig, ohne Partnerschaft und ohne Kinder. Sie sei aktuell im Krankenstand, aber bei einem großen Discounter als IT-Managerin angestellt. Unterstützung erfahre sie von Ihrer auswärts lebenden Schwester und einem Freund, der …

»Klopf, klopf. Ich habe Hunger.«

Sina hörte auf zu tippen. Gerade angefangen und schon die erste Unterbrechung, dachte sie und blickte auf die Zeitangabe in ihrer Taskleiste. 12:05 Uhr. Hatte sie so viel Zeit mit dem Inhaltsverzeichnis verbraten?

»Oh, schon so spät?«

Zehn Minuten später saßen Sina und Martin an einem der kleinen Tische vor der *Butterbrotbar.*

Sie studierte die Karte. Die Preise waren moderat. Dennoch entschied sie sich für eines der günstigsten Gerichte, als die Bedienung ihre Bestellungen aufnahm. »Für mich bitte ein Sauerteigbrot mit Käse.«

»Sehr gern.«

»Ich nehme den Eintopf«, sagte Martin und ergänzte nach kurzem Nachdenken mit einem Lächeln: »Mit Einlage.«

»Möchtet ihr was dazu trinken?«

Sina lehnte ab, doch ihr Kollege bestellte gleich eine ganze Flasche Wasser. »Bring uns einfach zwei Gläser, ja?«

Die Kellnerin verschwand. Sina nutzte die Gelegenheit, um den Umschlag herauszukramen, den sie eigentlich Peer vor die Füße werfen wollte. Sie fingerte die zwei Seiten heraus und schob sie Martin über den Tisch. »Hier, lies das.«

Sina beobachtete, wie ihr Kollege sich das blonde Haar aus der Stirn strich und die Schriftstücke überflog. In seinem Gesicht konnte sie keinerlei Irritationen entdecken. »Und?«, wollte sie wissen. »Was sagst du dazu?«

Er zuckte mit den Schultern. »Ist nicht schön, kenne ich aber.«

»Wie jetzt? Ich dachte …«

»Ich habe den Vertrag zur Nutzung der Praxisräume gleich am ersten Tag vorgesetzt bekommen. Mich wundert es nur, dass du bis jetzt nichts bezahlen musstest.«

»Bitte?«

Die Kellnerin stellte das Wasser auf den Tisch, Martin füllte beide Gläser und schob Sina eines hin.

»Willst du mir etwa sagen, dass du die geforderten zweihundert Euro Raummiete bezahlst?«

»Ja. Genau. Und weißt du, warum?«

Seine Kollegin schüttelte ungläubig den Kopf.

»Ganz einfach: Weil wir keine andere Wahl haben. Hast du mal in deinen Ausbildungsvertrag geguckt?« Er wartete ihre Antwort nicht ab. »Du kannst mir glauben, dass ich das damals sehr genau geprüft habe. Ich war nämlich genauso unangenehm überrascht wie du. Du bist doch auch beim BAP, oder?«

Die Bochumer Akademie für Psychotherapie war ein Institut, in dem achtzig bis hundert angehende Therapeutinnen und Therapeuten ihre Ausbildung absolvierten. Aufgrund der großen Anzahl an PiA musste das BAP in diesem Jahr auf die Unterstützung anderer Institute zurückgreifen. Tanzbein und Teufel gehörten dazu.

Sie nickte dem Kollegen zu und beugte sich ein Stück vor. »Es kann doch nicht angehen, dass jemand, mit dem wir keinen Ausbildungsvertrag haben, uns eine Raummiete in Rechnung stellt.«

Martin blieb seltsam unberührt. Er probierte von seinem Grünkohleintopf und schien zufrieden. »Leider doch. Im Ausbildungsvertrag steht eine Klausel, die besagt, dass bei Bedarf Miete für die Therapieräume anfallen kann.«

»Das kann doch nicht wahr sein. Man muss doch mal prüfen lassen, ob das rechtens ...«

»Habe ich schon. Mein Vater ist Anwalt.« Martin schaufelte zwei weitere Löffel Grünkohl in seinen Mund. »Vergiss es. Keine Chance, dagegen anzukämpfen. Wir haben keine Rechte als PiA.«

Sinas Zorn löste sich allmählich auf und machte Platz für ein anderes Gefühl – Verzweiflung. Diese verfluchte Ausbildung sah tatsächlich nicht vor, dass der Gesetzgeber sie vor irgendetwas schützte. Es gab kein Recht auf Lohnfortzahlung im Krankheitsfall, auf Urlaub, nicht einmal auf Bezahlung. Manche angehende Therapeuten mussten monatelang ohne Bezahlung arbeiten. Warum also sollte es bei der willkürlichen Raummiete anders sein?

Sina blinzelte. Sie hatte keine Ahnung, wie sie das auch noch bezahlen sollte. Bloß nicht heulen, dachte sie.

Martin fiel auf, dass sie nicht aß. »Habe ich dir den Appetit verdorben?«

Sie schüttelte den Kopf.

»Darf ich dich einladen?«

»Das ist nicht nötig.«

»Es macht mir nichts aus. Meine Eltern finanzieren mir die Ausbildung in Teilen. Und ich habe ja noch den Zweitjob im Martin-Luther-Krankenhaus. Also … ich würde gern. Darf ich?«

Sina nahm das Angebot dankend an.

58

Ohne Ziel tigerte Paul Kehlmann in seiner Wohnung hin und her. Es ging um viel Geld.

Cookie war clever genug, um die Kohle reinzuwaschen. Und er selbst hatte schon vor Jahren vorgesorgt und seine Schäfchen ins Trockene gebracht. Aber langes Warten machte misstrauisch.

Schließlich sammelte er die gebrauchten Kleidungsstücke ein, die sich im Schlafzimmer angesammelt hatten. Sein Schrank war noch zu leer, als dass er mit einer Wäsche pro Woche auskommen konnte.

Als die Maschine sich drehte, schaute er sich um. Auf der anderen Kellerseite waren mehrere Leinen gespannt. Drei waren mit fremden Kleidungsstücken belegt, die mal mehr, mal weniger sorgsam aufgehängt worden waren. Sein Blick fiel auf zwei Garnituren Damenunterwäsche. Beide mit Spitzenbesatz und eingestickten Fliegenpilzen. Direkt daneben fand Paul etwas, das einer Prinzessin würdig war. Ein seidenes rosafarbenes Hemdchen. Ob sich das noch einmal einsetzen ließe? Er lachte heiser. Denn die Pilze brachten ihm doppelt Glück, erinnerten sie ihn doch endlich daran, wie der Merksatz zu dem Video auf dem Darknetserver weiterging.

Eine ungeahnte Euphorie breitete sich in Paul aus. Ohne weiter darüber nachzudenken, nahm er das rosafarbene Hemdchen von der Leine, steckte es in die Hosentasche und eilte in seine Wohnung. Dort schenkte er sich einen Whisky ein und fuhr sein Notebook hoch.

Das Kribbeln in Pauls Lenden verstärkte sich, als er seine Beute aus der Hose zog und mit den Fingern über den feinen Stoff fuhr. Lea. Vielleicht konnte er sich doch einen Vorgeschmack holen.

Bevor er den Tor-Browser startete, ließ er das Rollo herunter. Es war zwar unwahrscheinlich, dass ihn hier oben jemand beobachten konnte, aber er wollte keine unnötigen Risiken eingehen! Als er sich setzte, war der Raum in ein schwüles Halbdunkel getaucht.

In fiebriger Erwartung berührte Paul die Tastatur. Pitts blöder Merksatz ging so: ›Sieben weiße Eier wirken niemals grau. *Pilze* aber schmecken fünfmal besser weich.‹

Er tippte: *http://7weierwngpas5mbw.onion/princessdestroy.*

Fehler: Verbindung fehlgeschlagen, meldete sein Browser.

Er probierte den Link ohne den Zusatz hinter dem Slash. Die gleiche Meldung erschien. Die Seite war nicht verfügbar. Paul spürte eine tiefe Enttäuschung. Die Aufnahmen waren verloren. Für immer.

Von seiner Erektion war kaum noch etwas übrig. Gerade wollte er den Browser schließen, als ihm sein Fehler einfiel. Ein *e* in dem Link verschwand und wurde durch die Ziffer *3* ersetzt: *http://7w3ierwngpas5mbw.onion.* Klick!

Die Seite öffnete sich. Ja, das war es. Es kribbelte wieder. Er fügte */princessdestroy* hinter den Link hinzu und drückte erneut auf Enter. Da war sie. Die Vorschaubilder zeigten Lea. Auf Knien. Das Video seines Bruders. Peter hatte damals ein eigenes erstellt – in HD-Qualität. Hätte Paul es ihm doch gleichgetan und seine Aufnahme direkt auf dem Hidden Host gespeichert! Niemals hätte er das Video auf dem USB-Stick verwahren dürfen. Solche Fehler machte man nur einmal.

Die nackte Lea starrte ihn an. Ihre entsetzten Augen forderten ihn auf: ›Los, spiel das Video ab!‹

Hastig öffnete Paul seine Hose und zog sie ein Stück weit herunter. Das rosa Hemdchen legte er auf seinen Bauch. Endlich! Ein lautes Stöhnen drang aus dem Lautsprecher. Er drehte den Ton ein wenig herunter, als der blonde Lockenkopf im Film nach hinten gerissen wurde. Danke, Pitt, dass du das hier gerettet hast!

Pauls Hand bewegte sich. Zuerst langsam, aber bald härter und schneller. Keuchend raste er auf den Höhepunkt zu. O Gott, gleich …

Sein Handy schrillte. Pauls Hand pumpte noch weiter, aber das Klingeln brachte ihn aus dem Takt. Scheiße! Das Gerät lag zu weit entfernt, um den Anrufer wegzudrücken. Und wenn es sein Bewährungshelfer war? So absurd dieser Gedanke auch sein mochte, er wirkte wie ein Weichmacher. Wütend riss er die Hose hoch und lief in die Diele.

Annemarie stand auf dem Display. Mann! Ein eigenartiges Gefühl überkam ihn. Als hätte sie ihn gerade beobachtet. Schwachsinn, schalt Paul sich. Immer noch atemlos nahm er den Anruf an.

»Hallo, Annemarie, schön, dass du dich meldest.«

»Tu nicht so überrascht.« Sie lachte. »Das hatten wir doch verabredet.«

Kehlmann schlug sich mit der Faust gegen die Stirn. »Schon so spät?«

»Nein, aber ich wollte gleich noch meine alte Kollegin treffen.«

Meine Güte. Und dafür ruft sie an? »Aber es bleibt bei unserem Date?«

»Klar doch.«

Aus dem Wohnzimmer drang ein Schrei. Paul fluchte innerlich. Das Video lief immer noch. Und Leas Schrei war laut genug, um bis in den Korridor zu dringen.

»Hast du dir einen Fernseher gekauft?«, fragte Annemarie.

»Wie? Ja klar«, log er. »Ich bin gerade bei der Einrichtung.« Er flüchtete in die Küche und schloss die Tür.

»Ach, schön. Dann ist Geld also wirklich kein Thema?«

»Äh, ja.«

»Super, dann erlaube ich dir, mich heute ins Kino einzuladen.« Sie lachte wieder. »Bis später dann. Und schön brav bleiben.«

Paul erstarrte, fing sich aber schnell wieder. »Natürlich, meine Liebe. 19:00 Uhr am Hotel?«

»Ja, ich freu mich.«

Dann war die Leitung tot. Und nicht nur die. Paul blickte auf die noch immer geöffnete Hose hinunter und empfand … Scham? Was auch immer, er verdrängte das Gefühl. Plötzlich war er wütend auf sich selbst. Resigniert zog er den Reißverschluss nach oben und den Gürtel fest. Dann tapste er zurück ins Wohnzimmer, fuhr das Notebook herunter und machte sich auf den Weg. Er musste noch einen Fernseher kaufen.

59

Tim und Lea waren überpünktlich in der Praxis. Tim wunderte sich, als er Sina Spiering begrüßte. Das sollte die Therapeutin sein? Die sah ja aus wie eine Studentin. Skepsis machte sich in ihm breit.

Seine Irritation wuchs, als Spiering zu Lea sagte: »Frau Bennsdorf, ich finde es schön, dass Sie einen Freund mitgebracht haben. Aber ich möchte erst mit Ihnen allein sprechen, wenn das für Sie in Ordnung ist.«

Lea nickte und die Therapeutin lächelte Tim entschuldigend an. »Im Wartezimmer finden Sie bestimmt auch eine Computerzeitschrift.«

Woher wusste sie, was er beruflich machte?, fragte er sich. Hatte Lea über ihn gesprochen?

Fünfundzwanzig Minuten vergingen, in denen seine innere Unruhe wuchs. Dann öffnete sich endlich die gegenüberliegende Tür. Tim stand auf. Spiering winkte ihn herein. Sie wirkte ernster als zuvor. Besorgt?

Lea erwartete ihn mit roten Augen. »Wie geht es dir?«, fragte Tim.

»Ganz okay«, sagte sie und stand auf, bevor der Admin weitere Fragen stellen konnte. »Ich muss mal kurz wohin.«

»Wir warten auf Sie«, sagte Spiering. »Nehmen Sie ruhig Platz, Herr Hoppe. Entschuldigen Sie, dass ich Sie gerade etwas überrumpelt habe. Ich freue mich wirklich sehr, dass Sie zur Unterstützung mitgekommen sind.«

Die Damentoilette machte einen gepflegten Eindruck. Ein kleiner Spiegel mit abgerundeten Kanten hing über dem Waschbecken. Lea ließ Wasser laufen und spritzte es sich ins Gesicht. Sie hatte ihr Versprechen gehalten. Und sie würde Frau Spierings Empfehlung folgen. Warum nur war ihr so nach Weinen zumute? Was war so schlimm daran, sich neurologisch und psychologisch durchchecken zu lassen?

Sie wusch sich das Salz aus den Augen und von den Wangen, bis die Haut wieder rosig war. Es sind doch nur ein paar

Tage, versuchte sie, ihr Spiegelbild zu überzeugen. Aber die Person ihr gegenüber glotzte sie an, als verstünde sie kein Wort. »Du bist widerlich«, flüsterte Lea ihrem Abbild zu. Tim hatte was Besseres verdient.

Sie zog ein paar Papiertücher aus dem Spender und trocknete sich Gesicht und Hände. Dann näherte sie sich dem beschichteten Glas. »Du siehst aus wie ein Alki«, sagte sie immer noch leise und hauchte die Fläche an, die sofort beschlug. »Kein Wunder, dass dir keiner glaubt.«

»Ja«, hörte sie eine Stimme. Sie kannte das dunkle Timbre.

Lea wich erschrocken zurück und spürte, wie das Adrenalin durch ihre Adern schoss. Nur in meinem Kopf, versuchte sie, sich zu beruhigen. Nur in meinem Kopf. »Hallo?« Ihre Stimme klang dünn. Außer dem Trommeln in ihrer Brust nur Stille. Sie lauschte. Nichts. Lea drehte sich im Kreis. Da war niemand außer ihr. Trotzdem hauchte sie ihre Frage noch einmal in den Raum: »Ist da jemand?«

»Dein Schicksal, Süße«, antwortete die Stimme. »Und bald gehörst du mir.«

Der Schrei schreckte die gesamte Praxis auf. Gudrun Stöhr, die Frau aus der Rezeption, war zuerst an der Toilettentür. Die Frau, die gegen sie prallte, war völlig außer sich. Wäre die Blonde etwas kompakter gewesen, hätte sie Gudrun glatt umgerannt. So aber strauchelte die Patientin nur, kippte gegen die Wand und rutschte hinab. Sie stammelte, als hätte sie einen Geist gesehen: »Da drin … er …«

Martin Schenck war als Zweiter zur Stelle. Er hob die Hände, um die Frauen zu beruhigen: »Gudrun, bitte hol Sina.«

Das war nicht mehr nötig. Die Therapeutin und Tim Hoppe eilten bereits heran. Drei neugierige Klienten standen mitten im Weg.

»Lassen Sie uns bitte durch!«

Als Sina und Tim die Toiletten erreichten, öffneten sich auf dem Korridor zwei weitere Türen: Tanzbein, eine weitere PiA und deren Klienten. Hinter dem Chef humpelte sogar ein Mann auf Krücken heran. Chaos.

Aber Spiering behielt die Übersicht. »Gehen Sie bitte zurück! Sie machen meiner Klientin Angst.«

Schenck reagierte als Erster. »Das übernehme ich.« Zu Gudrun Stöhr sagte er: »Bitte sagen Sie Sinas Folgetermin ab, wenn möglich.« Dann trieb er die Neugierigen wie ein Schafhirte ins Wartezimmer.

Nur Tanzbein blieb stehen. »Was ist passiert?«

Sina bedeutete ihm mit der Hand: Später! Dann ging sie in die Hocke, um ihrer Klientin in die Augen sehen zu können. »Frau Bennsdorf?« Keine Reaktion. Sina wurde etwas lauter: »Frau Bennsdorf, können Sie mich verstehen?«

Tanzbein schob sich zwischen Tim und Sina. »Kannst du mir bitte erklären, was hier vor sich geht?«

Sinas Augen funkelten, als sie hochfuhr und ihn direkt ansah. »Ja, aber nicht jetzt! Meine Klientin benötigt Hilfe ...!«

»Das ist nicht zu übersehen.«

»Dann lass mich arbeiten!«

Aber Tanzbein gab keine Ruhe. »Hast du den Notarzt informiert?«

Ein letztes Mal drehte sich Sina zu ihm um. »Ich versuche gerade herauszufinden, ob das nötig ist. Darf – ich – das – jetzt – bitte – tun?«

Sinas Chef kapitulierte. Ein letzter prüfender Blick, dann ging er mit dem Invaliden zurück. Ob die Besorgnis in seinem Blick der Patientin galt oder eher dem Ruf der Praxis, blieb unklar.

Die Therapeutin streckte ihre Hand nach Lea aus. »Wollen wir uns nicht woanders hinsetzen?«

Die junge Frau nahm die Hände vom Gesicht. Ihre Augen

flackerten, aber ihr Blick blieb an ihrem Freund hängen. »Tim.«

»Ja, ich bin da.«

Als sie wieder im Therapiezimmer saßen, wandte Spiering sich an Lea. »Herr Hoppe soll hierbleiben, in Ordnung. Geht es Ihnen etwas besser, Frau Bennsdorf?«

Die schaute ihren Freund mit flehenden Augen an, als ob sie hoffte, dass er die Antwort wüsste.

Die Therapeutin probierte es anders. »Können Sie uns sagen, was auf der Toilette passiert ist?«

Dann erzählte Lea. Sie verschluckte sich mehrmals beim Sprechen, aber sie gab alles so wieder, wie es sich für sie zugetragen hatte.

»Und Sie waren allein auf der Toilette?«, fragte die Therapeutin am Ende nach.

»Ja.«

Aus Leas Stimme sprach Verzweiflung und Resignation. Tränen rollten.

Die Therapeutin reichte ihr ein Taschentuch, hielt dabei aber den Blickkontakt. »Ich weiß, dass Sie Angst haben. Aber es hat sich am Plan fast nichts geändert. Ich denke nur, wir sollten jetzt gleich ins Krankenhaus fahren.«

»Bin ich verrückt?«, fragte Lea. Ihr Körper bebte.

»Niemand wird so schnell verrückt«, erklärte Spiering in überzeugtem Tonfall. »Was Sie gerade erlebt haben, kann viele Gründe haben. Stress ist nur eine Möglichkeit.«

Lea hob die Hände wieder vors Gesicht und weinte. Tim und Spiering gaben ihr die Zeit, die sie brauchte.

Nach einer Weile wischte Lea sich mit dem Ärmel ihres Shirts über die Augen. »Okay.«

»Möchten Sie lieber ins Martin-Luther-Krankenhaus nach Wattenscheid oder in die Bochumer LWL-Klinik?«

Lea drehte den Kopf zu Tim. »Kalle wohnt in Wattenscheid«, half er ihr bei der Entscheidung.

Ein Ruck ging durch den zierlichen Körper. »Ins Martin Luther, bitte.«

60

»Leute, ich muss jetzt wirklich los!«

Kasten drückte den Leiter der Polizeiwache, die sich im Erdgeschoss des Präsidiums befand. Während vorne der normale Betrieb weiterlief, feierte er nebenan hinter verschlossener Tür seine Auferstehung: Der Darmkrebs war überwunden, der künstliche Ausgang stillgelegt – es war der erste Tag seiner Wiedereingliederung. Mit vierundfünfzig wollte er noch kein Rentner sein.

»Mach's gut, du Glückspilz!«

Im Aufzug befragte Kasten ihre altmodische Armbanduhr. Sechs Uhr durch. Ihre Jungs hatten bestimmt schon Feierabend gemacht. Na ja, wenn die Chefin schon vorher feierte …

Sie stieß die Bürotür auf – und entdeckte Florian Kuba allein vor dem PC. »Hast du kein Zuhause mehr?«

»Doch«, sagte er. »Aber wir haben bei den Scheißaufnahmen etwas übersehen. Irgendwo muss es eine Spur geben …«

Kasten setzte sich an ihren Schreibtisch und pflückte den Hörer vom Telefon. »Auch 'ne Pizza?«

Er nickte. »Kapern und Sardellen!«

Während sie telefonierte, ließ er die Aufnahme weiterlaufen. Der Streifen zeigte, wie acht oder neun Springer mit umgeschnalltem Rucksack aus einer düsteren Halle quollen, sich noch einen Schluck Wasser oder Cola gönnten und dann im Gänsemarsch nach rechts aus dem Bild verschwanden. Dort wartete die Maschine, die sie auf die Absprunghöhe von viertausend Metern bringen sollte.

»Warum braucht ihr überhaupt so lange? Wir hatten doch nur neunzig Minuten sehen wollen?«

Kuba lächelte müde. »Aber die haben da sechs Kameras!«

Er deutete auf den Film. Die Springer waren verschwunden. Jetzt war der Blick frei auf zwei Männer, die nebeneinander an einem kleinen Tisch hockten. Vor ihnen lag ein großer Bogen Papier und einer der Männer beschrieb mit der Hand einen eiförmigen Bogen auf das Blatt.

»Das könnten Mertens und Rasmusson sein. Sieht so aus, als würden sie ihre Flugroute absprechen …«

Eine Minute lang passierte gar nichts. Dann kam ein hochgewachsener, schlanker Mann ins Bild. Er trug einen blauen Springeroverall, aber statt des Helms eine schwarze Baseballkappe. In der rechten Hand, die im Rhythmus seiner ruhigen Schritte nach vorn und hinten schwang, hielt er einen blinkenden Gegenstand. Als er die Männer am Tisch passierte, schien die Aufnahme ein wenig zu ruckeln, aber das war schon alles.

»Noch mal«, forderte Kasten.

Beim dritten Durchlauf der Sequenz kam die Pizza. Während die Hauptkommissarin an der Pförtnerloge ihr Abendessen in Empfang nahm, hielt Kuba in der Nasszelle seinen Kopf unter Wasser. Man ist keine dreißig mehr, dachte er, während er sich mit einem Papierhandtuch notdürftig die Haare trocknete. Die Reinigungskraft der Etage wartete geduldig ab, bis er fertig war.

Während sie kauten, fragte Kasten: »Vermisst dich zu Hause keiner?«

Er schüttelte den Kopf. »Montags haben wir eigentlich Kinotag. Dann kommt meine Schwiegermutter und schickt die Kinder rechtzeitig ins Bett.«

»Wie viele hast du?«

»Drei. Felix zwölf, Finn zehn, Franziska acht.«

»Fängt der Name deiner Frau auch mit F an?«

Kuba grinste. »Fabienne.«

Kasten verschluckte sich fast. »Warum bist du nicht Finanzbeamter geworden?«

»Zu langweilig. Ich möchte diese lieben Jungs gerne selbst festnehmen, die wir am Schreibtisch aufspüren.«

Er spülte mit einem Schluck Cola nach. »Und du? Wartet auf dich jemand?«

Kastens Kaubewegungen stockten und Kuba spürte einen Schweißfilm auf seiner Stirn. Zu weit gegangen?

Sie brauchte eine Minute, bis sie antwortete. »Nicht mehr. In den Siebzigern warst du auf 'ner Fete unten durch, wenn du erwähnt hast, dass du Bulle bist. Und was später noch übrig war – ich steh nicht auf alte, notgeile Kerle.« Sie holte aus dem untersten Fach des Kühlschranks zwei Blechdosen Bier heraus. »Du auch?«

Kuba lehnte ab. »Danke. Ich bin mit dem Auto da.«

Routiniert öffnete Kasten. »Mach dir um mich keine Sorgen. Ich habe eine Nichte, die sich gut um mich kümmert. Wenn also nach meinem Ableben eine rothaarige Nicole meinen Schreibtisch ausräumen möchte – du kannst ihr vertrauen.«

»Geht klar«, sagte er und sie deutete grinsend auf den PC.

»Warum gucken wir uns eigentlich diese Kacke nicht mit dem Beamer an? Hier kannst du ja ...«

Florian zog die Schultern hoch. »Heute Nachmittag hat die Birne abgedankt. Kein Ersatz da.«

»Dein Schalker Bruder von nebenan hat auch einen.«

»War unterwegs.«

Kasten sprang auf und eilte auf den Flur, wo die Reinigungskraft noch werkelte. »Olga, kannst du uns mal diesen Raum aufschließen?«

Die Frau zögerte.

»Es ist dringend.«

Kasten sah sich um. Schüppes Beamer war da. Kuba pflückte das Gerät von einem hohen Aktenschrank und fünf Minuten später war es betriebsbereit.

»Hast du dieselbe Szene noch mal aus anderer Perspektive?«

Kuba suchte eine andere DVD heraus. »Vielleicht hier …«

Eine Viertelstunde vor Sonnenuntergang wurden sie fündig.

61

Geschafft, das war der letzte Rechner! Simones Magen knurrte lauter als das defekte Netzteil, das sie vor wenigen Minuten ausgetauscht hatte. Nur gut, dass sie eine gewisse Narrenfreiheit genoss. Ihr Chef war froh, dass er sich nicht mit dem Ressort IT-Sicherheit belasten musste. Solange alles rundlief, war er zufrieden. Und dafür hatte Simone gerade gesorgt.

Gern geschehen, Tim, dachte sie ohne Ironie. Das schlechte Gewissen nagte an ihr. Sie hatte dem Freund einiges an den Kopf geworfen, was sie bereute.

Zum wiederholten Male zog sie ihr Smartphone aus der Tasche. Noch immer keine Nachricht. Was mochte Lea diesmal passiert sein? Nur eine weitere Panikattacke? Oder Schlimmeres? Und falls dem so wäre – würde dann wenigstens Kalle sie informieren? Ganz sicher war Sim sich nicht. Sie hatte ja klipp und klar gesagt, dass sie in Sachen Lea raus war.

Simone überlegte kurz und tippte dann als Erstes eine Mail an Tims privaten Account mit Kopie an sein dienstliches Postfach.

Betreff: PC-Pool für ›Secure Engineering‹

Hallo Tim,
für morgen ist alles startklar. Falls du noch Zeit brauchst, vertrete ich dich weiter hier. Mach dir also darum keine Sorgen. Im Übrigen ist mir klar geworden, dass ich echt scheiße zu dir war. Tut mir leid. Dass Kehlmann wieder frei ist, war auch für mich ein Schock. Wenn ich irgendwie helfen kann, lass es mich wissen.
Liebe Grüße
von deiner Freundin (Ja, immer noch!)
Sim

Nach einigem Zögern ergänzte sie die Mail um eine Zeile:

P.S.: Melde dich bitte. Ich mache mir Sorgen.

Gegen 19:00 Uhr war Simone endlich fertig mit allem. Nur von Tim hatte sie nichts gehört. Ausstempeln und raus. Auf dem Weg zu ihrem Wagen war sie sehr nachdenklich und hatte nur einen Wunsch: Kalle sehen! Reden!

Unterwegs hielt sie an einer Tanke, denn sie hatte das Gefühl, etwas gutmachen zu müssen. Die Blümchen in dem Eimer vor dem Kassenraum waren nicht die frischesten, aber das war egal. Mit fünf roten Rosen erreichte sie schließlich den Einsteinweg.

Schon von unten sah Simone Licht. Kalle war da. Mit den Blumen in der Hand eilte sie die Treppen hoch und schloss auf. Sie konnte ihn schon in der Diele hören. Er lag im Wohnzimmer und schnarchte auf der Couch.

Auf dem niedrigen Tisch neben ihm erblickte sie eine neue rote Rose. Garantiert nicht von der Tanke wie ihre, sondern aus einem Blumenladen. An der Vase klebte ein Zettelchen: *PEGASUS ohne dich ist wie Sex ohne Liebe. Es fehlt einfach was …*

Simone lächelte den Schlafenden an und erwog kurz, ihn zu wecken. Die Neugierde auf das, was heute vorgefallen war, brannte. Aber sie entschied anders.

Bevor sie sich in die Küche begab, um ein paar Nudeln zu kochen, versorgte sie ihren Strauß mit Wasser und beschrieb ebenfalls einen Zettel, den sie an die Vase pappte. Kalle würde ihn sehen, sobald er aufwachte.

Ab jetzt für immer ein Team!

62

Die Situation in der Psychiatrie des Martin-Luther-Krankenhauses war mehr als beklemmend. Während die Therapeutin den Stationsarzt informierte, suchte Lea immer wieder Tims Augen. Wie ein Lamm auf dem Weg zur Schlachtbank, dachte er. Er hätte heulen können. Aber was hätte er tun sollen?

Eine alte Frau schlurfte an ihnen vorbei. Das Leben in ihren Augen schien schon vor langer Zeit erloschen zu sein. War das die Hilfe, die diese Menschen hier bekamen? Alle Emotionen eindämmen? Tim rieb sich die Nasenwurzel.

Für die Aufnahme musste ein Fragebogen ausgefüllt werden. Spiering kümmerte sich darum.

Als sie einen Blick auf Tim erhaschte, sagte sie: »Die Aufnahme dauert noch ein Weilchen. Vielleicht möchten Sie ein paar persönliche Sachen für Frau Bennsdorf holen?«

Lea nickte ihm zu und Tim war dankbar für die kleine Auszeit. Wäre er geblieben, hätte er bei zwei Angaben auf dem Fragebogen protestiert. So stand am Ende aber dies darauf:

Sind Sie Alkoholikerin? Nein
Haben Sie heute Alkohol getrunken? Nein

Als Tim nur eine Dreiviertelstunde später einen Koffer zum Haupteingang rollte, wartete die Therapeutin schon auf ihn.

»Danke, dass Sie geblieben sind«, sagte er.

»Keine Ursache. Ihre Freundin hat etwas zur Beruhigung bekommen. Sie wirkte gerade bereits viel entspannter. Kommen Sie mit. Frau Bennsdorfs Zimmer liegt in einem Nebengebäude.«

Spiering führte Tim zum hinteren Bereich des Krankenhauses, vorbei an einem Parkplatz bis zu einem roten Backsteinbau. Der Admin folgte ihr durch einen kurzen Korridor, von dem aus man einen verglasten Innenhof mit einigen verschmutzten Gartenmöbeln aus Plastik erreichen konnte. Das sollte wohl die Chill-out-Lounge sein. Schön ging anders.

»Sie ist in diesem Zimmer.« Spiering deutete auf eine Tür auf der rechten Seite des Gangs.

Tim nickte.

Als die Psychologin zum Abschied seine Hand schüttelte, sagte sie: »Herr Hoppe, ich glaube wirklich, dass man Frau Bennsdorf hier helfen kann. Geben Sie bitte auch auf sich acht. Versprechen Sie mir das?«

Tim lächelte und nickte. Nachdem die Therapeutin um die Ecke gebogen war, prüfte er den Sitz seines Hemds und versuchte testweise zu lächeln. Okay. Er klopfte an die Tür, trat ein und grüßte.

Lea saß vornübergebeugt auf der Bettkante. Die Ellbogen ruhten auf den Knien, den Kopf in beide Hände gestützt. Sie wirkte so müde wie eine Kriegsveteranin. Aber sie blickte auf. »Tim.«

Er stellte den Koffer ab und setzte sich zu ihr ans Bett. »Hey, wie geht es dir?«, flüsterte er.

»Müde.«

»Das ist gut. Du musst dich ausruhen.«

»Ich bin froh, dass du noch mal gekommen bist.«

Tims Gesicht wurde ganz weich. »Natürlich bin ich gekommen. Und morgen komme ich auch.«

»Danke.«

»Möchtest du deinen Schlafanzug?«

Kopfnicken.

Tim war froh, etwas tun zu können. Er reichte ihr einen frischen Pyjama, mit dem Lea ins Bad schlurfte. In der Wartezeit räumte er die restlichen Kleidungsstücke in den Schrank und stellte ihr Badelatschen und Pantoffeln vors Bett. Als er einen Kulturbeutel hervorzog, kam Lea aus dem Bad. Tim schlug die Decke für sie auf.

Sie fiel mehr ins Bett, als dass sie sich hinlegte. Trotzdem versuchte sie, ihre Augen offen zu halten. »Geh nicht, bitte.«

»Nein, ich bleibe, bis du eingeschlafen bist. Versprochen.«

Sie tastete nach seiner Hand und er hielt sie. Schon nach wenigen Atemzügen schlief Lea.

Tim legte ihre Hand behutsam auf die gestärkte Bettdecke. Weiß und blutleer wirkte sie – wie ein toter Tintenfisch.

»Na? Schläft Barbie jetzt?«

Tim drehte sich in die Richtung, aus der die Stimme kam. Im Bett am Fenster saß eine blasse Frau mit dunklen, strähnigen Haaren und einer Drahtgestellbrille. Er hatte sie beim Eintreten nur flüchtig wahrgenommen.

»Ihr Name ist Lea«, antwortete er.

»Bist du ihr Lover?«

»Ich glaube nicht, dass Sie das was angeht.«

»Ach herrje, habe ich deine Gefühle verletzt? Das würde Psycho-Barbie nie tun, oder?«

Tim runzelte die Stirn. Warum musste Lea ausgerechnet mit so einer das Zimmer teilen? Er wandte sich wortlos ab.

»Du redest wohl nicht mit jedem, ne?«

Ignorieren, dachte er und wechselte einen Blick mit der dritten Person im Raum. Graue Haare, traurige Augen, die ihm zu sagen schienen: ›Ich pass auf sie auf.‹ Tim nickte ihr zu und ging zur Tür. »Auf Wiedersehen. Bis morgen. Sagen Sie es ihr?«

Die alte Frau tat einen gequälten Atemzug, als trüge sie die Verantwortung für alle verlorenen Seelen. Aber sie versprach Tim: »Ja. Ich sage es ihr.«

»›Ja, ich sage es ihr‹«, äffte die Dunkelhaarige die Ältere nach.

Tim drehte sich noch einmal zu Lea um. Sie atmete ruhig und gleichmäßig. Ich liebe dich, dachte er. Dann flüchtete er aus dem Zimmer.

63

Der Abend war kühl, aber die Luft erfrischend und klar. Pauls Wangen waren gerötet, als er am *Hotel Drews* ankam. Annemarie war pünktlich und lächelte, als sie ihren einstigen Förderer vor der Glastür sah.

Paul küsste sie zur Begrüßung auf die Wange. »Du siehst toll aus.«

Ihr Lächeln wurde breiter. Dann betrachtete sie ihn. »Das Kompliment kann ich guten Gewissens zurückgeben. Die neuen Sachen stehen dir wirklich ausgezeichnet.«

»Kein Wunder bei der exquisiten Beratung. Wollen wir vorher noch in der City was trinken oder fahren wir direkt ins *Roxy?*«

Das *Roxy* war eines von vier Programmkinos in Dortmund. Die Idee, sich gemeinsam einen Film anzusehen, hatte Annemarie gehabt.

»Wie weit ist es denn?«

Kehlmann dachte nach. »Bestimmt drei Kilometer. Warum?«

»Wollen wir nicht einfach laufen?« Wie selbstverständlich hakte sie sich bei Paul ein.

»Gerne. Ich bin froh, wenn ich mich bewegen kann. Eigentlich müssen wir fast nur geradeaus laufen. Wenn du magst, können wir durch den Stadtgarten gehen. Mal sehen, was hier zwischen den Betonburgen wächst ...«

»Na, dann mal los!«

Gemeinsam gingen sie die Hauptstraße entlang. Schräg hinter ihnen lag das Polizeipräsidium. Kehlmann riskierte einen kurzen Blick und verscheuchte dann die unangenehmen Erinnerungen.

»Hast du dir schon einen Film ausgesucht?«, wollte er wissen.

»Aber ja doch.«

»Lass mich raten, bestimmt *Die glorreichen Sieben*«, scherzte er.

»Klar, Westernfilme stehen ganz weit oben auf der Liste meiner liebsten Dinge.«

Paul lachte.

Sie setzte nach: »Direkt nach Steuererklärung und Kloputzen.« Dann stimmte sie in sein Lachen ein. Es klang gut.

Auf halbem Weg fragte er: »Musst du wirklich schon am Donnerstag zurück?«

Ein Schatten flog über ihr Gesicht. Aber dann lächelte Annemarie wieder. »Ja, die Kinder brauchen mich.«

Die nächsten Schritte schwiegen beide. Bis zur großen Kreuzung am Theater hatten sie mehr Pizzerien und Dönerschuppen passiert, als sie in einer Woche testen konnten. Schließlich wies Kehlmann mit dem Finger auf eine Baumgruppe zu ihrer Rechten. »Da drüben liegt der Stadtgarten.«

Der Name täuschte. Kaum etwas hier bot eine Chance für romantische Gefühle: Unter einem riesigen Betonklotz befanden sich die Zugänge zu mehreren U-Bahnen, dicht dahinter lag das repräsentative Stadthaus, gefolgt vom Rathaus. Die wenigen Bäume und Blumenbeete waren reine Dekoration, den Lärm des Südwalls konnte die Bepflanzung nicht dämpfen. Lediglich die glimmenden Laternen milderten den Eindruck, sich mitten in einer Großstadt zu befinden. Dennoch blieb Kehlmann unter einer kleinen Baumgruppe stehen und atmete durch.

»Was ist?«, fragte Annemarie. »Braucht der alte Mann eine Pause?«

Diesmal ging ihr Begleiter nicht auf den scherzhaften Ton ein. Er stand ihr direkt gegenüber. »Nein, das nicht. Aber mir ist gerade etwas bewusst geworden.«

Sie wartete darauf, dass er fortfuhr. Seine Pranke ergriff vorsichtig ihre linke Hand.

»Ich mag dich.« Paul schüttelte leicht den Kopf. »Nein, das stimmt so nicht. Da ist viel mehr. Ich will nicht, dass du wegfährst.«

Annemarie schaute ihn mit großen Augen an. Es schien, als ob sie noch nicht realisierte, was er ihr gerade gestanden hatte. Paul zog sie näher zu sich heran. Sacht. Seine Linke lag nun an ihrer Taille.

Gerade, als sein Mund sich ihren Lippen näherte, stoppte das Geigenspiel am Himmel. Stattdessen schrillte eine Fahrradklingel auf und etwas stieß Kehlmann in den Rücken.

»Boah, könnt ihr nicht woanders doof rumknutschen?« Ein junger Kerl hatte es gerade noch geschafft, von seinem Mountainbike zu springen, bevor das Rad aufs Pflaster stürzte. Drei Meter weiter blieb er stehen und streckte wie ein gefoulter Fußballer seine Hand anklagend in Richtung des Paars. »Spackos!«

Paul ballte die Fäuste und war mit zwei Schritten bei ihm. »Pass auf, du Arschloch. Willst du was auf die Fresse?«

Die Drohung reichte. Der Junge schnappte sein Rad, sprang auf und trat in die Pedale, um Abstand zu gewinnen. Zehn Meter weiter drehte er sich noch mal um. »Alter Wichser!«

Annemarie hatte eine Hand über den Mund gelegt und sah Kehlmann erschrocken an. »Paul«, sagte sie nur.

Er begriff sofort. Reumütig kniff er die Lippen zusammen und senkte den Kopf. »Es tut mir leid.«

»Du hast mir Angst gemacht.«

»Ich weiß. Entschuldige bitte.«

Wortlos setzten sie ihren Weg fort. Aber in Kehlmann arbeitete es. Nachdem sie das Rathaus passiert hatten, blieb er wieder stehen.

»Die Zeit im Knast verändert einen, Annemarie. Du wirst rumgeschubst und schikaniert.« Er klopfte sich auf die Brust. »Da ist immer noch eine Menge Wut.«

»Das verstehe ich«, sagte sie.

Aber Paul erkannte, dass dem nicht so war. »Ich weiß, dass ich daran arbeiten muss. Aber kannst du dir vorstellen, wie oft ich verzweifelt war? Wenn du das Gefühl hast, dass die ganze Welt gegen dich ist? Und wenn du dir vorstellst, dass die, die dir das angetan haben, sich ins Fäustchen lachen?«

Die Linien in Annemaries Gesicht wurden weicher. »Du meinst … dieses Mädchen und ihren Freund?«

Er nickte. »Ja. Das Leben ist manchmal so verdammt ungerecht. Und in Situationen wie gerade platzt die Wut einfach raus. Aber du musst mir eines glauben: Ich bin kein böser Mensch.« Bei den letzten Worten blickte er sie fest an.

»Ach, Paul!« Ihre Augen glänzten verdächtig. »Das weiß ich doch. Ich habe nichts vergessen. Niemals werde ich das!« Sie atmete durch und hakte sich wieder bei ihm ein. »Und jetzt lass uns weitergehen. Sonst verpassen wir noch den schönen Western.«

64

Endlich war Schluss. Adele packte ihr Spanischlehrbuch, ein paar Arbeitsblätter und das Schreibzeug zusammen und verstaute alles in ihrer Umhängetasche. Dann griff sie nach ihrem leichten Mantel.

Vor der Glasfront der VHS verabschiedeten sie sich von zwei anderen Teilnehmerinnen, die nun in Richtung Essener Hauptbahnhof verschwanden. Adele wandte sich in die andere Richtung, zum Pferdemarkt.

Die Strecke zog sich, aber sie wohnte doch zu nah, als dass sich die Suche nach einem Parkplatz in der City gelohnt hätte. Nach einem Tag im Büro und zwei Stunden in der VHS brauchte sie sowieso etwas Bewegung. Und um diese Zeit war die Innenstadt noch belebt genug, um einigermaßen sicher nach Hause zu kommen.

Hinter dem Pferdemarkt musste sie auf die andere Seite der breiten Schützenbahn wechseln, wo es abseits der Hauptstraßen deutlich dunkler und leerer sein würde. Auf der langen Fußgängerbrücke war sie allein. Das Klappern ihrer Absätze übertönte den Verkehrslärm unter ihr. Waren das wirklich nur ihre eigenen Schritte? Ein kurzer Blick nach hinten, dann schüttelte sie den Kopf. Wie oft war sie hier schon nachts langgelaufen …

Der Besuch des Kriminalbeamten fiel Adele wieder ein. Kommissar Waliszczek hatte sie über Mertens befragt, der die Unfallmaschine geflogen hatte, in der auch Ole gesessen hatte. »Hatte der Mann hier im Institut irgendwelche Feinde?«

Was für ein Quatsch. Robert war beliebt gewesen und in Sachen Karriere garantiert noch niemandem in die Quere gekommen.

Der Absturz belastete auch Adele. Warum ermittelte die Kripo überhaupt? War es vielleicht gar kein Unfall gewesen?

Wieder hatte sie das Gefühl, jemanden hinter sich zu hören. Doch sie drehte sich nicht noch mal um. Es kam ihr albern vor, trotzdem ging sie etwas zügiger. Bis nach Hause waren es nur noch fünf Minuten.

Unterwegs wurde sie beinahe zwangsläufig an ihre Arbeitsstelle in Duisburg erinnert: In einem schmucklosen Zweckbau in der Gerlingstraße befand sich ein Uni-Institut, das sich wie Kopula mit Fragen der IT beschäftigte. Adele hatte sich dreimal hier beworben, aber die Verhältnisse bei Paluno mussten traumhaft sein – auf jeden frei werdenden Platz bewarben sich angeblich mindestens zwanzig Fünfsternekandidaten. Mit ihren siebenundvierzig Jahren hatte sie da kaum eine Chance.

Wirklich schade, dachte sie, denn von hier aus hatte sie nur noch vier Minuten Fußweg. Zwanzig Meter vor ihrer Haustür blieb sie stehen und suchte nach ihrem Schlüsselbund. Ein Stück die Straße hinauf wurde der Motor eines Autos gestartet. Zu weit weg, um Adeles Aufmerksamkeit zu erregen. Sie betrat die Fahrbahn, um die Straße zu überqueren. Wählte keinen rechten Winkel, sondern lief wie immer schräg auf die Haustür zu. Hier gab es keinen Durchgangsverkehr.

Jetzt hörte sie die Motorengeräusche, die sich rasch näherten. In dieser Straße rasten nur Idioten! Irritiert blickte sie in Richtung des Lärms. Wieso fuhr der ohne Licht?

Adele hastete auf die lange Häuserwand zu. Auch wenn der Fahrer besoffen war, die Straße würde er hoffentlich vom Bordstein unterscheiden können. Ausgerechnet jetzt fiel ihr der Schlüsselbund aufs Pflaster. Mist.

Sie ging in die Knie, um den Metallring aufzuheben, da riss der Fahrer das Steuer nach rechts. Adele schnappte nach Atem, als der Wagen über den Bordstein sprang wie ein außer Kontrolle geratener Roboter – direkt auf sie zu. Sie reagierte instinktiv und machte einen Satz nach hinten. Dabei stürzte sie direkt auf ihr Steißbein und stöhnte auf. Gleich darauf schrappte Metall an der Hauswand entlang. Adeles Herz raste. Wäre sie nur etwas langsamer gewesen …

Etwa fünfzig Meter weiter hoppelte der Wagen zurück auf die Straße und bremste. Endlich machte sich der Schock in ihr breit. War der Kerl von allen guten Geistern verlassen? Adele rappelte sich auf. Ihre Hände waren aufgeschürft und das Aufrichten tat höllisch weh. Hatte sie sich etwas gebrochen? Sie stöhnte.

Hinter ihr wurde ein Fenster geöffnet. Sie drehte den Kopf. Eine Männerstimme schrie: »Vorsicht!«

Die Warnung war nicht nötig. Adele hörte es, bevor sie es sah. Der Wagen drehte und blendete die Scheinwerfer auf. Das Licht machte sie blind. Schützend riss sie eine Hand vor die Augen, während ihr Blut durch die Adern rauschte.

Der Unbekannte trat das Gaspedal durch. Der Motor heulte auf wie ein verletztes Tier. Adele schwang herum. Aber der Wagen musste schon ganz dicht hinter ihr sein. Die Haustür! Zur Einbuchtung!

Der Wagen knallte wieder über den Bordstein. Sie sprang. Schrie. Dann knallte die Stoßstange gegen ihre Hüfte. Adele spürte noch, wie ihr Kopf gegen die Hauswand schlug. Dann zerquetschte eine Tonne Metall ihren Körper wie eine reife Frucht. Als der Wagen mit quietschenden Reifen davonraste, war Adele längst tot.

65

Der Film interessierte Kehlmann nicht. Das war nur sein Alibi. Annemarie hatte sich natürlich nicht für die Neuauflage der *glorreichen Sieben* entschieden, sondern für ein Liebesdrama. *Alice und das Meer* hieß der Streifen. Aber das war ohne Belang. An diesem Abend hätte Paul bei jedem Film Schwierigkeiten gehabt, sich auf den Inhalt zu konzentrieren. Und das lag nicht nur an dem Mief, den dieses Kino aus allen Ritzen atmete. Auch Annemarie rümpfte die Nase, sagte aber nichts.

Auf der Leinwand schaukelte ein Schiff auf unruhigen Wogen. Die gleiche Unruhe spürte auch er. Wie spät mochte es sein? War es schon passiert?

Seine Nervosität blieb nicht unbemerkt. »Was ist denn?«, flüsterte Annemarie ihm zu.

»Kannst du das Popcorn bitte mal halten? Ich muss dringend auf die Toilette.«

»Ach so. Natürlich. Gib her.«

Erleichtert schob sich Paul an den Beinen der anderen Kinobesucher vorbei. Er nahm direkten Kurs auf die Herrentoilette, die glücklicherweise leer war. Trotzdem schloss er sich in eine der wenigen Kabinen ein, bevor er sein Smartphone hervorzog.

22:03 Uhr. Wenn Cookie Wort gehalten hatte, dann war Klawitter Geschichte. Die Initialisierung und der Zugang zu seiner Torbox-Mailbox dauerten eine halbe Ewigkeit. Der Netzempfang im Kino war unterirdisch. Endlich! Voller Erwartung prüfte Paul den Posteingang.

Nichts. Keine Nachricht von SilentSnitch. Verdammt! War etwas schiefgegangen? Oder hatte Cookie es sich anders überlegt? Die Kohle hatte er ja schon bekommen.

22:08 Uhr. Um die Lokalnachrichten zu checken, war keine Zeit mehr. Annemarie wunderte sich bestimmt schon, wo er blieb.

Als Paul zu seinem Platz im Saal zurückkehrte, lief bereits der Abspann und die ersten Besucher standen auf. Annemarie war die Enttäuschung anzusehen. »Jetzt hast du das Ende verpasst. Warum warst du denn so lange weg?«

»Das willst du nicht wissen«, antwortete er wahrheitsgemäß und brachte sie damit schon wieder zum Lachen.

»Lass uns noch was trinken gehen. Dann erzähle ich dir, wie es ausgegangen ist.«

Eigentlich drängte ihn alles nach Hause. Aber sein Alibi musste dicht bleiben. Paul winkte ein Taxi heran, nachdem sie das Kino verlassen hatten. Wenig später stiegen sie an der Reinoldikirche aus. Dortmunds altes Wahrzeichen stand mitten in der City, an der historischen Kreuzung zweier uralter Handelsstraßen.

Platz fanden sie nach einigem Suchen im *Alten Markt.* Eine pralle Kellnerin in dekolletiertem Dirndl räumte gerade einen Tisch auf der Balustrade frei.

Annemarie bestellte lächelnd einen halben Liter Weißen aus dem Elsass, für sie war das so etwas wie ein Gruß aus der oberrheinischen Heimat. Den Vorfall im Stadtgarten schien sie völlig verdrängt zu haben. Auch dass sie sich fast geküsste hatten?

Paul war froh, dass sie die Konversation übernahm. Während sie wort- und gestenreich beschrieb, wie der Film ausgegangen war, nickte oder lächelte er, wenn es ihm angebracht schien. Aber seine Gedanken kreisten um eine andere Frau – Adele. Und er dachte an Cookie. An hundert Bitcoins, umgerechnet fast fünfundfünfzigtausend Euro, die er als Vorschuss transferiert hatte. Dabei hatte Paul das Gefühl, als mische irgendein verborgener Mechanismus schubweise eine Einheit Adrenalin durch sein Blut. Was tat er hier? Was, wenn Adele gar nicht tot war? Oder schlimmer noch: wenn man Cookie geschnappt hatte? Würde er Paul verpfeifen?

»... gesehen hast?«

»Bitte?«

»Sag mal, hörst du mir überhaupt zu?«

»Ja, natürlich. Ich habe nur den letzten Satz nicht verstanden.« Er zwang sich zu einem Lächeln. »Kein Wunder bei dem Lärm hier, oder?«

Die Skepsis in Annemaries Gesicht wich. »Ich habe dich gefragt, was der letzte Kinofilm war, an den du dich erinnerst.«

Er zuckte mit den Schultern. »Ist schon so lange her.«

»Sag mal, bist du nervös?«

Sein Körper straffte sich. »Warum fragst du?«

»Guck dir mal an, was du mit dem Bierdeckel angestellt hast.«

Paul blickte auf den Tisch. Anscheinend hatten seine Hände ein Ventil gefunden, um etwas Spannung abzubauen. Von seinem Pappdeckel waren nur noch Fetzen übrig. »Kreative Menschen müssen ab und zu zum Ausgleich etwas kaputt machen«, erklärte er mit einem Lächeln. Doch insgeheim ermahnte er sich: Reiß dich zusammen!

Jetzt gelang es ihm, seine Rolle wieder aufzunehmen. Er beugte sich ein Stück zu Annemarie vor und nahm eine Hand in die seine. Sie verschwand fast vollständig in seiner Pranke. »Weißt du, mir geht schon den ganzen Abend etwas nicht mehr aus dem Kopf.«

Da war wieder dieser Blick. Wie von einem schüchternen Mädchen. »Ja?«

»Vor dem Kino, da ...« Er rückte noch ein Stück näher, damit man am Nebentisch nicht mithören konnte. »Da hätten wir uns fast geküsst, oder?«

Sie errötete und Paul erkannte mehr denn je das Mädchen von damals in ihr. Und plötzlich gab es keine Rolle mehr zu spielen – die Rolle spielte ihn. Er wechselte den Platz, sodass er direkt neben Annemarie saß. Nur einen Wunsch hatte er. »Darf ich ... darf ich dich küssen?«

Es bedurfte keiner Antwort. Ihre Lippen trafen sich. Paul

schloss die Augen und genoss den Schauer. Sie schmeckte gut. Süß. Lieblich. Warum war es mit ihr so anders?

Beide verloren sich in dem Kuss. Annemarie schien benommen, als sie sich voneinander lösten. Ihr Busen hob und senkte sich und ihre Pupillen waren geweitet. Wortlos blickten sie sich an.

Die Farbe auf ihren Wangen hatte sich in alle Richtungen ausgebreitet.

»Du bist unglaublich schön«, murmelte Paul.

Ihre Augen füllten sich mit Tränen.

»Weißt du, was ich dir nie gesagt habe?«

Sie schien zu ahnen, was er aussprechen wollte. »Sag es nicht.«

»Doch«, flüsterte er. »Damals habe ich mich nicht getraut. Aber jetzt bin ich ein Mann.« Er streichelte ihre Hand, so sanft, wie er es sich nicht zugetraut hätte.

»Bitte, Paul …«

»Ich liebe dich.«

Sie sprang vom Tisch auf und riss ihre Handtasche vom Stuhl. »Ich … ich kann nicht.«

»Annemarie, warte.« Er wollte hinter ihr herlaufen, stieß aber mit dem Knie an den Tisch, sodass die Gläser kippten. Mit einem lauten Klirren gingen sie zu Bruch.

»Hey!«, schrie ein Mann am Nebentisch. »Können Sie nicht aufpassen?«

»Schnauze!«, kläffte Paul zurück und warf ihm einen zornigen Blick zu, bevor er Annemarie hinterherlief. Aber vor dem Ausgang baute sich bereits eine der Kellnerinnen auf. Paul bremste und pfefferte der Frau im Dirndl schließlich zwei Zehner in die Hand. Zu spät. Als er die Straßenecke erreichte, sah er nur noch die Rücklichter eines Taxis.

66

Wo bin ich? Lea erwachte und fühlte sich so benommen wie zuletzt als Achtzehnjährige nach einer durchzechten Nacht bei *Rock am Ring.* Aber sie lag weder in einem Schlafsack noch in ihrem eigenen Bett. Sie setzte sich aufrecht und schüttelte den Kopf, als könnte sie den Nebel so vertreiben. Ja, natürlich, sie war im Krankenhaus!

Der schwache Schein einer roten Betriebsleuchte half ihr, den Lichtschalter an ihrem Bettgestell zu finden. Eine ältere Dame gegenüber schnarchte leise. Iris, fiel es ihr wieder ein Depressionen – eine Dunkelheit, die sie nur zu gut kannte.

Rechts lag Kira, die in Leas Alter war. »Borderline«, hatte Iris ihr zugeflüstert, als die Jüngere im Bad war. Lea war gestern durch das Geklapper der Tabletts fürs Abendessen wach geworden.

Kira hatte eine Scheibe Wurst nach ihr geworfen. »Hier, du Skelett. Iss das. Und wehe, du kotzt. Ich habe keinen Bock auf deinen Magersuchtscheiß.«

Lea hatte aufstehen wollen, um eine Schwester zu holen Doch Kira hatte ihr den Weg versperrt und gelacht. »Mann, war doch nur Spaß, du blöde Barbie.«

Zum Glück schlief die Dreißigjährige jetzt. Lea knipste das Licht wieder aus. Sie wollte nicht riskieren, dass die Zimmergenossin aufwachte. Aber sie fand keinen Schlaf. Zu viele Gedanken rauschten ihr durch den Kopf und sie wälzte sich von links nach rechts.

Paul musste einfach in ihrer Wohnung gewesen sein. Auch wenn es sonst niemand wahrhaben wollte. Wer sonst hätte von der rosa Unterwäsche wissen können?

›Aber was ist mit den Stimmen?‹, hörte sie Tim und Kalle

in Gedanken fragen. Lea drehte sich erneut auf der dünnen Matratze. Dafür hatte sie keine Erklärung. War doch alles nur Einbildung gewesen?

Der Gedanke kreiste wie ein Hubschrauber über ihrem Bett. Würde sie mit Zwangsvorstellungen leben wollen? Mit der Angst als ständigem Begleiter? Und Leuten wie Kira? Nein, schrie es in ihr. Keine Halluzinationen. Sie hatte die Stimme doch ganz deutlich gehört! Nicht nur in ihrem Kopf! Im Raum!

Zurück auf den Rücken. Es war warm im Zimmer, drückend. Lea hatte das Gefühl, als könnte sie die wenigen Sauerstoffmoleküle im Raum zählen.

Nun schob sich das Bild von Tim in Leas Gedankenkarussell. Wie er sie immer ansah. Wie sollte sie seine Gefühle jemals erwidern können? Was tat sie ihrem Freund an? Der Gedanke war schmerzlich. Lea weinte. Leise. Bloß niemanden wecken.

Irgendwann musste sie eingeschlafen sein, denn als sie wieder aufwachte, hatte sich etwas verändert. Träge drehte sie den Kopf nach rechts und richtete sich halb auf. Die Tür! Sie stand einen Spalt offen. Ein winziger Lichtkegel breitete sich auf dem Boden aus wie eine goldene Wasserlache.

Dann hörte sie jemanden atmen. Direkt zu ihrer Linken. Lea zuckte mit dem Kopf herum, als hätte ihr jemand eine Ohrfeige gegeben. Ihr blieb fast das Herz stehen. Da stand jemand, ganz nah. Die Gestalt streckte die Hand nach ihr aus. Lea schrie.

Die fremde Hand streichelte ihre Wange. Sie schlug danach. Dann fluchte jemand. Kira. Kurze Zeit später wurde das Zimmer mit Licht geflutet. Lea verstummte so abrupt, als hätte jemand den Stecker aus einem Gettoblaster gezogen.

Gleich darauf stürzte Nachtschwester Milena ins Zimmer. »Was ist denn hier ...? Sie erfasste die Situation im Bruchteil einer Sekunde und war sofort an Leas Bett und schob die gebeugte Gestalt zur Seite. »Frau Bennsdorf, beruhigen Sie sich doch. Das ist nur unser Herr Walther.«

Nun nahm Lea ihn endlich wahr. Ein alter Mann. Bloß ein kranker, alter Mann. Aber sie konnte sich nicht beruhigen. Sie hatte Pauls Finger gespürt. Die kalte Hand, die Schmerz versprach. Eine Verheißung ... Ein unkontrollierbares Zittern erfasste ihren Körper.

Der Mann streckte wieder seinen Arm nach ihr aus. Lea zuckte zurück. Die Haut des Alten war ganz weiß, knotig und mit hellbraunen Malen übersät. Wie ein stockfleckiges Stück Stoff.

»Hannah«, sagte er und blickte verwirrt in die Runde.

Schwester Milena führte den alten Mann zur Tür. »Nein, Herr Walther, ihre Tochter hat doch rote Haare. Erinnern Sie sich nicht?« Sie warf Lea einen prüfenden Blick zu. Dann sagte sie: »Ich bin gleich wieder bei Ihnen.«

Kaum war die Bereitschaftsschwester aus dem Zimmer, äffte Kira Leas Zittern nach. »Oh, ich bin die Psycho-Barbie. Ich muss immer im Mittelpunkt stehen.«

Lea versteckte ihr Gesicht hinter ihren Händen.

»Krieg dich ein. Oder lass dich einschläfern. Das hält keine Sau aus mit dir.«

Die Schwester erschien wieder und warf einen kritischen Blick ins Zimmer. Iris schlief noch immer. Die Schlaftabletten, die sie am Vorabend eingenommen hatte, mussten echte Hammer gewesen sein.

Milena setzte sich zu Lea ans Bett und berührte ihre Schulter. »Geht es wieder?«

»Ich kann hier nicht bleiben«, schluchzte die junge Frau jetzt durch ihre Hände.

»Es tut mir leid, dass Herr Walther Sie so erschreckt hat. Ich passe ab jetzt besser auf. Versprochen.«

»Nein, das ist es nicht!«, hätte Lea am liebsten geschrien. Aber ihr fehlte die Kraft.

Die Schwester warf einen Blick auf Kira, die sich wieder hingelegt hatte und nun tat, als interessiere sie sich nicht mehr für Lea. Milena verzog den Mund und wandte sich wieder der ängstlichen Patientin zu. »Frau Bennsdorf, möchten Sie vielleicht auch eine Schlaftablette?« Passenderweise hatte sie eine Plastikdose mit zwei Pillen in der Tasche ihres Kittels, die sie der Blonden nun entgegenstreckte.

Lea schüttelte den Kopf. Sie durfte nicht wieder einschlafen. Sie musste wachsam sein.

Der Schwester schien bewusst zu sein, wie unsicher die junge Frau sich fühlte. Sie beugte sich vor und flüsterte der Patientin etwas ins Ohr.

Lea entspannte sich, nahm die Hände vom Gesicht und flüsterte: »Versprechen Sie es?«

»Beim Leben meines Vaters.«

Lea nahm beide Tabletten.

67

Wie so oft in den letzten Monaten wurde Klaus-Ulrich Mager lange vor dem Frühstück wach. Mal wieder geweckt von seiner verfluchten Blase. Nachdem er sich erleichtert hatte, kochte er sich einen Pott Kaffee und trat den Rückzug in seinen Adlerhorst an. Im Rauch der ersten Zigarette wartete er darauf, dass sein acht Jahre altes Notebook endlich hochgefahren war. Dann startete er einen Rundflug durch die Polizeiberichte im Ruhrgebiet, aber sie waren seit dem Abend unverändert. Offenbar hatten die Macher dieser Seiten einen besseren Schlaf als er.

Während Mager schwankte, ob er die Nachrichten in der

Jungen Welt oder im *Spiegel* lesen wollte, ritt ihn der Teufel – und er wählte die Onlineausgabe der BLUT-Zeitung an Schon nach zwei Minuten hätte er kotzen können. Die reißerischen Meldungen über Hartz-IV-Betrüger und die Flüchtlingswelle schlugen ihm auf den Magen. Aber das Einzige, was nach einem Verbrechen aussah, war diese Meldung:

HORRORUNFALL – KFZ QUETSCHT FRAU ZU TODE

Gestern, 21:51 Uhr: Im Essener Ostviertel mähte ein Pkw die 47-jährige Uni-Angestellte Adele K. nieder. Zehn Meter von ihrer Haustür entfernt rammte er sie gegen eine Hauswand und quetschte sie zu Tode. Nachbar Emil H. (63): »Vom Fenster aus sah ich, wie Adele versuchte, sich zu retten. Aber dieses Schwein hat noch mal Anlauf genommen. Das war Mord! All das Blut! Das werde ich nie vergessen.«

Obwohl der Notarzt nach acht Minuten vor Ort war, kam jede Hilfe zu spät. Herr H. ist in psychologischer Betreuung. Die Polizei sucht weitere Zeugen. Meldungen an …

Nur noch Irre unterwegs, dachte Mager. Dann hörte er eine Etage tiefer Karins Wecker. Er versetzte das Notebook in den Stand-by-Modus, eilte in die Küche und tat dort das Gegenteil: Herd auf zweihundert Grad vorheizen, sechs Aufbackbrötchen anfeuchten. Dann warf er die Kaffeemaschine an.

Zehn Minuten später war der Tisch gedeckt und Mager zerstückelte noch etwas Obst. Das kam immer gut an. »Frühstück!«

Selbst Theo stieg diesmal pünktlich vom Olymp herunter – frisch geduscht und fertig angekleidet. Durch die offene Küchentür konnte man sehen, dass er kurz vor dem Spiegel stehen blieb und sein Abbild beäugte. Die Eltern sahen sich an – das war neu.

»Mama«, sagte der Sohn, als er sich an den Tisch setzte

und gleich etwas näher an Karin heranrutschte. »Ich brauche Geld für den Friseur.«

Karin hob die Augenbrauen. »Schon wieder? Du warst doch erst vor drei Wochen.«

»Die wachsen so schnell.« Er zeigte ihr den Nacken. »Guck mal, sieht schon krusselig aus.«

»Bis nächste Woche wird es noch gehen. Wenn du willst, kann ich dir den Nacken ausrasieren.«

»Bloß nicht! Ich will in der Schule nicht gedisst werden. Also?«

»Was also?«

»Krieg ich das Geld? Neue Shirts bräuchte ich übrigens auch. Papa hat die guten weißen letzte Woche rosa gefärbt. Er sollte endlich beim Rentnertreff einen Waschmaschinenführerschein machen.«

Karin rollte mit den Augen. »Meinetwegen. Hast du fünfzig Euro klein, Klaus?«

»Nur fünfzig Euro?«, maulte Theo. »Das ist …«

»… mehr als du vor fünf Minuten noch hattest«, vollendete Mager den Satz. »Aber sag mal, Söhnchen, so viel Sorge um deine Schönheit … Haben wir irgendetwas verpasst?«

Eine leichte Röte überzog Theos Gesicht, doch dann ging er mutig zum Gegenangriff über: »Nee, noch nicht. Aber irgendwann schreibe ich mal ein Buch: *Peinlich hoch drei. Teenagereltern im Ruhrpott.* Wird garantierte ein Bestseller.«

68

»Aus dem Bett gefallen?«, fragte Kasten, als Echternach das Büro betrat.

Der Kollege hatte nachts um drei gemailt, dass er etwas später zum Dienst erscheinen würde.

»Hast du wirklich bis in die Nacht recherchiert?«

Die acht Leute, die sich in Kastens Büro versammelt hatten, sahen ihn gespannt an. Doch der Boxer wand sich noch. Schließlich gab er zu: »Na ja, wenn man schon mal einen Kollegen trifft, mit dem man zusammen auf der Polizeischule war …«

Alle grinsten. Auch Kasten hatte Mühe, ernst zu bleiben. Echternachs Augenringe ließen darauf schließen, dass man nicht nur Buttermilch getrunken hatte.

»Okay. Nennen wir es einen dienstlichen Erfahrungsaustausch. Aber das sollte eine Ausnahme bleiben. Wir wollen einen Mörder fangen.« Sie schaute auf ihren Notizzettel. »Zu Mertens und Rasmusson: Hat bisher jemand irgendetwas gehört, was uns auf der Suche nach dem Mordmotiv weiterbringen würde?«

Keiner meldete sich zu Wort.

»Schade«, knurrte Kasten. »Schreibt nachher einen Bericht und hängt ihn in die Fallakte. Kevin, was macht Schweden?«

»Die Kollegen kümmern sich und wollen sich melden.«

»Gut. Du behältst das im Blick?«

Kopitzki nickte und lehnte sich zurück. Mit etwas Glück blieb ihm die Dienstreise Richtung Polarkreis erspart.

»Und jetzt zum Finale«, verkündete Kasten und nickte Kuba zu.

Der warf den geliehenen Beamer an. »Die Halle im Hintergrund ist das Revier der Fallschirmspringer. Sehr unübersichtlich. Von der einen Seite kommen Leute herein, die gesprungen sind und ihre Schirme neu falten müssen. Gleichzeitig bereiten sich andere auf den Sprung vor. Ein ständiges Kommen und Gehen.« Zunächst zeigte er den Abmarsch der Springer – vorbei an dem Tisch mit den beiden Männern, die in einer Stunde tot sein würden. »Die gucken wir uns gleich noch genauer an.«

Mach, dachte Kasten und zog einen Zigarillo aus der Packung, den sie auf ihrer Schreibunterlage hin- und herrollte. Kuba startete derweil eine Sequenz aus anderer Perspektive. Der Tisch mit den beiden Männern tauchte jetzt, von schräg oben aufgenommen, im Vordergrund auf.

Kuba stoppte kurz. »Das sind Mertens und Rasmusson. Beide studieren offenbar eine Landkarte. Aber guckt mal, was auf dem Tisch steht.«

An der Ecke neben Rasmussons Platz thronte eine einsame Mineralwasserflasche. Waliszczek erkannte sie sofort. »Das ist dieselbe Marke wie die manipulierte Flasche.«

Zwanzig Sekunden lang passierte nichts, aber dann tauchte von rechts ein dritter Mann auf. Er trug einen blauen Overall und eine Baseballkappe. Die Männer im Filmausschnitt studierten noch immer ihren Flugplan. Nun näherte sich der Mann im blauen Springeroutfit. Den Kopf gesenkt, sodass sein Gesicht unter dem Mützenschirm verschwand, stellte er im Vorübergehen eine zweite Wasserflasche ab, hustete und hielt beim Weitergehen wieder eines der Getränke in der Hand.

»Noch mal?«, fragte Kuba. »Achtet auf die Hände des Mannes und auf die Position der Flasche auf dem Tisch!«

Beim zweiten Hinschauen hatte es jeder gesehen. »Boah, ey. Der hat die eiskalt ausgetauscht!«, sagte Kopitzki.

»Korrekt!«, sagte Kuba. »Der Mann ist clever. Er wusste genau, wie er die Kameras austricksen konnte. Und in seinem Springerdress ist er niemandem aufgefallen. Eine weitere Kamera hat fünf Minuten später aufgezeichnet, wie der Kappenmann auf der anderen Seite die Halle verlässt. Hat 'ne Weile gedauert, bis ich ihn entdeckt habe. Er trug Jeans und Sweatshirt und eine andersfarbige Kappe.«

»Gute Arbeit«, meinte Kasten. »Wie soll es weitergehen?«

»Von beiden Situationen habe ich Fotos ausgedruckt. Damit

fahren wir nach Marl und zeigen Sie den Springern. Jeden Tag in dieser Woche.«

»Ist das nicht etwas zu aufwendig?«, fragte jemand.

»Die Chancen stehen gut. Die meisten Springer sind wirklich süchtig und springen, wann immer und so oft es geht. Vor Beginn der Winterpause wollen alle noch mal los.«

Die meisten Beamten nickten zustimmend, aber eine Frage gab es noch: »Was ist mit denen, die am Absturztag auf dem Platz waren, aber diese Woche nicht mehr kommen?«

»Die kriegen Post von uns. Jede Wette: Wir werden mindestens einen finden, der sich an den Kappenmann erinnert.«

69

Kalle war an diesem Morgen nicht so schnell wie sein Vater. Schuld war nichts anderes als die Liebe. Wach geworden war er, als eine Hand sanft über sein Gesicht und seine Haare glitt. Dann spürte er den warmen Körper neben sich. Blinzelnd stellte er fest, dass er noch immer auf der Wohnzimmercouch lag.

»Hey, mein Herz«, flüsterte Simone. »Das Frühstück ist fertig. Steht auf dem Balkon.«

Während sie die Kaffeetassen befüllte, entdeckte Kalle den Strauß Rosen mit Sims Liebesbotschaft. Als sie auf dem Balkon saßen, sagte er: »Danke für die Blumen. Zwei Doofe, ein Gedanke.«

»Sieht so aus. Übrigens, für den unwahrscheinlichen Fall, dass ich wegen Lea in der letzten Zeit mal verbohrt oder womöglich ungerecht gewesen sein könnte …«

Zwei Meter weiter wurde ein Fenster geschlossen. Nachbar Seemann war es offenbar zu peinlich, noch im Bett Zeuge des Gesprächs zu werden.

»Also, für diesen unwahrscheinlichen Fall müsste ich sagen ...«

Kalle konnte nicht anders. Er grinste. »Ja?«

»... dass es mir ganz schrecklich leid täte.«

Das Grinsen erreichte maximale Größe. »Das war die mieseste Entschuldigung, die ich je gehört habe.« Er stand auf und küsste Sim. »Und die überflüssigste ...«

»Warum?«

»Ich bin der falsche Adressat.«

»Ich hasse es, wenn du recht hast.«

Kalle schmunzelte und setzte sich wieder auf seinen Stuhl. Simone griff nach ihrem Handy, das wie immer auf dem Tisch lag.

»Du, ich muss gleich los, es ist schon kurz nach neun. Kannst du mir trotzdem noch erzählen, was gestern passiert ist? Wenn ich mit Tim rede, würde ich gern wissen, was mich erwartet.«

»Du meinst, für den unwahrscheinlichen Fall, dass ...?«

Sie grinste. »Ich merke, wir verstehen uns ...«

Schade, dachte Kalle. Damit war die verbliebene Kuschelzeit wohl dahin. Er seufzte, dann erzählte er.

70

Paul fluchte. Das war der fünfte Anruf, bei dem Annemaries Mailbox ansprang. Er pfefferte das Smartphone auf den Wohnzimmersessel. Warum hob sie nicht ab? Warum war sie so ausgeflippt?

Der Druck in seiner Brust gefiel ihm nicht. Es fühlte sich an, als hätte jemand eine dünne Schnur viel zu fest um sein Herz gewickelt. Frauen, dachte er. Es wäre besser, wenn man ohne auskäme.

Paul tigerte in die Küche und wieder zurück ins Wohnzimmer. Was wollte er noch mal tun? Kaffee kochen. Ja. Er ging zurück in die Küche, setzte zwei Tassen auf und nahm mit Telefon und Laptop Platz. Vier neue E-Mails waren eingegangen, die erste stammte von seinem Bewährungshelfer.

Sehr geehrter Herr Kehlmann,
seit Ihrer Entlassung hatten wir noch keine Gelegenheit, uns zu unterhalten. Ich möchte Sie daher einladen, mich nächste Woche in meinem Büro zu besuchen. Falls es Ihnen nicht möglich ist zu kommen, bitte ich um telefonische Nachricht.
Mit freundlichen Grüßen
Günter Bachmann

›Einladen‹? Was für ein Wichser, dachte Paul. Aber statt ihm das zu schreiben, antwortete er nur knapp und sachlich.

Sehr geehrter Herr Bachmann,
vielen Dank für Ihre Einladung. Ich komme am Freitag gegen 15:00 Uhr, wenn Ihnen das recht ist.
Freundliche Grüße
Paul Kehlmann

Die nächste Mail enthielt ein kurzes Schreiben des Anwalts, der sich um Pauls Konto gekümmert hatte. Es ging um den finanziellen Ausgleich für das Opfer. Von wegen Opfer, dachte Kehlmann. Aber um das Geld machte er sich keine Sorgen. Erstens hatte er zusätzlich zu seinen offiziellen Konten noch das in Panama geparkte Schwarzgeld. Zweitens konnten Tote keinen Opferausgleich in Anspruch nehmen.

Die Botschaften mit den Betreffs *Hallux valgus* und *Potenzpillen* wanderten ungelesen in den Orkus. Spannend wurde es erst, als Paul seine Tor-Box anwählte. Als er gestern Nacht gegen zwei Uhr eingeschlafen war, war sie noch leer gewesen. Jetzt aber hatte er Post von SilentSnitch.

Betreff: Kühles Blondes

Auslieferung teurer und riskanter als gedacht. Preis hat sich erhöht. Gefahrenzulage +50. Noch heute. Sonst keine weitere Lieferung möglich.

Darunter ein Link zur BLUT-Zeitung. Nichts weiter.

Fünfzig Bitcoins zusätzlich? Kehlmann kochte. Das waren ungefähr fünfundzwanzigtausend Euro. Zusätzlich zu den fünfundfünfzigtausend, die er schon transferiert hatte. Dieser miese Betrüger!

Dann aber klickte er den eingefügten Link an. Vor seinen Augen erschienen das Farbfoto eines blutbesudelten Gehwegs und ein Artikel der BLUT-Zeitung.

HORRORUNFALL – KFZ QUETSCHT FRAU ZU TODE.
DER TOD KAM AUF VIER RÄDERN …

Kehlmanns Augen flogen über den Text, bis die Rede auf das Opfer kam: Adele K., siebenundvierzig. Sein Herz stieg wie ein Aasgeier in die Luft. Was für ein Ende!

Quer über das Foto zog sich ein schwarzer Balken mit der Aufschrift *Warum?*

Weil sie eine Verräterin war, dachte Kehlmann. Weil sie es verdient hat.

Fasziniert betrachtete er die blutigen Spuren an der Hauswand und auf dem gepflasterten Gehweg. Wäre er selbst fähig gewesen, das zu tun? Vielleicht.

Er las den Artikel zu Ende und dann noch ein zweites

Mal. Saubere Arbeit, dachte er. Und angesichts des Zeugen war eine Gefahrenzulage für Cookie voll in Ordnung.

Also los, bei geschäftlichen Dingen durfte man nicht schlampig sein. Mit seiner Bitcoin-Adresse startete er die Transaktion. Zum Glück hatte er sich schon vor Jahren mit diesem Bezahlmodell vertraut gemacht. Blockchains, Wallets und Mining waren keine Fremdwörter für Paul. Als Eingeweihter konnte man Zahlungen so abwickeln, dass selbst die besten IT-Spezialisten es meist nicht schafften, den Weg der virtuellen Währung zurückzuverfolgen.

Ein letzter Klick. Nun musste die Transaktion nur noch bestätigt werden. Auch das war eine Aufgabe für Profis. Mittels einer höheren Gebühr konnte man das Schürfen der Coins beschleunigen. Das tat er. Bestens!

Zuletzt suchte Paul eine geeignete Adresse im Darknet. Es dauerte eine Weile, bis er fündig wurde. Dann schrieb er zurück:

Gute Arbeit. +50 unterwegs. Kurzes Treffen im Darkroom? Mittwoch um Mitternacht! Hier der Link: Drkrm86tfdh04aq4.onion.

Die Türklingel! Paul erschrak so heftig, dass er die Maus vom Tisch fegte. Waren ihm die Bullen auf die Spur gekommen? Undenkbar! Oder?

Hastig sandte er die Nachricht, löschte den Cache seines Browsers und fuhr das Notebook herunter.

Wieder ertönte das Läuten. Sollte er so tun, als sei er nicht zu Hause? Nein, wenn sie wussten, dass er da war, würde ihn ein solches Verhalten nur verdächtig machen. Er atmete durch. Einmal, zweimal. Schließlich drückte er den Knopf der Türsprechanlage. »Wer ist da?«

»Ich bin's, Annemarie. Wir müssen reden.«

»Komm doch rauf«, sagte er. Sein Mund war so trocken, dass er das zweite Wort fast verschluckte.

»Lieber nicht. Kannst du runterkommen?«

»Okay. Gib mir zwei Minuten.«

71

Als Kalle das Ladenlokal betrat, saß sein Vater schon zwanzig Minuten am Schreibtisch und surfte im Internet. Kalle blickte ihm über die Schulter. Der Alte suchte wohl gerade einen neuen Schreibtisch für das Chefbüro. »Moin, Vadder. Na? Alle Hausmannspflichten brav erledigt?«

»Schnauze, Tiffy!«, knurrte Mager. »Du hast deine Pflichten als Chef verletzt. Änderungen der Arbeitszeiten sind der Belegschaft rechtzeitig mitzuteilen.«

»Die Belegschaft sollte froh sein, dass ich nicht so ein Scheißchef bin wie der alte PEGASUS-Leiter!«

Der Dicke blickte auf. »Siehst du nicht, wie froh ich bin?«

»Nur die Sonne strahlt heller. Und die Schreibtische da kann ich alle nicht bezahlen!«

Sein Vater klickte das Bild weg. »Irgendwas Neues bei deinem Rotkäppchen?«

»Da bin ich zurzeit freigestellt«, sagte der Sohn, als hätte es den gestrigen Zusammenbruch nicht gegeben. »Und bei dir? Gibt es was Neues?«

Mager zog die Nase hoch. »Ich habe mich wieder über dieses Drecksblatt aus Essen geärgert.«

»Lass es doch sein. Wir gehen sowieso nicht mehr auf Tour.«

»Weiß ich. Aber lies mal diesen Scheiß über die Hartz-IV-Empfänger.« Er öffnete die Onlineausgabe der BLUT-Zeitung. »Siehst du?«

Kalle reichte schon die Überschrift. Dann aber sah er noch

etwas anderes und scrollte nach unten. Bei der Meldung über die Fahrerflucht blieb er hängen. »Ach du Scheiße!«

»Was?«

»Ist dir der Artikel noch nicht aufgefallen?«

»Doch, die Tatortreiniger haben richtig Arbeit bekommen«, sagte Mager.

»Das ist geschmacklos. Merkst du nix? Essen, Ostviertel, Adele?«

»Sagt mir nichts.«

»Vadder! Was ist mit deinem Gedächtnis? Adele Klawitter, Uni Duisburg. Die war bei unserer Einweihung im Einsteinweg. Nach dem Abschuss von Kehlmann …«

»Ja, doch. Und? Es gibt viele Adeles.«

»Und die sind alle siebenundvierzig, arbeiten an der Uni und wohnen im Essener Ostviertel?«

Mager wiegte seinen Kopf hin und her. »Okay, ganz abwegig ist das nicht. Ruf doch mal Simone an. Die kann checken, ob Adele zur Arbeit gekommen ist.«

Fünf Minuten später wussten sie es: Adele fehlte unentschuldigt. »Was nun?«

»Wartet mal kurz …«

Kalle hörte, wie Simone mit ihrem Kollegen sprach.

»Tim hat versucht, sie telefonisch zu erreichen. Weder auf dem Festnetz noch auf dem Handy geht einer ran.«

Betretenes Schweigen.

Dann hatte Simone eine Idee. »In dem Artikel steht doch der Name des Zeugen?«

»Nur der Vorname und der Anfangsbuchstabe des Nachnamens.«

Klaus-Ulrich hielt sein Ohr nahe genug an Kalles Handy, um mithören zu können. Jetzt rutschte er noch enger heran, damit Simone verstand, was er sagte. »Früher gab es doch diese Klicktel-CDs. Da konnte man Straße und Hausnummer eingeben und sich alle Festnetzkunden in dem Haus auflisten lassen. Geht das im Internet nicht mehr?«

»Warte, ich check das.«

Kurz darauf hörte Kalle ihre Tastaturanschläge. In einem Tempo, das der alte Mager nie geschafft hatte. Nach gut dreißig Sekunden war Sim wieder am Apparat – völlig aufgeregt.

»Scheiße, in Adeles Haus gibt es tatsächlich einen Emil H. Heimsoth heißt der.«

»Wer ruft an?«, fragte Mager senior.

»Ich. Ist besser, wenn das eine Frau macht. Legt mal auf. Ich schalte eine Telekonferenz, dann könnt ihr mithören.«

Kalle und Sim waren schnell wieder verbunden. Heimsoth meldete sich erst nach etlichen Klingelzeichen. Die Stimme passte zu dem in der Zeitung angegebenen Alter.

»Was wollen Sie denn noch?«

»Guten Morgen, Olsok mein Name. Entschuldigen Sie, wenn ich störe …«

»Das tun Sie. Den ganzen Tag geht das Telefon. Ich will endlich in Ruhe gelassen werden.«

Eigentlich hätte Simone gar nicht mehr weiter nachfragen müssen. Trotzdem …

»Das tut mir sehr leid, Herr Heimsoth. Aber ich weiß mir nicht anders zu helfen. Eine liebe Kollegin ist nicht zur Arbeit erschienen. Adele Klawitter. Ich habe von dem Unfall gelesen und mache mir riesige Sorgen.«

»Ja, ja. Ihr Reporter habt alle eine andere Geschichte auf Lager.«

»Nein, warten Sie bitte. Sehen Sie meine Nummer auf dem Display?«

Der Rentner brummte bestätigend.

»Fängt an mit 0203-379. Das ist die Nummer der Uni Duisburg. Das können Sie nachprüfen.«

»Und?«

»Bitte, Herr Heimsoth, ich habe wahnsinnige Angst um Adele.«

Die Stimme in der Leitung wurde sanfter. »Ja, sie ist es. Tut mir leid.«

Dann war der Ton weg. Kalle und Klaus-Ulrich konnten mithören, wie Simone aufschluchzte.

»Ich rufe die Kasten noch mal an«, sagte Kalle, nachdem er die Nachricht verdaut hatte. »Wenn Kehlmann dahintersteckt, wird sie es herausfinden.«

72

Diesmal gab es keine Umarmung zur Begrüßung. Annemarie sagte nur: »Können wir ein paar Schritte gehen?«

Paul nickte und sie ließen sich die Straße am Polizeipräsidium entlangtreiben. Beide schwiegen. Es war, als trennte sie eine Mauer. Was war anders als gestern?

Sie verließen die viel befahrene Allee und bogen stadteinwärts in eine schmalere Nebenstraße. Paul grübelte. Hatte jemand Annemarie Lügen über ihn erzählt? Oder schlimmer: die Wahrheit?

Seine Unruhe wuchs. Aber seine alte Freundin schien genauso nervös zu sein wie er. Paul beobachtete, wie sie sich auf die Oberlippe biss. Das Bild einer hübschen Zwölfjährigen legte sich wie eine Schablone über die Szene. Die Oberlippe rot, entzündet. Annemarie und sie wurden eins. Der Anblick rührte ihn, machte ihm aber auch Angst.

Mittlerweile waren sie schon in der Straße, in der auch das *Mamma Mia* lag, in dem sie an ihrem ersten Tag nach seiner Entlassung gesessen hatten. Waren seitdem wirklich erst vier Tage vergangen? Paul holte Luft und traute sich endlich zu fragen: »Annemarie, wie geht es dir?«

Sie stoppte und lachte kurz auf. »Das fragst du mich?«

Paul lief es trotz der milden Temperaturen eiskalt den Rücken runter. Jetzt war es so weit. Es würde nur noch wenige Sekunden dauern, bis sein Kopf in das kalte Wasser getaucht wurde.

»Die Frage ist doch: Wie geht es dir?«

Er blickte sie erstaunt an. »Ich verstehe nicht …«

»Wie denn auch?« Sie drehte den Kopf weg, als würde es ihr Schmerzen bereiten, sein Gesicht zu sehen. Sie ging langsam weiter. »Ach, Paul«, sagte sie und schüttelte den Kopf.

»Was ist denn los?«, platzte es aus ihm heraus. »Habe ich was falsch gemacht gestern?«

Sie blieb abrupt stehen. »Was redest du da? Du hast gar nichts falsch gemacht. Ich bin das Problem.« Wieder biss sie sich auf die Oberlippe. »Es tut mir so leid, Paul.«

Bitte? Erleichterung durchströmt ihn. »Können wir uns nicht irgendwo hinsetzen und in Ruhe reden, Anni?«

»Du bist nicht böse auf mich?«

Pauls Pranken fassten sie an beiden Armen, sodass sie ihn endlich ansehen musste. »Natürlich nicht. Aber ich mache mir Sorgen. Warum bist du gestern weggelaufen?«

Ihre Zunge fuhr über die Lippen, dann zeigte sie auf eine kleine Bäckerei an der nächsten Ecke. »Setzen wir uns dadrüben hin. Ich versuche, es dir zu erklären.«

Paul besorgte zwei Cappuccino, die er auf einem Tablett zu dem kleinen Tisch draußen balancierte. Auf den Untertassen lagen Amarettini-Plätzchen. Als er saß, schob er ihr seine rüber. »Magst du die immer noch so gerne?«

Endlich erschien ein Lächeln auf ihrem Gesicht, wenn auch nur ein kleines. »Daran erinnerst du dich noch?«

»Wichtige Dinge vergesse ich nicht.«

Annemarie nahm die Extrakekse und legte sie auf ihren Unterteller. Dann, wie um Zeit zu gewinnen, rührte sie in ihrer Tasse. Paul schwieg. Wartete ab. Endlich begann sie zu reden.

»Der Kuss gestern war … unbeschreiblich schön.« Wieder stieg ihr diese Röte in die Wangen.

»Das fand ich auch.«

»Es war nur alles … ein bisschen viel auf einmal.«

»Es tut mir leid. Ich wollte nicht …«

Ihre Hand flog hoch. »Nein, du hast nichts falsch gemacht. Es liegt an mir. Ich habe Panik gekriegt. Weil … weil …« Sie atmete tief durch. »Weil ich so noch nie gefühlt habe.«

Überraschung. Aufregung. Glück. Emotionen, die in einer solchen Mischung noch nie auf Paul eingeströmt waren, ergossen sich über ihn. »Aber der Mann, den du fast geheiratet hättest …?«

»Ach, Paul, das ist schwierig.« Annemarie stockte wieder.

Er nahm ihre Hand fest in seine. »Es gibt nichts, das du mir nicht sagen kannst.«

»Die Sache von damals … Ich bin nicht so wie andere Frauen.« Sie schüttelte den Kopf, als könnte sie selbst nicht glauben, dass sie es ausgesprochen hatte. »Dein Vater. Er hat mich … kaputtgemacht. Erinnerst du dich noch an die Nacht im Keller?«

Daran wollte er nicht denken. Trotzdem nickte er.

»Das war nicht das erste Mal. Das weißt du doch, oder?« Sie wartete seine Antwort nicht ab. »Dein Vater hat etwas in mir abgetötet, glaube ich. Als ich erwachsen war, habe ich wirklich versucht, damit fertigzuwerden. Aber es ging nicht.«

»Hast du es jemandem erzählt?«

»Nein. Nicht einmal dem Mann, den ich heiraten wollte. Das war mein Versuch, ein normales Leben zu führen.« Wieder erklang das bittere Lachen, das nicht zu ihr passen wollte. »Als ob das so einfach wäre.«

»Nein, das ist nicht einfach.«

Ihre Stimme senkte sich. »Ich hatte noch nie … das Verlangen, mit jemandem zu schlafen. Immer, wenn es zu … Zärtlichkeiten kam, habe ich Panik gekriegt. Es ging einfach nicht. Roland, mein Fast-Ehemann, war der Erste, mit dem ich mir eine Zukunft vorstellen konnte. Er war impotent.«

Paul zuckte zusammen. Ein Leben ohne Sex? Undenkbar. Aber für Annemarie?

»Glück für mich«, fuhr sie fort, »aber nicht für ihn. Vermutlich war das auch der Grund, warum er trank.« Annemarie zuckte mit den Schultern. Die anfängliche Nervosität war verflogen. Sie wirkte jetzt, als ob sie aus dem Leben einer anderen erzählte.

Pauls Hand ruhte weiter auf der ihren. »Und gestern? War es da anders für dich?«

»Ja. Es war schön.«

»Es war mehr als das.«

»Ich weiß. Und ich habe unbeschreibliche Angst davor.«

73

Das Telefonat mit Karl-Friedrich Mager dauerte exakt zwei Minuten. Neunzig Sekunden gehörten dem Anrufer, die letzten dreißig Herta Kasten. Sie schloss mit den Worten: »Wir werden erst mal hören, was die Essener Kollegen sagen. Ich behalte die Sache im Auge. Und Sie passen bitte auch auf!« Sie war sicher, dass der junge Mager mit dieser Antwort nicht zufrieden war.

»Chris!«, wandte sie sich nun über die PC-Monitore hinweg an ihren schönsten Mitarbeiter.

Misstrauisch sah er seine Chefin an.

»Ruf mal die Essener Kollegen an und bitte jemanden an die Strippe, der sich um die Fahrerflucht kümmert.«

»Warum?«

»Möglicherweise ist die Tote von gestern Adele Klawitter.«

Waliszczek richtete sich auf. »Was?«

»Es sieht ganz danach aus. Ich muss mit den Kollegen sprechen.«

»Du brauchst nicht mitzuschreiben. Unsere Hausmitteilung geht gleich raus, da steht alles drin«, sagte der Essener Hauptkommissar.

»Gut. Erzähl.«

In wenigen Sätzen fasste er das Geschehen zusammen Und Kasten erhielt die Gewissheit, dass es sich bei der Toten tatsächlich um Adele Klawitter handelte.

»Seid ihr sicher, dass es kein Unfall war?«

»Der Fahrer hat die Frau mit seinem Wagen gezielt an der Hauswand zerquetscht wie eine Fliege.«

Kasten musste schlucken. »Danke für die plastische Beschreibung.«

»Alles Weitere kannst du unserem Bericht entnehmen.« Kasten gab noch nicht auf. Es ging ihr nicht in den Kopf, dass es keine Chance geben sollte, den Todesfahrer zu fassen. »Der Täter hat also an der Hauptstraße ein Fluchtauto geparkt. Keine Überwachungskameras in der Nähe?«

»Nein. Und der Zeuge konnte auch nichts erkennen. Wir haben nur eine vage Beschreibung des Fahrzeugs. Dunkle Farbe, Limousine, Mittelklasse. Das war's.«

»Mist! Und das Tatauto?«

»Ein Chrysler PT Cruiser, Baujahr 2000. Diese Kisten sehen so aus, als wären sie für Al Capone entworfen worden.«

»Kenne ich. Spritfresser.«

»Stimmt. Der Wagen hat ein holländisches Kennzeichen und wurde einen Tag vorher in Arnheim geklaut.«

»Baujahr 2000? Hat der nicht schon eine elektronische Wegfahrsperre?«

Ihr Gesprächspartner verstummte für einen Moment, als hätte er diese Frage nicht von einer Frau erwartet. »Korrekt. Aber der Fahrer hatte einen Schlüssel. Woher, weiß auch die *Rijkspolitie* noch nicht.«

»Danke. Du hast was gut.« Kasten legte auf. Ihre Bürogefährten hatten mitgehört. »Was meint ihr?«

»Wir sollten Kehlmanns Umfeld genauer beleuchten. Ich glaube nicht an Zufälle«, sagte Waliszczek.

»Ich auch nicht«, bestätigte Kuba. »Ich hoffe, seine Frau und die Kinder sind in Sicherheit.«

»Die Frau ist umgezogen und heißt jetzt anders«, sagte Kasten. »Das reicht hoffentlich.«

Dann entschied sie. »Ihr beiden prüft, wo Kehlmann nach der Entlassung untergekrochen ist. Checkt auch, ob er ein Fahrzeug besitzt und in irgendeiner Form auffällig geworden ist. Ich rufe Kamplade an.«

Kuba sah sie fragend an.

»Unseren Staatsanwalt. Der hat damals schon gegen Kehlmann ermittelt. Er soll sich beide Fälle angeln. Und wenn dieser Kehlarsch dahintersteckt, schicken wir ihn wieder in den Knast. Diesmal ohne Rückfahrkarte!«

74

Was für eine Scheißnacht und was für eine Scheißschicht, dachte Sina. Nachdem sie Lea Bennsdorf gestern ins Krankenhaus gebracht hatte, war sie nicht mehr in die Praxis zurückgefahren, sondern direkt nach Hause. Dort hatte sie versucht, bei einem heißen Bad zu entspannen. Erfolglos. Zu viele quälende Fragen hatten an ihr genagt.

Hatte sie eine falsche Diagnose gestellt? Sie war von Anfang an von einer posttraumatischen Belastungsstörung ausgegangen. Hatte sie sich wegen Peers Kommentaren zu blind gemacht, um die Anzeichen einer Psychose zu erkennen? Hätte sie den Zusammenbruch ihrer Klientin verhindern können oder war sie sogar schuld daran, dass es so weit gekommen war?

Dieser Zweifel war der Schlimmste von allen.

Jetzt im Praxisbüro bedrückte sie etwas anderes noch mehr. So wie sie gestern mit Peer gesprochen hatte – das hatte ihm nicht gefallen. Das würde ein Nachspiel geben.

Sina hängte eine Mappe mit Fallnotizen zurück in den Schrank. Als sie sich umdrehte, fiel ihr Blick auf Martins Notizblock. Der Kollege schien genau wie sie gern zu kritzeln, während er telefonierte. Das Blatt war übersät mit einem Dickicht aus Schlingpflanzen mit spitzen Blättern und knorrigem Holz. Kein ungeschickter Zeichner, dachte Sina.

Als sie sich schon wieder abwenden wollte, fiel ihr noch ein Detail auf. Zwei Augen versteckten sich zwischen den Pflanzen. Oder waren sie darin gefangen? Unheimlich. Sina zögerte, doch dann siegte die Neugier und sie blätterte weiter. Das Pflanzenthema setzte sich fort: ein Pfeilregen aus Dornengeäst, der von links nach rechts übers Blatt flog. Dann eine Höhle mit Ranken. Gezacktes Laub und Nadeln, kantiges Gestein.

Martin, Martin, dachte Sina, als sie mit dem Finger über die Rückseite des bekritzelten Blattes strich. Sie fühlte sich an, wie mit Narbengewebe übersät, so fest hatte er den Kuli aufgedrückt. Das ließ ja tief blicken. Stand er vielleicht genauso unter Druck wie sie und wollte es nur nicht zugeben?

Das Telefon schrillte und Sina zuckte zusammen, als hätte man sie beim Spannen erwischt. Sie schlug das Buch zu und beeilte sich, den Hörer abzunehmen. »Ja, bitte?«

Es war Gudrun, die Empfangsdame. »Hallo, hast du Zeit? Peer bittet dich, in sein Büro zu kommen.«

Mist. Den Moment, selbst die Initiative zu ergreifen, hatte sie nun verpasst. Ihr Herz klopfte und sie hatte plötzlich so viel Angst wie damals in den Mathestunden, wenn sie an die Tafel gerufen worden war.

Peers Tür stand offen. Sie musste nicht klopfen, tat es aber trotzdem.

»Herein.«

Sina trat in Peers Refugium. Ihr Chef saß tiefenentspannt in seinem Sessel und nickte ihr zu. Bloß keine Schwäche zeigen, dachte die Therapeutin. Den Türgriff noch in der Hand fragte sie: »Soll ich zumachen?«

»Nein, lass auf. Setz dich doch.«

Sina nahm ihm gegenüber Platz. Die Sessel waren identisch, aber Peer überragte sie selbst im Sitzen um mehrere Zentimeter. »Danke, du bist mir um wenige Minuten zuvorgekommen. Ich wollte auch mit dir reden.«

»Ach ja?« Zwei Augenbrauen wölbten sich leicht.

Atmen nicht vergessen, ermahnte sie sich. »Ja, ich wollte dir erklären, wie es zu Frau Bennsdorfs Zusammenbruch kam.«

»Okay, dann du zuerst.«

Sie räusperte sich. Dann erzählte sie – von Anfang an. Peer hörte aufmerksam zu. »Interessant«, murmelte er hin und wieder und stellte Detailfragen zum Geschehen und zur Vorgeschichte. Als Sina ans Ende ihres Berichts gelangte, der mit Bennsdorfs Aufnahme ins Martin-Luther-Krankenhaus abschloss, wuchs ihre Anspannung wieder. Nun würde das Ein-Mann-Tribunal wohl über sie richten. Sie atmete einmal tief durch und erwartete ihr Urteil.

Peer beugte sich vor und stützte das Kinn in seine Hand. »Ein wirklich spannender Fall.« Er schien nachzudenken. Als er das Wort wieder an sie richtete, schaute er Sina direkt in die Augen. »Kannst du dir denken, warum ich mit dir reden wollte?«

Sie schluckte, hielt aber den Blickkontakt. »Weil ich dich so angefahren habe?«

Zu ihrer Überraschung sah sie ein belustigtes Funkeln in seinen Augen. »Das war ehrlicherweise nicht besonders angenehm«, sagte er mit einem angedeuteten Lächeln. Er lehnte nun wieder entspannt in seinem Sitz. »Aber das ist tatsächlich nicht der Grund.«

»Nein?«

»Nein!«

Sina befeuchtete ihre Lippen. Was kam jetzt? Sie wartete ab. Irgendwann, das wusste sie, würde auch Peer das Schweigen unangenehm werden. Sein Brustkorb hob sich merklich.

»Du hattest vollkommen recht mit dem, was du mir an den Kopf geworfen hast. Ich möchte mich bei dir entschuldigen.«

Wie bitte? Hatte sie sich verhört?

Die Verwirrung zeigte sich wohl klar in ihrem Gesicht, denn Tanzbein erklärte: »Ich war in Sorge um deine Klientin. Aber das ist keine Entschuldigung. Anstatt zu deeskalieren, habe ich für noch mehr Stress gesorgt. Und das in einer Situation, die das genaue Gegenteil verlangt hat.« Er strich sich durch den Bart. »Es tut mir sehr leid, Sina.«

Sie fühlte die Erleichterung so deutlich, als sei sie nach dem ersten Sprung vom Zehnmeterbrett wieder aufgetaucht. »Danke, Peer.«

»Wofür?«

»Ich hatte befürchtet, dass du die Situation anders bewertest.«

»Aber nicht doch. Du hast gestern sehr selbstbewusst und bestimmt agiert. Das hat mich beeindruckt. Man hat gemerkt, dass das Wohl deiner Klientin an erster Stelle stand. Und alles andere war dir in diesem Moment egal, oder?«

Sie nickte.

»Ich glaube, dass mal eine gute Therapeutin aus dir wird.«

Ein Lob? Von Peer? Unglaublich! Tanzbein deutete ihren Gesichtsausdruck falsch und beugte sich vertraulich zu ihr. »Nimm das Kompliment ruhig an. Ich weiß, dass ich mitunter streng bin. Aber ich möchte, dass die Auszubildenden bei mir gewappnet sind für das, was auf sie zukommt. Und dass sie ihre Grenzen kennen- und akzeptieren lernen. Dazu gehört auch, dass ich sie in Situationen bringe, in denen sie sich selbst infrage stellen.«

»Meinst du das ernst?«, fragte Sina. Ihr Ärger schwoll an wie eine entzündete Mandel.

Peer senkte seine Stimme, als teilte er ihr ein Geheimnis mit. »Aber ja. Paradoxe Intervention nennt es sich. Das bedeutet, dass …«

Sie unterbrach ihn. »Danke, ich weiß, was das bedeutet. Ich frage mich nur, wie man als ausgebildeter Psychotherapeut auf die Idee kommen kann, die Auszubildenden auf eine solch destruktive Art zu verunsichern. Und nicht nur das …«

Tanzbeins Lächeln schrumpfte. »Bitte, sprich dich aus.«

»Die Sache mit der Raummiete ist mies. Du weißt genau, wie wenig ich hier verdiene und wie hart ich für euch arbeite. Geht es der Praxis so schlecht, dass ihr euch noch an den PiA bereichern müsst?«

»Du vergreifst dich im Ton, Sina.«

Sie sprang auf. »Aber nicht doch. Das war nur eine paradoxe Intervention. Und jetzt entschuldige mich bitte. Mein nächster Klient wartet.«

75

Verglichen mit den Bochumer Krankenhäusern war das Martin Luther in Wattenscheid winzig – und, wenn man den Tratschereien in Kalles Stammcafé Glauben schenkte, auch nicht die beste Adresse, wenn man krank war.

Von diesen bösen Bewertungen wusste Tim nichts, als er nach Feierabend seinen Wagen auf dem Parkstreifen oben an der Voedestraße abstellte. Er vergewisserte sich, dass das Geschenk für Lea nicht aus seiner Jackentasche gefallen war, und marschierte den gepflasterten Weg zum Hinterhaus hinunter. Direkt hinter ihm betrat noch ein anderer Mann den Korridor. Schlank, offenbar älter als Tim, Baseballkappe mit rotem Schirm. Als der Admin die Durchgangstür öffnete, nickte der Fremde ihm kurz zu. Tim beachtete ihn nicht weiter, sondern strebte zu der Tür, die er gestern so hastig hinter sich geschlossen hatte. Als er gerade anklopfen wollte, sprach ihn die Stationsschwester an, die ihn schon am Vortag gesehen hatte.

»Zu Frau Bennsdorf?«

Tim nickte.

»Wir haben sie heute auf eigenen Wunsch in ein Zimmer der geschlossenen Abteilung verlegt. Sie ist gerade in einem Arztgespräch. Möchten Sie warten?«

»In die Geschlossene?« Tim erschrak. »Was ist denn passiert?«

»Darüber darf ich Ihnen keine Auskunft geben. Sie können Frau Bennsdorf gleich selbst fragen.«

Tim bedankte sich und setzte sich auf einen freien Stuhl im Innenhof, von wo aus er das Schwesternzimmer und den langen Gang davor im Blick hatte. Er war unruhig wie ein

Hund, der ein nahendes Gewitter spürte. Wieder griff er in seine Jackentasche. Die eckige Schachtel war noch da.

Im Obergeschoss entdeckte Tim hinter den hohen Fenstern der geschlossenen Abteilung mehrere Frauen, die ihn beobachteten, als wäre er ein Zootier. Nach kurzem Zögern stand er auf und wechselte zum Eingang der Station. Als er zum x-ten Mal den Korridor entlanglief, winkte ihm die Stationsschwester. Tim lief auf sie zu und registrierte nebenbei den Mann mit der Baseballkappe. Er tauchte aus einer Tür auf, durch die es vermutlich in den Keller ging.

Lea freute sich, Tim zu sehen, konnte ihren Kummer aber nicht lange für sich behalten. »Es ist schrecklich hier.«

»Was ist denn passiert? Warum bist du jetzt in der geschlossenen Abteilung?«

»Weil sonst nirgendwo ein Bett frei war.«

Tim atmete erleichtert auf. »Wollen wir ein paar Schritte nach draußen machen? Dann kannst du mir alles ohne Zuschauer und Zuhörer erzählen.« Er deutete nach oben, wo noch immer eine besonders neugierige Person am Fenster stand.

Gemeinsam wanderten sie die paar Meter zum Hauptgebäude des Krankenhauses. Davor fand sich eine leere Bank, auf der eine Ecke noch von der Sonne erreicht wurde.

Lea berichtete ihm von Kira, von Schwester Milena, von Schenck und den vielen Tabletten, die sie schlucken musste. Eine Sorte diente der Behandlung von Psychosen. »Ich bin doch nicht psychotisch, Tim!« Dann erzählte sie von dem Patienten, der nachts seine Tochter in fremden Zimmern suchte.

Mit jedem Wort wuchs Tims Sorge. Lea sollte doch eigentlich nur untersucht werden. Hatten die schon eine Diagnose oder warum bekam sie solche Psychopillen? Die gerade überstandene Horrornacht ließ nicht vermuten, dass Lea hier einen sicheren Unterschlupf gefunden hatte. Aber er sagte nichts, sondern tat das, was ein guter Freund zuerst tun musste: zuhören.

Dann fiel ihm ein, dass Lea noch immer nichts von Oles und Adeles Tod wusste. Wie sollte er ihr das sagen? Er konnte es doch selbst kaum fassen. Würde sie danach noch schlimmere Halluzinationen haben als das Hören fremder Stimmen?

Später, entschied er. Wenn es ihr besser ginge …

Stattdessen erzählte Tim ihr, was er vormittags noch mit Kalle und Simone besprochen hatte. »Wir treffen und heute Abend und überlegen, wie es am besten weitergeht.«

»Ihr glaubt mir also die Sache mit der Unterwäsche?« In ihrer Stimme schwang Hoffnung mit.

»Wir wissen nicht, was wir glauben sollen«, sagte Tim ausweichend. »Aber du hast dein Versprechen eingehalten und nun werden wir ernsthaft prüfen, ob Kehlmann irgendwas mit dem Vorfall zu tun haben kann.«

»Mir ist kalt«, sagte Lea unvermittelt und schlang die Arme um ihren Leib.

»Besser, du gehst jetzt rein.«

»Musst du schon weg?«

»Ja, leider.« Sie machte Anstalten aufzustehen, aber Tim hielt sie zurück. »Einen Moment noch. Ich habe was für dich.« Er zog das Päckchen aus seiner Tasche und schlüpfte dann aus der Jacke, um sie Lea um die Schultern zu legen. »Hier.«

Sie nahm das Päckchen entgegen. »Für mich?«

»Ja, pack's aus.«

Ein schwarzes Kästchen kam zum Vorschein. »Eine Smartwatch? Bist du verrückt geworden? Das kann ich nicht annehmen. Die ist doch viel zu teuer!«

»Nein, ist sie nicht. Das ist eine China-Kopie. Spottbillig im Vergleich zum Original.«

»Aber wozu? Meine Alte hat doch nur ein paar Kratzer.«

»Die hier hat ein cooles Feature. Guck mal.« Tim nahm die Uhr und legte sie Lea ums Handgelenk. Sie wirkte riesig. Er demonstrierte, was das Besondere daran war.

»Oh«, sagte Lea. Dann schenkte sie ihm ein Lächeln.

76

»Was macht die Firma?«, fragte Simone, als sie und Kalle auf dem Balkon Ausschau nach Tim hielten.

»Sorgen. Der Alte hat heute mit seinem Tschechen den Stahlschrank und ein paar neue Möbel herangekarrt.«

»Und wer bezahlt den Spaß?«

»Er sagt, ich solle mir darum keine Sorgen machen.«

»Hat er vielleicht im Lotto gewonnen?«

»Neee, er spielt schon seit zwei Jahren nicht mehr.«

Es klingelte. Tim kam so pünktlich, als hätte er die Pizza gerochen.

»Auf Adele!«, sagte er mit belegter Stimme, als sie kurz darauf am Tisch saßen. Sie stießen an – Simone und Kalle mit Rotwein, er mit Apfelschorle. Wenn er fahren musste, blieb er bei null Promille.

»Hast du Lea davon erzählt?«, wollte Simone wissen.

»Nein. Es geht ihr so schon schlecht genug. Keine Ahnung, ob die Idee mit der Psychiatrie wirklich gut war. Sie futtert Pillen wie andere Bonbons, hat immer noch Angst und macht sich über alles Mögliche Sorgen. Auch um ihre Wohnung.«

»Denkt sie immer noch, dass jemand ihre Schlüssel hat nachmachen lassen?«

Tim nickte. »Ich kann ihr das nicht ausreden. Dabei hat ihr Hausmeister bestätigt, dass das nicht ohne Weiteres geht.«

»Klar, wenn man das legal macht«, sagte Kalle. »Kriminelle haben bestimmt ganz andere Wege, um an einen Nachschlüssel zu kommen.«

Tim nickte, aber überzeugt schien er nicht zu sein.

»Also neues Türschloss und neue Schlüssel. Darum kümmere ich mich«, sagte Kalle. Dann stand er auf. »Noch jemand Pizzanachschub?«

Die anderen folgten. Eine Weile mampften sie still vor sich hin. Simone leckte sich zum Abschluss die Finger ab, was Tim mit einem Kopfschütteln quittierte. Er aß nie ohne Messer und Gabel.

»Und jetzt erzähl du mal ein bisschen mehr«, bat Kalle den Admin. »Gibt es in Bezug auf Lea auch Positives?«

Tim warf einen prüfenden Blick auf Simone, bevor er berichtete, was er erlebt und gehört hatte. »Seit gestern hat Lea ein Zimmer in der Geschlossenen.«

»Bitte?« Simone schien ehrlich bestürzt zu sein.

»Nicht so schlimm, wie es sich anhört. Sie fühlt sich dort einfach sicherer.«

Sie zogen mit ihren Gläsern auf den Balkon. Es wurde langsam dunkel und nach und nach wurden die Lichter angezündet. Aber romantisch war die Stimmung nicht.

»Was meint ihr, müssen wir Lea besonders schützen?«, fragte Simone.

»Im Krankenhaus?«

»Gerade da«, meinte Kalle. »Kehlmann ist hinterhältig. Wenn er für die Anschläge verantwortlich ist, wird er gerade an scheinbar sicheren Plätzen zuschlagen.«

Tim sah ihn an. »Meinst du? Mag ja sein, dass Lea das schwächste Glied in der Kette ist. Aber sie steht im Krankenhaus doch unter ständiger Beobachtung. Außerdem arbeitet im Martin Luther halbtags noch ein Typ aus Leas Therapiepraxis. Martin Schenck heißt er. Der schaut auch gelegentlich nach ihr.«

»Was ist mit ihrer Therapeutin?«, fragte Kalle.

»Spiering? Die ist erst mal raus. Lea fällt nun in den Zuständigkeitsbereich der Klinik.«

»Schade.«

»Egal, Hauptsache, die finden heraus, was wirklich mit ihr los ist. Ich kapiere es doch auch nicht. Klar, sie hat Angst und sie hat total abgenommen. Aber die meiste Zeit über wirkt sie völlig normal.«

»Außer wenn sie Stimmen hört«, rutschte es Simone heraus.

Schweigen. Dann fragte Tim: »Glaubt ihr, dass Lea verrückt ist?«

Simone enthielt sich eines Kommentars.

Kalle blies eine Rauchwolke in die Luft. »Manchmal schon, um ehrlich zu sein. Auf der anderen Seite ist sie überzeugt von dem, was sie uns erzählt hat.«

Simone runzelte die Stirn. »Was nichts heißt. Es sei denn, ihr glaubt, dass jemand in ihrer Wohnung gewesen ist oder durch die Rohre mit ihr spricht. Zahnbürsten verdreht, Unterwäsche deponiert …«

Eigentlich war niemand von dieser Theorie überzeugt. Aber dann überraschte Kalle die anderen. »Ein berühmter Detektiv hat mal gesagt: ›Wenn man alle wahrscheinlichen Erklärungen für ein Problem ausklammern muss, dann ist die unwahrscheinliche Erklärung die Richtige.‹«

»Bisher haben wir noch gar nichts ausklammern können«, erinnerte ihn die Freundin.

»Stimmt.«

»Und was willst du uns dann damit sagen?«

»Dass wir anfangen sollten, genau das zu tun.«

77

Mayer und Feldhof mussten an diesem Abend Streife im Bochumer Norden fahren. Aktuell standen sie jedoch unweit der Grummer Teiche an der Josephinenstraße und kämpften noch mit den fettigen Verpackungen ihres Pausendöners.

»Ich habe das Futter geholt, du entsorgst die Reste«, bestimmte Kommissar Feldhoff. Er wies auf den orangefarbenen Plastikbehälter neben dem Aufgang zur Liboriuskirche »Da!«

Kein Respekt mehr, dachte Mayer. Immerhin war er schon lange Hauptkommissar.

»Mach schon«, drängelte Feldhoff.

Grummelnd wälzte sich der kräftige Mayer aus dem Wagen, stopfte den Abfall in den Müllkorb und wandte sich um.

Zwei Scheinwerfer näherten sich. Mayer taxierte das Tempo der Kiste. Auf diesem Straßenabschnitt waren nur dreißig Stundenkilometer erlaubt, aber der schwarze Wagen fuhr maximal zwanzig. Und geradlinig war sein Kurs auch nicht.

Als der Audi vorbeikroch, versuchte Mayer, die Insassen zu identifizieren. Rechts fläzte sich ein schmalgesichtiger Typ mit Rockersträhnen und gönnte dem Polizisten nicht mal einen gelangweilten Blick. Den Fahrer tarnte die Dunkelheit im Wageninneren.

Argwöhnisch blickte der Polizist dem Audi hinterher. Da stimmte doch etwas nicht. Er lief über die Straße und klopfte auf die Kühlerhaube. »Geht los! Dem A5 hinterher!«

Feldhoff wendete und der Streifenführer meldete sich in der Zentrale: »Irma 1214. Josephinenstraße. Schwarzer Audi, Richtung Castroper. Schlangenlinien, verdächtige Personen.«

»Braucht ihr Unterstützung?«

»Im Moment nicht.«

Feldhoff gab Gas. Trotz der Schleichfahrt hatte der Audi schon einen beachtlichen Vorsprung. Erst nach einer Kurve schimmerten vor den Polizisten wieder die beiden Rückleuchten.

»Das muss er sein!«, rief Mayer. »Gib Gummi!«

Die Typen vor ihnen schienen arglos zu sein. Waren etwa beide Insassen bekifft?

Der Abstand verringerte sich auf hundert Meter, dann waren es nur noch fünfzig. Nun beschleunigte auch der Audi und tauchte bereits unter der A 40 durch.

»Jetzt!«, rief Feldhoff und drückte das Gaspedal durch. Gleichzeitig schaltete Mayer das Blaulicht ein. Waren die beiden vor ihnen taub oder mimten sie die Harmlosigkeit nur?

Jetzt schoss der Streifenwagen an ihnen vorbei. Mayer hielt die Kelle raus, lotste den Audi zum Bordstein. Gespannt blickten die beiden Polizisten in die Rückspiegel. Das Auto stoppte.

Der schlanke Feldhoff stand als Erster neben dem fremden Wagen. Die Scheibe auf der Fahrerseite surrte nach unten. »Was gibt's, Herr Wachtmeister?«

»Die Wachtmeister sind seit der letzten Dienstreform alle tot. Kommissar Feldhof. Darf ich ...«

Eine Hand mit den Papieren reckte sich ihm entgegen. Gleichzeitig schwebte ein Rauchwölkchen aus dem Innenraum. Der Geruch war unverkennbar. Marihuana.

»Stellen Sie bitte den Motor ab. Und kommen Sie raus, Herr ...« Feldhoff blickte auf den Führerschein. »Herr Gauland.«

Jetzt war auch Mayer auf den Beinen. Er umkreiste den Audi, notierte das Kennzeichen und bückte sich ächzend, um im Schein seiner Handlampe die Reifen zu kontrollieren. Extra breit, fast neu, teure Alufelgen.

Der Hauptkommissar baute sich neben der Beifahrertür auf. Der Mann dahinter war immer noch so relaxt, als ginge ihn das alles nichts an.

Währenddessen kletterte der Fahrer heraus, den Joint noch in der Hand. Laut Führerschein war er gerade achtundzwanzig.

»Herr Gauland, können Sie sich vorstellen, weswegen ...«

»Bin ich etwa zu schnell gefahren?« Der Mann schaute ihn mit großen Augen an.

»Wollen Sie mich verarschen?«

Der Typ lächelte und nahm einen Zug.

Feldhofs Ungeduld wuchs. »Hör mal, Freundchen, findest du das lustig? Du machst jetzt den Joint aus und stellst dich mit dem Gesicht zum Wagen. Hände an die Dachkante!«

Der Mann bewegte sich so langsam, als stammte er von einem Dreifingerfaultier ab. Ein letztes Saugen am Papier, dann segelte die Tüte zu Boden.

»Los!« Feldhoff drehte ihn zum Wagen, ließ ihn den Adler machen und tastete ihn ab. Keine Waffen. »Taschen umdrehen!« In Zeitlupe ging es weiter. »Also, kiffen am Steuer ...«

»Was regt ihr euch denn so auf? Das waren doch nur ein paar Züge.«

»Mach!«

Tabakkrümel fielen aus der einen Tasche, ein Plastiktütchen mit weißem Pulver aus der anderen.

»Hände nach hinten!«

Die Handschellen klickten.

Da stieß der Beifahrer seine Tür auf. Mayer sprang zurück. Der Rockertyp glitt heraus, zögerte – und dann wollte er loslaufen, die Straße hoch zur Castroper. Im fairen Vergleich hätte er das Rennen gegen den Hauptkommissar sicher gewonnen. Aber er hatte Mayers rechten Fuß nicht einkalkuliert. Eine kurze Bewegung, dann stolperte der Rocker, fiel nach vorn und schrie auf. Sekunden später trafen sich auch seine Hände auf dem Rücken.

»So, mein Freund!« In der rechten Arschtasche fand Mayer den Ausweis. Holger Höcke, einunddreißig. Wohnhaft an der Castroper, also gleich hinter der nächsten Ecke. Prima!

Feldhoff stellte die beiden Männer nebeneinander und Mayer kontrollierte das Wageninnere. Im hinteren Fußraum entdeckte er einen grünen Brotbeutel aus grobem Leinen. Ein einziger Blick reichte. Tütchen mit weißem Pulver, jede Menge bunter Pillen. Und in einem Extrafach ein Wochengehalt in Scheinen und Münzen.

Mayer lief zum Streifenwagen und meldete sich über das 4-Meter-Band – alle konnten mithören. »1214. Fahren unter Drogeneinfluss. Wir müssen noch eine Wohnung filzen. Kann jemand die Herren Gauland und Höcke schon mal zum Revier bringen?«

Gelächter. »Hier 1217. Sind das die echten?«

»Nein.«

»Was 'n Pech. So werdet ihr niemals berühmt.«

78

Glück muss man haben, dachte Hauptkommissarin Kasten. Es war noch früh am Morgen, als sie mit Christoph Waliszczek vor dem Haus stand, in dem Kehlmann wohnte. Eine burschikos gekleidete Dreißigerin öffnete die Tür, bevor sie beim Ex-Professor klingeln mussten, und rauschte wortlos an den Polizisten vorbei.

Im zweiten Stock angekommen, musste Kasten kurz verschnaufen. Dann nickte sie Wali zu und aktivierte einen melodiösen Dreiklang.

Sekunden später wurde die Tür geöffnet. Kehlmann erkannte die Kommissarin sofort. »Frau Kasten, ich kann nicht behaupten, dass ich mich über das Wiedersehen freue. Was habe ich diesmal verbrochen?«

Die Polizistin brauchte eine Sekunde, um sich an das geänderte Aussehen des Mannes zu gewöhnen. Damals hatte Kehlmann eine Frisur getragen, die eher zu einem GI passte. Mit dem grauen Haar, das ihm nun bis auf die Schultern reichte, wirkte er eher wie der bartlose Bruder des Zauberers Gandalf.

»Reden Sie kein dummes Zeug«, raunzte Kasten. »Wir haben nur ein paar Fragen. Möchten Sie, dass wir das im Treppenhaus erledigen?«

»Sie kommen ungünstig. Ich habe Besuch und wir wollten gleich los.«

Hinter ihm tauchte eine schlanke Frau um die fünfzig in der Diele auf – in der linken Hand einen Zettel, in der rechten einen Zollstock. Neugierig musterte sie die Besucher.

»Guten Tag«, grüßte Kasten. »Entschuldigen Sie bitte die frühe Störung. Wir haben einige Fragen an Herrn Kehlmann. Vielleicht möchten Sie so lange …«

»Nein«, unterbrach der einstige Professor die Kommissarin. »Das ist eine gute Freundin. Sie darf mithören.«

Er machte ihnen den Weg frei in einen großen, noch recht spärlich möblierten Wohnraum. Zwei Kaffeepötte, Zettel mit Skizzen und mit Kreppklebeband markierte Vierecke auf dem Boden erzeugten den Eindruck, dass hier für Zukünftiges geplant wurde.

»Und Sie sind …?«, fragte Kasten in Richtung der Frau.

»Schäfer. Annemarie Schäfer.«

Jetzt schaltete sich Kehlmann ein: »Annemarie, Frau Kasten und ihr Begleiter sind Polizisten.«

Überrascht pendelte Schäfers Blick zwischen den Besuchern.

»Wie geht es Ihnen, Herr Kehlmann?«

»Sind Sie jetzt Bewährungshelferin?«

»Auch das gehört manchmal zu unserem Job.«

»Wie Sie sehen, richte ich mich ein. Und suche Arbeit.« Der Ex-Professor deutete auf einen Stapel Zeitungen neben dem einzigen Sessel. »Warum fragen Sie?«

»In den letzten Tagen sind ein paar schreckliche Dinge passiert.«

Kehlmanns Blick verriet Wachsamkeit. »Im Klartext?«

»Haben Sie von dem Flugzeugabsturz am Phönixsee gehört?«

Kehlmann zog die Schultern hoch. »Da war ich wohl noch im ... Urlaub.«

»In der Maschine saßen frühere Mitarbeiter von Ihnen. Robert Mertens und Ole Rasmusson.«

»Die beiden sind abgestürzt? Du liebe Güte. Ist Ihnen was passiert?«

»Sie sind tot.«

Kehlmanns Miene zeigte Betroffenheit. Wieder warf er einen Blick zu seinem Gast, der nun ein Stück näher rückte. »Das waren gute Leute.«

»Ja, und vorgestern wurde Frau Klawitter überfahren, Ihre einstige rechte Hand. Fahrerflucht. Ebenfalls tot.«

Kehlmann sog die Luft ein wie jemand, der sich die Zungen an einer heißen Suppe verbrannt hat. »Was? Witti? Tot?« Er fuhr sich durchs Haar. »Das kann nicht sein.«

»Doch. Wie eine Fliege an einer Hauswand zerquetscht.»

»Wo waren Sie am Montagabend?«, fragte Waliszczek. Nüchtern, fast beiläufig

»Bitte?« Annemarie Schäfer sah ihn empört an. »Was wollen Sie damit andeuten?«

Die Polizisten schwiegen.

»Herr Kehlmann und ich waren im Kino. Moment ...« Sie

lief in den Korridor und kam mit ihrer Handtasche zurück. »Hier ist meine Eintrittskarte. Paul, hast du deine noch?«

»Müsste ich suchen.«

»Egal. Sie können im Kino nachfragen. Die Frau an der Kasse wird sich an uns erinnern. Wir haben uns nach der Vorstellung über den Gestank im Saal beschwert.«

Schade, dachte Kasten. Wenn's stimmt, ist er raus. »Wie war Ihr Verhältnis zu Frau Klawitter?«

Frau Schäfer wollte sich erneut Luft machen, aber der Angesprochene hob die Hand. »Lass gut sein, die machen nur ihren Job.« Er neigte seinen schweren Schädel hin und her. »Witti und ich, das war kompliziert. Wir haben uns vertraut, viele Jahre lang. Aber zum Schluss hat sie mich enttäuscht und Geld aus dem Safe entwendet, das dem Institut gehörte.«

»Interessant«, sagte Waliszczek. »Wenn ich mich recht entsinne, haben Sie Frau Klawitter nicht angezeigt. Warum?«

Kasten ließ Kehlmann keine Atempause, sondern schoss die nächste Frage ab: »Und Rasmusson? Wie ich weiß, hat er publiziert, dass Ihre Dissertation, tja, nicht ganz den Regeln entsprach.«

Diese Frage schien Kehlmann nicht zu passen. Trotzdem antwortete er: »Rasmusson hatte mit meiner Degradierung zu tun? Das wusste ich nicht.« Er atmete durch. »Aber egal, die Schuld trage nur ich selbst. Ich habe einen Fehler gemacht und bin dafür bestraft worden.«

Kasten sah ihn durchdringend an. Dieser Heuchler!

Schäfer drückte Kehlmanns Arm. »Sagen Sie mal, Frau Kasten, wann war denn der Absturz?«

Die Hauptkommissarin nannte das Datum.

»Paul ist doch erst drei Tage später freigekommen. Wie kann er da irgendetwas damit zu tun haben?« Sie deutete auf die Bodenskizzen. »Er will sein Leben neu ordnen. Statt ihn zu verdächtigen, sollten Sie lieber den wahren Täter suchen.«

Kasten schwieg, biss aber die Zähne zusammen. Am liebsten hätte sie Kehlmann geschüttelt.

»Und noch eins. Ich kenne Paul seit sehr langer Zeit. Er war immer aufrichtig und hilfsbereit. Er hat ...«

Sie unterbrach sich, dachte nach. »Er hat viele Jahre lang das Kinderheim, das ich heute leite, mit großzügigen Spenden unterstützt. Er ist ein guter Mensch!« Sie zog eine Karte aus der Tasche. »Bitte. Wenn Sie noch Fragen haben, da steht meine Telefonnummer.«

Kastens Blick wurde eisig. »Danke.« Sie wandte sich an Kehlmann. »Ihre Nummer hätten wir auch gern.«

Wali notierte sie. Kaum hatte er den Block zugeklappt, als Annemarie Schäfer sagte: »Wenn das alles war, dann entschuldigen Sie uns jetzt bitte. Wir haben zu tun.«

Wieder auf der Straße, sahen sich Waliszczek und Kasten an.

»Der Typ lügt«, sagte er. »Aber er ist nicht so dumm, ins offene Messer zu rennen.«

Die Hauptkommissarin nickte. »Wir sollten uns auch die Dame näher ansehen. Ich will alles über sie wissen. Kümmerst du dich darum?«

Als sie in den Wagen stiegen, durchfuhr Kasten eine Idee. »Hast du dein Handy mit?«

Der Kollege nickte.

»Okay. Ich ziehe allein weiter. Du suchst dir ein unauffälliges Plätzchen und wartest, bis die beiden das Haus verlassen.«

»Wozu?«

»Wir brauchen ein aktuelles Foto. Der Typ sieht doch jetzt ganz anders aus als früher.

Wali stöhnte. »Das kann Stunden dauern!«

»Du schaffst das. Und zur Belohnung darfst du am Nachmittag mit mir in den Knast.«

79

»Kripo Dortmund. Wir haben einen Termin bei Ihrem Chef«, rief Waliszczek.

»Bringen Sie erst Ihren Wagen weg«, forderte der Mann hinter dem Panzerglas. »Sie stehen auf einem Parkplatz für …«

»Junger Mann!«, schnauzte Kasten. »Das Auto steht niemandem im Weg. Ich weiß Ihre schwere Arbeit zu schätzen. Aber überlegen Sie trotzdem, ob Sie eine Erste Kriminalhauptkommissarin auf eine Ehrenrunde um diese Anstalt scheuchen wollen.« Sie nestelte an dem Reißverschluss ihres gelben Anoraks herum und drückte ihren Dienstausweis an die Scheibe.

Kommentarlos schob der Mann ihr die eiserne Schublade entgegen, mit deren Hilfe Papiere, Handys und Atomraketen in die Wachstube gezogen werden konnten. »Ihre Waffen!«, forderte er. Seine Stimme verriet, dass er nicht gut verlieren konnte.

Wali zog seine P6 aus dem Schulterholster und legte sie vorsichtig zu den Dokumenten.

»Und Sie?«

Kasten schüttelte den Kopf. »Liegt in meinem Schreibtisch.«

»Handys!«

»Hören Sie, ich bin im Dienst. Und wenn Sie glauben …«

Eine junge Beamtin betrat die Wache, beugte sich zu dem grauhaarigen Mann hinab und flüsterte ihm etwas zu. Mit bärbeißiger Miene kapitulierte er.

Fünf Minuten später nahmen Sie im Büro der Anstaltsleiterin Platz. Sie war schlank, mindestens zehn Jahre jünger als Kasten und trug Zivil. Sie gönnte den Besuchern einen festen Händedruck und ein freundliches Lächeln. »Wie ich hörte, hat man Sie vorschriftsgemäß entwaffnet und vergattert.«

Kasten tat so, als werfe sie ein Papierbällchen über ihre Schulter.

»Wie kann ich Ihnen helfen?«

Die Hauptkommissarin brauchte nicht lange, um die Sachlage zu erläutern. »Wir ermitteln in mehrere Richtungen. Paul Kehlmann hat für die Zeitpunkte und Umstände zweier Morde sichere Alibis, aber er könnte doch eine Rolle im Hintergrund spielen.«

»Ich verstehe. So etwas ist leider denkbar. Wir haben nicht genug Personal, um alle Nachrichtenkanäle zur Außenwelt zu kontrollieren. Was möchten Sie konkret?«

Kasten zählte auf.

Als Erster erschien der Beamte, der die Druckerei leitete. Er war voll des Lobes über den ›Professor‹. »Kehlmann hat uns wirklich keinen Anlass für Beanstandungen gegeben. Im Gegenteil: Dank seiner Hilfe waren unsere Waren in den letzten Jahren perfekt formuliert und korrigiert.«

»Und wie war sein Verhältnis zu den Mitgefangenen?«

»Distanziert, aber ohne Reibereien. Die Gefangenen respektierten ihn. Sie brauchen jemanden, der gut schreiben kann und sich in den Gesetzen auskennt. Deshalb ließen sie ihn in Ruhe.«

Die Aussage des Leiters der Abteilung für die Entlassungskandidaten, der als Nächster eingetreten war, wiederholte das eben Gehörte fast wörtlich.

»Und mit wem hatte er engeren Kontakt?«

»Der Einzige, dem er ein wenig näher kam, war Maurice Makiol.«

Die Gefängnisleiterin bestellte sofort dessen Akte, blätterte kurz durch und nickte. »Er verbüßte eine Wirtschaftsstrafsache.« Sie blickte hoch. »Allerdings musste eine andere

Ermittlung ergebnislos eingestellt werden. Ein Belastungszeuge war spurlos verschwunden. Das nährte Gerüchte, die Makiol eine Menge Respekt einbrachten.«

Ähnlich äußerte sich der Psychologe der Krümmede. »Es war auffällig, dass Cookie und der Professor ...«

»›Cookie‹?«, fragte Waliszczek.

»Makiols Spitzname unter den Häftlingen«, erläuterte der Anstaltspsychologe. »Also, es war schon auffällig, dass die beiden so gut miteinander auskamen. Es muss eine Schnittmenge an Interessen gegeben haben.«

Die Chefin stimmte zu. »Wir haben eine Weile den Postverkehr der beiden beobachtet. Aber nichts deutete darauf hin, dass sie kriminelle Aktivitäten für die Zeit nach der Haft planten.«

»Und wo ist dieser Makiol jetzt?«

»Er wurde gut zwei Wochen vor Kehlmann entlassen.« Die Leiterin blätterte in der Akte und nannte Cookies Heimatadresse.

Waliszczek zückte seinen Notizblock.

»Welche Ihrer Insassen hatten noch Kontakt zu Kehlmann?«

Zehn Minuten später wurde Waldemar Krupka hereingeführt, Spitzname Kralle. Neugierig betrachtete der verlebt aussehende Mann die Besucher und setzte sich. Der auffällige Unterschied zwischen der nachlässig gekleideten Kasten und ihrem geschniegelten Begleiter entlockte ihm ein feines Lächeln. Nach dem ›Professor‹ befragt, zögerte er. »Was bringt es mir, wenn ich auspacke?«

»Haben Sie etwas auszupacken oder nicht?«, fragte Kasten zurück.

»Vielleicht. Also?«

Frau Dr. König kam der Hauptkommissarin zur Hilfe und beugte sich ein Stück vor. »Herr Krupka, wir sind hier nicht auf dem Flohmarkt. Aber Sie dürften nach insgesamt siebzehn Jahren Knast wissen, dass sich ein gutes Verhalten immer auszahlt. Zum Beispiel bei Anträgen auf eine vorzeitige ...«

»Worum geht es?«

Kasten erklärte es ihm.

Kralle schluckte, dachte offenbar nach. Ein zu gutes Verhalten war nicht förderlich für die Beziehungen mit anderen Häftlingen. Etwas sprach sich immer herum. Schließlich räusperte er sich theatralisch und versuchte, seiner Stimme einen seriösen Klang zu geben. »Also, der Prof und Cookie waren gute Kumpels.«

»Mann«, unterbrach ihn Kasten, »das stand schon in derselben Zeitung wie meine Geburtsanzeige. Haben Sie etwas Neues?«

Der Häftling berichtete von Kehlmanns Schlafstörungen, geflüsterten Gesprächen in der Nacht und den Diskussionen über die neusten IT-Trends.

»Und wie sind Sie selbst mit ihm ausgekommen?«

»Gut soweit, ich kann nicht klagen.«

80

Statt die kleine Küche aufzustellen, begannen der alte Mager und sein tschechischer Kumpel damit, in der Nasszelle die rosaroten Fliesen abzumeißeln. Kalle suchte derweil im Internet nach Sicherungsmaßnahmen für Leas Wohnung und fertigte eine Preistabelle an. Die Abweichung seines Vaters vom Renovierungsplan realisierte er erst, als der Lärm andauerte. Er sprang auf und sah nach. Fassungslos stand er in der geöffneten Tür und starrte auf die verstaubte Baustelle.

»Was macht ihr denn da? Seid ihr verrückt geworden?«

»Kalle, wir haben ein Sonderangebot gefunden. Im Baumarkt

hatten die noch ein paar Fliesen übrig, die für ein ganzes Badezimmer nicht mehr gereicht hätten. Spottbillig ...«

»Und wieso werde ich nicht gefragt?«, schrie Kalle ihn an. »Du kannst hier nicht einfach machen, was du willst! Hört mit der Scheiße auf!«

Ludwig legte sein verwittertes Gesicht in schmerzliche Falten und wies mit dem Kopf auf die Rückseite des Raums. Mindestens ein Quadratmeter Fliesen fehlte bereits.

»Dieses Altrosa hat dir doch auch nicht gefallen! Solche Fliesen sind schon seit fünfzig Jahren aus der Mode.«

»Das ist mir egal!«

Magers Kumpel ließ seinen Hammer fallen und verzog sich an den Hinterausgang, um sich eine Zigarette zu drehen. Dieser Streit ging ihn nichts an.

»Schau mal«, sagte der Alte in aller Gemütsruhe. »Du kannst doch keine Kunden zum Pipimachen in diese Baustelle schicken! Und in dem Klopott, da klebt die Scheiße von vierzig Jahren. Sollen die Leute das Kotzen kriegen?«

»Kapierst du es nicht?«, brüllte Kalle. »Ich habe kein Geld!«

Der Bärtige lächelte. »Vertrau mir, die Renovierung kostet dich keinen Cent!«

»Bitte?«

Mager senior verschränkte die Arme vor der Brust. »Ich habe einen Sponsor für dich gefunden.«

»Ach ja?«

»Ich schwör's dir. Beim Leben meiner Mutter!«

»Oma ist tot.«

»Stimmt. Also beim Leben meiner Kinder!«

Kalle verlegte sein Büro ins *Café de Café.* Hier gab es nicht nur den besseren Cappuccino, sondern auch eine angenehmere Geräuschkulisse. Nachdem er seine Bestellung getätigt hatte, rief er in der Uni an. Aber die Leitung war tot. Waren die etwa Unitymedia-Kunden? Nächster Versuch: Anruf auf Simones Handy. Besetzt. Wenigstens Tims Mobilnummer schien zu funktionieren. Nach dem achten Tuten ging der Admin ran.

»Hi, Kalle hier …«

»Ist ganz schlecht gerade«, unterbrach ihn Tim.

»Wieso? Was ist los bei euch?«

»Land unter. Hardwarefehler. Die Hauptfirewall ist ausgefallen, die Keksdosen sind von der Außenwelt abgeschnitten.«

»Ach, du Scheiße.«

»Ja, aber weshalb rufst du an? Ist was mit …«

»Nein, nein. Ich rufe nur an wegen des Türschlosses. Ich habe zwei Angebote eingeholt. Aber der Auftrag muss von Lea kommen.«

»Können wir das nachher besprechen?«

»Klar. Wird es spät heute?«

»Vermutlich. Wir versuchen gerade, unsere alte Linux-Büchse zu reaktivieren. Irgendwer hat wohl versäumt, den *Next-Business-Day-Support* zu bezahlen.«

Kalle schnaubte, als er auflegte. Er machte fast nur *Next-Minute-Support* – und dafür bekam er keine Zuschläge aufs Honorar.

81

Die Wolken hingen dicht und dunkel am Himmel wie mit Öl getränkt. Wind wehte über den Hans-Ehrenberg-Platz, als wollte er trotzig darauf aufmerksam machen, dass der Sommer endgültig vorbei war. Sina und ihr Kollege hatten sich erneut zum Mittagessen in der *Butterbrotbar* verabredet.

»Sieht aus, als braut sich da was zusammen«, sagte Martin Schenck mit einem Blick nach oben.

Sina zuckte mit den Schultern. »Sieht so aus. Lass uns reingehen.«

Nachdem sie ihre Bestellungen aufgegeben hatten, fragte Sina ohne Umschweife: »Und? Warst du heute schon bei Frau Bennsdorf? Wie geht es ihr?«

»Du legst dich ja ganz schön ins Zeug für sie.«

»Das ist mein Job, oder? Ich habe die Zeit gestern genutzt, um ihre alte Therapeutin zu kontaktieren, Frau Braun. Sie hat mir ein paar Dinge erzählt, die nicht in der Akte stehen.«

Martin runzelte die Stirn. »Ernsthaft? Sie hat dir einfach so diese Informationen ...«

Sina rollte mit den Augen. »Nein, nicht einfach so. Natürlich nicht. Ich habe ihr Frau Bennsdorfs Einverständniserklärung per Fax zukommen lassen.«

»Und? Was hat sie Spannendes erzählt?«

Bevor Sina den Mund aufmachen konnte, kam die Bedienung mit zwei Schüsseln heißer Suppe. »Guten Appetit.«

»Danke.«

Die Therapeutin wartete, bis sie wieder ungestört waren. Mit einem Blick zu den anderen Tischen sagte sie: »Lass uns lieber keine Namen nennen. Nicht, dass das hier jemand mitkriegt.«

Martin nickte und sprach leiser. »Erzähl. Was hat sie gesagt?«

»Später. Erst du, die Pause ist begrenzt. Also?«

Der Kollege fasste zusammen, was er gehört hatte, und ließ auch den Vorfall mit dem alten Mann, der sich im Zimmer geirrt hatte, nicht aus. »Sie wurde auf eigenen Wunsch verlegt. Da oben gab es die einzigen freien Betten.« Die Suppe war inzwischen etwas abgekühlt und Martin nutzte die Gelegenheit für ein paar Löffel, bevor er fortfuhr. »Die haben ihr bei der Aufnahme übrigens Blut abgenommen. Heute Morgen habe ich mir die Analyseergebnisse angesehen. Vitamin- und Mineralstoffmangel, das war ja zu erwarten. Für dich ist aber wichtiger, dass sie gelogen hat, als sie behauptete, nichts getrunken zu haben.«

»Was?«

»Leider ja. Ihr Gamma-GT-Wert war stark erhöht.«

»GPT und GOP auch?«

»Nein, nur der GT. Du weißt, was das bedeutet. Sie muss bei der Einlieferung mindestens 0,6 Promille gehabt haben, als sie eingeliefert wurde.«

»Du meinst also, dass das der Auslöser für ihre Halluzinationen war?«

»Ich kann dir nur sagen, was ich weiß. Bennsdorf muss sich ordentlich was reingekippt haben, bevor sie bei dir war. Und seitdem sie nüchtern ist, gab es keine Auffälligkeiten mehr.«

Sina nickte nachdenklich. »Am liebsten würde ich sie besuchen.«

»Verstehe ich. Aber ich sitze ja an der Quelle. Sobald ich was Neues höre, bist du die Erste, die es erfährt.«

Hinter Martin schrappten zwei Stühle über den Boden. Die Nachbargäste gingen zur Theke, um zu bezahlen. Gut so.

»Danke, das wäre nett.«

»Wenn du mir deine Handynummer gibst, kann ich dich auch an den Tagen anrufen, an denen wir keine gemeinsame Schicht haben.«

So unschuldig das klang, Sina hatte das Gefühl, als ob ein anderes Interesse dahinterstand. Gefiel ihr das? Vielleicht …

»Ich schreibe sie dir gleich auf«, antwortete sie, nachdem sie etwas heiße Flüssigkeit heruntergeschluckt hatte. »Übrigens, ich hatte gestern ein merkwürdiges Gespräch.«

Martin lachte. »Haben wir die nicht immer? Muss eine Berufskrankheit sein.«

Sie blieb ernst. »So meinte ich das nicht. Es geht um Peer.«

»O je, hattet ihr wieder Stress?«

»Das kannst du laut sagen. Keine Ahnung, ob das noch ein Nachspiel haben wird. Aber irgendjemand musste ihm mal die Meinung sagen.«

»Was soll das heißen?« Der Kollege ließ seinen Löffel sinken.

»Weißt du, warum er uns so schikaniert?« Sie malte mit den Fingern zwei Anführungszeichen in die Luft. »›Paradoxe Intervention.‹«

»Bitte?«

»Ja, er denkt wohl, dass man zu fragwürdigen Mitteln greifen muss, um uns zum richtigen Handeln zu bewegen. Mir ist echt die Hutschnur geplatzt.«

»Und jetzt?«

Sina zuckte die Schultern.

»Kann ich dir irgendwie helfen? Als Vermittler vielleicht?«

»Das ist ein nettes Angebot, aber nein. Das ist eine Suppe, die ich selbst auslöffeln muss.«

Martin deutete auf ihren Teller und zwinkerte ihr zu. »Das musst du wirklich. Die ist sonst nämlich gleich kalt. Und was hat jetzt diese Frau Braun berichtet?«

82

Cookie wohnte in einem Altbaugebiet nördlich der A 40. Die meisten Mietshäuser hatten schon deutlich mehr Jahrzehnte auf dem Buckel als Kasten und Waliszczek zusammen. Beim Bau des Viertels waren wohl noch Pferdewagen über den Ruhrschnellweg getrabt. Jetzt hörte man das Singen des Asphalts bis in die Hinterhöfe.

Cookies Domizil hob sich deutlich von den aufgemotzten Häusern der Nachbarn ab. Beim Anblick der Bruchbude dachte Kasten flüchtig daran, dass sie einfach mehr Glück im Leben gehabt hatte als die Menschen, die hier wohnen mussten. Nicht viele Arbeiterfamilien hatten ihre Töchter dabei unterstützt, nach der Lehre das Abitur nachzuholen.

»Was ist, Chefin?«, fragte Waliszczek, als er Kastens Seufzer hörte.

»Nix. Wir müssen.«

Sie studierte die Klingelschilder. Keines glich dem anderen. Die Hälfte der Namen klang ausländisch. Und nur ein Schild war sorgfältig auf dem PC getippt und korrekt befestigt worden: *Makiol.*

Cookie reagierte schon auf den zweiten Versuch. Auf den Zwischenetagen des Treppenhauses waren noch die zugemauerten Öffnungen zu erkennen, hinter denen sich einst die Klos für zwei Familien befunden hatten. Kastens Mutter hatte oft den Luxus gelobt, nachts nicht mehr hinters Haus auf den Donnerbalken zu müssen.

»Herr Makiol?«

Der schlanke Mann in der Tür sah aus, als wäre er gerade aus dem Bett geklettert – vollständig angezogen, aber die Haare nass und das T-Shirt in aller Eile hinter den Hosenbund geklemmt. Sieht gut aus, der Kerl, dachte Kasten. Aber diese Augen!

»Bitte?«

Kasten zog ihren Dienstausweis.

Cookie zeigte keine Überraschung, sondern schaute auf die blaue Plastikkarte, als wollte er sich den Namen einprägen. »Okay. Was habe ich verbrochen?«

»Nichts, hoffe ich. Dürfen wir mit Ihnen reden?«

»Einfach so?«

»Wir können Sie auch zu uns nach Dortmund bitten.«

»Sehr großzügig«, sagte er und ließ die beiden eintreten.

Zwischen Treppe und Küche gab es einen quadratischen Vorraum, der gerade Platz für einen Spiegel und vier Kleiderhaken bot. Daran hingen eine Jeansjacke, zwei Baseballkappen sowie der grün-violette Vereinsschal des Essener Eishockeyklubs *Moskitos.* Solche Farbkombinationen erträgt man nur mit Achromatopsie, dachte Kasten.

»Kommen Sie!«

Viel Platz gab es nicht. Der Raum diente als Küche und Wohnzimmer und barg nicht mehr Möbel, als ein Single unbedingt brauchte.

Rechts ging es wohl in die Schlafkammer, gegenüber auf den kleinen Balkon. Ganz in der Ecke befand sich die Toilette, die man auf dieser Seite des Hauses einfach eine halbe Etage nach oben verschoben hatte. Alles wirkte ärmlich, war aber – soweit Kasten erkennen konnte – penibel sauber.

»Nehmen Sie doch Platz!«, sagte Cookie und pflückte ein Smartphone vom Tisch. Ohne Hast schloss er die Nachrichten-App. Das Ding ist mehr wert als der ganze Möbelramsch zusammen, dachte die Hauptkommissarin.

»Wann haben Sie Herrn Kehlmann zuletzt gesehen?«

»Den Professor?« Er lachte kurz auf. »Am Tag meiner Entlassung.«

»Stehen Sie auf andere Weise in Kontakt mit ihm?«

»Nein. Warum sollte ich?«

Kasten mimte die Ahnungslose. »Ich weiß nicht. Um Erinnerungen auszutauschen? Oder um Schach zu spielen?«

Das Zwinkern in seinen Gauneraugen verriet, dass Makiol sie durchschaut hatte. »Warum fragen Sie nicht, ob ich mit dem Weihnachtsmann zum Bowlen gehe?«

»Mit dem haben Sie ja nicht mehrere Jahre die Zelle geteilt.«

»Korrekt. Aber Kehlmann war ein glücklicher Zufall.«

»Wieso glücklich?«

»Die meisten Knackis quatschen ohne Ende über Fressen, Saufen und Weiber. Aber der Professor hieß nicht umsonst so. Er ist kultiviert, intelligent. Mit ihm ging die Zeit schneller um.«

»Immerhin …«

Er verzog das Gesicht. »Vergewaltigung ist nicht mein Ding. Aber ansonsten spielte der Professor in einer ganz anderen Liga als alle anderen in der Krümmede.« Er tippte sich mit dem Finger an die Schläfe.

Waliszczek rückte näher an den Tisch heran. Die Füße seines Sessels glitten fast lautlos über den Holzboden.

»Hat Kehlmann jemals von den Leuten gesprochen, die ihn in den Knast gebracht haben?«, fragte der Beamte.

»Herr Waliszczek«, holte Makiol lächelnd aus. Kasten merkte auf: Der Mann hatte ein verdammt gutes Gedächtnis. Den meisten Leuten musste man diesen Namen siebenmal buchstabieren, bevor sie ihn fehlerfrei aussprechen konnten.

»Man merkt, dass Sie nie gesessen haben. Kluge Knackis reden nicht über ihre Fälle.«

»Ich dachte«, unterbrach ihn die Kommissarin, »dass die meisten Leute im Knast oft und gern ihre Unschuld beteuern.«

Jetzt grinste Cookie. »Frau Kasten, das sind die Oberidioten. Denen glaubt keiner. Niemand wird verknackt, weil zu viele Zellen frei sind.«

»Da stimme ich Ihnen zu. Aber mein Kollege hat etwas anderes gefragt.«

Cookie nickte. »Der Professor hatte verdammt böse Träume. Er wurde nachts manchmal davon wach. Aber Klartext hat er nie geredet.«

»Und Sie?«

Der Ex-Häftling breitete beide Arme aus. »Jeder muss allein damit klarkommen, was er gemacht hat. Ich bin mit ein paar dummen Sachen auf die Nase gefallen. Das ist kein Grund, mich aufzuplustern.«

»Und Sie haben noch Glück gehabt!«

Makiols Augen blitzten auf. »Ach?«

»Es gab noch eine bösere Geschichte als die Aktienklamotte.«

Er grinste nun. »Witzig. Jetzt muss ich schon zum zweiten Mal die Justiz verteidigen. Es zählen keine Gerüchte, sondern Fakten.«

»Haben Sie keine Wut auf den Mann verspürt, der sie verpfiffen hat? Oder an Rache gedacht?«

Er beugte sich vor, griff nach einer Packung Filterzigaretten und zündete einen Trostspender an. »Schwierige Frage.« Er schüttelte den Kopf. »Ich empfinde manchmal Ärger, ja. Aber Rachegedanken führen meist in den Knast zurück.«

»Man munkelt, dass Kehlmann anders dachte.«

Schulterzucken. »Wenn ja, dann hat er nie darüber geredet. Aber warum fragen Sie ihn das nicht einfach selbst?«

»Weil wir jetzt lieber mit Ihnen reden«, sagte Kasten lächelnd.

Cookie hielt ihrem Blick problemlos stand. »Was wollen Sie von mir hören? Er hat weder etwas im Schlaf verraten noch das Bedürfnis gehabt, sich bei mir auszuheulen.«

»Da haben wir was anderes gehört.«

»Ach ja? Wenn, dann von Krupka, diesem schmierigen Lurch.« Er sog noch mal an seiner Zigarette. »Warum sind Sie überhaupt hier? Hat der Professor etwas angestellt? Der sitzt doch noch, oder?«

Kasten musterte ihn schweigend. Seine blauen Augen strahlten zurück. »Glauben Sie, was Sie wollen. Ich jedenfalls will nie wieder im Knast landen. Und für Kehlmann erst recht nicht.«

83

Nach der Mittagspause fiel es Sina schwer, sich auf den nächsten Klienten zu konzentrieren. Der Gedankenaustausch mit Schenck hatte ihr einerseits gutgetan, andererseits ein komisches Gefühl hinterlassen – so als hätte sie Lea Bennsdorf verraten.

Nach Frau Brauns Einschätzung war das Schuldmotiv zentral für das Verhalten der jungen Frau.

»Sie versucht, dadurch die Kontrolle über ihr Leben zurückzugewinnen«, hatte die ältere Therapeutin gesagt. »Zu akzeptieren, dass sie keine Schuld an der Vergewaltigung trägt, würde gleichzeitig auch bedeuten …«

»… dass es jederzeit wieder passieren kann«, hatte Sina den Satz vollendet.

»Genau. Sich selbst die Schuld zu geben, ist einfacher.«

»Was wiederum dazu führt, sich zu bestrafen?«

Martin hatte Frau Brauns Ansicht geteilt. Und war sogar noch weiter gegangen. »Ihre offensichtliche Essstörung könnte ebenfalls Teil der Bestrafung sein, die sie einfordert.«

Irgendetwas an dieser Formulierung hatte Sina gestört, aber sie hatte es nicht greifen können. Zu knapp war die Zeit gewesen. Als sie Herrn Kraniak nun begrüßte, musste sie sich anstrengen, ihm ihre volle Aufmerksamkeit zu schenken.

»Guten Tag, setzen Sie sich doch.« Mit einem Lächeln wies sie auf den freien Sessel. »Passt der neue Termin Ihnen besser?«

Der Klient stutzte. »Wieso besser?«

»Sie haben doch am Montag angerufen, um den Termin zu tauschen.«

»Ich?«

Ein dünner Rattenschwanz baumelte im Nacken des Mannes, wohl als Ersatz für das fehlende Haupthaar. »Nein, jemand aus der Praxis hat angerufen. Es ging um irgendeinen Notfall.«

Merkwürdig, dachte Sina. Der Notfall war doch erst nach dem Termintausch eingetreten. »Wer hat Sie denn angerufen?«

Der Patient zog seine schmalen Schultern hoch. »Das weiß ich nicht mehr. Auf jeden Fall war es ein Mann.«

Also Peer oder Martin, überlegte Sina. Teufel war noch im Urlaub. Das ergab keinen Sinn. Sie würde Martin fragen, ob er was wusste.

Sie stand auf, schloss das Fenster, um den Lärm der Straße aus dem Raum zu verbannen, und nahm ihr Notizbuch in die Hand. Während sie es aufschlug, machte Kraniak es sich in seinem Sessel so bequem, als wartete er im Kino auf den Hauptfilm.

»Ich habe noch mal über alles nachgedacht«, sagte er. »Vielleicht habe ich ja doch eine Menge dazu beigetragen, dass mich Carmen verlassen hat …«

»Warum denken Sie das?«

Kraniak begann mit einer Aufzählung angeblicher Verfehlungen, die er als Ehemann begangen habe. »Ich habe ihr viel zu viel abgenommen … und dann die Freiheiten, die sie hatte …«

Diese Überlegungen kannte Sina bereits und sie hatte Schwierigkeiten, sich zu konzentrieren. Mehrfach drifteten während der nachfolgenden Minuten ihre Gedanken zu Lea Bennsdorf.

Der Klient hatte offenbar schon vor einigen Sekunden seine Litanei beendet und sah Sina vorwurfsvoll an. »Hören Sie mir eigentlich zu?«

»Natürlich«, sagte sie, ohne zu zögern. »Ich verstehe sehr gut, dass sie oft über diese Dinge nachdenken. Die Vergangenheit ist sehr wichtig. Aber beschäftigen Sie sich auch damit, was Sie sich für Ihre Zukunft wünschen?«

Eine Frage, über die sich nicht nur ein Herr Kraniak Gedanken machen sollte, dachte Sina.

84

Kurz vor Feierabend verschwand die Sonne aus Kastens Büro und die Alleebäume an der B 1 warfen immer längere Schatten. Die Hauptkommissarin sehnte sich nach ihrem Sofa, einem kühlen Pils und einer schönen Schnulze im Fernsehen. »Wo steckt Echternach?«

»Der überprüft Kehlmanns Alibi im Kino«, sagte Kopitzki. »Die Kassiererin von Montag hat auch heute Dienst.«

»Schön. Und Kuba?«

»Der will dem Ex-Lover von Robert Mertens Frau auf den Zahn fühlen.«

»Auch gut.«

»Neuigkeiten von den Fallschirmspringern?«

»Bis jetzt nicht. Aber die Kollegen arbeiten noch eine lange Namensliste ab.«

»Was ist mit Kehlmanns Besucherin?«

Waliszczek zog die Schultern hoch. »Hey, wir waren fast den halben Tag zusammen unterwegs, ich bin noch nicht weit gekommen.«

Perfektes Alibi, dachte Kasten.

Aber Wali hatte trotzdem schon etwas herausgefunden. »Frau Schäfer ist tatsächlich Leiterin des Freiburger Kinderheims, in dem sie selbst und Kehlmann aufgewachsen sind.« Er sah demonstrativ auf die Uhr. »Wie wär's, wenn ich zu Hause weiterrecherchiere?«

»Herr Kommissar«, sagte Kasten. »Wie oft soll ich das noch

sagen? Wir packen keine Fall- oder Personendaten auf den eigenen PC. Da droht Hacker-Gefahr!«

Wali seufzte. Er hatte offensichtlich keinen Bock, noch eine Stunde im Präsidium herumzusitzen. Kasten, ehrlich gesagt, auch nicht. Da meldete sich die Pressestelle. Was wollten die denn?

»Hertalein, hier stehen zwei Herren von *Broadfacts.TV*. Sie wollen Einzelheiten über den Flugzeugmord am Phönixsee wissen. Kannst du mir ...«

»›Flugzeugmord‹?« Kasten schnappte nach Luft. »Keine Ahnung, wovon du redest. Alle gehen von einem Pilotenfehler aus.« Im Hintergrund ertönte Stimmengewirr. Kasten stellte auf Mithören, hielt aber die Sprechmuschel bedeckt und zischte: »Welches Arschloch hat da was durchsickern lassen?«

Abwehrend hob Waliszczek beide Hände.

»Herta, die Jungs lassen sich nicht abwimmeln.«

»Ich komme!«, bellte Kasten. »Aber nur, wenn die Kamera und das Mikro aus sind.«

Bis sie, bewusst langsam gehend, die Pressestelle erreichte, war Kastens Zorn etwas abgekühlt. Der *Broadfacts*-Chef sah ihr ungeduldig entgegen. Trotz des milden Wetters trug er eine Motorradjacke, die so dick war, als trüge er darunter eine kugelsichere Weste. Sein Kameramann, der schon den ganzen Tag die schwere ›Mühle‹ schleppen musste, saß in Jeans und Turnschuhen auf dem Schreibtisch des Pressestellenchefs und ließ die Beine baumeln.

Kasten nickte den Reportern und ihrem Kollegen zu und inspizierte wortlos die Arbeitsgeräte des Teams. Kamera und Mikrofon lagen auf der Tischplatte. Nach einem Blick auf die On/Off-Schalter fragte sie: »Und wo sind eure Handys?« Ihr war klar, dass diese Geheimnistuerei die Reporter noch mehr aufheizte, aber man musste den Jungs ihre Grenzen zeigen.

»Hör mal, Herta«, begann Tom Balzack, aber Kasten kannte in dieser Phase keine Freunde mehr.

»Auf den Tisch!« Ein Blick reichte. »Ausschalten! Ganz!«

Die Geräte verabschiedeten sich mit einem gequälten Orgelsignal.

»Also, was wollt ihr?«

Balzack versuchte es auf die Kumpeltour. »Hör mal, Herta, du willst uns doch nicht am Nasenring durch die Arena schleifen ...«

»Im Zirkus heißt die Arena schlicht Manege. Außerdem werde ich niemanden da durchziehen, weil ich sie nicht betreten werde.«

Balzack schickte seine Augen auf eine Kreisbahn. »Wir reden hier von Marl. Ihr habt die Überwachungsvideos ...«

Der Boss hat gesungen. Oder sein Sicherheitsfuzzi, dachte Kasten. Wissen die nicht, dass es diesem Miniflugplatz nur schadet, wenn er auf diese Weise in die Schlagzeilen kommt?

Beim Stichwort ›Mineralwasserflasche‹ ging Kasten hoch. »Wir haben es fast nur mit Flaschen zu tun. Darum bringen wir auch so viele ins Loch.«

»Aber nicht alle«, meinte der Reporter grinsend.

»Die Justiz tut nur, was sie darf«, blaffte die Kommissarin.

»Können wir dieses Katz-und-Maus-Spiel nicht sein lassen?«, meldete sich der Leiter der Pressestelle.

Meine Fresse, dachte Kasten. Kapierte der nicht, dass diese Freelancer der Polizei aus der Hand fressen mussten, wenn sie nicht arbeitslos werden wollten?

Kasten wandte sich an Balzack. »Jetzt hör mir mal zu«, sagte sie und zog einen ihrer Zigarillos aus der Tasche. Der Büroinhaber guckte irritiert, traute sich aber nicht zu protestieren, sondern riss nur das Fenster auf. Kurz darauf lagen die Kommissarin und der Fernsehmann im Fenster und pusteten den Qualm in die Herbstluft hinaus. »Wir haben die ganze Geschichte bewusst gedeckelt. Es gibt einen Tatverdächtigen, aber der soll nicht mitkriegen, was wir schon wissen. Der Typ hat ein Alibi und wir suchen einen eventuellen Komplizen.«

»Es geht um Kehlmann, ja?«

Herta sah den Reporter überrascht an.

»Wir waren bei seiner Festnahme dabei, schon vergessen? War dein geilster Auftritt.«

»Wie könnte ich? Aber woher wisst ihr …«

»Komm, tu nicht so. Wir machen zwar keine Filme, die um die Welt gehen, aber *Broadfacts* hat ein gutes Archiv und zuverlässige Quellen.«

»Ich will ja nicht behaupten, dass ihr Gespenster seht«, sagte Kasten. »Aber haltet euch noch zurück, wenn's sein muss, eine Woche oder länger. Sobald sich etwas tut, rufen wir dich an. Deal?«

Er nickte.

85

Pauls Wohnzimmer hatte sich in ein Schmuckstück verwandelt. Er und Annemarie hatten ihren letzten Tag in Dortmund genutzt, um den Raum fertig einzurichten. Das Zimmer strahlte nun nicht nur Sauberkeit, sondern auch Gemütlichkeit aus. Passend zu gediegenen Möbeln gab es den gerahmten Kunstdruck eines Gemäldes von Paul Klee. Annemarie hatte darauf bestanden, es ihm zu schenken. *The Howling Dog* hieß das Bild.

Nun standen sie davor, um es auf sich wirken zu lassen. Die Zeichnung auf dem verwaschenen Grau, Orange und Grün war nur mit Fantasie als Hund zu erkennen. Dennoch weckte das Motiv eine unbestimmte Sehnsucht in Paul.

»Du hast wirklich ein gutes Auge für Farben und Formen«, sagte er anerkennend. »Ich weiß gar nicht, wie ich mich bedanken soll.«

»Ich schon!«

Er hob amüsiert eine Augenbraue. »Na, das ist ja mal eine Ansage.«

»Es ist etwas, das jede Frau glücklich macht. Auch wenn viele es nicht zugeben.« Sie machte eine Drehung und ließ sich auf die neue Couch fallen.

Für einen Moment war Paul sprachlos. Wollte sie etwa …?

»Pizza!«, sagte sie mit geschlossenen Augen und seufzte.

Er beobachtete sie. Woran dachte sie wohl gerade? Sie schien einen inneren Kampf auszufechten.

»Wann fährst du denn morgen?«, fragte er.

»Um elf muss ich das Zimmer verlassen. Es sind ja auch ein paar Stunden Fahrt.«

»Ich wünschte, du könntest länger bleiben.«

»Die Kinder vermissen mich«, sagte Annemarie, während sie sich zum zweiten Mal Wein nachschenkte. »Und ich habe meiner Kollegin versprochen, dass ich morgen Abend wieder da bin.«

Sie weicht mir aus, dachte Paul.

»Vielleicht magst du mich mal in Freiburg besuchen«, sagte sie schließlich.

»Das würde ich gern tun.«

Er schaute ihr in die Augen. Und plötzlich knisterte es wieder zwischen ihnen wie Eis, das in Wasser getaucht wurde. Wie so oft in der letzten Zeit musste er wieder an seinen Stiefvater denken – und an Annemarie in ihrem blauen Nachthemd. Warum nur hatte er damals so spät eingegriffen?

Sie hob den Kopf und ihre grauen Augen glänzten. Dachte sie an das Gleiche wie er? Oder tauchte das Kerzenlicht den Moment nur in Schwermut?

Paul hielt die Stille nicht länger aus. »Was ich dir noch sagen wollte ... Als du mich heute Morgen vor dieser Polizistin verteidigt hast ... So hat sich noch nie jemand für mich eingesetzt. Du bist ... eine wunderbare Frau.«

Das Schrillen der Türklingel verdarb Pauls Stimmung. Er stellte sein Glas ab. Verflucht noch mal. Er reichte dem Boten einen Zwanzigeuroschein. »Hier. Stimmt so.« In der Küche schob er die Pizzen auf zwei flache Teller. Noch im Korridor rief er: »Das riecht verfüh...«

Er vergaß, was er hatte sagen wollen. Annemarie stand aufrecht vor dem Wohnzimmertisch. Das Haar fiel ihr lang, silbern und weich über die Schultern. Und in ihrem Gesicht lag ein Ausdruck der Ungläubigkeit über das, was sie gleich tun würde.

Mitten in der Nacht wurde Paul wach. Alles war plötzlich anders. Mehr als vier Jahre lang hatte er jede Nacht allein geschlafen, eingewickelt in eine Decke, die ihn nur vor der äußeren Kälte schützte. Und jetzt? Ein Mensch lag neben ihm. Ein ganz besonderer. Und strahlte eine Wärme aus, die ihm völlig fremd geworden war. Die bis zu einem Ort in seinem Innern reichte, den er seit vielen Jahren verloren geglaubt hatte. Doch er war nur verschüttet gewesen, nicht zerstört. Annemarie hatte ihn gefunden.

Paul richtete sich nur so weit auf, dass er sie nicht weckte. Er war zärtlich gewesen wie zu niemandem zuvor. Hatte ihr ins Ohr geflüstert, wie schön sie sei. Und nun?

Annemarie schlief tief. Ihr Gesicht war entspannt und friedlich. Gehörte dieser Frieden nun auch ihm? Würde es von nun an so bleiben?

Plötzlich durchzuckte es ihn. Cookie! Der Chat!

Vorsichtig stieg Paul aus dem Bett und drapierte die Decke so über die Schlafende, dass auch Arme und Füße es warm hatten. Dann ging Paul ins Wohnzimmer. Der Blick aufs Handy verriet ihm, dass es 23:50 Uhr war. Noch nicht zu spät. War das ein Zeichen?

Fünf Minuten später saß er bei gedämpftem Licht in der Küche, fuhr das Notebook hoch, das Gesicht zur Tür gewandt. Der Monitor übertrug die Seite des Onion-Chatrooms, dessen Dialoge kein Fremder mitlesen konnte.

SilentSnitch: Pünktlich wie die Feuerwehr. Und dann noch poetisch unterwegs.
Dr. Faust: Red keinen Blödsinn. Wie ist die Lage?
SilentSnitch: Es gibt eine Planänderung. Die Bullen waren heute hier.
Dr. Faust: Ja, verdammt. Bei mir auch. Weißt du, wer?
*SilentSnitch: Ja, eine fette Ölsche aus Dortmund, Kasten. Wollte wissen, ob wir seit Entlassung Kontakt hatten. *grins**
Dr. Faust: Wie sind die auf dich gekommen???

Ungeduldig starrte Kehlmann auf die Chatanzeige. Drei blinkende Pünktchen signalisierten, dass jemand die Tastatur bearbeitete.

SilentSnitch: Wenn die Leute aus deinem alten Umfeld sterben wie die Fliegen, fragt sich selbst der dümmste Bulle, ob du dahintersteckst. Hab aber nicht gedacht, dass die so schnell sind. Den Absturz habe ich ja sehr unauffällig eingefädelt.
Dr. Faust: Aber wie sind die auf dich gekommen? Und was hast du denen erzählt???
SilentSnitch: Wer sollte denn sonst als Komplize infrage kommen? Deine Ex-Frau etwa?
Dr. Faust: Und jetzt?

SilentSnitch: Ich bin raus! Es gibt einen Zeugen für Klawitter. Weiß nicht, was er wirklich gesehen hat. Das Risiko ist mir zu groß.
Dr. Faust: Dann ist das so. Aber was ist mit meiner Kohle? Die will ich zurück.
SilentSnitch: Keine Angst. Ich liefere trotzdem.
Dr. Faust: ???
SilentSnitch: Du hast bezahlt – ich liefere. In diesem Fall aber nur … aus. ;-)
Dr. Faust: Klartext!!!
SilentSnitch: Schau nachher mal in deine Tor-Box. Genauer Plan mit Fotos. Und ich habe an ALLES gedacht!
Dr. Faust: Verarsch mich nicht. Schick die Kohle zurück und gut ist!
SilentSnitch: Kalte Füße? Oder warmes Bett? Habe euch gesehen.

Verdammt, dachte Kehlmann. Es behagte ihm nicht, dass Cookie diesen Teil seines Lebens kannte. Und irgendwie klang in dem Satz auch etwas Bedrohliches mit.

SilentSnitch: Lies den Plan. Und sei ehrlich zu dir selbst. Du bist, was du bist. Und du wolltest doch schon damals selbst ran, oder etwa nicht?

Wollte ich, dachte Paul.

SilentSnitch: Du kriegst sie von mir auf einem Silbertablett.

Kehlmann saß immer noch bewegungslos vor seiner Tastatur. Er verdrängte den Gedanken an das blonde Biest. Ja, sie hätte es verdient, bestraft zu werden. Aber war er bereit, dafür ein so hohes Risiko einzugehen?

SilentSnitch: Mann, ich habe mit Hochdruck gearbeitet. Alles ist perfekt. Inklusive deiner Gehwege. Und du bekommst ein Eins-a-Alibi. Morgen um 19:00 Uhr geht's los.

Noch während Cookie schrieb, traf Paul eine Entscheidung.

Dr. Faust: Leck mich doch am Arsch!

Dann beendete er den Chat, starrte noch eine Weile auf den Monitor, dachte nach. Mit Annemarie hatte sein Leben eine Wende genommen. Eine gute. Als er zehn Minuten später zurück ins Bett glitt und ihren Herzschlag spürte, war er sicher, dass er die richtige Entscheidung getroffen hatte.

86

›Ruhrgebiet ade!‹ hieß Cookies Motto des Tages. Nach Kastens Besuch wurde es ihm in Essen zu heiß. Es gab Orte auf der Welt, an denen das Klima angenehmer war und wo man für weniger Geld mehr bekommen konnte. Orte, an denen die Bullen für ein kleines Taschengeld viel freundlicher waren.

Natürlich hatte Kasten nichts in der Hand, aber es reichte ihm, dass sie etwas ahnte. Sie gehörte zu diesen Kampfdackeln, die sich so lange in ein Hosenbein verbissen, bis der Stoff riss.

Alarmierend war die Polizeimeldung aus Bochum. Zwei seiner Kontakte waren geschnappt worden. Es war nur eine Frage der Zeit, bis einer von denen anfing zu singen. In Cookies Lederjacke steckte bereits das Flugticket nach Mexiko. Von dort aus würde sich seine Spur verlieren …

Alles, was er brauchte, fand in einem Rucksack Platz, der ohne Beanstandung ins Handgepäck passen würde. Während er ihn füllte, dachte er an den nächtlichen Chat zurück Kehlmann war ein Idiot! Ob er wirklich bei diesem grauen Mäuschen bleiben würde? Dem Professor standen endlich alle Wege offen – und jetzt plante er, ein Spießer zu werden Vorm Fernseher verblöden und sich freuen, wenn's beim Pissen nicht wehtat? Das war nichts für Cookie. Und für den Prof sicher auch nicht. Mal sehen, ob er nicht doch noch die Ausfahrt nahm, bevor er in diese Sackgasse fuhr.

Ein letztes Mal betrat Cookie sein Wohnzimmer. Er umging einen Karton, der auf dem Boden stand, und fuhr sein Notebook hoch, das auf einem hölzernen Couchtisch lag. Dann schrieb er eine Mail an Herrn Dr. Faust.

Betreff: Falls du die Adressen brauchst

Dr. Faust, du Teufelskerl, guck dir auf jeden Fall die angehängten Fotos an!

Cookie lud drei Bilddateien hoch und schickte die Mail ab. Erledigt. Es blieben noch einige wenige Dinge zu tun. Als Erstes tippte er ein paar kurze Zeilen in ein Schreibprogramm und druckte diese aus, ohne das Dokument zu speichern. Den Ausdruck faltete er zweimal und schob ihn auf den Boden des Kartons. Nachdem er das Paket sorgfältig verklebt hatte, wandte er sich wieder seinem Laptop zu. Er legte eine CD ein und initiierte einen Neustart des Rechners. Die enthaltene Software startete und er wählte eine der angebotenen Methoden zur Datenlöschung aus. RCMP war ausreichend sicher. Das Verfahren würde alle Daten auf der Platte nach zufällig ausgewählten Mustern überschreiben. Das hatte er vom Prof gelernt.

Ein letzter Druck auf die F10-Taste und der erste von drei Überschreibvorgängen startete. Maurice ›Cookie‹ Makiol lehnte sich zufrieden auf der Couch zurück. Das Gerät würde gleich ein paar Straßen weiter im Restmüllbehälter landen. Der Karton nicht. Dafür war der DHL-Expressdienst zuständig.

Cookies Gedanken wanderten wieder zum Professor. Auch wenn ihn Literatur nie sonderlich interessiert hatte – das Theaterstück, in dem Dr. Faust mit dem Teufel wettete, hatte er nie vergessen. Er lächelte, denn in einem Punkt war er sicher: Die Fotos würden Paul Kehlmann wieder aufwecken. Und am Ende würde auch er seine Seele dem Gottseibeiuns ausliefern müssen.

87

»Guten Morgen«, flüsterte Annemarie. Sie lag neben Paul und ihre Finger strichen zärtlich durch die dichte graue Wolle auf seiner Brust.

Paul nahm die Berührung durch den Schleier seines Traums wahr. Aber anstatt sanft in die Realität zu gleiten, stöhnte er auf und fuhr hoch, als hätte er einen Skorpion auf seinem Brustkorb entdeckt.

Annemarie wich erschrocken zurück. »Ich bin's doch nur«, sagte sie atemlos.

»Was …?«

Paul sah sich um und brauchte eine Sekunde, um zu realisieren, dass er sich nicht mehr in dem schmutzigen Keller des Kinderheims befand. Dass das Monstrum namens Stiefvater schon längst begraben auf einem anonymen Feld lag.

»Annemarie? Entschuldige. Ich habe …«

»… geträumt. Ich weiß.«

Auch sie setzte sich auf. Durch die Lamellen vor dem Schlafzimmerfenster fielen bereits die ersten Sonnenstrahlen und zauberten Reflexe in ihr Haar. Er schüttelte den Kopf. Annemarie strich ihm eine Strähne hinters Ohr. »Manchmal träume ich auch noch. Ich glaube, so etwas lässt einen nie ganz los.« Sie beugte sich zu ihm und küsste seine raue Wange. »Aber weißt du was? Gestern haben wir deinen Vater zum zweiten Mal besiegt.«

»Er war nicht mein Vater.«

»Stimmt, kein Vater tut so etwas.«

Paul ergriff ihre Hand, um sie fester an seine Wange zu drücken. »Was meinst du damit, dass wir ihn besiegt haben?«

Annemarie platzierte ihr Kissen so, dass sie sich anlehnen konnte. »Das erste Mal hast du ihn besiegt, als du vierzehn warst«, sagte sie. Ihr Blick richtete sich nach oben, als hingen dort die Bilder aus ihrer gemeinsamen Vergangenheit. »Weißt du noch, wie …«

»Ja, aber ich will nicht daran denken.«

»Doch, Paul. An dem Tag hast du mich gerettet.« Ihre Hand klammerte sich an ihn, als wäre sie ohne diesen Halt verloren.

»Blödsinn. Ich war zu feige und habe viel zu spät reagiert.«

»Glaubst du das wirklich?« Annemarie schüttelte den Kopf. »Wenn du nicht gewesen wärst … Weißt du, dass ich sterben wollte?«

Pauls Augen hielten ihrem Blick stand.

»Gestern ist mir etwas bewusst geworden. Mit dir an meiner Seite muss ich keine Angst haben. Musste ich nie. Du bist damals für mich aufgestanden, obwohl er dich hätte totschlagen können. Und jetzt möchte ich für dich aufstehen. Du bist mein Held.«

Nun musste Paul die Augen schließen. Nie war er von dem jähzornigen Alten so verletzt worden wie in jener Nacht. Es war ein Kampf bis aufs Blut, den Paul gewann.

Mit zitternden Händen hatte er den Schlüssel aus der Hosentasche des Pädophilen gezogen und geschrien: »Zieh dich an, Anni. Wir müssen weg hier.«

Während der Kinderschänder mit zerschmetterter Nase bewusstlos auf dem Boden lag, erwachte Annemarie aus ihrer Starre. Sie warf sich das befleckte Nachthemd über und folgte dem Freund.

Paul konnte nur gebückt gehen. Seine Rippen schmerzten, als wäre er von einem Auto überfahren worden. Seine Lippe und Braue waren aufgeplatzt. Das Blut lief ihm ins Auge. Trotzdem biss er die Zähne zusammen und stützte das Mädchen. Barfuß humpelten sie über die nächtliche Straße – bis zur nächsten Polizeiwache. Und dort erzählten sie, was der Heimleiter nachts trieb.

»Du hast ihn in den Knast gebracht«, sagte Annemarie. »Und da hat er gekriegt, was er verdient hat.«

Paul wusste, worauf sie anspielte. Im Gefängnis standen Pädophile am untersten Ende der Hackordnung. Jeder durfte sie schikanieren. Und fast alle taten es. Sein sogenannter Vater hatte sich am Ende erhängt. »Er war ein Dreckstück.«

»Ja. Und nun haben wir zum zweiten Mal gewonnen.«

»Wie das?«

»Weißt du das nicht?« Ein Lächeln legte sich auf ihre Lippen. »Ich weiß endlich, wie schön es sein kann. Er hat mich doch nicht kaputtgekriegt.«

Und mich auch nicht, dachte Paul. Er beugte sich über sie und sie küssten sich. Und zu seiner eigenen Verwunderung stellte er fest, dass er glücklich war. Vielleicht zum ersten Mal in seinem Leben.

88

»Schön, dass wir anfangen können!«, sagte Kasten, als Waliszczek durchgeschwitzt das Büro betrat. »Was macht dein Auto?«

»Kolbenfresser«, sagte der Kollege düster. »Bei VW wollen sie dafür mein halbes Jahresgehalt. Die Kiste steht bei einem Schrauber …«

»Wird auch nicht billig«, murmelte die Chefin und wurde dienstlich. »Rolf, du warst im Kino?«

»Exakt. Die Kassiererin hat Kehlmann auf dem Foto sofort erkannt. Er hat also ein Alibi für den Mord an Klawitter.«

»Mist!«, entfuhr es der Chefin. »Wäre zu schön gewesen …«

»Aber zu einfach«, sagte Florian Kuba. »Übrigens: Ich war noch mal bei der Perle des Piloten und ihrem Ex-Lover. Der ist erst vorgestern aus Thailand zurück. Habe die Tickets gesehen.«

»Hat sich in Düren noch was ergeben, Rolf?«

»Nichts. Keine alten Rechnungen offen.«

»Das können wir abhaken«, meinte Kopitzki. »Und Rasmusson – wie bekannt. Opfer, aber kein Täter.«

Mutlosigkeit machte sich breit.

»Was ist mit der Frau, die wir bei Kehlmann angetroffen haben?«

Waliszczek schrak auf. »Stimmt alles, was sie behauptet hat. Kehlmanns Adoptivvater hat die beiden missbraucht. Blödes Wort. Vergewaltigt! Die Kinder haben eines Tages Anzeige erstattet und der Alte hat sich im Knast umgebracht.«

Für einen Moment herrschte Stille, die nur durch Boxer Echternach unterbrochen wurde, der frischen Kaffee aufbrühte.

»Noch was«, sagte Wali. »Kehlmann hat ja angeblich nicht gewusst, dass Rasmusson ihn als Plagiator enttarnt hat. Ich habe das gecheckt. Kehlmann saß zwar schon, als der Prüfungsausschuss tagte, aber sein Anwalt war dabei.«

»Das passt«, sagte Kasten. »Nun zu Cookie. Der käme gut als Helfer infrage. Er ist durchtrieben, clever. So einen kann der Professor gut gebrauchen.«

»Für Gotteslohn?«, fragte Kuba.

»Kehlmann hatte früher genug Gelegenheiten, um Geld zu bunkern. Und hast du Makiols Handy gesehen? Ich kenne das Modell. Der Neupreis liegt bei etwa achthundert Euro. Das hat ihm sicher nicht das Amt finanziert.«

»Und wie halten die Kontakt?«, fragte Echternach.

»Via Internet, nehme ich an.«

»Wir nehmen an, wir spekulieren, aber Beweise haben wir nicht.«

»Man müsste Kehlmanns Notebook filzen«, sinnierte Kopitzki.

»Können wir aber nicht. Nicht in diesem Stadium. Allerdings …« Kasten, schien es, hatte eine Idee. »Wie weit seid ihr am Flugplatz?«

Der einzige ›Leiharbeiter‹ im Raum regte sich. »Fast durch. Wir haben bestimmt vierzig Leute gefragt, Springer und Zuschauer. Keiner hat einen Kappenmann wahrgenommen. Die Kollegen tippen gerade frustriert die Berichte.«

»Und du?«

»Ich habe noch vier Leute, die ich befragen muss.«

Kasten überlegte. »Passt auf. Wir warten ab, bis die Befragungen abgeschlossen sind. Wenn wir gegen Kehlmann und Makiol noch immer nichts Brauchbares haben, setzen wir sie unter Druck.«

»Wie?«

»Offene Überwachung. Wohin sie gehen, einer von uns

klebt ihnen am Arsch. Bis einer nervös wird und sich zu einem Fehler provozieren lässt.«

Der rauschende Beifall blieb aus, die Versammelten waren eher skeptisch. Schließlich meinte Kuba: »Warten wir also den Montag ab …«

Kasten nickte und wandte sich an Kopitzki. »Frag mal bei den diversen Providern nach, wo diese Kerle überhaupt surfen.«

»Das sind Dutzende! Außerdem brauchen wir dafür eine richterliche …«

Kasten wischte den Einwand mit der Hand weg. »Frag mal die Jungs von der Kinderpornografie. Jede Wette: Die wissen, wie es geht!« Sie nahm ihren Zigarillo und stand auf. »Zehn Minuten Pause. Zum Nachdenken!«

89

Als Annemarie nur mit einem Handtuch bekleidet aus dem Bad zurückkam, saß Paul noch im Bett. Seine Augen leuchteten bei dem Anblick. »Darf ich ein Foto von dir machen?«

Sie lächelte. »Erinnere dich lieber. Ein Foto kann nie so schön sein wie die Wirklichkeit.«

»Du bist schöner als die Wirklichkeit.«

»Das Gute am Alter ist, dass die Augen nicht mehr scharf genug sehen.« Sie lachte. »Aber warte mal. Du sollst trotzdem ein Foto haben.«

Sie holte ihre Handtasche, zog die Börse hervor und setzte sich noch einmal zu ihm aufs Bett. »Hier, das kannst du haben!«

Ein Porträtfoto im Passbildformat. Eines der älteren, bevor man verpflichtet war, biometrisch korrekt und reglos in die Linse zu glotzen. Sie lächelte darauf.

»Das ist hübsch«, sagte Paul und nahm es an sich. »Danke.«

Annemarie wollte noch weitere Fotos aus dem Portemonnaie fummeln, aber Kehlmann schob ihren Arm zur Seite und schob sich näher an ihren Oberkörper heran. Küsste sie auf den Hals.

Ein paar Sekunden hielt Annemarie inne, dann ließ sie sich noch einmal zurücksinken. Wirkte nun verletzlich, fast ausgeliefert. So wie damals …

Wie Lea? Pauls Körper reagierte, bevor ihm bewusst wurde, was mit ihm geschah. Er schob sich über sie wie ein Wolf über seine Beute.

Annemarie stieß ihn weg. »Autsch! Nicht so grob!«

Atemlos rollte er sich zur Seite. Seine Hoden schmerzten. Und sein Hass auf Lea wuchs. Warum suchte die Schlampe ihn hier heim? Reichte es nicht, dass sie sein Leben einmal zerstört hatte?

»Entschuldige«, sagte er keuchend. »Ich wollte dir nicht wehtun.«

»Hast du nicht«, antwortete Annemarie.

Aber Paul sah, dass sie log.

Die Stimmung war im Keller. Paul drehte Annemarie den Rücken zu, als er aufstand. »Dann geh ich jetzt mal duschen.«

»Mach das. Ich muss auch so langsam los. Um 11:00 Uhr muss ich auschecken.«

Er drehte den Kopf zu ihr und nickte. Dann verschwand er im Bad. Leas Bild begleitete ihn.

Annemarie schaute noch eine Weile in die Richtung, in der er verschwunden war. Was war das gerade gewesen? Es schien ihr fast, als ob es Paul in zwei Ausführungen gab.

Unvermittelt fiel ihr der Vorfall mit dem Fahrradfahrer ein. Paul hatte ihr Angst gemacht. Sie atmete einmal durch. Du übertreibst, schalt sie sich. Es war doch gar nichts passiert! Und gerade? Er war einfach nur leidenschaftlich gewesen. Und hatte sich sofort entschuldigt, als sie ihn weggeschubst hatte. Nein, Paul war ehrlich mit seinen Gefühlen. Sie war diejenige, die noch nicht normal tickte. Es brauchte Zeit.

Annemarie seufzte. Paul brauchte sie. Da war immer noch eine Dunkelheit in ihm. Für den Augenblick war sie versucht, die Abfahrt hinauszuschieben. Aber die Kinder brauchten sie auch.

Die Geräusche im Bad verrieten: Paul stand noch unter der Dusche. Gelangweilt entschied sich Annemarie, endlich mal wieder einen Blick ins Frühstücksfernsehen zu werfen.

Sie drückte die Powertaste der Fernbedienung und ging in die Küche, um noch einen letzten Kaffee aufzusetzen. Dort stieß Annemarie mit dem Fuß an den Karton, in dem der Fernseher gesteckt hatte. Ein Zettel fiel herunter. Sie bückte sich und hob ihn auf.

Es war der Kassenbon für das Gerät. Nur vierhundertneunundneunzig Euro? Ein Schnäppchen. Gerade wollte sie den Zettel wieder zurücklegen, als ihr noch etwas auffiel. Hatte Paul das Teil nicht am Montagmorgen gekauft? Das Datum stimmte, aber auf dem Beleg stand *16:07 Uhr.*

Vermutlich ein Systemfehler in der elektronischen Kasse, dachte Annemarie und ging zurück ins Wohnzimmer. Aber auf dem Monitor sah sie nur Schnee. Sie probierte es mit drei weiteren Programmplätzen. Nichts. War das Antennenkabel nicht eingesteckt?

Bevor sie das prüfen konnte, hörte sie, wie sich die Badezimmertür öffnete. Paul trat ein, halb angekleidet, das Oberhemd noch nicht zugeknöpft. Sexy. Und wie er sie ansah. Als er sie diesmal küsste, waren seine Lippen weich und seine Hände zärtlich. Fernseher und Quittung waren vergessen.

Der eigentliche Abschied drei Stunden später vor ihrem Hotel fiel kürzer aus. Annemarie stand vor dem Wagen, den

Autoschlüssel in der Hand. »Ich muss dann mal, wenn ich nicht im Dunkeln ankommen möchte.«

»Ich werde dich vermissen«, sagte Paul.

»Ich dich auch.«

Ein Atemzug, dann fragte er: »Und wie geht es weiter mit uns? Geht es überhaupt weiter?«

Annemarie war so schnell bei ihm, dass er kaum die Hände aus den Taschen ziehen konnte, und umarmte ihn. »Was stellst du für dumme Fragen? Natürlich geht es weiter.«

Paul streichelte ihren Rücken und küsste sie ein letztes Mal.

»Komm nach Freiburg zurück«, sagte Annemarie, als sie sich voneinander gelöst hatten. »Dein Vater ist Geschichte. Es gibt nur noch uns.«

Paul schüttelte ungläubig den Kopf, als er begriff, was sie ihm da anbot. »Bist du dir sicher? Die Leute werden reden.«

»Das ist mir egal. Ich liebe dich, Paul.«

Eine letzte kurze Umarmung, dann stieg Annemarie in ihr Auto.

»Fahr vorsichtig«, sagte er, als der Motor schon lief und sie das Fenster herunterfuhr. »Und ruf mich an, wenn du angekommen bist.«

»Mach ich«, antwortete sie und hob die Hand zum Abschied. Dann fuhr der Wagen los in Richtung Süden.

90

Kurz vor der Mittagspause schrie Kopitzki plötzlich so laut auf, dass sogar die drei Leute in Kastens Büro zusammenzuckten. Die Hauptkommissarin legte ihre Hand auf die Brust. »Mann, mein Herzschrittmacher bleibt stehen!«

Auch Kuba sprang hoch und riss die Tür auf. »Hat dich ein Esel getreten?«

Der Reus-Verschnitt grinste nur. »So ähnlich. Ich habe mir gerade mal die verschiedenen Pressemeldungen vorgeknöpft. Die Bochumer haben vielleicht was für uns. Hört zu!«

Gespannt lauschten die Dortmunder. Besonders bemerkenswert war das Ende:

> Bei der Durchsuchung des Wagens wurden Drogen gefunden. Deshalb wurde die Wohnung des Beifahrers Holger H., 31, durchsucht. Hier konnten zahlreiche weitere Substanzen, mutmaßlich Kokain (circa 50 Gramm), sichergestellt werden sowie eine kleine Menge einer hochgiftigen Substanz und insgesamt mehr als 23.000 Euro Bargeld. Nach Abschluss der polizeilichen Maßnahmen wurde auch er wieder entlassen. Auf ihn dürfte ein Strafverfahren wegen des Verdachts des illegalen Handels mit Kokain zukommen.

»Wie?«, fragte Kuba. »Die laufen beide wieder draußen herum? Obwohl sie Gift gehortet haben?«

»Einfach zum Kotzen ist das! Wir liefern die Leute ein und zwei Stunden später sind sie wieder auf freiem Fuß und zeigen uns den Stinkefinger!«

»Stimmt. Aber ich frage mich eher, was für ein Gift das war«, sagte Kopitzki.

»Ruf an!«

»Ja, Chefin!«

Fünf Minuten später wussten sie Bescheid: Trumpocitin.

Kasten pflückte Kopitzki den Hörer aus der Hand und stellte sich vor. »Hör mal, Kollege, wir brauchen dringend Namen und Adressen der beiden Fahrzeuginsassen und den Namen des Staatsanwalts …«

»Das geht nicht einfach so am Telefon. Da müssen Sie einen Antrag …«

»Danke für die Hilfe, Herr Kollege. Wie war Ihr werter Name? Hün-te-laar? Wie der Mittelstürmer?«

»Aber nicht verwandt und …«

»Macht nichts. Diesen Namen liebt ganz Dortmund!« Sie legte auf. »Ich rufe den Staatsanwalt an. Und wenn dieses Hüntelarsch euch mal vors Auto läuft – gebt Gas!«

91

Endlich mal ein Tag, der sich halbwegs normal anfühlte! Die alte Firewall, die sie gestern Abend gegen halb zehn wieder zum Laufen gebracht hatten, tat gehorsam ihren Dienst und der Austausch für die neue war beantragt. Nur in Leas Wohnung hatten sie es nicht mehr geschafft, dafür waren Tim und Simone zu erschöpft gewesen. Jetzt konnten die beiden Informatiker erst mal durchatmen.

Während des Mittagessens in der Mensa kam das Gespräch natürlich auf Lea.

»Ich gehe sie heute Nachmittag besuchen«, erzählte Tim. »Anscheinend geht es ihr tatsächlich etwas besser. Als ich vorhin mit ihr telefoniert habe, bat sie mich, Schokolade mitzubringen. Wenn das kein gutes Zeichen ist!«

»Wollen wir heute in ihre Wohnung? Ich habe mir nach Kalles Plädoyer für Sherlock Holmes ein paar Gedanken gemacht.«

»Und was ist dabei herausgekommen?«

»Wenn die Stimmen echt waren, dann muss entweder jemand mit im Raum oder zumindest in der Nähe gewesen sein.« Sie wartete Tims Nicken ab. »Dass jemand im Bad oder im Praxis-WC mit Lea war, können wir ausschließen. Bleiben also die Rohre, die Lüftung oder ein technisches Gerät zur Stimmübertragung. Korrekt?«

»Ich weiß nicht«, sagte Tim. »Es müsste jemand sowohl in der Wohnung als auch in der Praxis gewesen sein, um Geräte anzubringen. Leas Schlüssel war nicht mal einen ganzen Tag weg. In dieser kurzen Zeit …«

»Das hatten wir doch schon. Mein Schwiegervater sagt übrigens auch, dass die Theorie nicht ganz abwegig ist.«

»›Schwiegervater‹? Hast du Kalle heimlich geheiratet?«

Simone kicherte. »Nein. Aber besser kann ich meine Beziehung zu Klaus-Ulrich nicht beschreiben! Auf jeden Fall hat Kalle mit ihm darüber gesprochen. Er meint, dass es einige schwarze Schafe unter den Schlüsselfirmen gibt, die es nicht so genau mit dem Sicherheitscode nehmen. Wenn das Geld stimmt.«

»Und woher will er das wissen?«

»Hat ihm mal ein Bulle erzählt.«

»Ich weiß aber wirklich nicht, was bei dem Wohnungscheck herauskommen soll«, sagte Tim und nahm den Faden damit wieder auf.

»Hast du etwa Angst?«

»Ja, wenn …« Er verstummte

»Du meinst, was, wenn wir nichts finden?«

Keine Antwort.

»Mann, selbst wenn – dann wüssten wir, dass Kalles Theorie Blödsinn ist. Und wenn wir was finden, haben wir endlich etwas in der Hand, mit dem die Polizei was anfangen kann.«

»Nicht nur die. Die Therapeuten sehen dann auch klar.«

»So ist es.«

Eine knappe halbe Stunden später verließen sie das Gebäude. Tim blieb stehen und blickte sich nach allen Seiten um.

»Was ist?«

Er zögerte und fragte dann: »Sag mal, jetzt, nach Adeles Tod – hast du eigentlich keine Angst?«

»Wovor?«

»Vor Kehlmann.«

Simone holte tief Luft und atmete mit einem Stoß wieder aus. »Puh! Du stellst Fragen.«

Sie blickte kurz auf den Boden, dann wieder Tim an. »Ist zwar komisch, aber darüber habe ich noch nicht wirklich nachgedacht! Und um ehrlich zu sein, will ich das auch gar nicht.«

92

Nach dem Abschied von Annemarie saß Kehlmann mit einem frischen Pott Kaffee in seiner Wohnung und grübelte. Einfach alle Zelte im Ruhrgebiet abbrechen und nach Freiburg ziehen, war das wirklich so einfach, wie es ihm schien?

Die Türklingel schreckte ihn auf. Wieder diese Bullen? Er betätigte die Sprechanlage. »Ja?«

»Postpaket«, antwortete eine kräftige Männerstimme.

War das schon das Tablet, das er bestellt hatte? Kurz darauf quittierte er dem Mann im rot-gelben Dress den Empfang. Das Paket war viel zu groß für ein Tablet. Und was rasselte darin?

In der Küche packte Paul den Karton aus. Ein Autoschlüssel mit einem Plastikschild, auf den jemand ein Kennzeichen gekritzelt hatte. Weiße Bekleidung, dazu eine blaue Windjacke, eine schwarze Strickmütze sowie eine schwarze Sturmhaube, hinter der man nur die Augen des Trägers erkennen konnte. Mehrere lange Kabelbinder. Spritzen und zwei Ampullen. Kondome, *Gefühlsecht* stand auf der Packung. Paul lachte grimmig. Diese Sendung konnte nur von einem stammen.

Dann aber sah er den rosafarbenen Stringtanga und das Lachen verschwand. Einen ähnlichen hatte sein Bruder vor vier Jahren zerrissen. Kehlmann konnte fast noch hören, wie der Stoff mit einem leisen Ritsch nachgab. Das passende Hemdchen hatte Lea im Mund gehabt. Er schüttelte die Bilder ab und fand einen gefalteten Zettel am Boden des Kartons. Ein Computerausdruck.

Check deine Mails. Kleine Überraschung. Wenn der Teufel gegen Dr. F. gewinnt, dann halte dich minutiös an den Plan. Und denk an George Orwell: Big Brother is watching you. Also Kopf immer schön nach unten halten und in keine Kamera gucken …
P. S.: Check deine Mails. In JEDEM Fall.

Verdammt, dachte Kehlmann. Warum gab Cookie keine Ruhe? Die Neugier siegte und er klappte sein Notebook auf, tippte die Darknetadresse ein, wartete. Paul wusste selbst nicht, warum er die Klamotten nicht sofort in den Müll warf und die Tor-Box für immer vergaß.

Verdammt! Die ungelesene Mail trug den Betreff *Falls du die Adressen brauchst …* Bitte? Was sollte das?

Dann entdeckte Paul den Hinweis auf drei angehängte Bilddateien. Mal sehen. Er öffnete die erste. Seine Ex-Frau stand vor der Einfahrt eines schmucken Hauses, ähnlich dem, das er einst bewohnt hatte. Neben ihr stand ein Kerl, etwas älter als sie, aber mit einer sportlicheren Figur als jener, die Paul einst den Spitznamen ›Jabba‹ eingebracht hatte. Ebenso sportlich wirkte der Audi, neben dem der Fremde stand.

Schlimmer jedoch war der Anblick seiner Kinder, deren Profile er sofort erkannte. Ein ganzes Stück gewachsen waren sie. Die Hand des Fremden lag auf der Schulter seiner Tochter. Anton stand auf der anderen Seite des Autos und schien Gabys Stecher etwas zu fragen. Bewundernd sah sein Gesicht aus. Und er lächelte. So hatte er Paul nie angesehen.

Er zitterte vor Wut. Das waren seine Kinder! Anton war nun sechzehn. Im Sonnenlicht schimmerte sein Haar rötlich. Wären seine Haare etwas länger, hätte es eine Aufnahme vom jungen Paul sein können. Warum erschütterte ihn dieser Anblick so sehr?

Verstört und verwirrt öffnete Paul das zweite Foto. Der Duisburger Innenhafen war zu sehen. Schmucke Bauten, blauer Himmel, glänzendes Wasser im Hintergrund – und auf dem Fußweg vor den Cafés stand ein Paar, Hand in Hand: Tim Hoppe und Lea.

Bild drei zeigte eine ähnliche Kulisse. Wieder Lea und Tim, die sich an einem Tisch gegenübersaßen. Sie schienen ihre Umgebung nicht wahrzunehmen, so intensiv blickten sie sich an.

Der Hass schoss in Paul hoch wie aggressives Sodbrennen. So war das also. Die beiden, die ihm seine Frau und seine Kinder genommen hatten, waren glücklich und turtelten, als hätte es ihn nie gegeben. Sicher vögelte dieser Quadratpisser Tim Lea täglich durch. Dabei gehörte sie ihm. Nur ihm!

Die Abscheu, die er mit einem Mal spürte, schmeckte sauer wie vergorene Milch. Von wegen gequälte Unschuld! Dieses durchtriebene Luder! Mit wem hatte sie es noch getrieben? Mit Kulk-Huhn? Mit diesem Möchtegerndetektiv?

Paul biss die Zähne zusammen. Wie hatte er denken können, dass er dieses Kapitel schließen konnte? Lea trug die Schuld daran, dass ihm vier Jahre seines Lebens fehlten. Dass sein Ansehen befleckt war. Zorn!

Womöglich war sie es gewesen, die ihm die Bullen auf den Hals gehetzt hatte, als er friedlich mit Annemarie die Wohnungseinrichtung geplant hatte? Ein falsches Wort von dieser fetten Polizistin hätte alles kaputtmachen können. Konnte er wirklich ausschließen, dass Lea sein Leben ein zweites Mal zerstörte?

Er stand auf und goss sich einen doppelten Whisky ein. Hatte er sie wirklich freigegeben, nachdem sein Bruder mit ihr fertig war? Oder besser noch: Hatte sie ihn freigegeben?

Paul trank den Whisky in einem Zug und knallte das Glas auf den Tisch. Nein! Sie hatte alle Fäden in der Hand. Und sie würde nicht zögern, ihm das Einzige zu nehmen, was ihm jetzt noch etwas bedeutete. Es war an der Zeit, die Rechnung zu begleichen. Eine seltsame Erregung ergriff ihn. So hatte er sich erst einmal gefühlt, damals im Keller mit Annemarie.

Paul schloss die Dateien und ballte seine Hände zu Fäusten. Ihm war bewusst, dass Cookie ihn manipulierte. Aber das war ihm egal. Denn in diesem Punkt hatte sein einstiger Mithäftling recht: Solange Lea lebte, würde er keinen Frieden finden.

Er öffnete die andere Mail, die noch ungelesen in seinem Postfach lag, und fand dort genaue Instruktionen. Der Teufel hatte gewonnen.

93

»Martin, da bist du ja endlich.«

Während der Kollege seine Tasche auf den Boden stellte, grinste er sie an. »Das klingt ja fast, als hättest du mich vermisst.«

Jetzt war Sina sich sicher, dass er mit ihr flirtete. »Ich wollte schon gestern mit dir reden.«

»Über deine Klientin? Ich fahre erst heute Nachmittag wieder ins Krankenhaus. Seit gestern gibt es nichts Neues.«

»Nein, das meine ich nicht. Ich versuche nur, etwas zu verstehen.«

»Hoffentlich nichts Kompliziertes. Ich musste heute ohne Frühstückskaffee los.«

»Verschlafen?«

»Nein. Vergessen, neuen zu kaufen …« Er setzte sich und startete seinen PC.

»Gestern war Herr Kraniak da. Er hatte seinen Termin mit Frau Bennsdorf getauscht, erinnerst du dich?«

»Ja.«

»Er sagt, dass der Termintausch von der Praxis ausging.«

Martin runzelte die Stirn, während er sein Passwort eingab. Dann sagte er: »Das ist merkwürdig. Denkst du, er lügt?«

»Nein, eher nicht. Das kommt jetzt hoffentlich nicht falsch rüber – aber woher hattest du die Info, dass Herr Kraniak den Tausch wollte?«

Die Antwort kam prompt. »Von Peer. Direkt an dem Morgen, als ich Dienst hatte. Er war ziemlich in Eile und ich sollte es dir ausrichten.«

Sina betrachtete ihn aufmerksam, konnte aber nichts in seinem Gesicht entdecken, was seine Worte Lügen strafte. Dann schüttelte sie den Kopf. »Aber warum erzählt Peer, dass Herr Kraniak den Termintausch wollte?«

»Das müsstest du ihn schon selbst fragen. Aber an deiner Stelle würde ich mich ihm gegenüber ein wenig zurückhalten. Es sind doch nur noch ein paar Monate.«

»Leichter gesagt als getan.«

»Versuch's trotzdem. Wäre schade, wenn du hier rausflögst.«

Würde Tanzbein das wirklich fertigbringen? Sie beim Ausbildungsinstitut anzuschwärzen, weil sie nicht kooperierte? Das Institut wechseln zu müssen, wäre ihr finanzieller Ruin. Die Ausbildung abzubrechen, die Zerstörung all dessen, worauf sie fast zehn Jahre hingearbeitet hatte.

Sina seufzte. »Vielleicht hast du recht. Ich sollte die Füße eine Weile stillhalten.«

94

Bis zur Raststätte Sauerland-West brauchte Annemarie fast zwei Stunden. Die A 45 war schon lange nicht mehr der Highway, auf dem man Zeit sparen konnte. Baustelle reihte sich an Baustelle. Wie nervig!

Während der Fahrt versuchte sie, ihre Gefühle zu sortieren. Glück und Unbehagen wechselten sich ab. Mit Paul verband sie mehr als Zuneigung, das war keine Frage. Ihre Schicksale waren ineinander verflochten. Aber woher kam plötzlich das Gefühl, dass etwas nicht stimmte? Das Bild des wütenden Pauls im Park blitzte wieder vor ihrem inneren Auge auf. Nein, das war es nicht. Hatte sie etwas übersehen?

Ein BMW hinter ihr fuhr viel zu schnell viel zu dicht auf und Annemarie registrierte, dass sie mit Tempo neunzig auf der linken Spur fuhr. Konzentrier dich lieber auf den Verkehr, schimpfte sie sich aus und zog nach rechts. Der BMW-Fahrer warf ihr auf selber Höhe noch einen bösen Blick zu, bevor er Gas gab. Das würde eine anstrengende Fahrt werden. Nachdenken konnte sie auch später noch.

Kurz vor Siegen musste sie eine Pause einlegen. Ihre Blase ließ sich nicht länger vertrösten. Im Schritttempo fuhr sie an den Zapfsäulen vorbei und hielt direkt vor dem Eingang zum Toilettenbereich. Dann tastete sie nach ihrer Handtasche, die hinter dem Fahrersitz lag, und stieg aus. Aber als sie das Lederschätzchen öffnete, sah sie, dass etwas fehlte: ihr Portemonnaie!

Annemaries Knie wurden weich. Einen Moment lang musste sie sich am Wagendach festhalten. Wo war ihr Geld? Gestohlen? Aber wann?

Für den Check-out im Hotel hatte sie die Geldbörse nicht

gebraucht, sie hatte ja im Voraus online per Kreditkarte bezahlt. Und davor? Mit flatterndem Puls dachte sie nach.

Ein paar Sekunden vergingen, dann fiel es ihr ein: das Foto, das sie Paul gegeben hatte. Sie hatte das Portemonnaie zuletzt in Pauls Bett in der Hand gehabt. Dort musste es auch jetzt noch liegen. Irgendwo unter den Laken.

Annemarie zog ihr Smartphone heraus und wählte Pauls Nummer. Schon nach dem ersten Tuten meldete sich eine Computerstimme: »Der Teilnehmer ist nicht erreichbar ...« Verdammt, hatte er das Handy ausgeschaltet? Sie tippte eine SMS. Aber die Blase drückte unerbittlich. Tempo, o Herrin! Doch sie hatte ja nicht mal Geld für den Pinkelautomaten.

Zum Glück fiel ihr der Aschenbecher ihres Autos ein. Tatsächlich, vier Euro siebzig lagen darin. Das reichte sogar noch für einen Kaffee. Los!

Als Annemarie die *Sanifair*-Quittung für den Einkauf im Tankstellenmarkt einsteckte, fiel es ihr wieder ein: die Fernseherquittung, die auf den Nachmittag datiert gewesen war. Paul musste sie beschwindelt haben. Denn selbst wenn die Systemzeit an der Kasse falsch eingestellt gewesen wäre, ließe sich eines nicht erklären: Paul hatte ihr bei dem Telefonat vor zwei Tagen erzählt, der Fernseher liefe, als sie ihn nach den Geräuschen im Hintergrund fragte. Das war am Mittag gewesen. Aber heute Morgen hatte das Gerät nicht funktioniert.

Warum hatte Paul gelogen? Hatte er gar nicht den Fernseher eingerichtet, sondern sich stattdessen etwas im Internet angesehen? Und wenn ja, was? Über ihren Rücken kroch eine Gänsehaut.

95

»Nur Scheiße heute!«, fluchte Kuba.

Die Essener Kollegen hatten endlich einen Bericht mit den Aussagen der beiden Zeugen des Mordes an Adele Klawitter gemailt. Doch sie waren wertlos – und selbst das wussten sie schon seit zwei Tagen.

»Verdammt«, entfuhr es dem Boxer. »Wir haben wieder so gut wie nichts.«

»Gibt es keine Kameras in der Nähe?«, fragte Kopitzki. »Wir brauchen doch nur die zehn oder fünfzehn Minuten nach dem Crash.«

Widerwillig griff die Chefin noch einmal zum Telefon und rief den zuständigen Kollegen in Essen an. Sie legte den Zeigefinger an den Mund und schaltete den Lautsprecher ein. »Kasten hier, Kripo …«

»Dortmund, ich weiß. Was gibt's noch?«

»Wir haben deine Mail erhalten. Sorry, dass wir dich schon wieder nerven.«

»Kein Problem. Erzähl.«

»Gibt es nahe dem Tatort irgendeine Kamera, die den Täter hätte erwischen können? Etwa beim Wechsel des Fahrzeugs?«

»Leider nein, da stehen fast nur Privatbauten. Eine Firma kontrolliert zwar ihren Eingang, aber der Kamerawinkel passt nicht.«

Während sie zuhörte, klickte Kasten sich zu Google Maps durch und vergrößerte den passenden Bildausschnitt. »Sach mal, hundert oder hundertfünfzig Meter weiter ist doch eine große Kreuzung.«

»Stimmt.«

»Habt ihr da nix stehen?«

»Doch – aber was sollen wir da suchen? Alle Kennzeichen überprüfen, die …«

»Ach was, wir brauchen doch nur die zehn oder fünfzehn Minuten nach dem Mord.«

Der Kollege in Essen schwieg verblüfft.

»Noch dran?«

»Ja. Kacke. Was möchtest du?«

»Überprüft, ob eines der Autos einem gewissen Maurice Makiol gehört. Fünfunddreißig Jahre, wohnt in Essen …«

»Das finde ich heraus.«

»Oder ob der Besitzer eines der anderen Autos in der Straftäterdatei steht und zuletzt in der Bochumer Krümmede einsaß.«

»Verstehe. Das kann aber etwas dauern.«

»Haut rein. Wir fürchten, dass sich da noch mehr zusammenbraut.« Sie legte auf, atmete durch.

Die anwesenden Kollegen hoben die Hände und deuteten lautlos Beifall an.

»Was ist los?«

»Der Geistesblitz mit der Kreuzung war prima!«

96

Mit gelber Reserveleuchte erreichte Annemarie die Sonnenstraße in Dortmund. Auf dem Seitenstreifen wurde gerade eine Parklücke frei, was im Kreuzviertel schon einem kleinen Lottogewinn gleichkam. Trotzdem hatte Annemarie nicht das Gefühl, dass dieser Donnerstag ein Glückstag war.

Zunächst hatte sie ihre Vertreterin im Kinderheim informiert: »Heike-Schatz, mir ist was Blödes dazwischengekommen …«

Die Kollegin war nicht begeistert gewesen. »Ach, Mensch! Wir haben Theaterkarten für morgen.«

Seit diesem Gespräch drückte nicht nur das schlechte Gewissen, sondern noch ein anderer Magenschmerz. Zweimal hatte Annemarie ihre Fahrt unterbrochen, um Paul anzurufen. Aber erreicht hatte sie ihn nicht. Paul wollte oder konnte nicht reagieren. War ihm etwas passiert?

Sie war auf Sparflamme weitergefahren – knapp unter hundert, die Tankanzeige im Auge. Der Sprit musste unbedingt bis Dortmund reichen.

Nun stand sie endlich vor Pauls Tür und klingelte. Aber auch hier tat sich nichts. Nach dem fünften Läuten gab sie auf und setzte sich zum Warten ins Auto.

Wo war er nur? Warum meldete er sich nicht? Und was hatte Paul ihr mit diesem banalen TV-Kauf-Schwindel verheimlichen wollen?

Die Zeit zog sich wie Kaugummi. Eine Stunde lang starrte Annemarie nun schon auf die Haustür ihres Freundes. Sie fühlte sich so verlassen wie an ihrem Hochzeitstag, als sie dem Säufer Roland den Rücken gekehrt hatte.

Auch wenn sie sich nichts davon versprach, klingelte sie ein letztes Mal. Keine Reaktion. Annemarie stand vor der Tür und fühlte sich plötzlich wie ein Kind, das mit falschen Versprechungen irgendwo abgesetzt und nicht mehr abgeholt wurde.

Es dauerte, bis sie ihre Umwelt wieder wahrnahm. In der Wohnung gleich neben dem Hauseingang lief bei halb geöffnetem Fenster der Fernseher. Sie hörte Stimmen, kreischende Autoreifen, ein paar Schüsse. Dann schrie jemand – eine Frau in höchster Not. Angst, Demütigungen und Qualen klangen aus der Stimme. Schreie, die Annemarie selbst kannte …

Ein heftiger Schüttelfrost jagte durch ihren Körper.

97

»O Gott, was habe ich dir getan?«, stöhnte Kasten, als sie die Fallakte aufschlug. Florians Berichte waren inhaltlich korrekt und klar formuliert. Aber gegen Rechtschreibregeln war er immun und die Kommas hatte er offenbar mit einem Pfefferstreuer auf dem Blatt verteilt.

»Wenn du Hilfe brauchst …«, meldete sich Waliszczek.

»Danke. Aber mir kann keiner helfen«, sagte Kasten. »Aber es ist schon sechs. Mach Feierabend!«

Wie Wali dieses Wort auslegen würde, was klar. Feiern würde er in jedem Fall, aber aus dem Abend wurde schnell eine Nacht.

Vor dem Präsidium blieb der Kommissar stehen und atmete tief die frische Herbstluft ein. Der Schritt durch die Glastür besaß für ihn immer den süßen Beigeschmack der Freiheit. Bis zum nächsten Morgen gehörte er nur sich selbst – und natürlich der Damenwelt.

Am Ende des Parkplatzes hatte der Kommissar den ›Flugzeugmord‹ bereits aus seinen Gedanken verbannt. Stattdessen überlegte er, wie und mit wem er den Abend verbringen sollte. Erst mal zu Hause duschen, beschloss er. Da sein Wagen noch beim Schrauber stand, schlug er den Fußweg ein. Die U-Bahnen waren zu diesem Zeitpunkt meist proppenvoll und am Hauptbahnhof, wo er umsteigen müsste, war die Hölle los – ein Selbstmordattentäter würde sich in der Rushhour hier hundert Jungfrauen extra verdienen können.

Was genau seine Schritte durchs Kreuzviertel lenkte, war später nicht mehr zu eruieren. Auf jeden Fall fügte es sich, dass Wali plötzlich auf der Sonnenstraße stand und von der

S-Bahn gezwungen wurde, nach links abzubiegen. Wenige Schritte weiter wohnte Arschloch Kehlmann.

Auf dem Gehweg reihte sich Auto an Auto. Automatisch studierte Wali die Kennzeichen. Viele Dortmunder, ein paar Essener und Bochumer, aber die Buchstaben FR sprangen ihm ins Auge. Diese Besucher waren in Dortmund seltener als ein Auswärtssieg auf Schalke.

Kehlmanns Bekannte vom Vortag fiel ihm ein. Die war doch auch aus Freiburg. Er stoppte und sah ins Fahrzeug hinein. Tatsächlich, hinter dem Steuer saß Annemarie Schäfer. Sie sah nachdenklich aus. Oder sorgenvoll? Die Art, wie sie ihre Augenbrauen zusammenkniff, zeugte fast von Schmerz. Ging es ihr nicht gut? Wali bewegte sich auf den Wagen zu.

Schäfer entdeckte ihn sofort. Sie brauchte wohl einige Sekunden, um sich zu erinnern, dann starrte sie ihn an. Die Mundwinkel der Frau zuckten. Wali trat an die Fahrertür und klopfte ans Fenster. Die Scheibe glitt hinunter. Schäfers Augen waren gerötet. Hatte sie geweint?

»Hallo, kann ich Ihnen helfen?«

»Wissen Sie, wo Herr Kehlmann ist?«

»Zu Hause wohl nicht, wenn Sie auf ihn warten. Sitzen Sie schon lange hier?«

»Ein paar Stunden. Er geht nicht ans Telefon, obwohl wir abgemacht haben, dass ich anrufe. Sie und Ihre Kollegin haben bestimmt nichts damit zu tun?«

»Wenn dem so wäre, dann wüsste ich es. Wir überwachen ihn nicht.«

»Aber ich muss ihn sehen.«

Waliszczek hob seine Augenbrauen. So ganz unbekannt war ihm diese Situation nicht. Auch er hatte sich schon mal genötigt gesehen, sein Handy klingeln zu lassen. Manche Frauen konnten nicht akzeptieren, dass eine Beziehung beendet war.

Schäfer deutete seinen Gesichtsausdruck richtig, denn sie fuhr fort. »Ich habe mein Portemonnaie in seiner Wohnung vergessen. Geld, Kreditkarten, Ausweis, alles. Leider habe ich das erst an einer Tankstelle bei Siegen gemerkt.«

»Und jetzt?«

Sie zog die Schultern hoch. »Im Hotel konnte ich wieder einchecken. Die hatten meine Daten noch. Aber ich muss morgen nach Freiburg zurück.«

»Dann müssen Sie wohl oder übel abwarten, bis er sich bei Ihnen meldet.«

»Und wenn ihm was passiert ist?«

»Gibt es denn Grund zu der Annahme?«

Schäfer schüttelte den Kopf. Dann aber, wie zu sich selbst, sagte sie: »Ich weiß auch nicht. Aber irgendwie habe ich das Gefühl, dass etwas nicht stimmt.«

Die Heimleiterin sah ihn so verloren an, wie sie es tatsächlich war. Solche Blicke rührten Waliszczek. »Wissen Sie was? Ich rufe mal meine Chefin an.« Er zog sein Smartphone und ging ein paar Schritte weiter, um ungestört telefonieren zu können. Kasten war fast augenblicklich am Apparat.

»Was ist los, Chris? Hast du dich in der großen Stadt verlaufen?«

»So ähnlich. Hör mal zu.«

Das schaffte sie, sogar zwei Minuten lang.

»Interessant«, sagte Kasten dann.

»Frau Schäfer befürchtet, dass ihm vielleicht was passiert sein könnte.«

»Ist sie so überzeugt davon, dass Sie uns bitten würde, die Tür aufzubrechen?«

Waliszcek schielte in Richtung der Frau, die aus dem Wagen gestiegen war und zu Kehlmanns Fenster hochblickte. »Wohl eher nicht …« Nach dem Telefonat kehrte der Kommissar zurück zum Wagen.

»Und?«, fragte die Heimleiterin.

»Wir können Ihnen zurzeit leider nicht helfen. Aber ich versuche morgen, Herrn Kehlmann aus dem Präsidium zu erreichen. Ihre Nummer haben wir ja. Und wenn Ihnen etwas einfällt, bei dem wir helfen können …« Er reichte ihr seine Visitenkarte.

Schäfer nickte. »Verstehe. Danke für Ihre Mühe.« Sie setzte sich in den Wagen und ließ die Scheibe hochfahren.

Als sich ihre Augen noch einmal trafen, folgte Waliszczek einem Impuls und machte ihr ein Zeichen, dass sie warten sollte. Mit einem Surren glitt das Fenster nach unten. »Ja?«

»Passen Sie bitte auf sich auf. Vielleicht kennen Sie Herrn Kehlmann nicht so gut, wie Sie denken.«

»Wie meinen Sie das?«

Der Beamte wusste, dass er dünnes Eis betrat, und zögerte. »Mehr darf ich Ihnen dazu nicht sagen. Aber ich wünsche Ihnen, dass Sie niemals seine vollständige Akte lesen müssen.«

98

Leas Wohnung wirkte düster auf Simone. Es gab kaum Bilder oder Fotos, wenig Dekoratives und die zwei einsamen Zimmerpflanzen welkten still vor sich hin. Das hier war kein guter Ort, um gegen Depressionen anzukämpfen …

Sim breitete ihr Werkzeug auf der Arbeitsplatte in der Küche aus. Tim stand neben ihr und guckte zu, wie Simone anschließend auf dem Tablet eine App öffnete.

Ghost Sensor, las er. »Gehen wir auf Geisterjagd? Wie willst du damit versteckte Geräte orten?«

»Na ja, es gibt bessere Methoden, aber wir suchen ja nicht nach Hightech-Wanzen oder CIA-Technologie – hoffe ich zumindest.« Sie zwinkerte Tim zu. »Der Name der App ist bescheuert. Aber das Prinzip ist ganz einfach. Jedes Handy hat eine integrierte Antenne für den Netzempfang, mit der man auch elektromagnetische Felder entdecken kann. Die Apps sind nicht sehr genau, aber man erkennt schon, ob es in der Umgebung Geräte mit elektromagnetischen Feldern gibt oder nicht. Pass mal auf.«

Simone reichte Tim ihr Handy und tippte mit der freien Hand auf eine weitere App, deren Name ebenfalls nicht unbedingt Vertrauen erweckte: *Paranormal EMF Recorder.* Die Anzeige zeigte eine Art Tacho mit drei Feldern: grün, gelb und rot.

Nun setzte Simone ihren *Ghost Sensor* in Betrieb. Der Tachozeiger bewegte sich zitternd nach oben.

»Und was heißt das jetzt?«

»Einer gewissen Grundstrahlung sind wir alle ausgesetzt, zum Beispiel durch eingeschaltete Elektrogeräte, WLAN-Router und Dachantennen. Es reicht schon, wenn in der Nachbarschaft die Stromfresser laufen.«

»Du meinst Elektrosmog?«

»Genau. Achte mal darauf, wie die Anzeige sich verändert, wenn man das Handy zur Decke hinhält.«

Tatsächlich sank der Wert zeitgleich mit ihrem hochgereckten Arm gen Boden. Dann machte Simone einen Schritt nach links, wo die Mikrowelle stand, und drehte den Knopf auf zehn Sekunden Laufzeit, bevor sie den Metallkasten in Aktion setzte. Sie hielt das Tablet so über die Mikrowelle, dass Tim sehen konnte, wie der Anzeigenwert sich mehr als verdreifachte.

»Siehst du, trotz Abschirmung ist eine deutliche Steigerung zu erkennen. Probier es mal mit deiner App.«

Ihr Kollege hielt das Handy an dieselbe Stelle wie zuvor Simone. Der Tachozeiger rutschte in den gelben Bereich. »Erstaunlich.«

»Nicht wahr? Ich habe für den Chaos Computer Club schon mit vielen Apps herumgespielt, um die Reichweiten von Haushaltsgeräten zu testen, die ans WLAN angeschlossen sind.«

»Wollt ihr das Internet der Dinge unterwandern?«

»Kein Kommentar.« Simone grinste, wurde aber gleich darauf wieder ernst. »Weißt du, wo der Sicherungskasten ist?«

Nach zwei Minuten wurden sie fündig – im Abstellraum. Die Schalter befanden sich hinter einer grau lackierten Metalltür. Ein leises Summen ging von ihnen aus und Tim bemerkte, dass seine EMF-Anzeige sich ein gutes Stück auf den gelben Bereich zubewegte.

Simone nickte ihm zu. »Wenn wir jetzt den Hauptschalter runterkippen, dürften wir nur noch Hintergrundstrahlung empfangen.«

Noch während sie redete, legte sie den breitesten schwarzen Schalter um. Augenblicklich verringerte sich auf beiden Geräten der Ausschlag. »Und jetzt geht die Suche los.«

»Was denkst du, wie lange das dauern wird?«, fragte Tim.

»Wieso?«

»Na, weil ich zu Lea ins Krankenhaus fahren möchte. Und vorher muss ich noch die Schokolade besorgen, die sie sich gewünscht hat.«

»Für alle Räume brauche ich höchstens eine Stunde. Wenn du mitmachst, geht es schneller.«

Er zögerte, sagte erst »Okay«, rannte aber dann noch los, um im Supermarkt einzukaufen. »In zwanzig Minuten bin ich zurück.« Er verschwand so schnell wie ein Vampir, der am Horizont die Morgendämmerung erahnt. Wovor hatte er Angst?

Zunächst lief Sim zur Probe durch alle unverdächtigen Räume. Diele, Wohnzimmer, dann das schmale Arbeitszimmer, das eher einer Rumpelkammer ähnelte. Die beiden Scanner schlugen kaum aus. Etwas höher war die Strahlung in der Küche – vielleicht stammte sie zum Teil aus der Küche im siebten Stock, wo sicher auch ein paar Stromfresser in Aktion waren.

»Okay«, sagte sie, als sie sicher war, den Elektrosmog im Hintergrund von anderen Strahlungen unterscheiden zu können. Dann suchte sie den verdächtigsten aller Räume auf – das Bad. Noch während sie die Tür öffnete, bewegte sich die Nadel auf der Anzeige ihres Handys. Automatisch tastete Sim nach dem Lichtschalter, zog aber die Hand gleich wieder zurück. Der Strom war ja abgestellt.

Sie ließ die Tür weit geöffnet und betrat den Raum. Nun reagierte auch der *Ghost Sensor*, doch die App war Simone zu lahm. Weg damit!

Sie legte das Tablet auf den Badewannenrand und ließ, nur noch mit dem Smartphone bewaffnet, ihren Arm durch die Luft kreisen. Weiter oben zuckte die Nadel auf sechzig Mikrotesla hoch. Simones Herz schlug schneller. Hier musste etwas versteckt sein!

Sie kletterte auf den Klodeckel und überprüfte die Decke zuerst in Richtung des Spiegelschranks. Die Anzeige stieg nicht weiter. Nach rechts in Richtung Dusche empfing sie nur noch fünfundfünfzig Mikrotesla. Zu ihrer Linken befand sich ein Lüftungsschacht, dessen Lamellen mit Staub und Spinnweben verklebt waren. Igitt!

Doch genau hier schlug die Nadel um weitere zwanzig Mikrotesla nach oben.

Verdammt, wo blieb Tim? Den konnte sie jetzt gut als Kletterhilfe gebrauchen. Doch ihre Ungeduld besiegte die Vorsicht. Sie stützte sich mit einer Hand neben dem Spiegelschrank ab und streckte den Arm mit dem Handy so weit nach oben, dass sie fast das Gitter des Luftschachts erreichte. Hier war etwas!

99

Das Abendessen und die Medikamente waren längst verteilt – und die meisten Insassen hatten brav ihre Pillen geschluckt und die Teller geleert. Lea saß im Gemeinschaftsraum der geschlossenen Abteilung und beobachtete die Patienten, die im Hof saßen oder brabbelnd auf und ab schlurften. Ihre Gesichter wirkten müde, teilnamslos, völlig in sich gekehrt. War das auch ihre Zukunft?

Auf Leas Teller lag eine angebissene Scheibe Brot mit Käse. Wie merkwürdig das war. Sie hatte keine Angst mehr. Als hätte es Paul nie gegeben. Als ob es sie selbst nicht gab.

Eine hübsche Frau streifte durch den Raum und schaute sich prüfend um. Charlotte hieß sie, fiel es Lea wieder ein. Als ihr Blick auf Leas Teller fiel, setzte sie sich mit einem Lächeln neben die junge Patientin.

»Frau Bennsdorf, wie geht es Ihnen heute?«

»Danke, gut.«

»Sagen Sie, wollen Sie, dass ich entlassen werde und in der BLUT-Zeitung lande? Dicke Überschrift: *Schwester lässt Patientin verhungern.* Können Sie das verantworten?«

Lea fühlte sich müde, aber die gespielt ernste Miene und die übertrieben erhobene Augenbraue brachten sie zu einem Lächeln.

»Das schaffen Sie auch noch«, sagte die Schwester und deutete auf die halbe Scheibe Brot und die Tomatenspalten. Das Gewusel hinter ihrem Rücken ignorierte sie. Lächelnd wartete sie ab.

Lea wollte sie nicht enttäuschen. Sie nahm das Brot wieder in die Hand und sagte: »Ich mag die BLUT-Zeitung nicht.«

Die Schwester lachte. »Ich auch nicht.«

»Mehr geht nicht«, sagte sie, nachdem sie die Tomaten heruntergewürgt hatte. Dann fiel ihr etwas ein. Etwas Wichtiges. »Mein Freund kommt gleich. Kann ich noch mal runter?«

Sie gähnte. Diese schreckliche Müdigkeit. Hoffentlich hielt sie durch, bis Tim kam.

»Das sollte kein Problem sein.« Charlotte stand auf, nickte einem Kollegen zu, der an der Tür stand. Soll ich gleich an ihrer Zimmertür klopfen?«

»Danke.«

Claudia, Leas neue Zimmergenossin, war noch nicht da. Gut. Lea ging sogleich ins Bad, um sich die Zähne zu putzen. Ein Blick in den Spiegel verriet ihr, dass auch ein neues Shirt angeraten war. Ein feuchter Fleck mit einem Tomatenkern in der Mitte zierte ihre Brust. Dann lauschte sie. Wunderbare Stille, keine Stimmen.

Während die Zahnbürste träge über die Zähne kreiste, klopfte es an der Tür. Lea spuckte aus. »Ja, bitte.«

Statt Charlotte trat Martin Schenck ein. »Guten Abend, Frau Bennsdorf. Wie geht es Ihnen?«

Wie freundlich, dass er so oft nach ihr sah. Sie versuchte, das Lächeln zu erwidern. »Gut, danke.«

»Das freut mich sehr. Bevor ich es vergesse: Meine Kollegin hat ausdrücklich darum gebeten, Ihnen herzliche Grüße zu bestellen.«

»Frau Spiering?«

»Genau. Sie fragt jeden Tag nach Ihnen.«

»Das ist nett. Sagen Sie ihr bitte auch einen Gruß.«

»Mach ich! Und Sie möchten gern noch mal nach unten? Bekommen Sie noch Besuch?«

»Ja, mein Freund Tim wollte kommen.«

Schenck legte den Kopf schief. »Das ist der nette junge Mann, der mit Ihnen in der Praxis war, oder?«

Lea nickte.

»Dann kommen Sie doch direkt mit. Sie können im Innenhof warten, wenn Sie möchten. Es ist noch warm genug, wenn sie die Strickjacke überziehen.«

Sein Blick wanderte zu dem grauen Kleidungsstück, das über der Stuhllehne hing. Ohne ihre Antwort abzuwarten, nahm der Therapeut die Jacke und hielt sie ihr hin wie ein perfekter Gentleman.

Lea schlüpfte hinein und folgte ihm nach draußen.

»Darf ich Ihnen sagen, dass Sie heute hübsch aussehen? Ihr Freund wird sich freuen, Sie so zu sehen.«

Lea folgte ihm. Irgendwie gefiel ihr nicht, was der Therapeut gesagt hatte. Kurz bevor er mit seiner Magnetkarte die Glastür zum Treppenhaus öffnete, blickte er sie noch einmal an.

»Das mit den Stimmen bekommen wir auch noch in den Griff. Hier war doch alles friedlich bisher, oder?«

Wieder überfiel Lea dieses Unbehagen. ›In den Griff‹ … »Alles gut«, antwortete sie und folgte ihm die Stufen hinunter. ›Bisher‹, dachte sie, er hatte ›friedlich bisher‹ gesagt. Sie befeuchtete ihre Lippen.

Endlich unten angekommen, verabschiedete sich der Therapeut. »Einen schönen Abend wünsche ich Ihnen. Seien Sie nur um zwanzig Uhr wieder oben, ja?«

Lea wartete, bis er hinter der nächsten Ecke verschwunden war. Erst dann setzte sie sich in Bewegung. Auf den Innenhof, in dem sich schon andere Patienten aufhielten, hatte sie keine Lust. Also lief sie in Richtung Ausgang.

Dort atmete sie die frische Luft ein, lauschte den Vögeln, die um die Wette sangen, und hielt Ausschau. Wieder musste sie gähnen. Lea schaute auf ihre neue Uhr, Tims Geschenk. Ein gutes Gefühl. Sie kniff die Augen zusammen, um die Zeit besser ablesen zu können. 18:55 Uhr. Spätestens um

19:15 Uhr wollte Tim da sein. Lea schaute an sich hinunter, entdeckte erneut den Tomatenfleck. Warum hatte Schenck gesagt, sie sehe hübsch aus?

Der Fleck störte sie plötzlich so sehr, dass sie umdrehte. Wenn sie sich mit dem Umziehen beeilte, wäre sie in fünf Minuten wieder unten. Kurz bevor sie die Glastür im Treppenhaus erreichte, wurden ihre Gedanken brutal unterbrochen. Denn in diesem Augenblick ertönte ein Knall und das Martin-Luther-Krankenhaus verwandelte sich in ein Katastrophengebiet.

100

»Scheiße, da bist du ja endlich!«

Tim hatte kaum Zeit, die Einkaufstasche abzustellen, bevor Simone ihn in die Diele zog. »Was ist denn los?«

Die Kollegin öffnete die Badezimmertür und schob ihn in den gefliesten Raum. In der Mitte stand ein Stuhl und auf dem Stuhl stand Kalle. Er trug Handschuhe und fotografierte den offenen Lüftungsschacht – genauer gesagt, etwas, das sich darin befand. Das vergilbte Plastikgitter, das die Öffnung abdecken sollte, entdeckte Leas Freund im Waschbecken.

»Hi, Tim«, grüßte Kalle.

»Habt ihr was gefunden?«

»Ja«, platzte es aus Sim heraus, bevor der Detektiv antworten konnte. »Lea hat sich nichts eingebildet. Sie ist nicht verrückt!«

»Was?« Tims starrte nach oben zu dem dunklen Schacht, als erwartete er einen Schwarm Fledermäuse.

Kalle machte ihm Platz. »Das musst du dir selbst angucken. Aber fass nichts an!«

Tim kletterte auf den Stuhl und blickte in das dreckige

Quadrat. Was er dort sah, verschlug ihm den Atem: feine, dichte Netze, die Generationen von Spinnen dort gewoben hatten – und mittendrin die Linse einer kleinen Kamera. Etwas weiter hinten erkannte er einen schwarzen Plastikkasten mit Miniantenne.

»Dieses Schwein!«, entfuhr es Tim.

»Fass bloß nichts an«, erinnerte Kalle ihn.

»Wir müssen die Polizei anrufen.«

Der Admin sprang vom Stuhl und schob sich an Sim vorbei in die Diele. Seine Sätze überschlugen sich. »Ich darf gar nicht daran denken, was das bedeutet. Wir alle haben Lea nicht geglaubt! Ich muss sofort zu ihr.«

»Lass das Kalle machen«, schaltete sich Simone wieder ein.

»Nein! Sie wartet auf mich. Ich muss es ihr sagen.«

Der Detektiv legte seine Hand auf die Schulter des Admins. »Simone hat recht. Lass mich fahren, ich nehme die Tasche mit. Wenn wir jetzt die Bullen anrufen und ausgerechnet ich hier mit Simone stehe, dann kommen wieder Fragen auf.«

Tim verstand sofort, was er meinte. Die Polizei hatte Kalle in der Vergangenheit schon mehr als einmal bei unerlaubten Recherchen in fremden Wohnungen erwischt.

»Ja, aber …«

»Lass uns keine Zeit verlieren. Lea wird das verstehen. Du kannst nachkommen.«

Simone hatte bereits ihr Handy gezückt und wählte die Nummer der Bochumer Polizei. Auch Kalle schien anzunehmen, dass Tim einverstanden war, denn er schnappte sich die Einkaufstasche, die noch an der Wohnungstür stand.

Tim starrte immer noch fassungslos auf das Badezimmer. Dieses miese Schwein hatte Lea tagelang beobachtet und sie in Angst und Schrecken versetzt. Was, wenn er gerade jetzt …

Als ob Kalle Tims Gedanken gelesen hatte, drehte er sich

noch einmal um. »Wenn Kehlmann zu Lea will, muss er erst einmal an mir vorbei. Soll ich ihr was ausrichten?«

Und so absurd es auch war, fiel Tim nur dies ein: »Sie soll die Schokolade probieren.«

»Äh, alles klar. Ich melde mich, sobald ich da bin.«

Schon verschwand Kalle im Hausflur. Während Tim noch den leiser werdenden Schritten lauschte, hatte Sim endlich jemanden in der Leitung. Sie erläuterte ihr Anliegen. »Frau Bennsdorf gab an, im Badezimmer Stimmen zu hören. Ihr Freund und ich haben gerade in ihrer Wohnung eine versteckte Kamera und eine Sprechanlage gefunden.«

Simone stellte den Lautsprecher ihres Handys an, während sie fast zehn Minuten in irgendeiner Warteschleife hing. Dann wurde sie zu einem Beamten mit tiefer Stimme durchgestellt, für den sie ihr Anliegen erneut knapp und präzise zusammenfasste.

»Okay. Ich empfehle Ihnen, alles an Ort und Stelle zu lassen und die Geräte nicht anzufassen. Heute ist niemand mehr da, der sich das ansehen könnte.«

»Es ist dringender, als Sie denken. Meine Freundin ist …«

Der Polizist unterbrach sie. »Moment!« Offenbar schaltete er sein Telefon stumm.

»Hören Sie«, meldete sich der Beamte Sekunden später erneut. »Wir haben hier einen absoluten Notfall. Es geht um Menschenleben. Kommen Sie am besten morgen mit ihrer Freundin in die Wache und geben eine Anzeige auf.« Dann war die Leitung tot.

Tim und seine Kollegin starrten einander fassungslos an. Simone rührte sich als Erste. »Der hat gar nicht richtig zugehört.«

»Mir egal, ich fahre jetzt ins Krankenhaus. Lea kann bei mir zu Hause schlafen.«

Simone schüttelte den Kopf. »Einer von uns muss hierbleiben. Was, wenn Kehlmann oder ein Komplize die Geräte ausgerechnet jetzt verschwinden lassen wollen? Dann haben wir keinen Beweis mehr für das, was hier vorgeht.«

»Blödsinn. Wir haben doch die Fotos.«

»Damit fängt man aber keine Verbrecher.«

»Sim, das ist mir im Moment egal. Bleib du hier, wenn dir das so wichtig ist.« Der Admin blickte sich um. »Mein Autoschlüssel lag auf der Kommode hier. Hast du ihn genommen?«

Sie blickte ihn gekränkt an. »Natürlich nicht.«

Als Tim mit der Hand gegen den Türrahmen schlug, wusste Sim, dass sie sich lieber schnell auf die Suche machen sollten.

101

Um 19:07 Uhr war ein lauter, dumpfer Knall im ersten Stock ertönt. Die zweite Explosion erfolgte innerhalb weniger Minuten. Die Tür eines schmalen Abstellraums für Putz- und Scheuermittel barst und dichte schwarze Wolken quollen in den Flur. Die Feuermelder schalteten die Alarmsirene ein und die Sprinkleranlage trat in Aktion. In der Klinik begann es zu regnen.

Panik brach aus. Menschen flohen aus ihren Zimmern, eine Ärztin brüllte: »Alles raus hier!« Angestellte bemühten sich, die langsameren Patienten Richtung Treppe zu lotsen. Aber die Leute schrien, weinten, stießen sich gegenseitig weg oder hielten sich einfach die Ohren zu. Die Masse wälzte sich nach unten. In das Heulen der Sirene mischten sich menschliche Laute voll Angst und Schrecken, eine Kakofonie des Grauens.

Starr vor Entsetzen drückte Lea sich im unteren Flur vor

dem Glasfenster zum Innenhof. Was war passiert? Der Rauch biss ihr schon in den Augen. Ihre Brust wurde eng. Eine Krankenschwester rief ihr im Vorbeilaufen zu: »Raus mit Ihnen!« Dann eilten sie und ein Pfleger an ihr vorbei, um die Bewohner zu evakuieren, die noch in den Zimmern waren.

Lea machte einen Schritt in Richtung Hauptausgang, aber von hinten rempelte sie jemand an. So heftig, dass sie mit der Schulter gegen die Wand schlug. Der Boden unter ihr schwankte. Die Luft wurde knapp.

Als sie den Kopf hob, rannte ihr Kira entgegen. Jegliche Häme war aus ihrem Gesicht verschwunden. Da war nur eine Grimasse aus Angst. Kurz bevor sie Lea erreichte, blickte die Mitpatientin sich gehetzt um. Dann bog sie rechts ab zu einer Glastür, die mit einem grünen Leuchtschild als Fluchtweg gekennzeichnet war.

Lea wurde schwindelig. Sie taumelte nach vorn in Richtung der Tür, zu der Kira unterwegs war.

In diesem Moment erfolgte eine dritte Detonation, diesmal unten im Wäschekeller. Der Boden bebte unter Leas Füßen, die Scheiben zitterten. Eine der Glasfronten barst und jagte einen Splitterregen durch den Innenhof.

Instinktiv blieb Lea stehen und riss die Arme hoch. Gerade noch rechtzeitig. Ein fingerlanger Glasdolch schrammte über ihre Schulter, ein zweiter bohrte sich tief in ihre rechte Hand.

Lea schüttelte sie, als säße eine Tarantel darauf. Der Splitter löste sich und Lea sah das Blut, das aus der Wunde auf den Boden tropfte.

Nun drang dichter Qualm aus den Türritzen zum Kellergeschoss nach oben. Einige der Fliehenden aus dem Erdgeschoss prallten mit den von oben herabtaumelnden Menschen zusammen. Kira kam kreischend wieder um die Ecke gelaufen. »Die Tür geht nicht auf!«

Lea konnte nichts dagegen tun, die Panik packte sie wie ein Raubtier seine Beute. Sie ließ sich auf den Boden sinken, keuchte, hustete. Sah einen umgekippten Rollstuhl und einen bewusstlosen, alten Mann vor der rettenden Tür zum Hauptausgang liegen. Jemand trampelte über seine Hand.

Sie spürte, wie Glasscherben ihre Hände zerkratzten. Noch mehr Blut. Die Welt um sie herum verlor an Kontur.

»Kommen Sie!«, hörte sie eine Stimme neben sich und ein Arm zerrte sie nach oben. Martin Schenck! Sie folgte ihm. Wütend machte der Psychologe den Weg für sie frei, zog noch einen orientierungslosen Patienten mit sich und bemühte sich, Leas Arm nicht zu verlieren. Auch er hustete. Die Luft wurde knapper.

Zwei Schwestern kümmerten sich um den alten Mann, hievten ihn gemeinsam in den Rollstuhl und schoben ihn hinaus.

Plötzlich spürte Lea, dass die Faust ihres Retters abglitt. Kira war wie aus dem Nichts aufgetaucht und riss an dem Arm des Therapeuten.

»Ich blute!«, kreischte sie.

Die plötzliche Freigabe führte dazu, dass Lea nach vorn strauchelte. Fast wäre sie gestürzt, konnte sich aber mit zwei großen Schritten wieder in die Senkrechte bringen. Sie achtete nicht länger auf andere. Schenck war vergessen, die rettende Tür gleich vor ihr.

Sekunden später war sie im Freien, hustete, torkelte ein paar Meter weiter nach rechts, wo sie sich an die Hauswand lehnen konnte. Sie keuchte.

Einige Patienten standen oder saßen in ihrer Nähe auf dem Boden. Von rechts hörte man das Heulen einer Sirene. Ein paar Therapeuten und Schwestern versuchten, den Menschenstrom in die andere Richtung zu lenken. Die Feuerwehr brauchte Platz.

Lea blickte auf die Wunde auf ihrem Handrücken und sah

ausgefranste Ränder, aus denen immer noch das Blut sickerte. Ihr Gesicht wurde feucht, als hätte jemand ein nasses Tuch daraufgelegt. Dann kam die Übelkeit.

Doch auch diesmal wurde jemand auf sie aufmerksam. Eine lange, breitschultrige Gestalt schälte sich aus dem Getümmel. Lea erkannte einen Arztkittel – und eine weiße Haube, ein Mundschutz bedeckte den Großteil des Gesichts. Stumm zog der Mediziner Lea zu sich heran und steuerte zum Ärzteparkplatz.

Vor ihren Augen flimmerte es. Irgendetwas stimmte nicht …

Als der Fremde ihr in die Augen sah, erkannte sie ihn. Sie wollte schreien. Aber im gleichen Moment bohrte sich eine Nadel in ihren Hals. Dann wurde es dunkel.

102

»Warum immer ich?«, fluchte Kalle und hämmerte vor Wut auf das Polster des leeren Beifahrersitzes. Im Normalfall brauchte man von Höntrop zum Martin-Luther-Krankenhaus acht bis zehn Minuten. Aber ausgerechnet jetzt ging es keine fünfhundert Meter vor dem Ziel nicht mehr weiter. Vor Kalle stauten sich auf jeder Spur mindestens fünfzehn Autos. Er reckte seinen Hals. Offenbar regelten auf der letzten Kreuzung vor dem Hospital Polizisten den Verkehr. Und lenkten alle Wagen nach links, vom Martin Luther weg. Was war da los? Ein Autounfall?

Die Antwort gaben ihm die Trompetensignale mehrerer Feuerwehrwagen und die blauen Blinklichter in seinem Rückspiegel. Eine ganze Kolonne der roten Fahrzeuge näherte sich.

Seine Unruhe wuchs. Kaum war das letzte rote Fahrzeug an ihm vorüber, nutzte er die Lücke und wendete. Ein Fahrzeug auf der Gegenspur musste abbremsen. Wütendes Hupen dröhnte auf, aber dann rollte sein Passat endlich in die andere Richtung. Etwas später fand er gleich neben der Post eine Lücke für seinen Passat.

Er stieg aus und horchte. Noch immer war die Luft erfüllt von den Alarmsignalen der Polizei- und Notarztwagen. Irgendwo im Nordosten der City war die Hölle los. Etwa direkt am Martin Luther?

Kalle schmiss die gerade angerauchte Zigarette weg, holte Tims Einkäufe aus dem Wagen und setzte sich in Bewegung. Die knapp fünfhundert Meter schaffte er auch zu Fuß.

Beim Griechen am Anfang der Parkstraße war Schluss. Mehrere aufgeregt wirkende Polizisten lenkten den Verkehr um und ließen nicht einmal Fußgänger in Richtung des Krankenhauses durch.

»Was ist denn los?«, fragte Kalle einen Beamten.

Der Mann zog nur die Schultern hoch. »Hören Sie doch. Alarm.«

Durch den Lärm drang das Signal seines Handys an Kalles Ohren. Er zerrte das Gerät aus der Jackentasche. Simone!

Sie schien sehr aufgeregt zu sein, aber er verstand kein Wort.

»Warte. Ich muss von der Kreuzung weg. Hier ist es zu laut!« Er lief ein Stück in die Parkstraße hinein, wo die Notsignale von den hohen Häusern ein wenig gemildert wurden.

»Ja?«

Simone war völlig aufgelöst. »Scheiße, Kalle, wo bist du? Lea wurde entführt.«

»Was?!«

»Tim wollte gerade losfahren, als wir einen Anruf von Martin Schenck bekommen haben, dem Kollegen von Leas Therapeutin, du weißt schon ...«

»Jetzt beruhige dich mal, ich verstehe nur Bahnhof. Entführt? Lea?«

Simones Stimme kippte. »Ja, hör doch zu!«

Im Hintergrund hörte Kalle Tims Stimme. »Gib her.«

»Ich bin's«, meldete sich der Informatiker knapp. Aber Kalle hörte die tiefe Besorgnis in seiner Stimme.

»Es hat mehrere Explosionen in der Psychiatrie gegeben. Dieser Herr Schenck hat Lea noch bis zur Tür gebracht, musste sich dann aber um eine verletzte Patientin kümmern. Als er endlich draußen war, hat er beobachtet, dass ein Mann im Arztkittel Lea weggeschleppt hat.«

»Wie bitte? Seid ihr sicher, dass das nicht einfach ein …«

»Ja, verdammt. Schenck ist noch hinterhergerannt, aber es war zu spät. Sie muss in einem Auto weggebracht worden sein.«

»Kannst du ausschließen, dass Lea doch noch im Krankenhaus ist?«

Zu Kalles Erschrecken begann Tim zu weinen. »Ja, sie ist weg. Und das ist meine Schuld.«

Ach, du Scheiße, dachte Kalle und wusste nicht, was er sagen sollte. Er kratzte seinen Kopf, als hätten ihn plötzlich Läuse befallen. Er blickte in Richtung der Kreuzung. Verflucht, wenn er nur ein paar Minuten eher losgefahren wäre …

»Bist du noch dran?«

Tim putzte sich die Nase, bevor er fortfuhr. »Schenck meint, dass es ein weißer Lieferwagen gewesen sein muss. Das war das einzige Fahrzeug, das weggefahren ist.«

»Fuck. Und jetzt?«

»Die Polizei weiß schon Bescheid. Und wir haben wegen der Kamera im Badezimmer auch schon in Bochum angerufen. Aber auch die haben jetzt Land unter – wegen des Feuers im Krankenhaus. Kannst du zur Wattenscheider Wache fahren?«

»Vergiss es!«, sagte Kalle. »Hier ist die Hölle los. Ich weiß gerade auch nicht …«

Plötzlich schrie Tim: »Die Smartwatch!«

»Hä?«, fragte Kalle.

»Ich habe Lea eine Smartwatch geschenkt. Eine von den neuen mit SIM-Karte. Sie hatte doch immer so viel Angst. Deshalb habe ich das Teil so eingerichtet, dass man sie per GPS orten kann.«

»Du meinst, wenn sie die Uhr umhat, wissen wir, wo sie ist?«

Tim hörte den Satz schon gar nicht mehr. Er hatte das Telefon zurück an Simone übergeben. Die war genauso aufgeregt wie er.

»Kalle, wir rufen dich gleich zurück. Wenn das klappt, kriegen wir das Schwein.«

»Pass bitte auf, dass Tim keine Alleingänge macht. Wenn ihr herausfinden könnt, wo Lea ist, müsst ihr sofort die Kasten anrufen.«

»Ja, klar. Wir sind doch nicht doof.«

Simones Stimme klang ungeduldig. »Hast du die Nummer?«

»Schick ich dir gleich. Und während einer von euch mit den Bullen telefoniert, kann mich der andere navigieren. Ich flitz schon mal zur nächsten Autobahnauffahrt. Dann kann ich starten, sobald ihr euch meldet.«

»Bist du bekloppt? Kehlmann könnte bewaffnet sein. Vielleicht ist er auch nicht allein.«

Kalle setzte sich mit langen Schritten in Bewegung.

»Und ich habe einen schwarzen Gürtel.«

»Aber …«

»Sim, bitte keine Diskussionen jetzt. Wer weiß, wie lange die Bullen brauchen. Für Lea zählt jetzt jede Sekunde.«

103

Jetzt gab es kein Zurück mehr! Kehlmann stand, vor Erregung zitternd, auf dem großen Parkplatz, der sich zwischen dem *Burger King* und der Feuerwache an der A 40 bei Wattenscheid befand. Cookie hatte ihm, wie angekündigt, im Handschuhfach des Wagens ein eingeschaltetes Smartphone hinterlassen, auf dessen Navi sein Weg bis zum Zielort eingespeichert war. Sein ehemaliger Zellengenosse hatte wirklich an alles gedacht. Dieser erste Stopp war ideal, um seine Verkleidung abzulegen und die immer noch betäubte Lea zu fesseln und zu knebeln.

Nun lag die Schlange bewusstlos auf der Ladefläche des Fiat Scudo, zwischen zwei Teppichrollen eingeklemmt und unter einer Plane verborgen. Eine blonde Strähne ragte heraus, die Paul mit feuchten Händen wieder unter die Abdeckung schob. Verdammt, wie konnten Ärzte mit solchen Handschuhen operieren?

Er musterte die kleine ausklappbare Trittleiter, die er bei der Ankunft brauchen würde. Nur noch zwei Aufgaben musste er erledigen, bevor es weiterging.

Zuerst tauschte er die Kennzeichen. Dank des Schnellwechselrahmens ein Kinderspiel, das in zwei Minuten erledigt war. Dann musste er von den blanken Seitenwänden des Wagens jeweils eine Plastikfolie abziehen. Auch hier hatte Cookie mitgedacht: Die hinteren Ecken waren so schlecht angeklebt, dass Kehlmann die Folien trotz Latex an den Fingern gut packen konnte. Nach und nach kam auf der weißen Seitenwand ein dunkelblauer Schriftzug zum Vorschein: *Trockenbau Pohl.*

Der Ex-Professor knüllte die widerspenstigen Klebefolien zusammen und stopfte sie mit den alten Kennzeichen in den Laderaum.

Er schwitzte und verfluchte bereits jetzt die Mütze, die zwar aus dünnem Material bestand, aber dennoch zu sehr wärmte. Immerhin verbarg sie seine Haare.

Er war einen letzten Blick auf die Ladefläche. Hatte sich

unter der Plane etwas bewegt? Paul kniff die Augen zusammen und befühlte mit einer Hand seine rechte Jackentasche. Eine zweite Spritze und eine weitere Ampulle mit blauer Kappe und der Aufschrift *Propofol* befanden sich darin. Ob er noch etwas nachspritzen sollte?

Nein. Lea sollte zum Finale bei vollem Bewusstsein sein. Gnade war ein Privileg, das sie nicht verdiente.

Er schlug die Hecktüren zu und setzte sich wieder hinter das Steuer.

›Fahr bloß nach Vorschrift!‹, hatte Cookie empfohlen. Ein guter Rat, doch schwierig zu befolgen. Denn die Zeit drängte, wenn Paul nach der Strafaktion pünktlich am Dortmunder Bahnhof sein wollte, um sein Alibi perfekt zu machen.

Aus dem Fußraum angelte er sich noch eine Plastikflasche, die während der Fahrt vom Sitz gerollt war, und stellte sie in den Getränkehalter. Dann griff er in die linke Jackentasche und beförderte einen Plastikstreifen ans Tageslicht. Noch ein Geschenk von Cookie, das zudem von Humor zeugte. Vier rautenförmige blaue Pillen lagen in der Verpackung. Nicht, dass er es nötig hatte, aber wer wusste schon, wie der Körper in Stresssituationen reagierte?

Kehlmann pulte eine heraus und schluckte sie mit etwas Wasser herunter. Nach einem kurzen Zögern schickte er eine zweite hinterher. Er wollte nichts mehr dem Zufall überlassen.

104

Tim war nicht besonders gläubig. Aber während er den Browser auf Simones Tablet startete, schickte er ein Gebet in den Himmel. Bitte, lieber Gott, lass sie die Uhr tragen!

Endlich öffnete sich die Seite. *Track Your Babe* stand dort in pinkfarbenen Lettern neben einem tanzenden Mobiltelefon. Als Tim mit zitternden Händen in der Anmeldemaske seine Log-in-Daten eingab, runzelte Simone die Stirn.

»Bist du da schon Kunde?«

Der Admin klickte mit der Maus weiter. »Ich musste testen, ob es funktioniert.« *Geben Sie die zu trackende Telefonnummer ein,* forderte ihn das Feld mit dem blinkenden Cursor auf.

»Muss Lea dem Tracking nicht erst zustimmen und es freischalten?«

»Mensch, du nervst. Lea weiß natürlich Bescheid. Und jetzt lass mich machen. Wegen dir habe ich mich vertippt.«

Simone nickte und blieb stumm. Gebannt schauten sie und Tim auf die Anzeige: *Die eingegebene Nummer/Das eingegebene Gerät wird nun geortet. Dieser Vorgang kann einige Zeit in Anspruch nehmen.*

Als könnten beschwörende Blicke den Vorgang beschleunigen, fixierten sie das Display. Dann baute sich endlich eine Straßenkarte auf.

»Die sind noch in Bochum!«, rief Simone und im gleichen Moment meldete sich ihr Handy. Kalle hatte ihr die Mobilnummer der Hauptkommissarin geschickt.

Der Kartenausschnitt wurde größer. Ein blauer Punkt bewegte sich auf der A 40 knapp hinter der Ausfahrt Harpen nach Osten. »Es klappt!«, triumphierte Tim.

»Die fahren nach Dortmund«, sagte Simone aufgeregt. »Ich rufe jetzt Kasten an!«

Tim sprang auf. »Und ich fahre hinterher.«

»Stopp!« Sim schnellte hoch und hielt ihn fest. »Kalle ist schneller da.«

»Ja, aber …«

»Nichts aber, er steht schon in den Startlöchern. Einer muss ihn leiten.«

»Mach du das!«, herrschte Tim sie an.

»Nein, du Idiot! Einer von uns muss der Polizei erklären, was los ist und wohin sie fahren sollen. Und jetzt mach! Wir verlieren Zeit!«

Kalle saß in seinem Wagen gegenüber der Tankstelle an der Berliner Straße und wartete. Von hier aus konnte er schnell die Autobahn nach Essen oder Dortmund erreichen. Das Handy war schon mit der Gegensprechanlage verbunden, der Sprit im Tank reichte für dreihundert Kilometer. Verdammt, wie lange brauchten die beiden denn?

Endlich meldete sich sein Handy.

»Kalle?«, krächzte es aus dem Lautsprecher.

»Und? Habt ihr …?«

»Ja. Du musst dich beeilen.«

»Wo muss ich hin?«

Simone erklärte es ihm und er startete. Der Feierabendverkehr war bereits verebbt, aber auf der Autobahn sah es nicht so aus, als könne er den Entführer bald einholen. »Mist«, fluchte Kalle. »Hier geht's kaum voran.«

»Die sind schon fast an der Abfahrt Langendreer«, jammerte Simone.

Kalle war hellwach. »Was ist mit der Kasten? Hast du sie angerufen?«

»Tim versucht gerade, sie zu erreichen.«

Kalle blickte in den Rückspiegel. Zwei lange Scheinwerferreihen. Aber neben ihm brach eine größere Lücke auf. Mit einem Ruck zwängte er sich zwischen zwei Lastwagen und trat aufs Gas. Schon hatte er den trödelnden Vordermann rechts überholt, da kam er dem Heck des nächsten Trucks bedrohlich nahe. Links in die Lücke? Er gab Gas, stieg aber sofort wieder in die Eisen. Scheiße, das war knapp gewesen. So würde er Kehlmann garantiert nicht einholen.

Nervös fingerte Kalle nach seinen Zigaretten und schaffte es, sich eine anzuzünden. Er richtete einen konzentrierten Blick nach vorn, aber nicht mal in der Ferne war zu erkennen, ob der Verkehr sich lichtete.

»Was ist? Kommst du voran?«

»Stau! Wo ist das Schwein jetzt?«

»Fast am Dortmunder Westkreuz. Fährt immer noch geradeaus. Kurz nach der Uni muss er langsamer werden, dann sind nur noch fünfzig oder sechzig erlaubt.«

Kalles Puls schlug schneller. Wie weit wollte der Entführer fahren? »Was ist mit der Polizei? Hat Tim endlich jemanden erreicht?«

»Weiß nicht, er ist nebenan.«

Rechts nahten die Ausfahrten zur Herner Straße. Kalle zog entschlossen auf die Abbiegespur und drückte aufs Gas. Er ließ die Ausfahrten nach unten passieren und raste in der Einfädelspur in Richtung Dortmund weiter. Zwängte sich wieder in den normalen Verkehr nach Osten und musste auf die Bremse treten. Er hatte gerade mal fünf oder sechs Autos überholt. »Scheiße, Scheiße …«

Im engen Starlight-Tunnel ging es nur im Schritttempo weiter. Der Betondeckel über ihm killte die Verbindung zu Tim und Sim. Er schlug mit der Hand aufs Lenkrad und fluchte.

Auf der Ostseite war der Empfang wieder da und Kalle konnte Simone zurückrufen. »Der scheiß Tunnel.« Mehr musste er nicht erklären.

»Warte mal, Tim kommt gerade rein.«

Das Handy wechselte offenbar die Hand. Der Admin meldete sich – mit der Stimme eines Mannes, der auf die Hinrichtung seiner Liebsten wartet. »Bei Kasten springt nur die Mailbox an.«

»Mann, dann musst du eben direkt bei der Dortmunder Polizei anrufen.«

Danach hielt ihn wieder Simone auf dem Laufenden, wohin der Punkt auf der Karte wanderte. Als hätte eine gute Fee ihren Zauberstab geschwungen, ging es für Kalle unerwartet vorwärts. Tief in seinen Sitz gepresst, rief er: »Die Bullen – immer noch nichts?«

»Tim telefoniert mit den Dortmundern. Aber die scheinen es nicht kapieren zu wollen.«

»Mann, beeilt euch.«

»Ja doch!«, pampte Simone ihn an. Dann zwang sie sich wieder zur Ruhe. »Wo bist du jetzt?«

»Am Ruhrpark, aber der Verkehr wird wieder dichter!«

»Okay, ich versuche es noch mal bei Kasten. Bleib du auf der Bahn. Ich melde mich gleich wieder.«

105

Siebzehn Jahr, blondes Haar, so stand sie vor mir.

Udo Jürgens ... Herta Kasten seufzte wohlig und räkelte sich. Sie lag mit geschlossenen Augen in der Badewanne, Wassertemperatur knapp über vierzig Grad, Aschenbecher und iPod auf dem schwarz-gelben Deckel der Porzellanschüssel – das war ein Feierabend nach ihrem Geschmack. Bei ihrem Lieblingsschlager wurden schmerzlich-süße Erinnerungen wach. Auch sie war mal blond, jung und begehrt gewesen – bis sie als Bullin geoutet wurde.

Ihr Entspannungsbad wurde vom Handy gestört. Zum dritten Mal innerhalb der letzten zehn Minuten. Der Apparat lag vor dem Badezimmer auf einem Schuhschrank und war wegen ihres gesunden Schlafs auf den schrillsten Ton geschaltet, den der Hersteller anbot. Verdammt noch mal! Wozu hatte sie eine Mailbox?

Zehn Sekunden hielt die Hauptkommissarin es noch in

der Wanne aus, dann stemmte sie sich hoch, warf den Bademantel über und patschte in den Korridor. Das Display zeigte eine unbekannte Nummer an. »Ja doch!«, schnauzte sie ins Mikro.

»Simone Olsok hier. Frau Kasten?«

»Wer sonst?«

Simone kam direkt auf den Punkt. »Lea Bennsdorf wurde entführt!«

»Wie bitte? Soll das ein Witz sein?«

»Nein, das ist bitterernst.«

»Ach du Scheiße!« Kasten schaltete sofort. Kehlmann, dachte sie. »Erzähl. Fünf Sätze!«

Ganz so kompakt schaffte es Olsok nicht, aber nach rund sechzig Sekunden war die Kommissarin im Bilde.

»Moment. Ich brauche was zu schreiben.« Kasten fand den Notizblock auf dem Schränkchen und prüfte den Kugelschreiber. »In Ordnung. Unter welcher Nummer kann man diese Smartwatch orten?«

Simone gab die Daten durch.

»Okay. Ich tu, was nötig ist.«

»Ein Freund telefoniert gerade mit Ihren Dortmunder Kollegen. Kann er auflegen?«

»Ja. Der soll ihnen sagen, dass sie sich bei mir melden sollen. Und Sie sorgen bitte dafür, dass Herr Mager Abstand hält! Ich möchte ihn ungern tot sehen!«

Eine Minute später war Kasten abgetrocknet und zwängte sich in ihre Jeans. Mit eingezogenem Bauch zog sie den Reißverschluss hoch. Mit noch nacktem Oberkörper wählte sie den Dauerdienst an.

»Müller?«

»Kasten hier. Heiko?«

»Genau!«

Herta sparte sich die Frage, wie er plötzlich beim DD gelandet war. Mit Heiko hatte sie schon vor vier Jahren gut harmoniert, da konnte sie sich jeden Firlefanz sparen. »Entführung. Eilt.«

»Schon gehört. Aber die Kollegen sehen nicht klar!«

»Weißer Lieferwagen, Typ unbekannt. A 45 kurz hinterm Kreuz Dortmund West. Da ist eine Smartwatch drin. Wir brauchen Ortung und Fahndung. Schreib mit!«

Sie gab ihm die Nummer durch.

»Das Opfer ist eine Patientin aus einer Bochumer Psychiatrie, Lea Bennsdorf. War vor Jahren schon mal in Prof. Kehlmanns Gewalt, den wir zusammen gejagt haben. Erinnerst du dich?«

»Dunkel.«

»Das Ziel des Entführers ist unbekannt. Der Täter im Moment auch, obwohl Bennsdorfs Freunde auf Kehlmann tippen. Der ist wieder frei.«

»Verstanden!«

»Noch was. Schick mir eine Zivilstreife nach Hause. Dringend.«

»Okay. Viel Glück!«

Einen Moment hielt Kasten inne, dann warf sie den Pulli vom Vortag über, schlüpfte in bequeme Schuhe und schnappte sich ihre Jacke. Ein letzter Check: Handy, Zigarillos, Feuerzeug, Dienstmarke. Waffe? Scheiße, im Büro. Egal, die Streife hat welche. Schlüssel. Und los.

Als sie unten vor der Tür auf den Einsatzwagen wartete, fiel ihr etwas ein. Sie hatte noch ein Versprechen einzulösen. Das Telefonat war in wenigen Sekunden erledigt. Balzack kapierte schnell.

Unmittelbar danach hielt direkt vor ihren Füßen der BMW einer Zivilstreife. Eine junge Frau saß am Steuer, ihr ebenso junger Kollege überließ Kasten ohne Murren den Beifahrersitz. An die Namen konnte die Hauptkommissarin sich nicht erinnern, an die Gesichter schon. »N'Abend. Schon informiert?«

»Grob. Wo geht's hin?«

»Wir müssen einen Entführer stoppen. Sobald wir wissen, wohin er fährt, geht's los!«

»Entführung?«, fragte der Kollege von hinten. »Brauchen wir dazu nicht das SEK?«

Das würde unserem Präses gefallen, dachte Kasten. Mit einem Großeinsatz käme er dick in die Medien. Dann erklärte sie: »Bis das SEK vor Ort ist und Stellung bezogen hat, vergeht mindestens eine Stunde. So viel Zeit haben wir nicht!«

Und dann blickte sie nach vorn und stellte sich vor, wie sie diesem Kehlmann kraftvoll in die Eier trat.

106

Das Schaukeln war angenehm, das Brummen auch. So musste sich ein Baby fühlen, wenn die Eltern es durch einen Park schoben und beruhigende Worte sprachen.

Leas Augen öffneten sich einen Millimeter. Es war dunkel. War es Nacht? Die Enge in ihrer Wiege war nicht unangenehm. Auch der große Schnuller in ihrem Mund versprach Geborgenheit. Sie wurde geliebt. Ja, einfach weiterschlafen. Sie war so müde.

Fast wäre Lea wieder in die Bewusstlosigkeit zurückgeglitten. Doch ein Schlag in die Rippen verhinderte das. Schmerz. Ein heftiges Ruckeln schüttelte sie durch. Autsch, wollte sie sagen, aber ihre Zunge war blockiert. Das war kein weicher Schnuller. Ihre Mundhöhle fühlte sich trocken an. Ein Fremdköper befand sich darin, wie ein Schwamm, der alle Feuchtigkeit aufsaugte. Die Realität holte auf. Wo war sie? Sie schlug die Augen auf.

Nichts. Dunkelheit. Es roch muffig. Die Geborgenheit, die sie gerade noch gespürt hatte, verlor sich

Sie blinzelte ein paarmal. Irgendwo hinter ihr musste etwas Licht in ihre Höhle dringen. Sie lag auf einer Gummimatte, das konnte Lea riechen.

Das Brummen des Dieselmotors wurde leiser. Dann wurde das Schaukeln zu einem sanften Vibrieren. Die Erkenntnis schlich sich in ihr Bewusstsein wie ein langsam wirkendes Gift. Sie lag in einem Auto – einem Transporter. Aber warum war sie hier?

Sie wollte sich aufrichten. Es ging nicht. Etwas knisterte über ihr. Ein Geräusch wie von einem Zeltboden. Ihre Hände waren gefesselt. Wie eine Welle schwappten Leas Erinnerungen hoch.

Die Explosionen – der Qualm – die Sirenen. Und dann: Pauls Augen über einem grünen Mundschutz. Ihr Albtraum wurde wahr. Und das hier war erst der Anfang. Sie musste sich befreien!

Vollgepumpt mit Adrenalin versuchte sie, sich schwungvoll auf den Rücken zu drehen. Es ging nicht. Etwas neben ihr blockierte die Drehung. Noch mal! Der Wagen rollte wieder an. Wenn sie doch nur jemand hören könnte!

Lea schrie gegen ihren Knebel an. Legte alle Kraft in ihre Stimme, bis die Kehle schmerzte. Heraus kamen jedoch nur gedämpfte Laute.

Lea versuchte etwas anderes: die Knie unter die Brust schieben! Sie stemmte ihre Stirn gegen die Matte, um etwas Luft zwischen sich und den Boden zu schaffen. Das Plastik über ihr knisterte wieder.

Ihre Nase drückte schmerzhaft gegen die Gummilamellen. Trotzdem reichte es nicht. Sie brauchte mehr Platz, sonst würde sie es nicht schaffen.

Noch einmal mobilisierte sie ihre Kräfte. Beine anwinkeln,

Schwung nach rechts. Ausgangsposition, Schwung nach links, abdrücken.

Beim dritten Versuch schaffte sie es, mit der Hüfte die linke Sperre ein Stück zu bewegen. Lea atmete schneller. Sie musste sich beeilen! Sie wiederholte die Bewegung. Der Schweiß brach aus allen Poren. Lea presste ihre Nase so fest in den Boden, dass sie den Knorpel knirschen hörte.

Doch als sie wieder flach auf dem Bauch lag, hatte Lea keine Kraft mehr. Die Übelkeit rollte wellenartig über sie. Wenn sie sich jetzt noch übergeben musste, würde sie an ihrem Erbrochenen ersticken. Sie weinte und würgte. Niemand würde sie retten.

107

»Kasten ist unterwegs!«, meldete Simone.

Kalle atmete auf. Der Gedanke, vielleicht allein gegen einen Bewaffneten vorgehen zu müssen, hatte ihn schon seit einigen Kilometern nicht mehr losgelassen. Gegen eine Knarre half ein schwarzer Gurt nicht mehr als ein Seidenmantel gegen einen Skorpion.

Das Handy wechselte wieder in Tims Hand. Zum hundertsten Mal fragte er: »Wo bist du jetzt?« Immer beschwörender, als könnte er den Passat damit zum Ziel katapultieren. Schön wäre es gewesen, aber aktuell ging es mal wieder nur schleppend weiter. Die Blechschlange kroch nur behäbig voran.

»Etwa einen Kilometer vor der Westfalenhalle«, gab Kalle Auskunft.

»Hör zu! Du musst auf die Straße zwischen den Hallen und dem Westfalenstadion. Weißt du, wie …«

»Klar, die Strobelallee. Der Weg zum WDR.«

Die Strecke war er schon Hunderte Male gefahren – im Auftrag von PEGASUS 1.0 und im Dienste der Wahrheit.

»Genau«, sagte Tim. »Dann musst du auf die L 684, Richtung Brünninghausen.«

»Okay!«

Noch befand Kalle sich in vertrautem Gelände. In der Nähe hatten seine Großeltern gewohnt. Er kannte sich hier immer noch besser aus als in seiner neuen Heimat Wattenscheid …

Tims Keuchen war selbst in der Mobilverbindung deutlich zu hören. »Der Typ hat etwa zwanzig Minuten Vorsprung.«

»Fuck!«

Eine gefühlte Ewigkeit später tauchte Kalle tief ins Tal der Emscher hinab und jagte auf der anderen Seite hoch. Oben an der großen Kreuzung stand die Ampel natürlich wie immer auf Rot.

Die nächste Zigarette. Aber die beruhigte ihn auch nicht. Grün, endlich!

Kalle warf die halb gerauchte Kippe aus dem Fenster, fuhr aber nur mit halbem Gas weiter. Von jetzt an gab es meist nur eine Fahrspur in jede Richtung. Hier konnte man keinen Bus und keinen Lkw überholen. Die dicken alten Bäume an beiden Seiten lauerten nur darauf, dass jemand übermütig wurde. So wichtig Lea auch war – Kalle war nicht scharf darauf, dass eine Platane nach ihm benannt wurde.

108

Kehlmann war schon am Ziel – und konnte es nicht glauben. Das zum Abbruch verurteilte Marienhospital stand nicht irgendwo in der Prärie, sondern war umgeben von Wohnsiedlungen für betuchtere Leute. Hier sollten er und Lea ein ungestörtes Plätzchen finden?

»In fünfzig Metern links abbiegen.«

Unmittelbar vor dem Abzweig musste er stoppen. Alles war so, wie Cookie es beschrieben hatte: *Das Absperrgitter steckt locker in einem Betonfuß. Leicht zu öffnen und zu schließen. Tu so, als ob es dein Job wäre. Das Warnschild wegen der Überwachungskameras ist ein Bluff. Alles gecheckt – nur Attrappen.*

Bevor Paul das Gitter zur Seite drückte, lauschte er, ob Lea sich immer noch befreien wollte. Aber von hinten kam kein Mucks mehr. Sie hatte wohl kapiert, dass es weniger schmerzhaft war, sich dem Unvermeidlichen zu ergeben.

Als er endlich über den staubigen Boden rollte, achtete er genau auf den holprigen Weg. Und dann schälten die Scheinwerfer sein Ziel aus der Dämmerung heraus. Das rote Backsteingebäude war dreistöckig und hatte jede Menge Fenster. Fantasielos in die Landschaft gesetzt wie die Plattenbauten in Marzahn.

Soweit Paul erkennen konnte, wurde der verwaiste Bau von Büschen und Bäumen umsäumt. Nur an zwei oder drei Stellen schimmerte Licht aus einer Wohnung durch das Blätterwerk. Niemand würde sehen können, was hier geschah.

Von hinten ertönte ein unterdrücktes Stöhnen. Aha. Die Schlampe hatte sich doch noch nicht mit ihrer Lage abgefunden. Ein weiterer Schmerzenslaut. Kehlmann klopfte gegen die Metallwand, die sie beide trennte. Nicht, dass Lea vergaß, wer am Steuer saß.

»Still, du Nutte.«

Such auf der Rückseite ein Fenster im Erdgeschoss mit zwei roten Punkten in den unteren Ecken. Und pass auf das Kanalloch auf!

Das große Loch mit dem danebenliegenden Gullydeckel hatte er schnell gefunden. Auch den verschlossenen Eimer im Gras. Aber wie sollte er in dieser Dunkelheit die beiden Markierungen an den Fensterrahmen finden?

Er schaltete die Scheinwerfer aus und wühlte im Handschuhfach. Fand, was er brauchte: eine Handleuchte.

Aufgeregt stieg der Entführer aus dem Wagen und leuchtete die Hauswand ab, doch er fand das gesuchte Fenster nicht. Verdammt! Der Lichtstrahl wanderte ein zweites Mal über die Backsteine.

Hinter ihm regte sich etwas im Wagen. Ob das Miststück es geschafft hatte, sich umzudrehen? Sollte er doch eine kleine Dosis spritzen? Noch einfacher wäre es, der Schlampe eine Überdosis zu verpassen und sie in dem runden Loch zu entsorgen. Aber wo blieb dann seine Rache?

Nein! Lea sollte Schmerz empfinden für das, was sie getan hatte. Und diesmal würde er das Urteil selbst vollstrecken.

Aber wo war dieses verfickte Fenster? Er verlor wertvolle Zeit! Die meisten Scheiben waren bereits eingeschlagen. Auf den Backsteinen reihten sich die bunten Kürzel von drei Dutzend Möchtegernkünstlern.

Da! Die roten Markierungen auf einer der Fensterscheiben waren im Licht der Lampe kaum zu erkennen. Blass wie getrocknetes Blut. Kehlmann drückte mit der flachen Hand sacht gegen die mit schwarzer Folie beklebte Scheibe. Sanft schwenkte sie nach innen. Jetzt gab es kein Halten mehr.

Er zog die Trittleiter aus dem Wagen und drückte die Tür wieder zu. Dann kletterte er ins Gebäude und stieg die Treppe in den Keller hinunter. Stickige Luft, Moder und Schimmel empfingen ihn. Unter seinen Schuhen knirschten Staub und Splitter. Immer wieder hielt er an und lauschte. Doch nichts war zu hören, er schien tatsächlich allein zu sein.

Endlich entdeckte er die Tür der Türen. Das rote Herz prangte mittig. Es passte zu Cookies Humor. Kehlmann tastete die schmale Furche zwischen Wand und Türrahmen ab. Ganz links wurde er fündig. Da lag der Schlüssel.

Er musste sich beeilen. Die Schlampe sollte nicht zu lange unbeaufsichtigt im Wagen liegen. Die Tür öffnete sich lautlos. Dann entfuhr ihm ein leises »Oh.«

Der Raum war groß wie ein Wohnzimmer und fast genauso aufgeräumt. Ein alter Ohrensessel stand in der Mitte des Raumes, auf dem kleinen Metalltisch daneben thronten ein Fläschchen Whisky und ein passendes Glas. Auf dem Boden davor entdeckte Paul zwei blaue gepolsterte Sportmatten, eine weiche Decke, Kissen und alles, was er sonst noch brauchte. Danke Cookie, dachte er.

Die Erregung spornte ihn an, sich zu beeilen.

109

Der Wagen stand. Wie lange? Sekunden? Minuten? Trotz ihrer Fesseln zitterte Lea am ganzen Körper. Brust und Schultern schmerzten, als hätte man sie auf ein Rad geflochten. Ihr Kopf drohte zu platzen. Die Blase drückte. Und zu allem Übel musste sie schon wieder würgen.

Warum hatte Paul sie allein gelassen? Wollte er sie hier ihrem Schicksal überlassen?

Ihr Herz trommelte so heftig gegen die Rippen, dass sie die Vibrationen bis in den wunden Hals spürte. Nein, damit würde Paul sich nicht zufriedengeben. Diesmal nicht.

Lea musste sich beruhigen. Sie wollte nicht sterben. Nicht hier. Nicht jetzt. Aber was konnte sie tun? Da, ein Geräusch! Sie zuckte zusammen, als hätte sie einen Schlag in den Nacken bekommen. Alle Haare stellten sich auf. Paul war zurückgekommen. Und sie hatte ihm nichts entgegenzusetzen.

Paul eilte zum Auto. Überlegte. Wanderte noch einmal zu dem runden Loch neben dem Wagen und stieg über den schweren Gullydeckel. Dann betrachtete er den Eimer, der zwischen den Disteln lag. *Weißkalkhydrat, 25 kg,* wies das Etikett aus. Okay.

Ein letztes Mal sicherte er wie ein Schakal nach allen Seiten. Dann öffnete er beide Türen. Ohne zu zögern, packte er das knochige Bündel und warf es sich über die Schulter wie ein Hafenarbeiter einen Sack Reis. Lea wog fast nichts.

Dann passierte etwas, mit dem er nicht gerechnet hatte. Als er sich in Bewegung setzte, fühlte er, wie ein warmer Bach an seiner Halsbeuge herunterlief. Blutete er? Absurd. Dann roch er es, stechend wie Ammoniak. »Du Drecksau!«, entfuhr es ihm und fast hätte er sie angeekelt losgelassen.

Im gleichen Moment straffte sich Leas Körper wie eine Feder und sie versuchte, die Unterschenkel hochzuziehen. Die Bewegung sorgte dafür, dass sie etwas weiter an seinem Rücken hinabrutschte.

»Miststück!«, zischte er und packte wieder zu. Am liebsten hätte er sie ungebremst mit dem Kopf zuerst auf den Boden stürzen lassen, aber das Risiko war ihm zu groß. Sie sollte bei Bewusstsein bleiben. Darum schlug er so fest er konnte auf ihren Oberschenkel. Einmal, zweimal – und noch ein drittes Mal. »Das wirst du mir büßen, du widerliche Hure!« Paul ging zum Gullyloch und ließ Lea kopfüber hinunterblicken. Das Abwasser gluckerte in der Tiefe. »Schau dir das genau an, du Stück Dreck. Wenn ich mit dir fertig bin, liegst du da drin.«

110

»Stopp! Du musstest nach links!« Tims Nerven lagen mittlerweile so blank, dass er fast schrie. Kehlmann hatte bereits eine Viertelstunde Zeit, um sich an Lea zu rächen.

Kalle trat auf die Bremse und spähte aus dem Wagen. Er legte den Rückwärtsgang ein und fuhr ein paar Meter zurück. »Da ist keine Zufahrt«, zischte er. »Nur eine abgesperrte Baustelle.«

»Verdammt, dann geh zu Fuß weiter. Lea muss ganz in der Nähe sein.«

Kalle rangierte den Wagen hin und her, bis er am Rand der Zufahrt stand. »Und jetzt?«

»Du musst vielleicht zweihundert Meter geradeaus. Laut Karte steht rechts ein Krankenhaus. Beeil dich!«

Kalle verschloss den Wagen, entkoppelte sein Handy und stieg leise aus. Neben dem Absperrgitter quetschte er sich durch eine kleine Lücke im Gebüsch.

Mittlerweile war es schon fast dunkel und auf dem Gelände gab es weder Laternen noch andere Lichtquellen. Trotzdem konnte Kalle den Weg erkennen, der von hohem Gras und Unkraut umgeben war. Es war still. Er musste leise sein, entschied sich aber dennoch zu joggen.

An dem Gebäude registrierte Kalle zunächst die zahlreichen zerbrochenen Fenster. Hinter einem Baum versteckt, spähte er angestrengt in das Dämmerlicht, konnte aber nichts Verdächtiges erkennen. Er hob die Hand, die das Handy umklammert hielt: »Tim?«

»Ja?« Auch der Admin flüsterte.

»Hier ist kein Auto zu sehen, nur eine riesige Bruchbude.«

»Bist du sicher?«

»Einen weißen Lieferwagen kann man nicht übersehen!«

»Der muss aber da sein!«, beharrte Tim. »Leas Smartwatch ist keine fünfzig Meter von dir entfernt. Bist du schon ums Gebäude rumgegangen?«

»Wo sind die Bullen?«

»Unterwegs«, presste Tim zwischen den Zähnen hervor. »Bitte, Kalle, mach. Wir können nicht auf die Polizei warten.«

»Bleib dran, aber warte, bis ich mich melde.«

Der Detektiv steckte das Handy in seine Gesäßtasche. War das der Moment, für den er mehr als zehn Jahre Taekwondo trainiert hatte?

Er wagte sich vor und lugte schließlich um die Ecke des Baus. Außer Graffiti und kaputten Bierflaschen war nur Unkraut zu sehen. Kalle schob sich vorsichtig weiter die Wand entlang, darauf bedacht, nicht zu laut zu atmen.

Die nächsten Ecke. Was würde er gleich sehen? Sein Herz schlug nun bis zum Hals. Dreimal durchatmen. Dann – ganz langsam – schob Kalle seinen Kopf nach vorn.

Eine Gänsehaut überzog seinen Rücken, als sah, was sich dort im Schutz der Bäume befand. Der weiße Lieferwagen. Aber wo war Kehlmann? Kalle konnte nicht erkennen, ob jemand in der Kiste saß. Scheiße, dachte er. Und jetzt? Er wich wieder einen Schritt zurück und zog das Handy aus der Tasche. »Tim, ich habe den Wagen gefunden«, flüsterte Kalle.

Aber diesmal war es Simone, die antwortete. »Tim ist zum Klo. Es geht ihm nicht gut.«

»Fuck, Sim, wo bleibt die Polizei?«

»Ich weiß nicht.«

Er stöhnte. »Dann bleibt mir wohl keine andere Wahl.«

»Pass bitte auf dich auf, Kalle. Geh kein unnötiges Risiko ein.«

»Ich tu mein Bestes. Ich gehe jetzt weiter. Du musst wieder ruhig sein.«

Bevor er das Gerät wieder in die Hosentasche steckte, sagte er ihr noch etwas. Und nichts, was Kalle hätte sagen können, hätte den Ernst der Lage mehr verdeutlichen können als das: »Ich liebe dich.«

»Ich dich auch.«

Doch Kalle hörte es nicht mehr.

111

»Stell die Sirene ab!«, ordnete Kasten an, als sie die Hälfte der Strecke nach Kirchhörde geschafft hatten. »Wenn der Typ Angst bekommt, können wir die Frau nicht mehr retten.«

Ungeduldig starrte sie nach vorn und knurrte, wenn die Fahrer vor ihnen nicht sofort auf das flackernde Blaulicht reagierten und dickfellig auf der Piste blieben.

»Wieder welche, die nicht wissen, wozu die Rückspiegel da sind!«

Die Fahrerin kicherte.

»Guck nach vorne!«, bellte Kasten.

Endlich bogen sie in die Klöcknerstraße, der Zufahrt zum Krankenhaus, ein und Kasten atmete erleichtert auf. »Mann, die waren richtig flott!«

Am Straßenrand standen schon ein Notarzt- und ein Krankenwagen. Die Kommissarin prüfte noch einmal die Karte auf ihrem Smartphone und dirigierte die Fahrerin zur Absperrung des Krankenhausareals. Der silberne Passat mit den Buchstaben WAT auf dem Nummernschild musste Kalle Mager gehören.

»Macht schon mal die Zufahrt auf und stellt den Wagen dahinter ab. Wir gehen gleich zu Fuß rein.«

Sie nahm das Mikro der Funkanlage in die Hand. »Ich habe

zwei Streifenwagen nach Kirchhörde bestellt. Wo bleiben die denn?«

»Sind unterwegs!«

»Beeilung. Blaulicht, aber auf keinen Fall Sirene. Verstanden?«

»Ja. Aber …«

»Was?«, unterbrach Kasten den Beamten in der Leitstelle.

»Das ist doch diese Entführungssache. Ja? Soll ich da nicht das SEK …«

Der ist auch schon von diesem Blödsinn infiziert, dachte sie. »Mann, wir sind nicht in Texas. Aber du kannst schon mal den Dauerdienst in Marsch setzen.«

Während sie zu der *Abteilung Medizin* hinübereilte, schaute sie sehnsüchtig die Straße entlang. Ohne Verstärkung geht es nicht, dachte sie.

Verärgert musterte sie ein paar späte Spaziergänger, die neugierig herüberblickten. Auch die ersten Balkone der umliegenden Häuser wurden bevölkert. Seit dem heftigen Pfingststurm von 2014 hatte diese Heile-Welt-Siedlung nichts Aufregendes mehr erlebt.

»N'Abend«, grüßte Kasten und stellte sich vor.

Die Notärztin streckte ihr die Hand entgegen. »Banaschak.«

»Schön, dass Sie schon da sind. Ich warte nur noch auf Verstärkung – dann geht's los!«

Sie nickte den Sanis zu, die an ihrem Wagen standen, und kramte ihre Zigarillos heraus. Aber kaum stieg der erste Qualm auf, flammten am Anfang der Straße zwei Scheinwerferpaare auf. »Endlich!«

Kasten winkte die blau-silbernen Wagen näher und realisierte, dass gleich nach den Kollegen ein Touareg heranrauschte. Balzacks ›Flugpanzer‹.

Die Kollegen stiefelten heran. »Okay. Kommt mit zu dem Zaun da. Vergatterung!«

Ihre junge Fahrerin sah sie an, wagte aber nicht nachzufragen.

Kasten grinste. »Die Amis nennen das Briefing. Also, meine beiden Kollegen in Zivil und ich gehen zuerst rein. Die Uniformierten bleiben hier und sorgen dafür, dass diese Gaffer auf der anderen Straßenseite bleiben.«

Die angesprochenen Kollegen nickten.

»Egal, was da hinten passiert: Alle bleiben hier, bis ich anrufe.«

Einer von den Sanis meinte: »Wir kommen doch sowieso immer erst nach der Schießerei!«

Kasten brachte ihn zum Schweigen: »Ich hoffe, dass es auch ohne Knallerei geht!«

Ihr Blick glitt über die Uniformierten und blieb an dem einzigen Beamten mit drei Sternen auf der Schulter hängen. »Du übernimmst hier. Wenn wir uns melden, rufst du die Spurensicherung und einen dieser mobilen Weihnachtsbäume heran. Wir brauchen dahinten bestimmt jede Menge Licht.«

Sie wandte sich schon zum Gehen, als der Polizeihauptkommissar zu der wachsenden Menge an Gaffern hinüberzeigte. »Mit vier Leuten …«

»Ist klar. Hol dir genug Verstärkung. Aber wenn ich auch nur eine Sirene höre, schmeiße ich die Leute mit einem Betonklotz um den Hals in die Ruhr.«

Balzack kam näherte und räusperte sich.

»Wie ihr seht, ist das Fernsehen auch schon da. Von mir aus dürfen sie als Letzte rein. Klar?« Alle signalisierten, dass sie verstanden hatten. Kasten warf ihren Zigarillo auf den Boden und holte noch einmal tief Luft. »Abmarsch!«

Entschlossen verschwand sie durch die Bresche in der Absperrung. Der Kollege hatte schon vorgesorgt, Leas Smartwatch leuchtete als Punkt auf seinem Handy.

112

Vorsichtig näherte sich Kalle dem Lieferwagen und lauschte. Der Motor war ausgestellt, kein Geräusch drang heraus, nichts bewegte sich. Waren Kehlmann und Lea etwa schon in diesem Riesenbau verschwunden?

Mit rundem Rücken schlich er weiter, hoffte, unbemerkt den toten Winkel der Außenspiegel zu erreichen. Jetzt war das Heck des Wagens zum Greifen nah. Er richtete sich auf und versuchte, durch die Scheiben zu spähen. Es war nichts zu sehen. War die Kiste wirklich leer?

Mit Herzklopfen tastete er sich an der rechten Seite des Lieferwagens nach vorn. Noch ein Moment des Zögerns, dann streckte er die Beine durch und reckte den Hals. Die Fahrerkabine war leer.

»Meine Fresse«, flüsterte Kalle, als die erste Anspannung wieder von ihm abfiel. Als er sich umwandte, entdeckte er das schwarze runde Loch im Boden. Als er auch noch den Löschkalk bemerkte, war ihm klar, was Kehlmann plante. Warte, du Schwein, dachte er.

Kalle umkurvte den Wagen und suchte die Hauswand ab. Viele Fenster, keine Tür. Aber Kehlmann musste hier reingeklettert sein, sonst hätte er den Wagen woanders geparkt.

Kalle horchte erneut. Da war nichts als ferne Orchestermusik, die durch die Bäume herüberwehte. Er ging ein paar Schritte weiter und entdeckte, dass dicht an der Wand etwas Helles aus dem Unkraut ragte. Eine Trittleiter? Noch einmal tief durchatmen, dann stellte er den linken Fuß auf die erste Stufe und drückte gegen das Fenster. Zentimeter für Zentimeter schwenkte die Scheibe nach innen. Und dahinter? Nichts, nur ein dunkler, leerer Raum.

Weiter!

Die weichen Sohlen seiner Sneaker berührten den Boden. Fünf Schritte bis zur Tür. Den langen leeren Flur dahinter konnte er nur ahnen. Eine Szenerie wie aus dem Irrenhaus eines Horrorfilms. Scheiße, war das gruselig! Kalle ballte unwillkürlich die Fäuste, tastete sich aber weiter vor. Diese verdammte Dunkelheit. Sollte er besser die Leuchte seines Handys einschalten? Nein, zu gefährlich. Er brauchte das Überraschungsmoment.

Kalle wartete noch ein paar Sekunden, um seine Augen an die Lichtverhältnisse zu gewöhnen. Dann schlich er weiter, bis er auf eine Treppe stieß.

Er musste nicht lange überlegen, in welcher Richtung er weitersuchen wollte, denn in diesem Moment hörte er aus der unteren Etage ein Geräusch, als ob ein Möbelstück verrückt wurde.

Ein letztes Mal flüsterte er in sein Handy. »Im Keller. Ich geh jetzt rein!« Dann stellte er das Gerät auf Lautlos und stieg hinab in die unbekannte Tiefe. Und nun?

Eine dunkle Stimme, von einer Tür gedämpft. Das musste dieser Hundesohn sein! Rechts oder links? Kalle folgte seinen Ohren und fand die Tür mit dem aufgemalten Herzen. Hier? Der Kampfsportler ignorierte das Hämmern in seiner Brust und presste ein Ohr ans Holz. Jetzt war Kehlmann zu verstehen.

»Gefällt dir, was du siehst?«

Erschrocken wich Kalle zurück. Ruhig bleiben, ermahnte er sich. Aber das war leicht gesagt. Lebte Lea überhaupt noch? Galt ihr diese Frage – oder einem Komplizen?

Die Klinke lag schon in Kalles Faust, kalt wie der Griff eines Klappspatens, als er an die dritte Regel des Taekwondo denken musste: In-Nae, die Geduld. Nichts überstürzen. Vorsichtig bleiben.

Kalle senkte die Hand. Sachte. Die Klinke war geölt. Lautlos glitt die Tür einen winzigen Spalt auf.

»Es hätte alles gut sein können«, salbaderte Kehlmann. »Aber du musstest mich hintergehen, stimmt's?«

Kalles Nackenhaare stellten sich auf. Der Spalt war nun breit genug, um ins Zimmer blicken zu können. Er erstarrte. Ihm bot sich ein Bild, das er nie wieder aus seinem Gedächtnis würde löschen können.

Der Strahl einer Campingleuchte war auf eine nackte Gestalt gerichtet, die bäuchlings auf einem Haufen Kissen lag. Zwei, drei Sekunden lang streikte sein Gehirn. Diese Puzzlestücke konnte es nicht zu einem Bild zusammensetzen.

Die Gestalt stöhnte durch einen Knebel. Ihre dünnen Handgelenke waren auf dem Rücken zusammengebunden. Aber das Schlimmste waren die Beine – unnatürlich nach oben geknickt und gespreizt. Wie zur Hölle …?

Dann erkannte Kalle eine Stahlstange, an der zwei lederne Riemen hingen. Diese waren um die Knöchel der Nackten gebunden. Eine Kette führte von der Stange zu einem weiteren Lederband, das straff um den Hals der Gefesselten gebunden war. Jeder Versuch, die Beine zu senken, würde ihr die Kehle einschnüren. Wieder entwich dem ausgezehrten Körper ein Stöhnen. Dann machte es endlich Klick. Das war keine groteske Puppe, das war Lea!

In Kalles Augen spiegelte sich noch das Entsetzen, als Kehlmann in sein Blickfeld rückte. Der Kerl erhob sich aus einem Sessel und näherte sich seinem Opfer. Er war kaum wiederzuerkennen und wirkte wie ein Tier. Groß und breitschultrig, behaart wie ein Gorilla. Die Perversität der Szenerie steigerte sich noch. Denn Kehlmann onanierte, während er an einem Glas Whisky nippte.

»So, du böses Mädchen, jetzt ist es so w…« Den Rest des Wortes verschluckte er. Als ob er etwas gespürt hatte, drehte er sich plötzlich um und starrte das Gesicht im Türspalt an.

Endlich erwachte Kalle aus seiner Lähmung. Kein Zaudern mehr. Er stürmte los, einen Kampfschrei auf den Lippen. Sein Gegner wich erschrocken zurück. Doch Kalle sah nur noch eines: den widerlichen Schwanz seines Gegners. Die Angst war weg, es gab nur noch eine rote Wolke aus Hass und Ekel. Und das wilde Verlangen, das Böse zu zerschlagen.

Noch im Lauf hob er die Fäuste, als wollte er zuschlagen. Kehlmann riss instinktiv die Arme hoch. Danke!

»*Ap chagi!*«, brüllte Kalle und trat mit voller Wucht zu, legte alle Kraft in die Ferse, als wollte er bei einem Wettkampf Bretter spalten.

Dem Tritt folgte ein Geräusch, das dem Brechen eines Knochens ähnelte. Ein Schmerzensschrei erfüllte den Keller. Dann knickte Kehlmann ein, hielt die Hände schützend vor die Körpermitte.

Die Wucht seines Tritts hatte Kalle nach hinten katapultiert. Er rollte sich rückwärts ab. Dann sprang er wieder in die Senkrechte.

Kehlmann hielt sich trotz der Schmerzen immer noch auf den Beinen. Er hechelte wie eine Schwangere in den Wehen und tastete nach der Whiskyflasche auf dem Tisch.

Du verficktes, dreckiges Schwein, dachte Kalle. Dann nahm er noch einmal Anlauf, riss den Fuß hoch. Ein präziser Tritt auf die Hoden. Jetzt tönte infernalisches Gebrüll durch den Keller. Was für eine Befriedigung!

Kehlmann wälzte sich schreiend auf dem Boden, presste eine Hand gegen seinen Schritt – und doch kroch die andere schon wieder auf den Flaschenhals zu.

»Du Wichser!«, keuchte Kalle. Seine Augen tränten. »Krepier!« Dann folgte ein dritter Tritt. Diesmal in die Nieren. Und gleich noch einer hinterher.

Kraftlos krümmte der Nackte sich auf dem Boden, stöhnte, wimmerte. Er sah aus wie ein monströser Fötus.

Kalles Ekel steigerte sich ins Unermessliche. Er wollte nur noch eines: das verhasste Gesicht am Boden auslöschen! Für immer! Noch einmal holte er aus.

»Stopp!«, schrie jemand hinter ihm. »Schluss jetzt!«

Kalle fuhr herum, bereit zur Verteidigung. Doch hinter ihm stand kein Gegner. Es war Herta Kasten.

113

Seitdem sie Kalles letzte Durchsage erhalten hatten, warteten Tim und Simone darauf, dass sich dieses stumme Handy endlich meldete. Ihnen war klar, dass sie es nicht riskieren konnten, ihn jetzt selbst anzurufen. Aber die Ungewissheit quälte sie.

Simone kauerte mit angewinkelten Beinen auf einem der kleinen Balkonstühle und kaute an den Fingernägeln. Hätte sie Zigaretten gefunden, dann wäre das der Moment gewesen, um wieder mit dem Rauchen anzufangen.

Tim hingegen saß im Wohnzimmer und starrte weiter auf sein Tablet, auf dem noch immer bewegungslos der Punkt verharrte, der verriet, wo Leas Smartwatch sich befand. Keiner von beiden hatte das Bedürfnis zu sprechen. Sie waren zum Warten verdammt, seitdem die Dortmunder Polizistin sie eindringlich gebeten hatte, nicht weiter die Leitung zu belegen.

Jetzt zerriss das Schrillen eines Handys die angespannte Stille. Tim riss das Telefon vom Tisch. Simone war sofort bei ihr.

»Kalle?«, fragte der Admin. Doch er war es nicht. Eine raue Frauenstimme meldete sich. »Nein, Kasten hier.«

Sim war, als stünde sie an der Kante eines Abgrunds. Und eine Hand läge an ihrem Rücken, bereit, sie hinabzustoßen! Sie krallte sich das Mobiltelefon. »Ist … ist Kalle was passiert?«

Jetzt presste auch Tim sein Ohr an das Gerät.

»Also, das Wichtigste zuerst! Niemand ist gestorben.«

Tim keuchte vor Erleichterung. Simones Augen füllten sich mit Tränen.

Kasten fuhr fort. »Ihr Freund hat Kehlmann gefällt wie einen morschen Baum. Und das, bevor der Frau Bennsdorf etwas Schlimmeres antun konnte.«

»Was ist mit ihr?«, rief Tim.

»Genau wissen wir das noch nicht. Aber es sieht so aus, als hätte Ihr Freund eingegriffen, bevor es zum Äußersten kommen konnte. Trotzdem steht sie völlig neben sich. Eine unserer Polizistinnen betreut sie, bis unsere Psychologin eintrifft und sie in ihre Obhut nehmen kann.«

»Gott sei Dank!« Tim ließ sich auf einen Stuhl sinken. »Wir hätten Lea von Anfang an glauben müssen, dass es Kehlmann war.«

»Quälen Sie sich nicht. Das konnte keiner wissen.«

»Kann ich zu ihr?« In den Augen des Admins standen Tränen.

»Besser nicht«, bestimmte Kasten. »Geben Sie ihr die Nacht, um sich ein wenig zu erholen.«

Tim nickte stumm.

Jetzt sprudelte es aus Simone hervor. »Wir haben heute in ihrem Badezimmer eine versteckte Kamera entdeckt. Samt Sendeanlage.«

»Ach was? Das will ich sehen. Darum kümmern wir uns morgen. Heute Abend haben wir noch genug zu tun.«

Simone wischte sich ein paar Tränen aus dem Gesicht und atmete durch. »Klar. Wie geht's Kalle? Kann ich mit ihm sprechen?«

»Er steht selbst noch etwas unter Schock.«

»Wieso?«

Kasten lachte rau. »Er war kurz davor, Kehlmanns Gesicht zu Tierfutter zu verarbeiten. Aber das erzählt er Ihnen am besten selbst.«

»Wo ist er jetzt?«

»Ihr Freund kann gleich wieder aufstehen. Draußen wartet schon ein alter Bekannter von Ihnen.«

»Bitte?«

»Ein alter PEGASUS-Konkurrent. Balzack will den Helden des Abends interviewen.«

Simone war verblüfft. »Balzack? Wie hat der denn so schnell davon Wind bekommen?«

»Keine Ahnung. Irgendwer hat ihm wohl einen Tipp gegeben.«

114

Lars Kinkel trug exakt das gleiche Outfit wie jenes, das Paul Kehlmann am Morgen per Express erhalten hatte. Überhaupt hatte Lars viel Ähnlichkeit mit dem ehemaligen Professor. Gleiche Größe, gleiche Statur und nur wenige Jahre älter. Sogar das graue Haar, das unter seiner Mütze hervorlugte, hatte die gleiche Dichte. Seit einer Stunde saß er nun bei McDoof im Dortmunder Hauptbahnhof und trank den dritten Kaffee.

Unauffällig musterte er die hereinkommenden Gäste und wartete auf seine Kontaktperson. Doch niemand kam, dessen Kleidung der seinen ähnelte. Die Frist war längst überschritten. Aber noch hoffte er auf die zweite Hälfte seines Honorars. Fünfhundert Euro schmiss man nicht so einfach weg.

Zwanzig Minuten vor Mitternacht sah er schließlich ein,

dass er sich das Geld klemmen konnte. Na ja, dachte er. So viel Arbeit war es ja nun auch wieder nicht gewesen. Immer schön an den Kameras vorbei. Hier ein Kaffee, da am Fahrkartenautomaten ein Ticket ziehen, zweimal mit der Bahn hin und wieder zurück. Die gestempelten Fahrkarten und die Quittungen für die Getränke hatte er seinem Ebenbild überlassen sollen. Nein, er hatte nicht gefragt, warum. Das war Lars egal, solange das Geld stimmte.

Mit einem Seufzer stand er auf. Seine Falten gruben sich noch tiefer in das Gesicht und er ahnte, dass er im Moment deutlich älter aussah als zweiundfünfzig. Aber das spielte keine Rolle. Jeder Beobachter hätte sich eher gefragt, warum jemand bei diesen Temperaturen so blöd war, eine Strickmütze zu tragen.

Vor dem Bahnhof herrschte wie üblich Klein-Babylon. Alle Hautfarben, alle Süchte. Junkies, Alkoholiker und zahlreiche Kids, denen es in Mamas Wohnzimmer zu langweilig war. Dazwischen ein paar wartende Reisende und etwas abseits ein Duo der Bahn-Security mit martialisch aufgepolsterten Schultern. Aber niemand interessierte sich für ihn.

Kinkel bahnte sich einen Weg durch die lärmende Vorhalle und steuerte auf einen der beiden nördlichen Hinterausgänge zu. Hier war wesentlich weniger los. Dann kam die lange Treppe, die zum Busbahnhof hinunterführte. Noch auf der obersten Stufe hielt er inne und nahm die Wollmütze ab. Eigentlich hätte er warten sollen, bis er außerhalb des Überwachungsareals war, aber das hatte sich erledigt. Beim nächsten Abfalleimer angelangt, pfefferte er das Ding in die stinkende Öffnung. Nachdem er sich vergewissert hatte, dass er allein war, zog er sich auch die Langhaarperücke vom Schädel und stopfte sie hinterher.

Befreit atmete er auf. Dann orientierte er sich kurz und bog nach rechts ab. Nur gut, dass von der ersten Rate seiner

Doppelgängergage noch ein Hunni übrig war! Das große Kino beachtete er ebenso wenig wie das alte Gestapogefängnis und den davorliegenden Neubau der Auslandsgesellschaft. Als er die breite Hauptstraße überquerte und erneut nach rechts ging, wirkte er fast beschwingt. Keine hundert Schritte weiter begann die Straße mit den fleißigen Mädchen von der Nachtschicht.

115

»So«, sagte Kasten in der Frühbesprechung. »Diesmal kriegen wir Kehlmann richtig am Arsch. Hausfriedensbruch, Freiheitsberaubung, versuchte Vergewaltigung, versuchter Mord – und wenn wir seine Wohnung gründlich auf den Kopf stellen, finden wir vielleicht noch Beweise für den tödlichen Eingriff in den Luftverkehr und dafür, dass er eine unbekannte Person zu drei Morden angestiftet hat.«

Kuba beugte sich vor. »Was ist mit den Explosionen im Krankenhaus? Kehlmann war zur Stelle, um Lea zu entführen. Das riecht doch nach einem gezielten Ablenkungsmanöver.«

Waliszczek meldete sich. »Der Professor muss einen Helfer gehabt haben.«

»Bestimmt hat er mit diesem Makiol zusammengearbeitet, das müssen wir nur noch beweisen. Immerhin ist er der große Zauberer, der Leute verschwinden lassen kann«, warf Echternach ein und rieb sich seine platte Nase.

»Der wird seine Gründe haben«, meinte Kasten. »Um den kümmern wir uns noch.«

Waliszczek meldete sich. »Noch etwas: Was ist mit Kehlmanns Alibi?«

»Alibi? Wir haben ihn doch in flagranti erwischt«, mischte sich Kuba ein.

»Ja. Aber Kehlmann hatte doch sicher etwas vorbereitet, damit er heute Morgen den Unschuldsengel spielen konnte!«

»Glaube ich auch«, sagte Kasten. »Sobald der vernehmungsfähig ist, nehmen wir ihn uns zur Brust.«

»Mal sehen, ob er überhaupt etwas sagt. Bis wir dran sind, hat ihm bestimmt schon so ein Rechtsverdreher totales Schweigen geraten«, wandte der Boxer ein.

»Kann sein«, sagte Kasten und zog einen Zettel heran, den sie unter ihrer Tastatur abgelegt hatte. »Stichwort Martin-Luther-Krankenhaus. Zum Glück gab's keine Toten. Allerdings mehrere Verletzte, die bei der Evakuierung gestürzt sind, und ein paar Rauchvergiftungen. Wenn wir Kehlmann nachweisen könnten, dass er in diese Aktion involviert war, wäre das noch ein Sprengstoffdelikt auf der Anklageliste. Bin gespannt, was wir alles in seiner Wohnung finden.«

»Und wie kommen wir da rein?«, fragte Kuba.

Kasten hielt einen schmalen Schlüsselbund hoch.

»Illegal beschafft?«

»Unwichtig. Kamplade bringt einen richterlichen Beschluss mit. Ist billiger als ein Schlüsseldienst. Chris, ruf deine neue Freundin an.«

Waliszczek schrak auf. Woher wusste Kasten das schon wieder? Die Neue hatte er doch erst kurz vor Mitternacht aufgetan … »Wen?«

»Annemarie Schäfer«, erläuterte die Hauptkommissarin mit einem wissenden Grinsen. »Sie soll um zehn zur Sonnenstraße kommen und ihr Portemonnaie abholen.«

»Müssen wir das nicht sicherstellen?«

»Kontrollieren. Danach kann der Staatsanwalt es freigeben. Sonst noch etwas?«

Nun kramte Kuba in seinen Unterlagen: »Die Recherchen am Flughafen. Unsere Kollegen haben vier Leute gefunden, die den Kappenmann mit der Giftflasche gesehen haben könnten. Diese Leute gucken sich heute Nachmittag unsere Bilderbücher an, ob sie jemanden erkennen.«

»Prima. Wär's das?« Kastens Stimme verriet Ungeduld.

»Soll ich bei der Spusi anrufen?«, fragte Kopitzki.

»Die ist schon informiert. Also los!«

116

Dr. Kenan Cengiz eilte den Korridor entlang. Hinter ihm bemühten sich zwei jüngere Mediziner, mit ihm Schritt zu halten. Einer von ihnen trug Paul Kehlmanns Patientenakte, die bislang nur aus zwei Blättern bestand: dem Aufnahmeschein des Krankenhauses und dem Untersuchungsbericht der Nachtschicht. In welcher Situation der Patient sich seine Verletzungen zugezogen hatte, hatten die Sanitäter bei der Einlieferung erzählt und damit die Buschtrommeln des Hauses in Gang gesetzt. Und deren Signale hatten auch den Stationschef erreicht.

Diese Gerüchte reichten aus, um diesen Mann zu verabscheuen. So wollte Cengiz die vor ihm liegende Aufgabe möglichst schnell hinter sich bringen.

Vor Kehlmanns Tür hatten es sich zwei Polizeibeamte gemütlich gemacht. Bis er in ein Haftkrankenhaus überführt werden konnte, musste der Mann bewacht und an Fluchtversuchen gehindert werden. Sicher ein öder Job. Als der Doc und sein Gefolge sich näherten, blickten die Polizisten kurz hoch und nickten. Die Kittelträger durften passieren.

»Herr Kehlmann?« Der Patient reagierte erst, nachdem der Chefarzt seine Ansprache wiederholt hatte. »Wir müssen uns noch einmal Ihre Verletzung ansehen.«

Der Pfleger schlug die Bettdecke zurück. Die Verbände des Patienten waren von getrocknetem Blut braunrot verfärbt – und gelb von Urin. Wenig vorsichtig schlug Cengiz die Wundauflagen zurück. Ein Stöhnen drang in sein Ohr. Den beiden jungen Medizinern in Ausbildung stockte der Atem. Kehlmanns Gemächt sah aus, als hätte ein Pitbull damit gespielt.

Die drei Weißkittel traten ein Stück zurück und tuschelten. Schließlich nickte Cengiz und wandte sich wieder dem Patienten zu. »Sie haben eine schwere Penisruptur und ein Hodentrauma sowie einen Einriss der Eichel. Die Schmerzen am Anus rühren von skrotalen Hämatomen, die sind nicht weiter schlimm und werden abheilen.«

Der Patient schwieg, aber sein Zittern verriet ihn.

Cengiz stellte sich einen Moment lang vor, den erbärmlichen Vergewaltiger zu kastrieren. Doch das hätte Hippokrates ihm nie verziehen. Ihm blieb immerhin das Privileg, Kehlmann die Diagnose mitzuteilen. »Die Ergebnisse der Kavernosografie, die wir heute Morgen durchgeführt haben, geben Anlass zur Sorge. Der Blutfluss in Ihren Schwellkörpern ist gestört. Wegen der Blutungen vermuten wir außerdem einen Riss in der Harnröhre. Wir werden deshalb heute noch eine Röntgenkontrastaufnahme machen. Und wir müssen operieren. Sehr bald.«

Kehlmann verzog das Gesicht. »Kriegen Sie das wieder hin?«

»Was genau?«, fragte der Chefarzt.

»Kann ich wieder … werde ich noch Geschlechtsverkehr haben können?«

Was für ein widerlicher Wurm, dachte der Arzt. Ob der auch mal an seine Opfer dachte? »Das kann ich Ihnen nicht versprechen. Die Verletzungen sind sehr schwer und erektile Dysfunktionen wahrscheinlich. Bei Ihnen kommt einiges zusammen.«

Kehlmann drehte den Kopf zur Seite. Der Mann war am Boden zerstört. Bei anderen Patienten hätte Cengiz Mitleid gehabt, vermutlich auch bessere Prognosen zur Heilung erwähnt. Aber in diesem Fall würde er nur das tun, was der zweitausend Jahre alte Eid von ihm verlangte. »Einen schönen Tag noch«, wünschte er, dann verließ er mit den Kollegen das Zimmer.

117

»Komm, Tim, aufstehen!« Simone lächelte, als sie die Verwirrung ihres Kollegen bemerkte. Was suchte Sim an seinem Bett? Doch als ihm einfiel, warum er im Einsteinweg war, richtete er sich auf.

»O Mann, ja.«

Die Nacht war kurz gewesen. Aber ohne Kalles Bericht hätten weder Tim noch Simone einschlafen können. Und damit Kalle nicht alles zweimal erzählen musste, war Tim direkt dageblieben.

Was sieht der Junge kaputt aus, dachte Simone. Der sonst so adrette Admin hatte tiefe Schatten unter den geschwollenen Augen und war so zerknittert wie die Decke auf dem Tisch, zu dem Sim ihn lotste. »Hier, trink. Kaffee, extrastark. Das brauchst du jetzt am nötigsten.«

»Und ich?«, fragte Kalle. Er stand in der geöffneten Balkontür und frönte mal wieder seinem Laster.

»Du kriegst Vitamine und Eiweiß«, versprach Simone und stellte Rührei und Orangensaft auf den Tisch. »Damit du auch morgen noch kraftvoll zutreten kannst.«

Endlich saßen sie am Esstisch, aber Tim hatte keinen Hunger. »Ob ich bei der Polizei schon jemanden erreiche?«

»Hä?«

»Ich muss wissen, in welchem Krankenhaus Lea ist!«

Kalles Augen wanderten automatischen zur Wanduhr und

er schüttelte den Kopf. »Gerade acht durch. Keine Ahnung, wann die anfangen.«

Tim legte den Kopf in den Nacken und massierte sich die Schläfen. »Ich werde noch wahnsinnig von dieser Warterei.«

»Wer weiß, ob sie jemanden sehen möchte«, wandte Simone vorsichtig ein.

»Das will ich von ihr selbst hören. Wir haben sie viel zu lange im Stich gelassen.«

Simone räusperte sich. »Sachma – ich weiß, dass das sonst nicht deine Art ist, aber vielleicht solltest du dich heute krankmelden. Ganz ausnahmsweise.«

Tim rieb sich die Bartstoppeln. »Meinst du?«

»Ja, guck dich doch an. Du bist krank. Vor Sorge. Schreib 'ne Mail an die Verwaltung mit Kopie an Köstritz.«

Zu ihrem Erstaunen nickte der Admin.

»Eine Sache wundert mich noch«, schaltete Kalle sich wieder ein und wischte mit einem Stück Brot die Reste seines Rühreis zusammen. »Wir wissen jetzt, dass Lea in ihrer Wohnung keine Gespenster gesehen oder gehört hat. Warum sollte der Vorfall in der Praxis dann Einbildung gewesen sein?«

»Stimmt«, sagte Tim. »Das müsste jemand noch mal überprüfen.«

»Vielleicht ist es dafür schon zu spät«, mutmaßte Kalle. »Und dafür müssten wir die Erlaubnis für eine Untersuchung bekommen? Die Chefs werden vermutlich nicht wollen, dass irgendetwas den Ruf ihrer Praxis ankratzt.«

Tim schüttelte den Kopf. »Wem kann man überhaupt noch vertrauen?«

Simone stellte ihren Kaffeepott so heftig auf den Tisch, dass ein paar Tropfen über den Rand schwappten. »Wohl niemandem. Aber viel wichtiger ist, dass wir endlich das Schloss in Leas Wohnung auswechseln!«

Kalle sah auf die Uhr. »Heute kommen die Leute von der

Schlösserfirma. Sie checken das Modell und bauen Montag ein neues ein.«

»Um wie viel Uhr kommen die? Hast du dann Zeit?«

»Um elf«, antwortete Kalle. »Das schaffe ich. Und Montag muss keiner von uns da sein.«

»Wieso?«

»Dafür habe ich jetzt Personal«, sagte er grinsend.

»Du meinst Klaus?«

»Ja. Zuverlässig, gewissenhaft, unbestechlich. Er muss nur noch lernen, wer der Chef ist.«

118

»Jetzt nur noch den kleinen Finger!«

Ungeduldig blickte Annemarie Schäfer auf das Formblatt mit den zehn Rechtecken, in denen nun ihre Fingerabdrücke prangten. »Ist das wirklich nötig?«

Der Mann vom Erkennungsdienst zog die Schultern hoch. »Tut mir leid. Vorschrift.«

»Ein Blick in das Portemonnaie würde genügen, um meinen Ausweis und den Führerschein zu finden.«

»Das ist schon geklärt. Wir müssen untersuchen, wer außer Ihnen noch in der Wohnung war.«

Annemarie wurde blass. »Ist Paul etwas passiert? Geht es darum?«

Der Beamte warf einen hilflosen Blick zur Hauptkommissarin. Natürlich würden sie Schäfers Fingerabdrücke durch die zentrale Kartei des Bundeskriminalamtes jagen. Und was mit Kehlmann war …

»Redet mal jemand mit mir?«

»Gleich«, sagte Kasten. Sie legte Schäfer das Portemonnaie und eine Liste vor. Darin war alles aufgeführt, was sich in ihrer Börse befand. »Aber quittieren Sie bitte erst, dass nichts fehlt.«

Die Heimleiterin unterschrieb, ohne hinzusehen, und wiederholte dann ihre Frage: »Ist Paul etwas passiert? Er geht nicht ans Telefon. Und Ihr Mitarbeiter, dieser Herr Wali…«

»Waliszczek.«

»Genau. Der hat gestern so eine komische Andeutung gemacht.«

Kasten sah sie ernst an. »Lassen Sie uns in die Küche gehen. Was wissen Sie über Paul Kehlmann?«

Annemarie Schäfer blieb auf der Schwelle stehen und starrte die Hauptkommissarin an.

»Setzen Sie sich bitte.«

Die Freiburgerin gehorchte.

»Also Klartext! Was für eine Geschichte hat Kehlmann Ihnen aufgetischt? Justizirrtum? Verschwörungsopfer?« Der Beamtin reichte das zögernde Nicken. Einer musste die Frau darüber aufklären, an wen sie geraten war. »Ich erzähle Ihnen jetzt mal, warum er seit Mitternacht mit zwei Polizisten vor der Tür im Krankenhaus liegt …«

Annemarie schnappte nach Luft. Dann setzte sie sich kerzengerade. Die Finger ihrer Hände auf dem Schoß verknotet, hörte sie, was nicht sein konnte. Was nicht sein durfte. Paul ein Entführer? Paul nackt vor einer gefesselten Frau? Der Mann, mit dem sie gestern noch geschlafen hatte? Der Mann, der sie als Kind gerettet hatte? Wie konnte all das wahr sein?

Kasten machte schonungslos weiter. »Gleich neben dem Fluchtauto gab es einen offenen Abwasserschacht und einen Eimer Löschkalk. Was, meinen Sie, hat Kehlmann nach der Vergewaltigung tun wollen?«

Durch einen Tränenschleier starrte Annemarie die Polizistin an. Nein, nein, nein …

»Kehlmann wollte die Frau töten und in diesem Loch verschwinden lassen.«

»Das … das kann nicht wahr sein.« Die Heimleiterin schüttelte den Kopf.

»Ist es aber. Ich habe es selbst gesehen.«

»Paul hat mir nie wehgetan!«

»Ach ja? Und warum weinen Sie dann? Vielleicht haben Sie Kehlmann anders gekannt. Aber ich erzähle Ihnen keine Schauermärchen. Und der Mann ist kein Ersttäter!« Jeder Satz aus Kastens Mund klang wie ein Pistolenschuss. »Vor vier Jahren habe ich ihn schon mal verhaftet. Wegen Vergewaltigung. Es ging um dieselbe Frau. Sein Bruder durfte damals ran. Peter Elchmaul, kennen Sie den auch noch? Netter Kerl, ganz der Papa. Der wusste genau, wo es besonders wehtut. Was glauben Sie, was Herr Kehlmann damals getan hat?«

Annemarie schluchzte und stand auf. Sie ertrug das hier nicht länger, aber Kasten war immer noch nicht fertig.

»Ein Gläschen Whisky hat er getrunken, während die Frau vergewaltigt wurde. Und weil man einen guten Film gern zweimal guckt, hat er eine Kamera draufgehalten. Glauben Sie wirklich noch, dass Herr Kehlmann unschuldig ist?«

Die Frage hing im Raum wie ein baumelnder Körper. Annemaries Stimme war dünn. Kraftlos. »Anale Vergewaltigung?«

»Ja!«

Dann, langsam, als ob die Erkenntnis durch ihre Venen sickerte, nickte sie. »Dann stimmt es also …«

Schäfers Augen verrieten einen Schmerz, den Kasten schon in vielen Gesichtern gesehen hatte. Sie verstand. »Es tut mir leid, dass Sie das auf diese Art erfahren mussten. Und …«, sie zögerte bei diesem Eingeständnis, »… ich hätte sie nicht so anblaffen dürfen.«

Die Heimleiterin schloss kurz die Augen, bevor sie fragte: »Darf ich Sie um einen Gefallen bitten?«

»Kommt darauf an.«

»Ich muss Paul noch einmal ins Gesicht sehen.«

Kasten sah den harten Glanz, der sich über die Augen der Frau gelegt hatte. Dachte nach. Dann nickte sie. »Okay, eine Minute. Aber kommen Sie nicht auf dumme Ideen; mein Kollege wird sie begleiten.«

119

Den ersten Anruf des Tages erledigte Kalle noch von zu Hause aus. »Mager hier, guten Tag. Ist Frau Spiering oder Herr Tanzbein zu sprechen?«

»In welcher Angelegenheit?«

»Es geht um eine Klientin, Lea Bennsdorf. Sie ist gestern entführt worden.«

Die Dame am Telefon schwieg verblüfft. »War ... war das die Sache, die heute Morgen im Radio kam?«

»Nehme ich an.«

»Einen Augenblick, bitte.«

Die Empfangsdame hatte ihn in die Warteschleife gelegt. Sanfte Pianomusik, irgendetwas Altes, Französisches.

»Tanzbein. Und wer sind Sie?«

»Dr. Karl-Friedrich Mager. Ich bin ein Freund von Frau Bennsdorf und außerdem Privatdetektiv. Es gibt da etwas Merkwürdiges, das ich im Kontext der Entführung untersuchen möchte.«

»Sollte das nicht Aufgabe der Polizei sein?«

Himmel, Arsch und Zwirn, dachte Kalle. Kann der nicht erst mal zuhören? »Ich habe erst mal nur einen Verdacht. Erinnern Sie sich an Frau Bennsdorfs Zusammenbruch in Ihrer Praxis?«

»Darüber kann ich Ihnen keine Auskunft geben.«

»Sollen Sie auch gar nicht. Ich möchte gern etwas nachprüfen und deshalb nachfragen, ob …«

»Hören Sie, mein Herr, ich kenne Sie nicht und ich kann Ihnen keine Auskünfte geben. Wenn es einen Verdacht gibt, dann reden Sie bitte mit der Polizei.«

Tastenklicken, Warteschleife, Klavier, dann war wieder die Empfangsdame am Apparat.

»Kann ich sonst noch etwas für Sie tun?«

»Ja, bitte richten Sie Frau Spiering aus, dass Sie mich zurückrufen soll.«

»Die kommt erst am frühen Nachmittag. Aber das kann ich gerne tun.«

Kalle gab der Dame seine Handynummer durch. Hoffentlich war Leas Therapeutin zugänglicher.

120

Der Weg vom Polizeipräsidium zum Städtischen Klinikum war weder weit noch kompliziert. Annemarie hätte ihn auch ohne Christoph Waliszczek gefunden. Der attraktive Beamte schien einfühlsamer zu sein, als sein Äußeres vermuten ließ. Bis er den Wagen auf dem Parkplatz abstellte, hatte er Annemarie mit überflüssiger Konversation verschont. Erst als sich der Aufzug öffnete, räusperte er sich. Sie sah ihn an.

»Sie wissen, dass ich Sie nicht allein reinlassen darf.«

»Ja.«

»Und Sie halten Abstand, okay?«

Als die beiden Polizisten vor Kehlmanns Tür in Sichtweite waren, blieb die Heimleiterin stehen.

»Ist alles in Ordnung?«, fragte Waliszczek und fasste sie sanft an der Schulter. »Wenn Sie es sich anders überlegt haben …«

»Nein.« Sie setzte sich wieder in Bewegung. »Ich möchte mit Herrn Kehlmann reden.«

Waliszczek seufzte. »Okay.«

Bei den Türwächtern angekommen, zog er seine Dienstmarke und erläuterte den Beamten seinen Auftrag. Nach einer kurzen Rückversicherung bei Kasten machten die Polizisten den Weg frei.

Erst beim Eintreten fiel Wali ein, dass niemand Schäfer auf Waffen durchsucht hatte. Sollte er noch eine Kollegin rufen? Peinlich. Nein, er würde selbst aufpassen.

Es war ein Zweibettzimmer, aber nur eines der beiden Betten war belegt. Annemarie nahm sich Zeit, den Mann zu betrachten, der ihr einst das Leben gerettet hatte. Paul lag mit offenen Augen bewegungslos auf dem Rücken, sein Kopf war verbunden. Er wirkte so verloren wie damals, als sein Vater ihn windelweich geprügelt hatte.

Annemarie biss auf die Innenseite ihrer Wange, trat einen Schritt näher. Waliszczek verfolgte jede ihrer Bewegungen. Die Tür stand offen.

Endlich drehte Paul seinen Kopf. Als er erkannte, wer dort stand, zuckte er. »Annemarie«, flüsterte er.

Lag da Hoffnung in seiner Stimme? Worauf? Ihr Magen krampfte sich zusammen. Sie sagte nichts, schaute ihn nur an.

Paul schien unter ihrem Blick zu schrumpfen. »Annemarie«, wiederholte er.

Der zärtliche Tonfall ließ sie erstarren. Noch immer war ihr Mund geschlossen, bildete eine blutleere Linie.

»Was … was haben sie dir erzählt?«

Niemand im Raum schien zu atmen.

Kehlmann richtete sich auf und Waliszczek spannte sich, bereit einzugreifen. Aber das war nicht nötig. Von dem Mann im Bett ging keine Gefahr mehr aus.

Dessen Augen füllten sich mit Tränen. Und zum dritten

Mal nannte er ihren Namen. »Annemarie, sag doch was. Bitte.«

Die Angesprochene kam einen Schritt näher und spuckte Paul ihren Satz entgegen wie einen Schluck versalzenen Kaffees. »Sprich nie wieder meinen Namen aus!«

Nun liefen ihm Tränen über die Wangen. »Bitte, ich liebe dich.«

Sie lachte. Es klang wie Glas auf Metall. »Ganz sicher nicht.«

»Ich habe es für uns getan.«

Annemarie konnte es nicht fassen. »Du hast was?«

»Für uns, Annemarie. Sie hätte....«

»Sprich – nie – wieder – meinen – Namen – aus! Du widerst mich an. Weißt du, was du getan hast?« Sie ließ die Pause wirken. »Du hast mich beschmutzt. Genau wie dein Vater.«

Kehlmann quälte sich in eine aufrechte Position, als wollte er aus dem Bett steigen. Er schluchzte auf.

Aber Annemarie wich keinen Millimeter zurück.

Waliszczek schien zum Sprung bereit, die Hand schon an der Waffe. »Schön sitzen bleiben, Herr Kehlmann!«

Paul sank wieder zurück und blickte zu Annemarie auf. Die Hoffnung in seinen Augen war erloschen. Er wartete auf seinen Richtspruch.

»Es gibt nur einen Unterschied zwischen dir und deinem Vater«, sagte Annemarie schließlich. »Dein Vater hat in den Spiegel geguckt. Er wusste, dass er ein Monster war.« Sie kehrte Paul den Rücken zu und wandte sich zum Ausgang. Dann fiel ihr noch etwas ein. »Dein Vater hat der Welt am Ende einen Gefallen getan.« Annemarie sah den Polizisten an. »Gehen wir!«

121

Im Büro herrschte Ruhe. Offenbar waren die beiden Handwerker unterwegs, um ein ganzes Möbelhaus leerzukaufen. Kalle hatte gleich wieder ein flaues Gefühl im Magen. Wer den ganzen Spaß bezahlen sollte, wusste er immer noch nicht. Hoffentlich hatte sein Vater den ominösen Sponsor nicht nur geträumt.

Er schob seine Bedenken zur Seite und prüfte den Anrufbeantworter.

Zwei unterdrückte Nummern hatten gleich wieder aufgelegt, dann hörte er eine sonore Männerstimme: »Schlotterbein, Deutschlandbank Castrop-Rauxel. Letzte Nacht wurde einer unserer Geldautomaten gesprengt und wir brauchen für die kommende Nacht dringend jemanden für den Objektschutz. Ich wäre Ihnen für einen Rückruf …«

Castrop? Nachtwache? Das hatte er schon mal gemacht. Miese Bezahlung und Langeweile. Bloß nicht!

Kalle rief zurück. »Tut mir außerordentlich leid, Herr Schlotterbein. Ich bin bis Ende nächster Woche ausgebucht. Aber danke für Ihr Vertrauen. Wenn Sie wieder einen Auftrag für mich haben, gerne.«

Kaum hatte er aufgelegt, bekam er Gewissensbisse. Einen Hunni hätte er sicher herausschlagen können. Während er noch grübelte, klingelte sein Telefon. Leas Therapeutin war am Telefon.

»Frau Stöhr hat mich angerufen und mir Ihre Nachricht durchgegeben. Hat sie das richtig verstanden? Frau Bennsdorf wurde entführt?«

Mann, Sina Spiering wusste noch nichts! Warum hatte ihr Kollege sie noch nicht informiert?

»Sie ist wieder in sicheren Händen.« Kalle klärte die Psychologin so knapp und undramatisch auf, wie es ging.

»Was für ein Glück, dass Sie zur Stelle waren. Ich weiß gar nicht, was ich sagen soll.«

Kalle wuchs um mindestens einen Zentimeter. »Ich wollte aus einem anderen Grund mit Ihnen sprechen. Es geht um die Stimmen, die Frau Bennsdorf gehört hat.«

Tiefer Atemzug auf der Gegenseite. »Ich darf über meine Klienten nicht mit Ihnen reden.«

»Das ist auch nicht nötig. Hören Sie einfach zu: Meine Partnerin und ich haben gestern Frau Bennsdorfs Wohnung nach Empfangsgeräten abgesucht. Lea hatte keine Halluzinationen. Wir haben in ihrem Badezimmer eine Kamera und einen Lautsprecher entdeckt.«

»Bitte was? Weiß die Polizei davon?«

»Natürlich!«

Nach zwei, drei weiteren Rückfragen kam Kalle zum eigentlichen Punkt. »Ihr Freund, Tim Hoppe, und ich stellen uns jetzt natürlich eine Frage: Was hat Lea auf der Toilette in Ihrer Praxis gehört? Halten Sie es für möglich, dass …«

Eine lange Pause entstand, bevor die Psychologin sagte: »Um ehrlich zu sein, fällt es mir schwer zu glauben, dass jemand die Möglichkeit gehabt hätte, Überwachungsgeräte in unserer Toilette anzubringen. Die Leute spazieren bei uns ja nicht einfach rein und raus. Denken Sie, dass einer unserer Besucher …«

»Vielleicht auch einer Ihrer Kollegen. Wäre das möglich?«

»Ausgeschlossen«, protestierte die Therapeutin spontan und verstummte sofort wieder. »Herr Mager, ich traue das meinen Kollegen echt nicht zu. Aber …« Sie zögerte für einen Augenblick. »Ich werde die Toilette persönlich überprüfen.«

Kalle atmete auf. »Ich kann dabei leider nicht helfen. Ihr

Chef hat etwas dagegen, dass ich eine Untersuchung vornehme.«

»Hat er das gesagt?«

»Er war deutlich genug.«

»Okay, gibt es irgendetwas, worauf ich gezielt achten sollte?«

»Viele Verstecke dürfte es in dem kleinen Raum nicht geben. Wahrscheinlich sind die Geräte auch schon wieder entfernt worden. Vielleicht gibt es Reste einer Halterung, frische Bohrlöcher, so etwas in der Art.«

»Alles klar. Ich melde mich wieder.«

»Danke!«

Eine Weile blieb Kalle nach dem Telefonat noch reglos sitzen. Er hätte zu gern selbst nachgesehen. Aber das Grübeln brachte nichts. Schließlich seufzte er und stand auf. Der Kaffee drückte.

In der Nasszelle betrachtete er sich im Spiegel. Mann, sehe ich scheiße aus, dachte er, als er die Haut unter seinen Augen glatt zog. So übernächtigt sah man ihm die vierzig Jahre deutlich an. Und seine Haare? Wollte er so im Präsidium auftauchen?

Zehn Minuten später parkte er vor einem Friseurgeschäft in der Nähe des Einsteinwegs: »Einmal Waschen, Schneiden und eine Kopfmassage, bitte.« Wenn schon pleite, dann mit Anstand und Würde.

122

Pauls Tränen waren versiegt, es herrschte Leere in ihm. Er begrüßte diesen Zustand des Nicht-Fühlens. Auch der körperliche Schmerz war kaum noch präsent. Der Infusionsbeutel neben ihm, aus dem es stetig tropfte, erfüllte seinen Zweck.

Vor seiner Tür unterhielten sich zwei Männer. Das Wachpersonal, vermutete er. Er schaute sich in dem Zimmer um, als sähe er es zum ersten Mal. Klassische Krankenhauseinrichtung, spartanisch, funktional.

Paul zog die Kanüle aus seinem Handrücken wie einen lästigen Dorn. Dann stand er auf. Die Windel und das Verbandszeug darunter behinderten ihn und seine Körpermitte begann zu pochen. Er ignorierte es, löste den Stecker der elektrischen Aufrichthilfe und die Bremse der Räder seines Bettes. Dann machte er sich an die Arbeit, leise und sehr bedacht.

Dieter und Mike, die Polizisten vor Zimmer 512, spielten auf ihren Smartphones die achte Partie *Quizduell* gegeneinander, als sie durch ein Krachen aufgeschreckt wurden.

»Scheiße, was ist da los?«

Dieter, der Ältere und Schlankere der beiden, war zuerst an der Tür. Aber sie ließ sich nicht öffnen. Er drückte seinen Körper dagegen. Es funktionierte nicht. »Los, hilf mir mal«, schrie er seinen Kollegen an. »Da blockiert was.«

Dann hörten die beiden einen Knall und ein Geräusch wie von einem Stapel Porzellanteller, der auf dem Boden zerschellte.

Zu zweit stemmten die Beamten sich gegen die Tür, die sich langsam bewegte. »Der Arsch hat was davorgestellt«, keuchte der Jüngere.

Fast hätten sie es geschafft, den Türspalt so weit zu vergrößern, dass sich einer von ihnen durchquetschen konnte. Da folgte ein weiterer Schlag gegen Glas und Metall. Den beiden Beamten brach der Schweiß aus. »Noch ein Stück!«, brüllte Dieter.

Endlich war der Spalt groß genug. Ein längs gestelltes Krankenhausbett mit festgesetzten Rädern versperrte den Weg. Dieter presste Arm und Oberkörper durch den Spalt und hielt so abrupt inne, als hätte er einen Schlag abbekommen.

»Was ist los?«, blaffte Mike.

Kehlmann stand auf dem zweiten Bett direkt vor dem zerstörten Fenster. Das Laken und der Boden waren mit Splittern übersät, als hätte jemand Konfetti aus Glas regnen lassen. Er blickte nicht nach hinten. Dann stürzte er nach vorn. Gerade noch hatte seine Silhouette vor dem hellen Viereck geschwebt – dann war da nichts mehr. Nicht einmal das Echo seines letzten Schreis blieb zurück.

123

Kalle befand sich schon auf dem Weg nach Dortmund, als Herta Kasten ihn anrief. »Gut, dass ich Sie noch erwische. Ich muss unseren Termin leider verschieben. Uns ist etwas dazwischengekommen.«

»Ich hoffe, nichts Schlimmes.« Sie zögerte einen Augenblick und Kalle überfiel eine böse Ahnung. »Was ist los? Ist Kehlmann etwa entwischt?«

Die Hauptkommissarin räusperte sich. »Könnte man so sagen. Aber diesmal endgültig.«

»Wie bitte?«

»Er ist in der fünften Etage aus dem Fenster gesprungen. Exitus.«

»Selbstmord? Warum?«

»Das ist nicht ganz klar. Aber der Chefarzt hatte ihm kurz zuvor eröffnet, dass es künftig mit dem Sex schwierig werden könnte.«

Kalle verstummte – und Kasten merkte, was in ihm vorging.

»Machen Sie sich bloß keine Vorwürfe! Sie haben Frau

Bennsdorfs Leben gerettet. Alles andere geht auf sein Konto. Okay?«

»Ja, ja.«

»Gut. Können Sie am Montag ins Präsidium kommen?«

»Na klar.«

Kalle erwischte gerade noch die Ausfahrt am Bochumer Ruhrstadion. Er lenkte den Wagen an den Bürgersteig und blieb erst einmal hinter dem Steuer sitzen. Kaum zu fassen. Kehlmann konnte niemandem mehr etwas anhaben. Eigentlich müsste sich das gut anfühlen. Tat es aber nicht. Er zog sein Handy und rief Simone an.

Seine Freundin reagierte ebenfalls anders als erwartet. »Er ist tot? Hast du etwa …?«

»Spinnst du? Nein, er ist aus dem Fenster gesprungen.«

»Meinst du, es hat was damit zu tun, dass …«

Kalle stöhnte auf. »Ist das nicht egal? Erinnere dich mal, was alles auf seine Kappe ging.«

»Schon gut. Ich bin doch auch froh, dass er …«

»… weg vom Fenster ist?« Der makabre Witz löste die Anspannung nicht. Und Kalle sagte, was er dachte: »Ich brauche jetzt einen Cappu und 'ne Kippe. Und dann muss ich mal gucken, was mein Alter in der Zwischenzeit getrieben hat.«

»Mach das. Und halt die Ohren steif. Ich informiere Tim. Er ist noch bei Lea im Krankenhaus.«

»Bis heute Abend.«

»Kuss.«

124

Sina wäre nach dem Telefonat mit Kalle Mager am liebsten sofort in die Praxis geeilt. Aber sie wusste nicht, ob der Anruf von Lea Bennsdorfs Bekanntem nicht schon jemanden alarmiert hatte. Sie wollte niemanden zusätzlich in Aufregung versetzen, indem sie viel früher als üblich in der Königsallee erschien. Aber das Warten fiel ihr verdammt schwer.

Auf dem Plan standen an diesem Tag zwei Sitzungen. Zuerst ging es um einen Sport- und Musiklehrer, den ein Tinnitus in tiefe Depressionen gestürzt hatte. Danach kam eine Achtzehnjährige, die sich regelmäßig ritzte, um, wie sie es selbst ausdrückte, ›etwas zu fühlen‹.

Nach beiden Sitzungen hatte Sina ein schlechtes Gewissen. Sie hatte sich zwingen müssen, konzentriert zuzuhören und die richtigen Fragen zu stellen. Alles Mist heute, dachte sie und atmete auf, als die anämische Teenagerin von ihrer Mutter abgeholt wurde.

Sina goss in der kleinen Küche einen Tee auf, studierte den Dienstplan und horchte an den Türen der anderen Zimmer. Kein Zweifel, ihre Kollegen waren schon wieder im Gespräch. Okay, einen besseren Zeitpunkt würde es nicht geben.

Bevor sie in der Damentoilette verschwand, lächelte sie Gudrun zu. »Zu viel Tee!«

Abschließen, durchatmen. Mit dem Rücken zur Tür überlegte sie. Wo konnte man eine Kamera und ein Empfangsgerät verstecken? Diese Dinger konnten ja nicht viel kleiner als ein Smartphone sein. Oder doch? Verdammt, warum hatte sie Herrn Mager nicht gefragt?

Sina ging systematisch vor. Sie fing links im Raum an und arbeitete sich vor. Dort gab es nur ein Waschbecken ohne Unterschrank und darüber einen flachen Spiegel. Sie klopfte dagegen. Dahinter schien es keinen Hohlraum zu geben. Elektronik im Abfluss oder im Rohr? Unsinn. Trotzdem ging sie in die Hocke und klopfte vorsichtig das Rohr ab. Nichts Auffälliges.

Weiter. Ein transparenter Seifenspender – nein. Ein Blechkasten mit Papierhandtüchern. Hmm ... Platz genug gäbe es darin. Aber wie kriegte man dieses verflixte Ding auf?

Endlich entdeckte sie den kleinen Metallriegel und konnte das Gehäuse aufklappen. Wieder nichts! Oder doch? Sina schaute genauer hin. Dort waren zwei Streifen zu erkennen, die sich von dem glänzenden Metall abhoben. Sina strich mit einem Finger darüber. Sie klebten. Hatte hier jemand etwas mit Gewebeband befestigt?

Sie schloss den Kasten wieder und setzte ihre Untersuchung fort. Aber sie fand nichts mehr, was zu Magers Theorie passen konnte. Bevor sie das WC verließ, drückte sie auf die Klospülung und wusch sich die Hände. Dann ging sie raus.

»Alles okay?«, fragte Gudrun und blickte von ihrer Tastatur auf.

»Ja, nur ein bisschen im Stress.«

Im Büro rief Sina bei Kalle Mager an und berichtete von ihrer Suche.

»Schade«, sagte er. »Die Klebestreifen im Handtuchkasten können alles und nichts bedeuten. Ein Beweis sind die wohl nicht.«

»Das fürchte ich auch.« Sinas Enttäuschung war deutlich.

»Halten Sie trotzdem die Augen auf. Vorsicht ist besser ...«

»Ich weiß, wie der Satz weitergeht.«

Sina legte auf, aber dann fiel ihr noch etwas ein. Sie eilte zurück zur Rezeption. »Sag mal, Gudrun, weißt du, warum Frau Bennsdorf bei uns so schnell einen Therapieplatz bekommen hat? Wir haben doch normalerweise Wartezeiten von drei bis sechs Monaten.«

Die Empfangsdame sah sich nach allen Seiten um, bevor sie raunte: »Sie ist Privatpatientin. So etwas geht beim Chef immer.«

125

Ach du Scheiße, schoss es Kalle durch den Kopf, als er seinen Wagen gegenüber dem Büro parkte. Über dem Schaufenster hing ein sorgfältig gestaltetes Metallschild mit der Aufschrift *PEGASUS.* Vor dem Namenszug prangte das stilisierte Bild eines geflügelten Pferdes. Au Mann, dachte er, die Leute werden hier Tzatziki und Souflaki vermuten. Als er die Straße überquerte, erkannte er ein weiteres Schild im Schaufenster: *Ermittlung – Verfolgung – Personenschutz.* Darunter waren die gemalten Bilder von drei Filmhelden angebracht: Sherlock Holmes, Inspektor Maigret und Humphrey Bogart als Philip Marlowe.

Nicht schlecht, dachte Kalle. Trotzdem verspürte er ein Grummeln im Bauch. Mal sehen, wann sich der erste Abmahnungshai meldete.

Er stieß die Tür auf. Im Durchgang zum hinteren Raum erkannte er Ludwig, der auf dem Boden kniete und den Wasseranschluss zur Miniküche installierte. Sein Vater stand dahinter, die Arme verschränkt, ein Lächeln im bärtigen Gesicht.

Er drehte sich um, als er Kalle eintreten hörte. »Gefällt es dir?«, fragte Mager senior und deutete auf die Wände des Empfangsraums. Links hinter der Tür und der Garderobe stand eine flache Vitrine mit Krimi-Devotionalien: Handschellen, ein veraltetes Blaulicht von einem Streifenwagen, eine Londoner Bobbymütze, eine Pickelhaube, ein Gummiknüppel …

»Wo hast du das ganze Zeug denn her?«

»Von eBay und Amazon …«

»Du kaufst bei diesen Verbrechern?«

Mager zog die Schultern hoch. »Ich habe mir schon bei der Beichte die Absolution geholt. Und guck mal nach rechts!«

Zwei dezente Hängeregale von IKEA prangten an der Wand. In dem einen standen Kalles Raymond-Chandler-Romane, daneben viele schwarze Krimis aus einem Ruhrpott-Verlag. Und zwischen den Wänden erhoben sich der Schreibtisch mit Telefon und Laptop, ein neuer Sessel für die ›Sekretärin‹ Klaus-Ulrich, davor drei Schalensessel und ein Beistelltischchen.

Kalle schwankte zwischen Besitzerstolz und Entsetzen. Wortlos schob er den Alten beiseite und musterte die Nasszelle. Dusche, Spülstein und Toilette erstrahlten in einem leuchtenden Weiß mit einer roten Linie kleiner Kacheln in fast zwei Metern Höhe, die Knöpfe und Hebel im selben Rot. Sah toll aus, aber …

»Jetzt sach schon, Vadder: Hast du im Lotto gewonnen oder muss Karin dir EC-Karte und Ausweis wegnehmen? Was das alles gekostet hat, will ich gar nicht wissen.«

Der Bärtige zuckte nur mit den Schultern und grinste wie ein respektloser Schüler, der genau wusste, dass ihm der Lehrer für sein Verhalten keine mehr scheuern durfte.

»Lass mich mal durch!« Kalle quetschte sich am Bauch seines Vaters vorbei in das neu gestaltete Chefbüro. Alles war so, wie der Alte es geplant hatte, abgerundet von einem modernen Teppich mit quadratischen Mustern. »Nu sach schon? Gefällt's dir?«

»Falsche Frage«, sagte Kalle stöhnend und fasste sich an die Stirn. »Für diesen Pomp muss ein Zahnarzt ein ganzes Jahr bohren!«

Ludwig kroch unter dem neu installierten Küchenteil hervor. »Du bist ganz schön undankbar …«

»›Undankbar‹?«

»Du solltest einfach mal zuhören«, empfahl Ludwig.

»Vadder, ich schwör's dir: Wenn du mich in irgendwas reingerissen hast, dann fliegst du nicht nur hochkant raus, dann ... dann ...«

Der Alte wurde ernst. »Ruhig Blut, Söhnchen. Es ist alles bezahlt.«

»Ach ja? Wer soll denn der geheimnisvolle Spender sein? Der Verband sozialistischer Personenschützer? Oder war es doch eher eine Abfindung von der Hauptverwaltung Aufklärung?«

»Quatsch«, sagte der Alte. »Deren Kohle hat schon längst der BND kassiert. Glaub mir: Der Spaß kostet dich keinen Cent.«

»Ach ja? Und wer ist so bekloppt, das hier zu finanzieren?«

Jemand stieß die angelehnte Tür zum Hinterhof auf. Und eine Frauenstimme sagte: »Ich!«

Kalle stand starr. Und sagte schließlich nur zwei Silben: »Mutter?«

126

Ging der Tag denn nie zu Ende? Kasten ließ sich ächzend hinter ihrem Schreibtisch nieder und zählte die versammelten Häupter. »Wo ist Florian?«

»Noch im Haus unterwegs. Kommt aber gleich«, gab Echternach Auskunft. »Soll ich noch einen Kaffee ...«

Alle lehnten stumm ab. Sie hatten schon genug von der schwarzen Plörre geschluckt.

Und Kopitzki gestand: »Ein Pils wäre mir lieber.«

»Kannst du später in der Trattoria haben. Also los, was haben wir?«

Echternach hob seine Boxerpranke. »Die Spusi hat den Lieferwagen gefilzt und eine Menge Fingerabdrücke gefunden, aber weder von Kehlmann noch von einem anderen Kerl aus der Straftäterdatei. Aber im Wagen lag eine angebrochene Wasserflasche, die vermutlich Kehlmann gehörte. Sonst nur jede Menge Spuren von Plastikhandschuhen.«

»Und woher stammt der Wagen? Der hatte doch eine Firmenaufschrift«, fragte Kasten und kramte in ihren Spickzetteln.

»*Trockenbau Pohl*«, half Waliszczek aus. »Die Firma gibt es nicht mehr. Der Fiat stand schon eine Weile bei einem Gebrauchtwagenhändler im Essener Norden. Der hat ihn vor drei Tagen für eine Woche verliehen. Für einen Tausender. An Makiol.«

»Was für ein unerwarteter Zufall«, brummte Kasten. »Und was ist mit dem?«

Echternach hatte auch das gecheckt. »Der ist nach Mexiko abgehauen. Mit dem Land haben wir leider kein Auslieferungsabkommen.«

»Mist!« Kastens Laune sank. »Dass der so doof ist, noch mal nach Deutschland zu kommen, können wir wohl ausschließen. Also weiter. Kehlmann ist mausetot. Kein Fremdverschulden. Akte schließen?«

»Moment«, sagte Kopitzki. »Denkt an die Vögel von der Innenrevision. Hätten die beiden Kollegen vor der Tür das nicht verhindern müssen?«

Waliszczek protestierte sofort. »Die waren doch auf ihrem Posten. Aber sie hatten keine Chance, Kehlmann rechtzeitig zu stoppen.«

»Wenn überhaupt werden diese Leute bei uns anklopfen. Weil wir die Ratte unterschätzt haben«, vermutete Kasten.

Ein kleiner Tumult brach aus. ›Schnüffler‹ war noch der netteste Ausdruck, den das Team für die Leute von der Innenrevision fand.

Dann hatte Waliszczek noch eine Frage. »Was ich nicht

verstehe: Kehlmann hatte alles, um sich ein neues Leben aufzubauen. Geld, eine Frau, die ihn liebt – und trotzdem baut er diese Scheiße mit der Bennsdorf und versaut sich alles.«

»Tja, er hat eben auch uns unterschätzt«, meinte Kopitzki.

»Das glaube ich nicht«, sagte Kasten. »Der konnte nicht anders. Rachegelüste, sexuelle Triebe, was weiß ich … Solche wie den kann man nicht therapieren.«

»Och!«, sagte Echternach. »Dieser Kalle Mager hat ihn doch ganz gut therapiert, oder?«

Der wird immer sympathischer, dachte Kasten und schielte auf die Uhr. Feierabend war längst vorbei. Aber sie waren noch nicht fertig. »Unsere Experten haben sich Kehlmanns Laptop zur Brust genommen. Er war im Darknet. Aber was er da gemacht hat, ist nicht feststellbar. Man vermutet verdeckte Kommunikation, vielleicht auch Geschäfte mit virtueller Währung.«

»Bitcoins? Honorar für Makiol?«

»Denkbar. Denn auf Kehlmanns offiziellen Konten gab es keine Auffälligkeiten. Leider waren diese Arschgeigen nicht dumm.« Die ersten Kollegen scharrten mit den Füßen, aber Kasten bremste sie: »Wir sind immer noch nicht durch …« Sie berichtete von der Überwachungsanlage in Lea Bennsdorfs Wohnung. »Die Spusi hat die Teile heute sichergestellt. Aber verwertbare Spuren gab es wohl keine. Die Aufnahmen wurden an eine IP-Adresse geschickt, die Teil des Darknets ist. Aber aus bekannten Gründen lässt sich nicht überwachen, wer darauf zugreift. Hoffen wir, dass es Kehlmann war, der sich Zugang zur Wohnung verschafft hat. Wenn nicht, hat Frau Bennsdorf noch ein Problem.«

Alle blickten sich an und Kasten holte Luft, um die Sitzung aufzulösen. Da klopfte es an die Tür – und Kuba erschien und schwenkte ein Blatt Papier. »Störe ich?«

»Bist du wieder witzig!«, knurrte Kasten. »Was hast du da? Endlich mit Erfolg dein Abizeugnis gefälscht?«

»Besser. Wir hatten doch noch ein paar potenzielle Zeugen in der Hinterhand. Die Kollegen von der Fahndung haben ihnen unser Familienalbum gezeigt. Zwei waren unsicher, aber der Dritte hat ihn von Nahem gesehen und ist bereit zu schwören: Der Kappenmann auf dem Flugplatz war der Makiol aus unserer Kartei.« Er hob das Blatt so, dass alle es sehen konnten. »Unter Zeugen unterschrieben!«

Die Männer johlten, aber Kasten schüttelte den Kopf. »Falls er mal irgendwo aufgegriffen wird, wo wir ihn mitnehmen können – dann könnte er sich immer noch herausreden.«

»Womit?«

»Etwa so: Ich wollte in Marl den Flugplatz besichtigen. Gift in der Flasche? Keine Ahnung, die hatte ich doch gerade erst aus dem Automaten gezogen. Und warum dann der Flaschentausch? Keine Ahnung, ein Versehen. Ach, das hat mir das Leben gerettet? – Na, könnten wir ihm das Gegenteil nachweisen?«

Die Siegerlaune verzog sich schneller als ein Sturzregen in der Karibik.

»Stimmungskiller«, nölte Kopitzki.

»Abwarten«, sagte Kuba. »Dazu kann uns eine Kollegin in Bochum was sagen. Ihr dürft zuhören.« Er griff zum Diensttelefon und tippte eine lange Nummer ein. »Steffi?«

»Hier«, sagte eine frische Stimme.

»Hör mal, Kleine! Ihr habt in Bochum diese Woche doch zwei Dealer geschnappt?«

»Ja.«

»Du hast sie doch in der Mangel gehabt.«

»Wir«, verbesserte sie.

»Okay. Und?«

»Der Höcke hat gestanden, dass er das Trumpocitin einmal verkauft hat.«

Kasten merkte nun sichtlich auf. »An wen?«

»An euren Freund, Maurice Makiol.«

»Danke, Schwesterchen!«, sagte Kuba und legte auf. »Alles klar?«

Diesmal nickte Kasten zufrieden. »Ein gefährlicher Eingriff in den Luftverkehr mit zwei Toten. Schöne Indizienkette. Sobald der Kerl Sehnsucht nach dem Ruhrgebiet bekommt, drehen wir ihn durch den Wolf!«

Alle klopften auf die Tischplatte.

»So!« Kasten stand auf. Die Gesichter ihrer Männer entspannten sich. »Keine falschen Schlüsse, Jungs, die Dienstbesprechung geht gleich weiter.«

»Bitte?«, fragte Kopitzki.

Die Hauptkommissarin lächelte. »Aber nicht hier, sondern beim Italiener. Ich gebe einen aus!«

127

Klaus-Ulrich Magers erster Gang führte wie jeden Morgen zum Mäuerchen vor der Tür, wo er seinen dampfenden Kaffeepott abstellte und den Aschenbecher zurechtrückte. Ein Lächeln zeigte sich im Bartgestrüpp, als er sich die erste Filterlose ansteckte und seine Tasse zum Gruß in Richtung von Mechthilds Fenster hob. Wie schnell sich Frust in Freude wandeln konnte, dachte er. Letzte Woche noch unglücklicher Hausmann, jetzt wieder eine Aufgabe, die Spaß machte.

Auch Karin schien das Kriegsbeil begraben zu wollen. Als er an diesem Morgen in die Küche kam, lag die Zeitung schon für ihn bereit und sein Weib war dabei, das Frühstück herzurichten. Für beste Laune sorgte aber ihr Vorschlag: »Wollen wir uns später nicht mal wieder was Gutes gönnen?«

»Woran dachtest du?«

»Sauna, Massage, so etwas ...«

Ihr Lächeln hatte aber noch mehr verheißen. Etwas, das ihn daran erinnerte, dass noch jede Menge Leben in seinen alten Knochen steckte. Wenn ein Tag schon so begann ...

»Aber vorher müssen wir zur Beerdigung!«

»Keine Frage.«

Während er nun die erste Filterlose genoss, zupfte er die dicke Samstagsausgabe der WAZ auseinander. Aber noch während er die Papierhaufen sortierte, verschluckte er sich an seinem Kaffee. Das Porträt seines älteren Sohnes blickte ihm entgegen.

Nachdem der Hustenanfall verebbt war, fegten seine Augen im Pingpong über die Zeilen.

DRAMA AM DONNERSTAG:
RETTUNG IN LETZTER SEKUNDE

Bochum-Wattenscheid am Donnerstagabend: Entführung nach Explosionen und Brand im Krankenhaus. Eine junge Frau wird in das stillgelegte Marien-Krankenhaus in Dortmund-Kirchhörde verschleppt. Dort will der Täter die 30-Jährige vergewaltigen und töten. Doch dann schickt der Himmel einen Retter!

Nach Aussage der Pressestelle der Polizei handelte es sich beim Täter um einen 52-jährigen Dortmunder. Dieser hatte sich bereits vor vier Jahren an dem Opfer vergangen und war dafür rechtskräftig verurteilt worden. Seine Entlassung lag gerade eine Woche zurück. Der Tathergang liest sich wie ein Krimi ...

Noch spektakulärer als die Entführung war die Rettung der Frau. Dr. Karl-Friedrich Mager, Chef der Detektei PEGASUS in Bochum-Wattenscheid und ausgebildeter Kampfsportler, spürte mithilfe zweier IT-Experten die Frau in dem verlassenen Hospital auf. Wie

das im Detail gelang, wollte der Detektiv nicht kommentieren. »Geschäftsgeheimnis.« Die Polizei wisse aber Näheres.
Fest steht, dass der PEGASUS-Chef keine Sekunde zögerte, um den Täter an der Ausführung des Verbrechens zu hindern. In einem Zweikampf streckte der Schwarzgurt-Träger den bereits entkleideten Vergewaltiger ohne Rücksicht auf sein eigenes Leben nieder. Die Frau blieb körperlich nahezu unversehrt, befindet sich aber in psychologischer Betreuung. Eine Gerichtsverhandlung wird ihr erspart bleiben, denn am Freitagmittag hat der Täter sich aus einem Krankenhausfenster gestürzt und ist dabei zu Tode gekommen.
Im Interview sagte der Retter: »Die wahre Heldin ist Frau B. Sie hat bis zuletzt nicht aufgegeben und verdient unseren größten Respekt.«
Herta Kasten, Erste Hauptkommissarin im KK11, leitete den Polizeieinsatz. Sie rügte zwar das eigenmächtige Vorgehen des Privatermittlers, war aber froh, dass Frau B. keinen weiteren Schaden davontrug. »Leider kommt es meistens schlimmer als in diesem Fall. Meine Gedanken sind bei Frau B. und allen Frauen, denen Ähnliches widerfahren ist. Ich wünsche allen Betroffenen die Kraft, ihre Täter anzuzeigen und die Gewalt, die ihnen angetan wurde, zu verarbeiten.« Im Hinblick auf den Retter ließ sie sich (nach Dienstschluss) zu folgendem Kommentar hinreißen: »Solche Männer braucht die Polizei. Und solche Männer braucht das Land.«

Mager ließ die Zigarette in den Aschenbecher fallen, sprang auf und rannte ins Haus, wo die Familie dem Frühstückstisch den letzten Feinschliff verpasste. »Kalle ist in der Zeitung!«, rief er keuchend und wedelte mit der Porträtseite vor ihren Augen. »Wahnsinn, so dick war PEGASUS früher nicht in der Presse!«

»Lies vor!«, forderte Theo.

Karin nickte. »Na los, was schreiben sie?«

Und Klaus-Ulrich las vor. Er deklamierte den Text im

Stehen und fast so pathetisch wie *Radio Moskau* am 12. April 1961 den ersten Kosmonauten Jurij Gagarin gefeiert hatte.

»Unsere Familie«, sagte Karin, »wie immer ganz großes Kino.«

Mager klopfte sich auf die ausgestreckte Brust. »Mein Sohn.«

Karin lächelte. »Vergiss nicht, dass er auch eine Mutter hat.«

»Ja«, gestand der Ex-Kameramann, »das kann man nicht leugnen.«

»Komm, Vadder, bleib mal realistisch«, sagte Theo und holte ihn auf den Teppich runter. »Die Eier hat er doch ohne Zweifel von Tante Mechthild.«

128

Adele sollte auf dem kleinen Friedhof St. Nikolaus in einem Vorort von Essen beerdigt werden. Das Seelenamt fand gleich daneben in der Stiftskirche statt, die fast tausend Jahren alt war und immer noch so aussah wie nach einem Umbau im 13. Jahrhundert. Die PEGASUS-Truppe hatte ganz hinten Platz genommen. Sie wollte sich der Verwandtschaft nicht aufdrängen – und Simone konnte dort ihre rot geweinten Augen besser verbergen. Kalle hielt ihre Hand, den Blick nach vorn gerichtet, und selbst der alte Mager bemühte sich um Fassung.

»So viele Menschen …«, raunte er mit belegter Stimme.

Tatsächlich war die Kirche bis auf den letzten Platz belegt. Einige Trauernde standen sogar, weil alle Bänke besetzt waren.

Simone und Kalle nickten, schwiegen aber.

In der ersten Reihe, nahe am geschmückten Sarg und den Altar vor Augen, saßen offenbar Verwandte. Unter ihnen –

aufgrund der Ähnlichkeit unschwer zu erkennen – Adeles Schwester mit ihrer zehnjährigen Tochter.

Die drei in der letzten Reihe schauten auf viele unbekannte Rücken, aber Simone erkannte etliche Uni-Angehörige. Sogar Kulk-Huhn, der Institutsleiter von Kopula, war erschienen und hatte gemeinsam mit dem Dekan einen Kranz neben dem Sarg niedergelegt. Direkt neben dem Gesteck, für das Simone bei den Kollegen gesammelt hatte.

Es war ein Gebinde, das Adele gefallen hätte. Schlicht und elegant, in helles Grün gebettete weiße Lilien. Eine weiße Trauerschleife mit Goldsaum war schwarz beschriftet:

Für uns alle unfassbar
Deine Kolleginnen und Kollegen

Die Predigt begann pünktlich um halb zwölf.

»Adele, dieser Name ist von Adelheid abgeleitet. Er bedeutet ›edles Wesen‹. Unsere Schwester Adele Klawitter hat ihrem Namen Ehre gemacht. Denn so war sie. Zielstrebig, aber immer freundlich. Ehrgeizig, aber immer hilfsbereit. Vor allem aber hatte sie Mut und ein warmes Herz.«

Der Geistliche fasste Adeles Werdegang zusammen. Dass sie aus einfachen Verhältnissen stammte und nach ihrer Ausbildung zur Rechtsanwaltsgehilfin neben dem Job ihr Abitur nachgeholt hatte. Es folgte ein selbst finanziertes IT-Studium, und im Alter von dreißig Jahren wurde ihr der Doktortitel verliehen.

Kalle tippte Sim an und flüsterte: »Wusstest du das alles?«

Sie schüttelte den Kopf.

Der Prediger fuhr fort. »Ihr Engagement und ihre Energie waren unerschöpflich. Bis zuletzt hat Adele Klawitter sich in der Gemeinde aufopferungsvoll der Fürsorge unserer alten, gebrechlichen Geschwister im Glauben gewidmet.«

Nun blickte Simone Tim an, der zu ihrer Linken saß. Er schien genauso überrascht und berührt wie sie. Eigentlich haben wir nichts über sie gewusst, dachte Simone. Der Gedanke tat weh. Ein salziger Tropfen löste sich aus ihren Augen. Und ihr Freund drückte ihre Hand ein wenig fester.

Plötzlich hatte auch Kalle einen Kloß im Hals. Adele hatte immer an PEGASUS geglaubt. Und er? Er hatte sich hängen lassen, war in Selbstmitleid versunken. Aber damit war nun Schluss. In der Sekunde, als alle aufstanden, um das Schlussgebet zu sprechen, erhob auch er sich. Aber statt zu beten, schwor er einen stillen Eid: Adele, ich mache weiter. Ich kämpfe für PEGASUS. Als alle anderen ihr »Amen« sangen, hauchte Kalle ein »Mach's gut!«

129

Eine Woche nach der Beerdigung hatten Mechthild, Karin und Klaus-Ulrich Mager die neuen PEGASUS-Räume auf Hochglanz poliert und den Besucherraum mit etwas Grünzeug ausgestattet. Was Kalle bei der Gründung der Agentur versäumt hatte, konnte nun endlich nachgeholt werden. Eine Einweihungsfeier. Nach und nach trudelten die Gäste ein und der Schreibtisch im Empfangsraum verwandelte sich in ein schönes Büfett.

»Wo bleibt Tim?«, fragte Kalle und blickte zum wiederholten Mal auf die Uhr. »Hoffentlich ist nichts pas… dazwischengekommen.«

Karin und Theo machten sich daran, zwei Sektflaschen zu köpfen. Da erschien Tim, etwas abgehetzt, aber dennoch glücklich.

»Hi! Ich hoffe, ich bin nicht zu spät. Ich war noch im Krankenhaus.« Er begrüßte auch Kalle und reichte einen

Beutel voller Knabberzeug an Theo weiter. »Habt ihr dafür Teller oder Schalen?«

Simone umarmte den Freund. »Wie geht es Lea?«

»Viel besser als erwartet«, sagte Tim und lächelte. »Am Montag wird sie entlassen.«

»Das musst du mir noch genauer erzählen …«

Das Klingen eines Sektglases unterbrach das Gespräch. Kalle hatte sich neben dem Büfettschreibtisch aufgebaut. »Leute, danke, dass ihr gekommen seid, um mit mir zu feiern. Wir wollen PEGASUS neu durchstarten lassen – mit euch. Euch allen habe ich etwas zu verdanken, besonders aber zwei Menschen.« Er drehte sich zu seinem Vater. »Vadder, du bist die nervigste Tippse, die man sich vorstellen kann …« Gelächter. »Aber du hast es immer noch drauf. Wenn du dich nicht so dahintergeklemmt hättest, sähe es hier immer noch so trist aus wie in einem Knastbüro.«

Simone grinste. War ihr Schwiegervater gerade rot geworden? Einfach war das unter der Gesichtsbehaarung nicht zu erkennen.

Kalle hob nun das Glas in Richtung seiner Mutter. »Mama, du hast, ohne zu zögern, den kompletten Umbau bezahlt. Das ist der absolute Wahnsinn! Danke dafür!«

Simone hob bereits die Hände, um Beifall zu klatschen, aber Kalle gab ihr ein Zeichen. »Ich bin noch nicht fertig. Was mich am allermeisten rührt …« Er blickte abwechselnd seinen Vater und seine Mutter an: »Mama, du hast es getan, obwohl die Bitte von Klaus-Ulrich kam. Mir fehlen fast die Worte. Aber ich habe auch nicht vergessen, dass Karin und Theo als Erste eine Schneise durch das Minenfeld auf unserem Hinterhof geschlagen haben. Auf uns, auf PEGASUS, auf die Zukunft.«

Nun klirrten die Gläser und alle stießen an.

Der alte Mager schob sich, Karin am Arm, zu Kalle durch

und raunte: »Schöne Rede. Aber glaub nicht, dass deine Mutter und ich jetzt wieder kuscheln, Söhnchen.«

Kalle grinste. »Hauptsache du denkst daran, dir das ›Söhnchen‹ abzugewöhnen.«

Nachdem das Büfett geplündert und die Gäste satt waren, baute Mager im Hinterzimmer den Beamer auf und lud zu einer Extravorstellung des Films ein, den *Broadfacts* noch am Tatort über den neuen Helden von Hörde gedreht hatte. Immerhin hatte der Sender Balzack ganze drei Minuten gegeben, in denen Kalle unverfälscht gezeigt wurde. Ein mutiger, aber bescheidener Held. Vor allem aber war Kalle trotz seiner offensichtlichen Müdigkeit geschickt allen Fragen ausgewichen, die Leas Würde angekratzt hätten. Mager platzte vor Stolz.

Der zweite Höhepunkt kam danach. Der Dicke spielte eine Nachricht auf Kalles Anrufbeantworter ab. Eine Männerstimme, etwas zu hoch vielleicht, aber nicht unsympathisch: »Moin, Herr Mager, hier ist der Mann, den Ihr Herr Vater gern als Bochums besten Anwalt bezeichnet – offenbar die billigste Art der Bestechung. Ich habe soeben mit meiner Kollegin den TV-Bericht über Sie gesehen. Wir könnten uns tatsächlich gut vorstellen, bei der einen oder anderen kniffligen Situation Ihre Hilfe in Anspruch zu nehmen. Aber ich warne Sie gleich: Meine Kollegin ist Familienanwältin und keine Strafverteidigerin wie ich. Und sie hat ein Prinzip: Sie vertritt keine Männer. Wenn Sie damit leben können, rufen Sie mich doch bald einmal an.«

Die Anwesenden waren beeindruckt und Kalle strahlte mit Simone um die Wette. Das letzte Wort aber gehörte mal wieder seinem Vater:

»Ich sag doch, Söhnchen: PEGASUS lebt!«

130

Auszug aus der Gesprächsaufnahme vom 03.01.2017,
25. Sitzung
Therapeutin: Sina Spiering
Klientin: Lea Bennsdorf

T.: »Sie haben mir gesagt, dass es auch Ihre eigene Schuld war. Aber was hätten Sie denn tun können, um die Übergriffe zu verhindern?«

K.: »Ich weiß nicht.«

[Schweigen]

K.: »Was wollen Sie denn von mir hören?«

T.: »Wussten Sie vor vier Jahren, dass er zu einer solchen Tat fähig ist?«

K.: »Nein!«

T.: »Hmm, und es gab auch vorher keine Anzeichen, dass er so handeln würde, oder?«

K.: [weint] »Nein. Aber ich hätte ihn nicht so unter Druck setzen dürfen.«

T.: »Haben Sie ihn bei der Entführung vor drei Monaten unter Druck gesetzt?«

[lautes Schluchzen]

K.: »Nein, ich habe mich vor ihm versteckt.«

T.: Ich habe gehört, dass Sie sehr mutig waren. Und das, obwohl Sie unter Medikamenten- und Drogeneinfluss standen.«

K.: »Nein, ich war nicht mutig. Ich hatte Angst.«

T.: »Ohne Angst kann es keinen Mut geben.«

[Schweigen]

T.: »Haben Sie ihm gesagt, dass er aufhören soll?«

K.: »Ich war doch geknebelt.«

T.: »Er hat sie also zum Schweigen verdammt. Haben Sie irgendetwas getan, um ihn zur Tat zu ermutigen?«

K.: »Er hat mich betäubt. Ich bin doch erst im Kofferraum aufgew…«

[Weingeräusche]

T.: »Möchten Sie ein Taschentuch?«

[Rascheln] [Schnäuzen]

T.: »Sie haben ihn also nicht ermutigt. Hätten Sie im Kampf eine Chance gegen ihn gehabt?«

K.: »Ich habe es versucht, aber ich war zu schwach.«

T.: »Das kann ich mir gut vorstellen. Der Mann war fast doppelt so schwer wie Sie, oder?«

K.: »Vielleicht.«

[Aufschluchzen]

T.: »Hätten Sie denn bei einem der beiden Übergriffe weglaufen können?«

K.: »Nein, ich war doch gefesselt.«

T.: »Nicht nur das. Sie waren sogar betäubt, als er Sie gefesselt hat.«

K.: »Ja.«

T.: »Und vor vier Jahren mussten Sie sich gleich gegen zwei Männer wehren. Hatten Sie da eine bessere Möglichkeit, Ihre Gegner zu überwältigen?«

K.: [erregt] »Wie denn?«

T.: »Und trotzdem haben Sie es versucht. Das war mutig!«

K.: [lauter] »Aber ich hatte keine Chance!«

[Pause]

K.: [sanft] »Frau Bennsdorf, Sie haben recht! Sie hatten keine Chance. Sie hätten nichts tun können, um all das zu verhindern. Wissen Sie, was das bedeutet?«

[Weinen] [Nasenputzgeräusche]

K.: »Es … es war nicht meine Schuld«

T.: »Es war nie Ihre Schuld! Paul Kehlmann war das Arschloch.«

Auszug aus dem Fallbericht (Teil des Ausbildungsabschlusses), eingereicht am 16.01.2017
Therapeutin: Sina Spiering
Klientin: Frau B.

Erfolgsbeurteilung
Die Therapie wird als erfolgreich bewertet. Der Klientin ist es gelungen, sich von den Schuldkomplexen betreffend ihre Vergewaltigung zu lösen. Des Weiteren kam es in verschiedenen anderen Problembereichen zu einer deutlichen Verbesserung. Die Klientin hat alte soziale Kontakte wiederbelebt und vertieft und somit eine Struktur geschaffen, die einen weiteren positiven Verlauf begünstigt. (...) Was die körperlichen Aspekte betrifft, ist ebenfalls ein positiver Verlauf erkennbar. Die Klientin isst nach eigenen Aussagen regelmäßig und ausgewogen und hat sichtbar an Körpergewicht zugenommen. Die durch den inneren Druck ausgelösten Selbstverletzungen (Kratzen, Knibbeln) waren gegen Ende der Therapie nicht mehr zu beobachten. Entscheidend für den Abschluss der Therapie war zudem das Erkennen und Kommunizieren des Alkoholmissbrauchs, den die Klientin über einen längeren Zeitraum betrieb.

Prognose
Insgesamt wird eine optimistische Prognose gezogen. Prädikator für eine günstige Entwicklung ist hierbei, dass die Klientin sich für eine Alkoholtherapie entschieden hat, die Voraussetzung für die weitere inhaltliche Arbeit sein soll. Des Weiteren möchte die Klientin die Arbeit mit der Therapeutin auch an ihrer neuen Wirkungsstätte fortführen. Motivator ist hierbei, dass die Klientin eine freundschaftlich-wertschätzende Beziehung zu einem Freund vertiefen möchte. Ihr erklärtes Ziel ist es, eine ›normale Beziehung‹ führen zu können.
Aufgrund der begünstigenden Faktoren aus einem stabilen familiären, beruflichen und privaten Umfeld ist von einem weiteren positiven Verlauf auszugehen.

131

Der Gedanke ließ ihn einfach nicht los. Der Mann im Bürosessel hatte es versucht, wirklich. Denken Sie nicht an blaue Elefanten! Er lachte auf. So etwas funktionierte nie. Versonnen schaute er auf die beiden Schlüssel in seiner Hand, spielte mit dem Ring, der sie zusammenhielt. Konnte man verleugnen, was man war? War es recht, sich der eigenen Natur zu widersetzen? Er war ein Raubtier. Und es fühlte sich zu gut an, um etwas anderes sein zu wollen.

Zum zweiten Mal in Folge spielte er das Video ab, das im Darknet mit dem trefflichen Namen *princessdestroy* zu finden war. Den Link hatte Peter Elchmaul ihm noch zu Lebzeiten übermittelt. Als Dankeschön für ein Tauschgeschäft. Ob sein Bruder Paul gewusst hatte, dass es jemanden gab, der seine Leidenschaft teilte?

Lea Bennsdorf faszinierte ihn. Sie war wie eine Antilope. Der sehnige Körper, die ängstlich aufgerissenen Augen angesichts des Tieres in ihrem Rücken. Und ihr Überlebenswille. Wie er wusste, baute sie ihr Leben gerade neu auf. Er zollte ihr Respekt dafür.

Die Szene auf dem Monitor näherte sich dem Höhepunkt. Peter war ein Hurensohn gewesen, aber er beneidete ihn um dieses Privileg. Um diesen Tanz der Tiere, wie er ursprünglicher nicht sein konnte.

Er drückte das Metall in seine Handfläche, bis es schmerzte. Er war so nah dran gewesen, aber er hatte zu lange gespielt, zu lange gezögert. Nun war es zu spät. Das Türschloss war getauscht, der Schüssel unnütz. Und bald zog die kleine Antilope um. Ins selbe Mietshaus wie ihr Freund. Es war zu schwierig geworden.

Er seufzte und stand auf. Direkt neben seinem Monitor lag ein Stapel gelber Flyer, mit seinem Farblaser gedruckt. Er legte den Schlüssel neben die Tastatur und trennte den Stapel in zwei Hälften, die er so zurechtklopfte, dass sich gerade Kanten bildeten.

Er betrachtete den Druck noch einmal und nickte anerkennend. Das Logo war gelungen, ein Eyecatcher! *PiA – PsychotherapeutIn in Ausbildung* stand in der Mitte des Kreises. Das Wort *Ausbildung* war in roter Farbe durchgestrichen und durch *Ausbeutung* ersetzt worden. Die Punkte darunter waren in großer Schrift hervorgehoben.

PsychotherapeutInnen-Ausbildung in Deutschland
- *Horrende Ausbildungskosten*
- *Kein Rechtsanspruch*
- *Kein Anspruch auf Bezahlung*

Mittelalter? Nein! Schreckliche Realität!

Darum: Streik in Bochum
Macht mit am 13.03.2017
Fragen? Infos benötigt?
www.pia-im-streik.de oder bei sina.spiering@outlook.de

Zeit für den Anruf. Noch einmal seufzte er. Dann nahm er sein Handy und wählte. Schon nach dem zweiten Signal nahm sie das Gespräch an. »Hallo, Sinalein! Ich fahre jetzt los.«

»Schön. Du bist echt ein Schatz, dass du mir mit den Flyern hilfst. Weißt du das?«

»Hmm, ich höre es immer wieder gern. Sag mal …«

»Jaaa?«

»Schläfst du später wieder bei mir?«

»Soll ich?«

»Ich kann mir nichts vorstellen, was mich mehr motivieren würde.«

Lachen. »Na, dann kann ich wohl kaum Nein sagen.«

O nein, dachte Martin Schenck, das kannst du nicht. Er schloss den Browser, löschte alle Einträge und legte die Schlüssel zurück in die Schublade seines Schreibtisches. Als Erinnerung und Mahnung.

Es würde eine Weile dauern, bis er wieder jemanden wie Lea Bennsdorf finden würde, denn eine solche glückliche Begegnung wie die in der Praxis würde sich kaum ein zweites Mal ergeben. Er würde daran arbeiten, eine passende Kandidatin aufzuspüren. Den richtigen Job dafür hatte er ja. Bis dahin musste er geduldig sein.

Nachbemerkung und Dank

Alle Handlungen und Figuren sind wie immer ein Produkt der Fantasie. Ausnahme ist der real existierende Florian Kuba, der bei der Premierenlesung zum *Datengrab* eine Rolle in diesem Buch gewonnen hat. Die Darstellung seiner Person ist jedoch rein fiktiv.

Die Schauplätze wurden nach Bedarf gewählt und gelegentlich den Bedürfnissen der Handlung angepasst. Keine Erfindung ist die Situation der PsychotherapeutInnen in Ausbildung, die schlecht oder gar nicht bezahlt werden und kaum rechtliche Ansprüche haben.

Wen die Situation angehender Therapeuten interessiert, kann sich hier informieren: https://pia-im-streik.de

Für gute Tipps danken wir:

Dr. Sibylle Banaschak
Katharina van Bronswijk
Dr. Andreas Froese
Dirk Klinkosch
Katrin Lipiec
Herbert Nagel
Richard Pohl
Volker Schulze
Prof. Dr. Bastian Tenbergen

Eventuelle sachliche Fehler stammen von den Autoren.

Die letzten PEGASUS-Fälle verpasst?

Reinhard Junge

Achsenbruch

ISBN 978-3-89425-354-7
Auch als E-Book erhältlich

Wenn PEGASUS ermittelt, bleibt kein Rathaus sauber ...

Bochum: Eine Autobombe tötet Lukas Beißner, den Lebensgefährten der Oberbürgermeisterin. War wirklich dieser harmlose Anwalt das Ziel des Attentats? Hauptkommissar Lohkamp tippt auf einen Machtkampf im Rathaus. Doch dann mischt das BKA die Stadt auf: Die Ermittler aus Karlsruhe glauben an ein Werk islamistischer Terroristen.

Einer anderen Spur folgt PEGASUS, das unbestechliche Fernsehteam. Kalle Mager filzt heimlich die Zweitwohnung des Opfers. Was er auf dem Laptop des Anwalts entdeckt, sorgt für neuen Zündstoff und bringt Kalle hinter Gitter …

»Ein politischer Krimi voller Spannung.«
Bettina Papenfuß, WDR 5

»Ein meisterhafter, witziger Krimi; er soll nicht wahr sein, scheint aber doch wahrscheinlich.«
P.S. – Die linke Zürcher Zeitung

»Der Autor wirft einen bestechenden, nein, besser: bestechlichen Blick in die durch Filz und Kumpanei engmaschig verwobene Welt der Lokalpolitik. ... Junge, Junge, dieser Achsenbruch knallt rein!«
Carsten Janecke, Hellweger Anzeiger

»Ruppig, ohne Illusionen, aber so aufrecht, wie man es vom Leben gebeutelt eben hinkriegt.«
Ultimo Münster

grafit

Hier sind sie!

Christiane Bogenstahl & Reinhard Junge

Datengrab

ISBN 978-3-89425-480-3
Auch als E-Book erhältlich

Das legendäre Filmteam PEGASUS gerät unter Druck

Für Kameramann Klaus-Ulrich Mager kommt es doppelt hart. Im ehemaligen Kleingarten seiner Eltern wird eine skelettierte Leiche gefunden und sein Vater ist der Hauptverdächtige. Das schädigt nicht nur den Ruf der Familie, sondern sorgt vor allem für Probleme im Job. Magers Mitarbeit beim Fernsehteam PEGASUS steht vor dem Aus.

Zeitgleich ermittelt Sohn Kalle mit Freundin und IT-Expertin Simone am Kopula-Institut der Uni Duisburg-Essen: Wo ist die Doktorandin Lea Bennsdorf? Schnell zeigt sich, dass an dem renommierten Institut nicht alles mit rechten Dingen zugeht. Beim Fleddern alter Datengräber schrecken Kalle und Simone einen mächtigen Gegner auf – und plötzlich müssen sie um ihr eigenes Leben bangen.

»Erzählt wird die Story auf schnelle, zupackende Art – herber Ruhrpottcharme, bissige Dialoge und jede Menge Lokalkolorit dürfen nicht fehlen.«
Jürgen Boebers-Süßmann, WAZ

»Dass Ermittlungen im virtuellen Raum ebenso spannend sein können wie handfeste Recherche in den dunklen Ecken des Ruhrgebiets, beweist ›Datengrab‹ ... auf überzeugende Weise.«
Joachim Feldmann, culturmag

grafit

Start der Eddie-Beelitz-Trilogie

Lucie Flebbe

Jenseits von Wut

ISBN 978-3-89425-587-9
Auch als E-Book erhältlich

Ihr verhasster Job ist ihre neue Chance …

Knall auf Fall steht Edith ›Eddie‹ Beelitz mit ihrer kleinen Tochter Lotti auf der Straße: Ehemann Philipp war eindeutig die falsche Wahl. Weil bei der Bochumer Polizei Personalnotstand herrscht, kann Eddie kurzfristig in ihren ungeliebten Beruf zurückkehren, und das sogar in Teilzeit bei den Mordermittlern. Die haben gut zu tun: Vor dem Jobcenter liegt die Leiche der arbeitssuchenden Ronja Bleier – sie wurde brutal erschlagen. Eddie, die gehofft hatte, nur Schreibarbeiten übernehmen zu müssen, ist überfordert. Wie soll ausgerechnet sie dabei helfen, einen Mord aufzuklären?

»Ich bin gespannt wie die Reihe mit Eddie weitergeht. Eine Frau, die zeigt was sie kann.«
Karin Stallmeister, Thalia Universitätsbuchhandlung

»So ist ›Jenseits von Wut‹ unterhaltsame, manchmal etwas rauhe Krimi-Unterhaltung. Hoffentlich gibt es noch mehr davon.«
Silke Schröder, hallo-buch.de

»Lucie Flebbe spielt virtuos mit vertrauten Handlungsmustern und versteht es, Leseerwartungen auf elegante Weise zu unterlaufen.«
Joachim Feldmann, culturmag

»Ich war von Kapitel zu Kapitel immer gefesselter von Eddies Geschichte. ... Und dann, Wow, was für ein Ende! Das hat mich wirklich begeistert.« https://inasbuecherregal.wordpress.com

grafit

Drei Frauen, drei Generationen, ein Mord

Christiane Antons

Yasemins Kiosk – Zwei Kaffee und eine Leiche

ISBN 978-3-89425-582-4
Auch als E-Book erhältlich

Ein Toter im Altpapiercontainer – und das ist nicht Yasemins einziges Problem …

Das Leben muss man nehmen, wie es kommt – das haben alle drei gelernt: Dorothee Klasbrummel, Besitzerin eines Bielefelder Mehrfamilienhauses, hat seit fünfzehn Jahren ihre Wohnung nicht verlassen. Polizistin Nina Gruber wurde suspendiert und die junge lebensfrohe Kioskbesitzerin Yasemin Nowak sieht sich den zunehmend unheimlicher werdenden Liebesbeweisen eines Stalkers ausgesetzt.

Als im Altpapiercontainer des Kiosks eine Leiche gefunden wird, tun sich die ungleichen Frauen zusammen und ermitteln auf eigene Faust. Primär, um sich von den eigenen Problemen abzulenken. Doch diese Rechnung geht nicht auf …

»Ja! Das hat Klasse! Das hat Charme! Und spannend ist es auch noch.« Ute Spangenmacher, www.bookola.de

»Flott geschriebener Krimi mit einem sympathischen Frauentrio, das man sofort ins Herz schließt.« Günter Keil, Freundin

»Eine sympathische Geschichte mit viel Lokalkolorit und Humor.« Stefan Keim, WDR 4

»Ein Debüt ganz nach meinem Geschmack, spannend und mit großartigen Figuren, auch eine gute Prise Humor fehlt nicht.« Eva Hüppen, www.leser-welt.de

»Eine raffiniert zusammengesetzte Geschichte … – mit viel Alltagscharme und Witz.« Julia Gass, Ruhr Nachrichten

g|r|a|f|i|t